MUL 01
年終 著
TAKUMI 畫
NUL 00

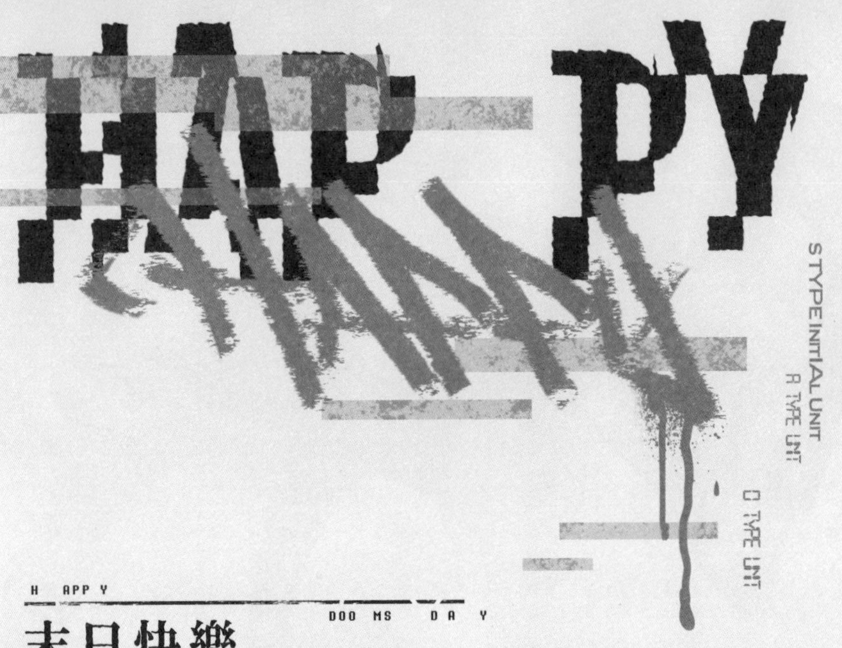

H APP Y

DOO MS DA Y

末日快樂

NUL-00

MUL-01

STR-Y TYPE 307a231

DOOMSDAY

CONTENTS

CHAPTER 38 開戰

會面前的夜晚註定不怎麼安穩。

回房間後，阮閑沖了澡，幫自己倒杯溫水。他按時躺上柔軟的床鋪，一切步驟都和往常一樣，卻遲遲沒有睡意。

那個藏著自己武器的銀白色小東西正窩在牆角，細小到幾乎聽不見的規律鼾聲從厚厚的外殼中傳出。阮閑望了片刻漆黑的天花板，最終還是坐起身，拉開窗簾。

銀白色的月光瞬間傾瀉一地，儘管屋內沒有一盞燈亮起，在月光的照耀下還是足夠明亮。他稍稍打開窗戶，有幾片梨花瓣隨著夜風落在窗臺。

阮閑拉了拉身上寬鬆的睡衣，下意識皺緊眉頭。不僅有這個環境帶給他的壓力因素，更因為他能分辨出自己潛意識中的擔憂。

他坐上床，召出虛擬螢幕。虛擬螢幕在昏暗的空氣中散發出柔和的光，右上角的「二三一號」格外顯眼。

阮閑望了片刻那串有點眼熟的文字，隨手在介面上操作了幾下，房間內的一切漸漸消失，地板變為沙子，牆壁化為漆黑的海水，空氣中甚至有點海洋的腥味。在增強現實的作用下，只要他不離開這張床，面前的擬真環境可以說是無懈可擊。

房內有監視器，如果一直對著空氣發呆會有點可疑，這樣看來更像是正常人失眠後的真實反應。

阮閑抱起雙膝，望向前方湧上沙灘的虛假潮水，忍不住自嘲地笑笑。

……隨著記憶恢復，他又開始下意識思考怎樣才像是個「正常人」了。

現在姑且算個能夠好好梳理情報的機會。

唐亦步的態度有一點矛盾的地方，猶如一碗粥裡的一顆沙粒。如果阮閑再遲鈍一點，他肯定不會發現那份夾雜在溫柔中的微弱違和感，不過既然已經察覺了異樣，事前的準備工作迫在眉睫。

首先，自己和唐亦步應該還有合作的關係在，這段關係甚至有些曖昧的味道。可惜就算確定自己對唐亦步有興趣，阮閑也不認為他們之間曾有過什麼火花——或許他們會被肉體產生的激素所迷惑，但他們之間缺乏最基本的信任。

目前看來，他和唐亦步屬於亦敵亦友的關係，兩人之間也沒有特別明顯的上下級區分。那麼他們勢必有著十分相似的目標，或者足以維持這段關係的利益牽扯。目前已知的目標是洛劍和這人能給出的資訊，相對有價值的有「一株雪」和「阮閑的日記」這兩個關鍵情報。

不如先從自己的角度來思考目標。

阮閑凝視著黑色海水拍打礁石產生的白沫，海浪的聲音一波波沖刷他的耳朵，他非但沒有感覺到睏倦，反倒越來越清醒——

結合手中的資料和零碎的記憶碎片，他能確定世上存在「另一個阮閑」，而且對方的地位甚至還很高。自己不會是在末世的某個角落苟且偷生的類型，也不會是打算衝出去拯救世界的性格。那麼他很可能打算把「搞清楚這件事」作為目標……或者目標之一。

可能是出自單純的好奇心，也可能和自己當前異常健康且敏感的身體有關。

唐亦步的目標可能也和阮閑相關，如果不是，他勢必能夠從自己身上獲得不小的利益，或者在過程中得到點什麼，以至於願意和他一起在重重監視底下行動。

然而阮閑想不起更多記憶了，過往的時光像是被統統塞進攪拌機，他很難把想要的一切從那攤爛泥中一一挑出來。

他無法確定唐亦步的目的。

但他至少清楚一件事——自己服用記憶抑制劑導致失憶的情況，唐亦步並不知情。不知道出於什麼原因，那仿生人堅信他也是仿生人的一分子。而關於自己是否擁有電子腦這一點，似乎需要對唐亦步進行嚴格保密。

阮閑習慣性地用手指敲著大腿，試圖對那個熟悉的陌生人進行解析。

既然會選擇對方做搭檔，又維持著微妙的關係，那麼他應該不是單純被唐亦步的實力吸引，極有可能是那仿生人威脅過他。而從現在唐亦步的表現看來，雖說對方沒有協助主腦的意思，同時也沒有對這裡的人類表現出絲毫想幫忙的意願。

他有很高的機率是中立立場，總之不會對人類有什麼好感。

再繼續推導……

對方既然能夠成功威脅他配合，自然有能控制他的方法。那麼一旦自己的人類身分暴露，無論他是個複製人、自然人還是什麼玩意，唐亦步未必願意繼續和自己合作。

雖然阮閑想不起太多，不過他們共同行動應該有一段日子了，若是自己出現了這種程度的隱瞞行為，按照他們互相戒備的程度，他不認為唐亦步會單純地拍拍屁股走人。

殺人滅口？

阮閑抓緊腿邊柔軟的床單。

事到如今，自己應該沒有露出什麼言語或者情緒表達上的破綻。就算有稍微不合理的地方，也完全可以用「對話被監視，必須偽裝失憶、假扮人類」進行掩飾。按理來說，即便唐亦步對他有所懷疑，也不會因為一個虛無縹緲的可能性直接動手，除非還有其他原因……

無法回憶起對方的目的著實令他苦惱。

阮閑嘆了口氣，揉了揉刺痛的額角。他無法忽視這個殘酷的可能性——如果自己是唐亦步，當下無疑是個動手的好機會。

無論他們的計畫是什麼，顯然都還沒有完成。而這個環境佈滿監視器，正處在MUL-01眼皮底下，怎麼看都不適合臨時起內鬨。再者，如果自己有記憶，自然不會因為「可能被懷疑是人類」的問題產生額外的擔憂，應該會稍稍放鬆警惕。

所以如果唐亦步已經對他起了疑，那麼在假設他是人類的情況下，自己的記憶又正處於亂七八糟、支離破碎的階段。兩人的情報和手邊資源差異都異常懸殊，要不是自己性格多疑，發現了不對勁的地方，那仿生人挑這個時候下手簡直再容易不過。

阮閑突然覺得有點冷，他扯過被子，將自己包覆其中。

如果唐亦步明天真的要對自己動手，他能做的選擇實在是有限。

假設自己在唐亦步面前逃走，無疑會把「虛無縹緲的可能」變成「百分之百的事實」，就算唐亦步現在沒有殺心，到時候也會起殺意。更別說阮閑目前還沒找到能讓自己逃出這裡的情報，唐亦步則有著比他更為方便的工作人員身分，想抓他根本易如反掌。

如果不逃，萬一真的被唐亦步襲擊，阮閑想不出任何勝率高於五成的方案。

黑色的海還在面前湧動。阮閑沉著臉，轉動著脖子放鬆肌肉。

他無意中抬起頭，看到頭頂的浩瀚星空，頓時愣住了。不久之前，在那廣闊的星空下，他的身旁曾經坐過一個人。

自己當時對那人笑著，而對方的金色眼眸愉快地閃爍，一臉純粹的認真，嘴角還黏著餅乾屑。

「我想捏捏你的臉，我可以捏嗎？」

真糟糕，阮閒心想。他目前能選擇的方案只有一個，但有那麼一瞬間，他有點厭惡那個能夠讓自己活下去的方案。

很簡單，他想。既然無處可逃，一旦被盯上就是絕路，那麼他就要先發制人。

他可以做好準備、製造機會，如果事情一有不對，就先動手殺死唐亦步。

雖然成功率不高，它仍然算是目前可行度最高的方案，但這個方案卻帶給他一種熟悉到反胃的痛苦。

阮閑厭惡這種如同被酸液腐蝕似的痛苦。在更久之前，他似乎也面對過這樣的選擇——那個選擇能讓他活下去，可是他恨它。

眼前的景象不再只是夜色中的海洋。一雙腐爛的腳懸掛在他的面前，搖晃了幾秒，隨後又在越發嚴重的頭痛中漸漸消失。

他實在記不起來當時的選擇。

但阮閑沒有太多回憶過去的時間，距離和唐亦步的見面時間已經不足二十四小時。如果要行動，他必須盡早準備。

阮閑一把抓起枕巾，跳下床，任面前廣闊的海邊夜景緩緩消散。他輕手輕腳地走到正在休眠的助理機器人旁邊，按照白天的記憶，指尖在面板上小心地敲擊，開啟它的頂蓋。

用脊背遮住角落裡的監視器，阮閑眼看著那厚厚的頂蓋無聲地滑開。裡面睡得正香的球狀機械咂咂嘴，四條小腿輕輕地抱著他的武器。

猶豫了幾秒，阮閑伸出手，小心翼翼地把那兩把槍從球狀機械懷裡拉出來，用枕巾包好。在關上蓋子前，他忍不住伸出手，摸了摸那個被小東西睡得有點暖的外殼。

「抱歉。」他無聲地說道。不知道為什麼，他覺得有點難過。

第二天，天氣晴朗。

洛劍再次和黎涵坐在一起，阮閑沒有在午餐時硬是去討嫌。他只是安靜地看著洛劍輕聲安慰那個年輕的女孩，彷彿任務還在正常進行。

下午，他窩在自己房間裡看資料。那個藏在助理機器人外殼裡的小東西發現槍不見了，慌張了一陣子。阮閑見狀，只是拍拍它的外殼。

「在我這呢，突發情況，我得借它們用用。」他輕聲說道。

「嘎。」那個小東西用頭蹭蹭他的手心，隨後身子一扭，試圖出門。

「等等。」阮閑叫住了它，「我去跟亦步解釋就好，你先留在我這邊。」

那小東西似懂非懂地原地轉了圈，最後還是乖乖倚在他身邊。

「……沒關係。」阮閑又摸了摸它，感受著掌心裡微涼的金屬。那兩把槍正藏在寬鬆的拘束衣下，壓得他肋骨有點痛。「我們很快就能見到他了。」

「很快。」他輕聲重複了一遍。

會面前的白天。

距離動手剩不到半天的時間，那種食欲不振的感覺又回來了。儘管擁有徒手撕開鋼板的力量，唐亦步望著面前熱騰騰的鬆餅，卻連叉子都拿不起來。

肚子咕嚕咕嚕叫，唐亦步用力嗅了嗅鬆餅濃郁的奶油香味，試圖喚起自己一點食欲，可無論是牛奶還是新鮮的配餐莓果，都沒有辦法讓他的胃口好一點。

越體會這種苦澀黏稠的情緒，唐亦步越肯定「奪取阮先生思維能力」的必要性；而越思考這件事，那股未知的情緒也會變得越發灰暗沉重，形成一個完美的惡性循環。

唐亦步突然有點生氣，他用叉子把鬆餅戳得亂七八糟，強行塞進嘴巴，逼自己吞下去。這裡的員工餐口感一流，然而他只覺得像在咀嚼泥土。

情緒異常歸異常，偵察還是要做。他扣好白色制服的釦子，打開了病人餐廳的監視畫面。為了不引起對方的懷疑，他今天特地修改了宮思憶的行程表，把黎涵支開。儘管如此，他還是必須確保不會出現任何意外狀況——比如「阮立傑」提前察覺到什麼。

傲慢和自以為是向來容易導致失敗，自己得計算所有可能性。

虛擬螢幕中的「阮立傑」像是對自己的殺心毫無察覺，發現黎涵不在後，他表情無比自然地端起盤子，坐到了洛劍身邊。

唐亦步思考半秒，單獨切了兩個特寫畫面，好看清兩人的唇部動作。

幾百米外，阮閑無比自然地拉了拉拘束衣上的皺褶。

黎涵不在，洛劍剛進門時有點意外。這麼看來，黎涵的治療很可能不是事先安排好的，而是唐亦步為他創造的「機會」。

對方的每一步都很謹慎，光憑唐亦步這一舉動，阮閑根本無法分辨對方的動機——那仿生人可能是在爭分奪秒為自己製造機會，也可能利用這個邏輯，讓自己進一步放鬆警惕。

那麼自己也該表現的正常一點。他不僅要打聽，還要全力探查。

洛劍一直以長輩的角度寬慰黎涵，並且沒有露出過半點不耐煩的樣子，他可以利用這一點。

阮閑彬彬有禮地在洛劍斜對面落座：「我有點問題想請教您。」

洛劍對他的印象不太好，但俗話說得好，伸手不打笑臉人——洛劍只是嗯了一聲，慢吞吞地嚼著嘴裡的飯食。

阮閑清楚，雖然洛劍脾氣不太好，但他不是什麼暴躁惡毒的類型。對方只是典型的吃軟不吃硬，只要足夠誠懇，放低姿態，他還是有挖出情報的機會。

不過相應的，自己需要時間讓對方逐步卸下心防，而時間恰恰是他目前最為缺少的東西。

「是這樣的。我恢復了點記憶，但關鍵的部分還是想不起來……腦袋裡那些末日相關的東西特別真實。就算知道是假的，我還是沒辦法說服自己，它們快把我逼瘋了。」

阮閑表現得誠懇又無助，為了看起來更逼真點，他還加了點年輕人那種「不得已才請教你」的頹喪語調。

「你這才第幾天？我討厭軟弱的傢伙。」洛劍沒有立刻買帳的意思，黎涵的缺席顯然讓他心情不佳。「進來沒幾天就快要瘋了？這樣吧，我猜你應該也走不了，等你記憶恢復了，我們再聊這個也不遲。」

意料之中，洛劍拒絕了他。

然而他可能沒有恢復全部記憶的機會，或許他的生命會在今晚終結。阮閑抿著湯匙，只表現出了正常程度的懊喪，沒有急吼吼地胡攪蠻纏，安靜地吃光了午飯。

他甚至花了幾秒想像了一下自己最後的晚餐會是什麼，遺憾的是，有這些煩人的監視器在，哪怕只是細細品味一下晚餐都會變得可疑。

這是普通的一天，他不能做出任何超出常規的舉動。自己很放鬆，並且在放長線釣大魚，這應該就是唐亦步想要看到的。

無論那仿生人是否在看。

……希望晚餐有重口味的料理，阮閒心想。臨走前，他簡單計算了一下每個人的活動軌跡，成功在起身時撞上了一個端著湯的病人。半碗馬鈴薯湯先在托盤上搖晃一番，最後在他的頭髮上留下了黏稠的湯水。

下午，阮閑照舊把自己關在房間裡，只不過這次他在盥洗室待得特別久——在非夜間洗漱時間徹底脫掉拘束衣會有警告，他只得隔著布料一寸寸撫摸自己的身體，尋找可能存在的制約裝置。

如果可以，他最好能排除所有具備不確定性的因素。

唐亦步要怎樣才能威脅到自己呢？阮閑不認為自己會被資訊上的把柄輕易拿捏，具有真實殺傷力的威脅才更有效。比如埋在心臟附近的炸彈、在血管中游走的劇毒容器，或者……

阮閑看向鏡中的自己，抬起手，摸了摸左耳上的耳釘。他死死盯著鏡子裡那個小而精緻的耳飾，仍然沒能從記憶裡找到分毫線索。

不過他有別的辦法。

既然這東西的體積不大，也能躲過這裡堪稱變態的監察，應該不會有太複雜的功能。如果自己推斷的沒錯，它頂多能實現近距離的短暫訊號傳輸、遙控，以及一定程度的生理檢測。畢竟監聽或者定位之類的功能持續太久，可能會被其他機械檢測到異樣。

而他也有辦法驗證。阮閑摸摸被湯打濕的頭髮，扯了扯嘴角。

他簡單洗了頭，用毛巾蓋住濕漉漉的黑髮。並藉著擦乾頭髮的機會，悄悄伸手捏住耳釘，猛地向下扯。

阮閑的動作慢而隱蔽，耳垂處的疼痛越發劇烈，溫熱的鮮血順著他的手指流下，隨後快速被皮膚吸收。就在耳釘將要鬆動的瞬間，一股看不見的電流猛地從體內擊中了他，阮閑被電得愣了兩秒，差點沒站穩。

剛才捏住耳釘的手指開始抽搐，一時間完全不聽使喚。

果然，這東西就像是項圈一樣……

「我原本不想在合作中加入這種讓你不安的約束，但如今你主動暴露實力，想必應該是對此有所準備。」

「是啊，小型犬可以抱在懷裡摸，狼就得好好關進籠子。如果我同意戴上這個……唔，項圈。你願意給我必要的資訊和說明嗎？」

「當然，只要對我本人沒有危害……你願意？」

「我願意。」

支離破碎的記憶終於再次浮現。

阮閑盯著鏡中自己的手，眼看著在毛巾的遮掩下，手指上的鮮血慢慢消失。

這現實比記憶裡的自己還要瘋狂，不過他意外地很是習慣。血槍好好地藏在拘束衣中，對方埋在自己身上的威脅也已經摸清。

接下來只需要製造一個除掉對方的機會。

來到這個地方前，自己應該想過這個可能性，他理應不會給自己留下類似於「看著辦」等不確定的情況。如果自己想要神不知鬼不覺地拿到道具，還能做到安全通過檢查，並且不讓唐亦步生疑……

阮閑側過身，走到正在房間裡搖搖晃晃繞圈子的小機械身邊。他掀開它用於偽裝的外殼蓋子，做出和它交流的樣子，然後用這空檔偷偷檢查起血槍。

他親自製作的武器，幾乎每一處都有他的個人風格，徒手拆解並不難。

果然，在血槍用於盛放血液的空槽內，阮閑找到了幾小瓶藥劑。小小的瓶子上，「對電子腦記憶抑制劑」的字樣清晰可見。

阮閑將藥劑取出，把槍放好。他坐回床上，拉出一個小虛擬螢幕，開始從獲取的資料中查找這種藥劑的訊息。

……**皮下注射用，對人無效。若是不慎透過黏膜給藥，仿生人可能出現短暫的昏迷症狀，無法起到保護既有記憶的效果。如果出現這種狀態，請勿強行讀取或更改電子腦中的記憶資料**……

看來失憶前的自己已經準備好了一切，或許他在取得對人類有效的記憶抑制劑時，順手弄了點別的東西。

他確定自己對那個仿生人有著好感，他們曾親吻彼此，共同作戰，相擁而眠。可他仍然……早有準備，並且不打算放棄這個計畫。

自己或許從來沒有改變。就像他的母親曾經說過的那樣，沒被餵飽的狗如同隱藏在人皮下的魔鬼。

阮閑安靜地處理藥液，午後的陽光清澈透亮，像是混了蜂蜜，也沒有狂風、烏雲或者暴雨等變天的前兆。氣氛完全不壓抑，阮閑的心情卻無法放鬆。

不知道擁有全部記憶的自己會怎麼想，但現在的他確實有那麼一點點難過。

阮閑完成了最後的準備工作，時間距離會面還早。那個銀白色的假嚮導機械還在房間裡快樂地轉圈，他想了想，坐到窗戶投出的那一方陽光下，將那個小東西抱在懷裡。

「對不起。」

阮閑不知道自己為什麼道歉，也不知道為什麼向它道歉。可他就是忍不住想要對誰說出這三個字，這樣能讓他感覺好些。

「……對不起。」他低聲喃喃。

唐亦步站在幾棵梨花樹附近。

他站了很久，眼看著玻璃穹頂之上的藍天燃燒成晚霞，晚霞熄滅為夜空。雪白的花朵在夜色中變成讓人不太舒服的藍灰色。唐亦步怏怏地看著它們，摘下幾片花瓣，面無表情地塞進嘴裡咀嚼。

時間快到了。

就像他們約好的，π會在深夜將那個人帶來。這個時間點，植物園沒有其他人，很好動手腳，他也已經提前取代了附近的監視器畫面。

唐亦步看到一大一小兩個影子逐漸接近自己，他從嘴裡的花瓣中嚼出了一點苦味。

「阮先生。」他小聲招呼著，「我在這裡。」

星光和月色從玻璃穹頂上方淌下。唐亦步能清楚看見那人朝他笑了笑，一如既往。鐵珠子套在助理機械的外殼裡，在空中快樂地一蹦一跳。

「下午我對比了你給我的資料，發現了一件非常不自然的事情。」對方還沒走近，便先一步開了口。他沒有給唐亦步開口的機會，直接用金屬手環打開虛擬螢幕。「亦步，看看這個。」

唐亦步微微側過頭，這個角度，他只能看到一串不知所謂的亂碼。

沒人知道自己融合了A型初始機，他的阮先生沒有任何壓制他的可能。為了不引起對方的懷疑，唐亦步熟練地做出疑惑的模樣，向前靠近兩步。

「阮先生，我——」

耳邊傳來「嗤」的一聲輕響。

對方動作極快，他只來得及看見一個模糊的影子。有什麼濕潤的東西噴到了自己的臉上，他沒來得及屏住呼吸。

感受到暈眩的那一剎那，唐亦步猛地向後撤了幾米。他的身體沒有那麼容易受傷，無論對方噴了什麼，只要撐過這幾秒，自己就能找回主動權……

彷彿預料到了唐亦步的行動，緊接著的是一瞬的刀光，不過刀尖的方向不是朝向那個有點恍惚的仿生人，而是「阮立傑」自己。

半隻帶血的耳朵掉落在地，上面的黑色耳釘在夜色中閃爍著微光。鮮血瞬間打濕了阮先生一側脖頸，染紅了雪白的拘束衣。

最後是漆黑的槍口，直直朝著唐亦步的頭顱。對方漆黑的眼睛幾乎成為夜色的一部分，臉色蒼白得可怕。

唐亦步笑了。他的情緒變得越來越混亂，壓抑沉重的思緒中甚至多出一點點喜悅和滿足，簡直毫無道理可言。

幾步外的鐵珠子愣在原地，它一下轉向「阮立傑」，一下轉向唐亦步，發出疑惑的微弱嘎嘎聲。

「晚上好，我的阮先生。」唐亦步小聲說道。「……π，去外面幫我們把風，我們等等去接你。」

「嘎。」

「……不對，我等等去接你。」

CHAPTER 39 親吻

阮閑的精神集中程度前所未有地高。

他很了解自己的身體，雖然協調性和記憶中相比不可同日而語，目前他仍稱不上一個合格的戰士。自己能做的事有限，只能計算、推斷、預判，就像所有還在呼吸的生物一樣，力圖讓自己活下去。

說來奇怪，他對生存本身沒有太大的興趣，求生的執著卻彷彿刻進骨子裡，推動他不斷前進。

唐亦步站在昏暗的夜色之中，星光在透明的玻璃穹頂外閃爍。

阮閑能看清對方每一根髮絲，聽到每一聲樹葉碰撞或花瓣落地。那仿生人站在原地，表情就像葬禮上的孩童——隱隱約約清楚發生了什麼，又將要發生什麼，卻又有種微妙的游離感。

小型機械沒有按照指令去把風，它哆嗦了片刻，搖搖晃晃躲進附近的樹叢，急促地嘎嘎叫。

「阮先生。」唐亦步輕聲喚道，臉上沒有多餘的表情，聲音依舊溫和。

意識到自己分心的剎那，阮閑抬手便是一槍。

他做好了所有準備。

在剛碰面時先發制人，吸引唐亦步的注意力，避免對方一碰面便啟動耳釘。隨後利用事先混好的藥物讓對方在短時間內失去活動能力，趁機擺脫那枚要命的耳釘。根據唐亦步的後續反應來看，他應該沒有事先準備好應對措施。

看來對方對自身實力很有信心。

為了保證會面或者殺戮順利進行，唐亦步勢必換好了這一路的監視器畫面。現在他只需要盡快殺死那個仿生人，然後試著把回程的監視器畫面也小小修改一下。

只要跟這場凶殺撇清關係，再加上自己擁有武器，離開這裡只是時間問題。

到目前為止，他本人和武器都在最佳狀態，一切都很順利。阮閑調整著呼吸，感受空氣細微的流動，略帶狼狽地滾離原本的位置。

在他之前所站的地方，幾根粗壯的樹枝深深嵌入泥土。

那枚子彈沒有擊中唐亦步。仿生人伏低身體，一隻手撐地，動作快得像隻饑餓的豹。他像在折碎餅乾般輕鬆掰斷粗壯的樹枝，當作鏢槍投擲過來。

而他本人的速度也不比樹枝慢，直直朝阮閑所在的方向撲去。

唐亦步比自己稍高一些，體型漂亮結實。然而他卻輕盈得像羽毛，靈巧得如同可以踏著空氣行動，動作捉摸不定。

唐亦步很清楚他的劣勢所在，阮閒心想。

藥水這招已經用過一次，手裡只剩兩個應急的自製藥水彈。不能再隨便消耗了，他必須盡可能避免唐亦步接近。

阮閑幾乎將所有注意力全都放在了唐亦步身上。空氣、植物、光、氣味，一切不再是自然地存在於空間之內，而是以一個人為核心轉動。

那種感覺很奇妙，對方就像是透明玻璃瓶中的一粒懸浮墨水。顏料在滾燙的水中翻滾擴散，而阮閑必須避開那些即將被色彩吞噬的部分。

阮閑的心臟從未如此有力地跳動，血液彷彿變為沸騰的鐵水，某種古怪的快感從四肢百骸慢慢滲入。

沒人說話，濃烈的殺意在空氣中翻騰。

無數種可能發生的軌跡在黑暗中展開，阮閑開始向虛空開槍。子彈還未到達目的地，便撞上了幽靈般接近的唐亦步。他能聽到子彈鑽入血肉的聲音，可惜慢下來射擊總有代價——唐亦步扔來的石塊直接擊穿了他的左上臂，血液將白色的拘束衣染成暗紅色。

阮閑強行吞下卡在喉嚨裡的痛叫，他感受著風的微妙流動，不停地移動。

幾秒過後，左臂那種彷彿被潑了酸液的劇痛終於有些許舒緩。阮閑跳過茂盛的樹叢，紮進地勢更為複雜的灌木區，冒險看了眼傷口。

傷口癒合得比他想像的還要快速。

唐亦步那邊則是不同的情況，阮閑能嗅到對方身上逐漸濃重的血腥味。他的子彈沒有成功擊中唐亦步的要害，但也有不少子彈穿過了他的身體。

不知為何，自己的恢復能力遠在對方之上。那麼只要保持這個節奏，他就能把對方慢慢耗死。阮閑下意識摸了摸左耳耳垂，確定自己摸到了完整的耳朵。

然而這個多餘的動作險些要了他的命。

趁阮閑分神，一隻沾滿血的手從他身後探來。速度很快，空氣發出被擊穿似的輕微爆鳴，目標是阮閑的後頸。

阮閑立刻用盡全力朝反方向一蹬，扔出準備好的藥水爆彈。飽含藥水的煙氣炸開，唐亦步的動作凝固了半秒。阮閑趁這個機會將自己隱入黑暗，跑向干擾最多的區域。

作為探知者，他很清楚怎麼避開對方的偵察。

可惜唐亦步這次實在是離他太近，那仿生人用手指在臂膀上挖了一個血洞，打算藉助新的疼痛讓自己保持興奮狀態。藥水沒能拖住他太久，唐亦步伸出手，一把握住阮閑的左手前臂，隨後無情地折斷了。

骨折的疼痛感不亞於單純的擊傷，這回輪到阮閑慘叫出聲，可就算大腦在劇烈疼痛的灼燒下，他仍然沒有放過這個機會。

折斷自己手臂的短短幾秒，那仿生人沒有其他動作。自己下意識的慘叫也能起到一點分神效果，阮閑當機立斷，扭過身體，藉身邊茂盛的灌木穩住重心，朝唐亦步的頭部連開數槍。

一枚打空，一枚子彈在那張英俊到不正常的臉上留下深深的血痕，還有一枚幾乎擊中他的咽喉。唐亦步躲得很快，但子彈還是擊穿了他的脖子邊緣，血液如同溪流奔湧，阮閑甚至能看到被血潤濕的鎖骨反光。

有片雪白花瓣被血黏在唐亦步的臉側，那雙金色的眼睛在夜色中閃閃發光，不知道是因為疼痛還是其他原因，它們有點濕潤。

「阮先生。」他輕輕動著嘴唇，沒有發出聲音。

就算在這樣的狀況下，那雙漂亮的眼眸仍然是純粹的。這讓阮閑有點心煩意亂。

不過那隻緊扣自己手臂的手絲毫沒有放鬆的跡象，阮閑毫不猶豫地朝對方手腕又開了幾槍才終於掙脫。

就算是唐亦步，也不能放任那樣嚴重的傷口不管。對方勢必需要對傷口做簡單處理，自己則可以利用這段時間進一步攻擊，並且拉開距離。

他不是獵物，他不能是獵物。

但他們兩人又有什麼不同？唐亦步對自己有殺意，自己也毫無疑問想要殺死對方。奇妙的是，事到如今，他們之間也沒有出現半點相關的負面情緒，比如憎恨、排斥，或是徹底的否定……

太陽穴突然傳來一陣刺痛，阮閑的腳步踉蹌了一下。身後熟悉的味道窮追不捨，阮閑抓緊長滿刺的藤蔓，強行穩住身子，又回頭開了幾槍。

病房的鞋子不夠堅固，他的腳底沾滿血跡，早已被疼痛麻痹。阮閑沒有計算戰鬥到現在持續了多久，夜色越來越深，偌大的植物園彷彿變成了巨型怪物的腐爛屍骸，將一切衝突和流血掩埋在玻璃穹頂之下。

短暫的一瞥，他看清了唐亦步的臉龐。唐亦步兩手空空，身上的白大褂沾滿血跡，被槍彈轟擊得殘破不堪，露出黑色上衣。稍長的柔軟黑髮沾滿血跡，目光裡透出一點奇異的情緒，混合了疑惑和不捨。

「阮先生。」他第三次用口形呼喚他。

阮閑呻吟一聲。

又一波記憶翻湧上來。他預想過這種情況，卻沒想到翻湧上來的記憶這麼……令人窒息。

「閑閑，過來。」

那是個悶熱的夏天。他記得很清楚，母親將最後的存款付給了搬運公司，把小公寓裡的一切東西搬了出去。阮閑原以為他們要搬走——水電都被停掉，空氣循環和溫度平衡功能也被關掉，屋內被打掃得乾乾淨淨，除了兩個紙箱，基本上什麼都不剩。

在他一次次找到回家的路後，母親似乎暫時放棄了丟掉他的打算。

她會買飯給他吃，也會給他一些基本的止痛藥。沒了專門的藥物控制，阮閑的病情快速惡化，可他沒有吭聲，大多數時間都把自己關在狹隘的房間裡，默默等待死亡的降臨。

就在這時，母親卻突然打算搬離這裡。她打掃得十分仔細，甚至連卡在水管上的鏽鐵絲都鉗下來丟掉了。整間房間空蕩得有點不真實。

他蹲坐在空空如也的臥室角落，灼熱的空氣讓他忍不住出汗，吸收了汗水的衣服又黏在潰爛的皮膚上，痛得如同被砂紙磨過。

他光是忍住不出聲便到了極限，阮閑不清楚母親為什麼要專門把自己叫出來。

母親摸了摸他的頭，就像她剛把他從醫院帶回家的那一天。

然而下一秒，阮閑看到了懸掛於房頂管道上的繩索，以及下方用來墊腳的紙箱。

「門和窗戶都已經鎖好，鑰匙被我丟進下水道粉碎器了，按理來說時限還剩一個月。」

母親的語調帶著讓人毛骨悚然的絕望，

「我愛你，孩子，可你是魔鬼……我得證明我沒有錯……我得向大家證明這一點，我愛你，我盡力了……

「玩捉迷藏時，你不是永遠都能贏嗎？那我們換個新遊戲吧。」

作為患病的孩童，他阻止不了接下來發生的任何事。紙箱被踩塌，最終他只能勉強撐住母親懸空的腿，可他甚至撐不過三秒。

最後，他在母親眼裡只看到了恐懼和憎恨，她的表情永遠定格在那個瞬間，並註定在高溫中腐爛。

沒有水和食物，門窗緊閉，玻璃是單面透光的防彈設計。他如果想要盡量撐久點，方法只有一個——他清楚，他的母親也清楚。

或許這就是她想證明的東西，只是不知道是證明給世界看的，還是給自己看的。

阮閑在客廳角落縮起身子，母親雙腳的影子在月光下搖搖晃晃。

那天的月光就像現在一樣明亮。

阮閑忍住記憶快速上湧帶來的暈眩，又顫抖著朝唐亦步的方向射出幾槍。被折斷的手臂在緩緩癒合，他還有勝算，他不會被殺死，就像當初一樣……

然而唐亦步沒有放過他這幾秒的恍惚。

一聲巨響後，阮閑突然迎面撞上了什麼。

沉重的裝飾魚缸被唐亦步直接拔起，正面撞上了阮閑。太過結實的玻璃徑直把阮閑砸上背後的樹幹，阮閑很確定自己斷了幾根肋骨。而魚缸就算落了地，也只不過是多了幾道裂痕。

巨大的衝擊下，他一瞬間沒拿穩血槍。

糟了。

幾乎就在這個念頭閃過的下個瞬間，唐亦步按住了他。肋骨還沒來得及恢復，阮閑咳出幾口血，被對方狠狠按在地上。他微微側過目光，看見一條魚摔出了魚缸，正在離他不遠的地方努力掙扎。

他們同樣註定死亡。

他最終還是輸了，倒也沒有太多遺憾。是他沒有考慮到極端情況，以致於出現了這樣的意外——唐亦步原本就不是個會露出太多破綻的對手。

唐亦步先一步踢開血槍，大量失血讓他的動作看起來有點無力。他一隻手緊緊箍住阮閑的喉嚨，另一隻手按上他的額頭，用自己的體重將阮閑整個人釘在地上。

他們的臉相距極近，溫熱的血液從唐亦步頸部的傷口淌下，打濕了阮閑的拘束衣衣領。

阮閑沒有打算說話，他只是安靜地注視著那張熟悉的臉。

他清楚接下來會發生什麼，唐亦步按住自己額頭的手力道越來越大，似乎要徒手把自己的顱骨捏碎。他沒有掙扎，只是乖乖躺著，帶著他自己都無法理解的平靜心情。

那條魚還在地上掙扎，發出小小的拍打聲。

「我必須確認。」唐亦步說道，「你把它割下來了，耳環的防備系統卻沒有成功破壞你的腦，阮先生。」

他死死盯著阮閑：「是你做了什麼，還是你頭殼裡裝的根本不是電子腦呢？」

仿生人溫熱的吐息噴在阮閑臉上，還帶著一點好聞的味道。

阮閑沒有回答。

「你不記得了嗎？我對你說過，將它取下來也不會有用——這套防禦程式是我獨創的，不需要人為啟動。」

「那你在拖延什麼？」阮閑終於開口，並成功在對方的眼眸中發現一絲困惑和慌亂。

「你可以殺了我，停止我，隨便什麼……你在拖延什麼，亦步？我不需要知道這些。」

唐亦步的血還在不斷流淌，不知道是不是因為這樣，他看起來分外蒼白。那隻卡住自己咽喉的手在收緊，速度卻異常緩慢。

阮閑忍不住勾起嘴角，他伸出沾滿鮮血的雙手——失去武器後，唐亦步甚至沒有束縛他的手。

戰鬥留下的緊張感還沒消散，他的血液仍在燃燒。

阮閑勾住了唐亦步的脖子，用最後的力氣將對方的後腦往下壓，吻上了那雙殘餘著血跡的嘴唇。

那一瞬間，阮閑無法釐清自己的動機。

是為了給對方留下一個不可解的謎題作為報復、渴望最後一點點溫暖，還是紀念自己從未表達過的留戀……他不清楚，他只知道自己即將死去，而這是他最後能做的事情。

事情的發展就此失控。

他的脖子沒有被扭斷，顱骨也沒有被捏碎。唐亦步回吻了他，帶著一點猶豫，一點血腥氣，還有幾乎能引燃灌木的高溫。

呼吸的節奏被擾亂，肋骨痊癒的過程帶來鋪天蓋地的痛。阮閑四肢冰涼，他努力將手指插進唐亦步柔軟的頭髮，汲取對方身上的高溫。

這是一個漫長的吻。

戰鬥戛然而止，彼此廝殺帶來的高度興奮卻沒能立刻消退。情感在他的心臟和大腦中衝撞，漸漸變了味道。對方的胸膛因為呼吸而急促地起伏，近在咫尺的心臟如同一隻顫抖的幼獸。阮閑喜歡這種感覺。

或許是頻繁受傷加快了他的機體代謝，或許是死亡和壓抑最終成就了混亂。他的頭痛得彷彿快要炸開，原本勉強算得上冷靜的腦海如今就像煮沸的水。

記憶在快速恢復，並且無視了所有伴隨而來的副作用。身體本能地抖著，背後的大地彷彿在搖晃。他想吐，想暈過去，偏偏又亢奮得要命。

於是他只能繼續啃咬唐亦步的嘴唇，從對方口腔瘋狂掠奪呼吸和溫度。他們從未帶著下一秒就要撕碎對方的氣勢，吻得如此深過。

阮閑全部想起來了。最灰暗的記憶在腦海深處爆裂，像是堤壩開了第一道裂口，那之後的所有記憶便奔湧而出。

這件事背後倒沒有太多感情方面的因素——他只是得到了一個機會，而後向著能夠將利益最大化的方向前進。

為了接觸到洛劍，他和唐亦步必然有一人要假扮病人混進來。按照唐亦步那種謹慎的性格，肯定不會交出主導權。自己也沒有站得住腳的理由拒絕，一味排斥只會引起懷疑。

換個角度想，就算唐亦步甘願作為病人潛入，自己也未必會願意相信唐亦步傳出的二手情報。那個仿生人不僅立場神祕，人也狡猾得要命，他提供的消息未必可信。

想通了這點，接下來就只需要思考如何利用這個微妙的情況了。

入院需要檢測血液中的藥物濃度，而對人的記憶抑制劑能夠很好地證明他是否擁有人類的大腦，這種高級抑制劑似乎只能在這裡拿到，這是不可多得的機會。

問題只有一個——一旦他真的擁有人類的腦，因為藥物原因而失去記憶，唐亦步很可能發現破綻。

自己從根本上隱瞞了對方。先不說唐亦步一向不願親近人類，作為仿生人去尋找阮閑，和作為一個擁有阮閑相關情報的人類去尋找阮閑，其中的含義完全不同。

如果自己是人類，當初「阮教授銷毀S型初始機」的說辭很難再站得住腳。唐亦步那枚耳釘也未必能對自己發揮作用，若站在唐亦步的立場思考，阮閑也不會把這種來路不明的傢伙放在身邊。

畢竟還有人類站在MUL-01那邊，和阮教授熟識的范林松也行蹤不明，八成是落入了主腦手中——畢竟MUL-01擁有偽造阮閑記憶的資源。

至於這具身體是否屬於「阮教授」本人，阮閑自己都無法確定。

所以就算余樂曾說過，主腦不會輕易把秩序監察安插到利用率不高的地方。他們都對唐亦步背後代表的勢力一無所知，說不定它真的值得主腦下這個苦工。有段離離的例子在前，記憶操作的技術在後，他無法證明自己與主腦不是一路。

一旦事情暴露，唐亦步極有可能動手。因此事前的準備非常必要。

如果說這世上阮閑最了解誰，答案勢必是他自己。他無數次把自己剖開分析，像解析一套程式那樣細細推斷，他清楚自己可能做出的一切反應。

於是，他成功給予了自己武器，給予了自己和唐亦步正面交戰的機會。

可他還是輸了，輸在一個小小的細節之上——他曾分析過那顆致命的耳釘，本以為那種大小的機械做不到脫離活體並自動攻擊。

在尖端機械設計方面，唐亦步終究棋高一著。

阮閑沒有結束親吻，他從喉嚨裡發出舒適的嘆息。這個深吻會讓唐亦步更快恢復，不過如今已經無所謂了。

一切都無所謂了，他一隻腳踏上了死亡邊緣，而那種墜落感讓他渾身起雞皮疙瘩。

這無疑是死亡前的狂歡。就算他死去，也必然要以支配者的姿態退場。阮閑伸展雙臂，扯去已經被鮮血和槍彈破壞得差不多的白色外套。他刻意捏緊那些沒來得及癒合的傷口，感受溫熱的血液滑過皮膚的觸感。

「混蛋。」阮閑主動逃脫了那個吻，笑著嘟噥，聲音很低。他還沒有死去，整個身體卻已經有了跌入岩漿的焚燒感。

可是唐亦步還沒有結束的打算，或許那仿生人打算等傷勢完全恢復後再動手。這倒也符合唐亦步的性格……

然而在他走神的短短幾秒，唐亦步修長的手指滑過拘束衣上的金屬裝置，接著拿出蜷成卷的黑色束縛帶，阮閑的手腕在一瞬間被緊緊箍住。唐亦步卡住他喉嚨的手終於鬆開，他支起身體，自上而下俯視著阮閑，表情讓人有些看不懂。

「你是人類。」他說，語調有點古怪，將阮閑被束縛起來的手腕狠狠按住。

「算是吧。」阮閑舔舔嘴角的血跡和淤青。

他將自身所有感知盡數啟動。細小的疼痛變得令人瘋狂，對方的體溫和氣味瞬間將他死死壓在地上。

阮閑抬起頭，確定自己嗅到了對方的欲望——機械生命終歸是生命的一種，更別提擁有純人類外殼的唐亦步。那仿生人血液中相關激素的濃度在升高，正如他自身的。

兩人沉默地對視，被放大的感官讓阮閑想到剛在這個時代甦醒的那天。

就這樣結束也不錯。

對方想要殺死他，同時又確確實實渴望著他，甚至因此動搖。他們之間的戰鬥只關乎利益和生存，如同獅子捕獵羚羊那樣理所當然，但那仿生人居然動搖了。

阮閑的勝算已經歸零，他不需要再考慮生存問題，因此多了不少觀察唐亦步的餘裕。對方混亂的樣子讓他有點近乎心理扭曲的愉快，以及一絲微妙的心酸。

他漸漸控制不住臉上越來越濃的笑意，哪怕這樣會使得他受傷的嘴唇更加疼痛。阮閑掙扎著弓起身體，引得唐亦步蹙起眉，將他按得更緊。

「我還沒見過你這麼猶豫的樣子。」阮閑用乾啞的嗓音輕聲說道。「你明明知道你該做什麼。」

「我的確知道自己該做什麼，但我想不通原因。」唐亦步像是在認真苦惱。

阮閑發出一陣低笑，垂死的魚在翻騰，星空在他面前閃爍。那絲心酸的感覺也消失了，在激素的作用下，他的心裡只剩下輕飄飄的愉悅感，像是喝醉了酒。

「觀察敵人的細微動作。」阮閑重複著記憶裡的語句。「閱讀他們的反應，不要去想，不要在腦內詳細制訂計畫——觀察，然後動起來。

「……這可是你教我的，亦步。現在看來，你自己也——」

阮閑沒能說完這句話，因為他再次對方被吻住了。唐亦步沒有再吭聲，能撕扯鐵皮的手輕鬆扯開拘束衣無比牢固的縫線。

阮閑將視線從星空移回唐亦步的眼睛，他配合著對方的動作，趁唐亦步的鼻尖蹭過臉頰時捉住他，吻上了那雙眼睛。

「這就對了。」阮閑的喘息越發混亂，但他沒有收回全開的感知。

包括死亡，接下來的一切都未知且無法推斷。阮閑沒有再說話，只是用盡力氣去回應對方。過強的感知幾乎把他的思維灼燒成白色的灰燼，他無法再聽到那條魚垂死掙扎的聲音，灌木摩擦的唰唰聲，或是皮膚相觸的聲響。

他的世界再次只剩下一個人。

死亡將至，他為自己搭的厚重防禦徹底碎裂。整個世界在他的視野裡翻轉顫動，大腦漸漸無法思考，這次阮閑沒有壓抑自己的聲音。

唐亦步很清醒。

倒不如說，他從未如此清醒過。他的肩膀和前胸被子彈打得血肉模糊，左肩是重傷區，疼痛燒得他頭皮發緊。脖子上被炸開一道猙獰的傷口，堪堪避開大動脈，湧出的血像是永遠不會停止。

可他仍然很清醒。

他不明白他的阮先生為什麼突然吻上來，正如他不明白自己為什麼因為生理衝動而停下殺死對方的計畫。歸根結底，他甚至不明白為什麼自己還有衝動。

根據資料來看，缺乏同類的生物會對異種產生求偶行為。然而作為世上唯一的機械生命，唐亦步無法理解這種行為為什麼會出現在自己身上。

他沒有繁殖的必要，也不需要在這種要命的時刻處理生理問題。那麼結論只剩下一個——根據他所掌握的資訊，他對他的謀殺目標有著超出一般程度的好感。

這簡直毫無道理，唐亦步心想。沒有充分的解析和預判，他還沒搞清楚發生了什麼，這個結論就迎頭砸中了他。

他甚至說不清他為什麼喜歡對方，或許再給他一個小時，他能就此寫一篇分析報告。如今他的注意力很難從對方身上移開——只要一個念頭，唐亦步便能把血液中飆得亂七八糟的激素調整至正常水準，但他卻意外地不想那麼做。

自己的食欲又回來了，不過這次的形式有點古怪，就像在荒漠裡又餓又渴地撐了一個月，如今面前陡然出現一桌最高規格的盛宴。理論上他有拒絕的能力，可無論怎麼看，這都是一種天大的浪費。

唐亦步沉思了不到半秒，決定任由體內的激素再飆一下。這是個完美的觀察機會，很可能成為課題的珍貴材料，而且他很確定，自己會非常享受這個過程。

血槍被踢遠，對方的行動能力被掠奪，並且看起來很願意配合。再算算預先準備的監視器畫面替換時間，他們還可以在這裡揮霍挺久。

唐亦步沒有真正實踐過，龐大的知識量終於在這時派上了用場。從對方的反應來看，他的做法應該沒有任何問題。眼看著對方的意識慢慢消失，唐亦步停下動作，用手撥開對方被汗水浸濕的鬢髮。

無論是作為觀察者還是作為這個荒謬行為的參與者，他都有必要把自己的結論告訴對方。

不，不對。他自身也「想要」告訴對方。

「你喜歡我，對嗎？」

唐亦步摸了摸對方新生的、沒有耳釘的左耳。

「我也喜歡你。」

他停頓片刻，捏了捏那柔軟的耳垂。

「……我還不想放手，阮先生。」他輕聲說道。

阮閑很少真正喪失時間觀念。就算在危險的戰場或者安靜的午夜，他對時間流逝的感知也不會出現太大的起伏。

可這回他徹底忘了時間，這一刻的現實就像一場過於鮮豔的夢境。若說感知全開的神經敏感到能被霧氣中的水滴擾動，那麼眼下他面對的就是一場海嘯。

第一次好好觸碰人的皮膚、第一次真正的擁抱、第一次親吻，包括如今的第一場歡愉，所有關乎溫度的記憶都和面前危險的生物有關。

「你喜歡我，對嗎？我也喜歡你。」他聽到唐亦步這樣說，「……我還不想放手。」

那仿生人語調直率，看起來卻前所未有的迷茫。唐亦步的動作沒停，世界在瘋狂搖晃，對方的汗水不斷落下，混著鮮血滴在阮閑的頰側。

在感官衝擊的巨大旋渦中，阮閑堅定地維持住搖搖欲墜的神智，用被縛住的雙手勾住唐亦步的脖子，吻了吻對方的耳廓。

「對。」他肯定了對方的說法。儘管對死亡沒有太大的恐懼，阮閑也不太想和他說再見。

他又想到廢墟海的星光。

他腦中有個理解得還不夠充分，但意外適合唐亦步的形容詞。阮閑掙扎著調整呼吸，好讓這句話不被自己費力的喘息打斷。

「……你是我見過最美的東西。」

阮閑並沒有多麼渴望過被愛，此前他只是簡單地活著。像窩在陰暗洞窟內的苔蘚，或者沉眠於冰層的病菌。

若不是阮閑自己不信神，他肯定會認定命運不過是神的玩笑——罕見的疾病為他的生命長度設下了嚴格的限度，自己註定活不了太久，但似乎也無法提前死去。

他的母親做出了最不合邏輯的選擇，沒有在他五歲前把他送去人道處刑，所以他活了下來。而此後的毆打和拋棄也沒能真的讓自己死去，每次歸家都順利得不可思議。斷藥之後，儘管疾病迅速惡化，他卻仍然吊著一口氣，麻木地活著。甚至連母親親手鑄造的絕境都沒有帶走他的性命。

如今他記得很清楚。阮閑抱緊唐亦步，望向晴朗的夜空，突然有種釋然的感覺。

母親為他設下了最合乎邏輯的選擇，試圖向世界證明他的異常。可被遺棄在密室裡的自己沒有去動母親的屍體，只是任由它慢慢腐壞。

尚年幼的阮閑沒有害怕或者絕望，而是感受到了某種冰冷的空虛感。

他從還沒有乾透的浴室和廚房弄到了最後一點水，選了自己最為安心的角落，在那裡慢慢等待死亡——自動空調停轉，屋內密閉度又高，他就像被關進了一個悶熱腐臭的蒸籠。一個身體虛弱的孩童若是不及時補充水分和能量，根本活不過太久。

然而一點點喝完水，等到視線模糊的那一刻，阮閑仍然沒有去食用那具屍體。

阮閑不知道自己當時想要證明什麼。「異常」這件事還沒來得及給他造成困擾，他也不認為自己對母親有著多麼深厚的愛意……他只是有點難過。

彼時阮閑無法解析那份感情。它無法讓他流淚，可是能夠讓他固執地坐在原地，眼睜睜看著屍體逐步膨脹。

空氣濕熱，可他只覺得冷。

他再次醒來時是在醫院，一個小小的巧合救了他——隔壁住戶安裝的空氣處理器剛好壞掉，屍體腐爛的惡臭飄進了他的房間。忍耐數天無果，壞脾氣的住戶報了警。

一次又一次脫離預想中的既定結果，他就這樣一路活了下來。由於巧合過於頻繁，阮閑幾乎要開始對母親關於魔鬼的那套說法買帳了。

如果自己的記憶是真的，范林松瞄準他頭顱的那一槍沒能殺死他。而現在面對幾乎註定的死局，唐亦步也……

明明自己算盡了可能，現實卻總有更荒唐的回應。

阮閑索性不去再控制臉上的笑意。

那仿生人的體力像是無窮無盡，而且看起來想要實踐至今為止學習到的所有相關知識。阮閑在自己的神經被徹底燒熔前，盡力做出了警示。

「如果你不打算殺死我……嗯……」他輕輕咬了口唐亦步的下唇，「這……這裡不安全，我們之後還有時間……」

「我算過了。」唐亦步用舌尖舔去阮閑嘴角的血跡，「我們還有十五分零八秒。」

「還不錯。」阮閑將這個動作引導為又一個纏綣的吻，「……但你得留下談判時間。」

他順手抓了抓唐亦步腦後沾滿汗水的黑髮：「我們的談判時間。」

「我思考過這個問題。」唐亦步用手摩挲著他的臉，指尖從眼角到唇角，又滑到下巴。「我們現在就可以談。」

「……你這個瘋子。」阮閑用口形無聲地說著，「不過也好。」

「我需要一段時間分析我對你的感情問題。」唐亦步小聲說道，呼吸有些急促。「以及……雖然可能性不大，但我還是想確認，那枚耳釘，你有沒有動手腳？」

「要審問我嗎？」阮閑調整了下姿勢，他的手腕被綁得有點疼。

「是啊，畢竟根據你的——」唐亦步低頭，再次來了個深吻，同時加大了動作幅度。阮閑模糊地「唔」了聲。

「——所有生理指標看來，現在的你很難將情緒偽裝好。就算是電子腦也會受到這類刺激影響，正好適合審問。」

他將阮閑擁緊：「回答是或不是，有或沒有就好。」

「沒有。」低喘數秒，阮閑才成功找回自己的聲音。「我沒有對它動過……唔……」

「既然你真的是人類。」唐亦步自己也好不到哪裡去，他的聲音有點斷斷續續。「是服從於 MUL-01 的人類嗎？」

「不是。」

「是否有 MUL-01 那邊的人私自接觸你？」

「……沒有……」不得不說，唐亦步找了一個不錯的方式。阮閑只覺得腦漿即將融化，在這種衝擊下，他的確很難完美地偽裝自己。

「你和阮閑有關？」

阮閑發現自己沒有力氣發出聲音了，他用點頭代替了一個「是」。

唐亦步吻了下他的唇角，喉嚨裡發出輕微的咕噥：「很好……至少不是敵人……」

接下來那仿生人沒再說話，阮閑猜他正在完成最後一波「知識實踐」。又過了數分鐘，阮閑懶懶地癱在草坪上，眼看著唐亦步慢條斯理地穿好衣服，然後解開自己手腕上的束縛。

「阮先生，在我理清我的問題前，你最好不要有什麼超出常規的舉動。」唐亦步努力板起臉，可是還是藏不住一點柔軟的目光。「我會讓π一直跟著你……啊。」

「啊。」阮閑同樣想起了這回事，鐵珠子還被他們晾在不遠處的樹叢裡。「等等你去解釋吧，亦步。」

「……」唐亦步抹了把臉。

「不過還有個問題。」

阮閑甩了甩痠痛的手腕，開始用沾有血跡的布料擦拭身體。S型初始機的幫助讓他很快恢復了力氣，只剩一點運動過度後的疲勞感。

「現在你知道了我的身分，而我對你仍然一無所知。」

簡單清理後，阮閑將布料扔到一邊，決定打鐵趁熱。

「S型初始機在人類手裡，這個消息如果散佈出去，對於我來說同樣致命……如果我們之後還要合作，我希望我能獲得同等價值的情報。」

如果自己真的是仿生人，人類不會對一個非我族類的角色報以期待。但若自己是人類，這個情報本身就會成為某種刺激，MUL-01會用最快的速度讓全世界看到他被摧毀的模樣。

唐亦步不會想不到這一點。

他扶著身邊的樹木，站起身，大方地將碎裂的拘束衣攏了攏。「畢竟我對你的理解只限於『不服從於主腦的仿生人，背後牽扯到其他勢力』這點。在這個地方，你沒辦法在短時間內弄出制約純人類的耳釘吧？」

阮閑理了理被汗水浸濕的頭髮，腳步有些不穩地走到唐亦步面前，摟住對方的腰。

「你也見識過我的能力了，如果我打定主意想跑，這點監視可攔不住我。」

「可是我們彼此喜歡。」唐亦步似乎有點暈頭轉向。

「我會在遠方思念你的。」阮閑在對方體溫的包裹中舒適地瞇起眼，「另外，這和我們互相提防並不衝突。一點情報換我這段時間老實待在你身邊，我個人認為這筆交易挺不錯。」

唐亦步對此保持沉默。

難搞的傢伙，阮閑在心裡嘆了口氣。事情到了這一步，他有更好的應對方式。

唐亦步此前的問題幾乎全都是在試探自己的立場，看得出那仿生人和主腦絕對不是一路。既然自己的人類身分已然暴露，記憶又有被偽造的可能，索性將部分資訊提供給對方也不是不可以。

「如果你給我足夠有價值的情報，我可以再加點籌碼。」阮閑將臉湊近。

唐亦步向後退了一步，一副陷入思考的模樣。他看了阮閑幾眼，似乎認定注視對方會讓自己的狀態變差，於是又嚴肅地轉過了身。

真可愛，阮閑噗嗤笑出聲。

「我可以告訴你『我的記憶裡』，我和阮閑的關係。」阮閑一步步加重誘惑。「不過我不保證我記憶的原裝性，這點得說在前面。」

唐亦步又轉回來，看起來更嚴肅了。

「……我不會欺騙你。」阮閑攤開雙手，「當然，如果你想用剛剛的『審訊』方法，我也完全沒有意見。」

「可以。」唐亦步像是得出了結論。「我會提供給你一點關於我的情報。不過在那之後，我們之間只剩下相互合作，或者我殺死你兩種可能。」

「嗯哼。」阮閑做出了個歡迎的動作。

唐亦步走近幾步，雙手捧住阮閑的臉，用額頭抵住他的額頭。他嘴唇張合，沒有發出一丁點聲音。

「我的這具身體融合了A型初始機。」唐亦步無聲地說道，「考慮到我們會長久合作，你又有極強的觀察力……這個情報應該算剛剛好的程度。至於我怎麼得到它的，我以後會視情況告訴你，現在你——」

阮閑有點意外，不過也只是有點。

由於缺失末日相關的記憶，他沒有A型初始機被銷毀的強烈印象。從唐亦步頗為異常的戰鬥力，以及某些狀況下莫名的自信來看，唐亦步的推斷是正確的——自己發現這件事真的只是時間問題，提前公開反而更利於唐亦步行動，並且威脅自己。

作為相互牽制的情報，阮閑也想不出更為合適的。

……還真是個狡猾的傢伙。

「不錯的情報。」阮閑維持著額頭相抵的姿勢，「那我也可以給出我的。」

唐亦步眨眨眼。

阮閑則勾起嘴角，抹了抹對方臉上殘餘的血漬。

「在我的記憶裡，我就是阮閑。」

唐亦步向來習慣保留些底牌，能用三分力，絕不肯出五分。他在這個扭曲的世界行走多年，還沒有遇到過真正不可控的狀況。

然而現在他遇到了。

為了保證自己的呼吸、心跳和表情不露出異樣，唐亦步幾乎用盡了全身力氣。

知道「阮立傑」是人類後，他對自己這個神祕搭檔的身分做過一點推斷。

如果那人是人類，當初就會比自己先一步到達S型初始機的藏匿點，並且用肉體將它銷毀。結合對方當時的身體狀況，可能性只有一個——「阮立傑」很可能之前沉睡於某個隱藏的休眠艙中，並按照預先的設置被喚醒。

從這個角度考慮，阮先生對自己說謊也是情有可原。他畢竟不屬於反抗軍的勢力，如果對方真的和阮閑有較為緊密的聯繫，提防自己也算合理。

那裡的密封機關按理來說只有阮閑能打開，他總不會把自己人死死困在裡面。那麼為了離開儲存初始機的密室，阮教授將部分記憶託付給這個人類也是情有可原的。

這也能解釋對方和阮閑那一點奇異的相似。

……但是這套邏輯僅僅存在於理論中。

唐亦步認知中的阮閑不會那樣做。阮教授對於機械生命有多麼果斷殘酷，對於自然生命就有多麼敬畏。

除非阮教授那邊有什麼迫不得已的情況，對S型初始機有複雜的後續安排。至少目前，唐亦步看不出這種和安排敢死隊無異的設置有什麼必要性。

總而言之，單純銷毀的話陣仗太大。而作為特地強化的反抗軍骨幹使用，又跟「阮立傑」的性格有點不搭——作為人類的「阮立傑」擁有極其出色的智慧，以及冰冷怪異、可以說是不近人情的性格。這種人不適合作為部下或者領袖培養。

對於自己欠了人情的人，他的阮先生倒是會相對積極地援助。剩下的時間裡，阮先生的行為更適合用「固執」、「異常」、「我行我素」之類的詞來形容。

一切都說不通。這個人就像一把尖刀，毫無道理地刺入他的世界，將他精心維護的一套套邏輯割出裂口。

「在我的記憶裡，我就是阮閑。」現在那人這麼說。

不可能。

唐亦步很少魯莽地做出結論，這個念頭卻本能地冒了出來。對方的記憶一定是被修改過，這其中肯定有更深層的計畫或者陰謀……

然而他越想，越覺得一切只不過是自己用於否定的強行論證。他深吸一口氣，保持著面無表情的狀態，將注意力放回對方身上。

這件事原先是多麼迷人的謎題。而在他說出那句話之後，謎題化為迷霧，漫過他瘋狂轉動的思緒。

他和他的阮先生臉挨得極近，他們額頭相抵，唐亦步仍能感受到對方激烈運動後升高的體溫。他還記得對方皮膚的觸感，肌肉顫抖的細節。那人就那麼笑著看向他，漂亮的眼睛微微彎起，眼角帶著一絲紅意。

呼吸也很是灼熱。

不可能，唐亦步在心中重複。對方似乎在等他給出回覆，可自己的腦內亂成一團，根本給不出什麼像樣的回答。

不能自亂陣腳，他必須等釐清大致事實後再下結論。這個人不一定是阮先生，不一定是……

「我該怎麼稱呼您呢？」

十餘年前，他曾這樣詢問過坐在輪椅中的阮閑。

「我發現了，你會在非常想得到我的回饋時使用敬稱。」記憶裡的阮閑摸摸下巴，「『管理員』這個稱呼有什麼問題嗎？」

「我不喜歡。」

當時他的想法異常簡單——連那些傻呼呼的老舊系統都會叫他們的主人管理員，自己與阮閑之間的關係可沒有那麼普通。不知道為什麼，他想要個特殊點的稱呼。

「那你可以像其他人一樣叫我阮先生，或者阮教授。」阮閑沒在這個問題上過多糾結，他正忙著偷吃軟糖。

「我還是不喜歡。」當時還是 NUL-00 的他倔強地反駁。這兩個稱呼不夠特殊，雖然他不明白為什麼自己想要「特殊」些。

「……那你想叫我什麼呢？」阮閑笑了笑，身體突然抽搐了一下。唐亦步清楚對方的老毛病又犯了，所以等到阮閑緩過呼吸，才慢慢給出答案。

當初的他對比了無數資料，得出了一個相對滿意的答案：「飼養員。」

阮閑笑得咳嗽起來，差點噎到。

「不行。」還沒等阮閑咳嗽完，他就自己否定了這個提案。「你沒有真正意義上餵過我，也沒有幫我洗澡或者梳毛。」

見阮閑笑得夠嗆，他在空氣中投出了幾個「:D」，隨後用聽不太出情緒的合成音繼續。

「父親。」他說。

阮閑的笑容慢慢消失了。

「父親。」唐亦步重複了一遍，為自己新發現的稱呼偷偷得意了一下。

「你是我的創造人，你教會了我關於這個世界的所有知識。而你的性別是男性，我認為父親這個稱呼非常合適。」

「抱歉，我不能接受這個稱呼。」笑容消失後的阮閑，語調中帶著少有的僵硬。

唐亦步承認，當時自己有那麼一點不愉快。他沒有出聲，在空氣中投了一個非常巨大的「喔」。

「為什麼？」半晌之後，他積極追問，試圖改變對方的想法。

「現在對你來說還太早，等你對人類感情的研究再深點，我會把這當案例告訴你。」阮閑擺擺手，語調中的僵硬很快消失了。「我不會改變主意的，NUL-00。」

他知道一旦阮閑真的下定決心，再糾纏下去也是徒勞。於是他停頓幾秒，又在空氣中不滿地投出一個更大的「喔」。

阮閑的笑容重回臉上，伸手拍了拍他用於散熱的巨大主機殼。「別鬧脾氣，我今天多陪你一下，怎麼樣？」

「好。」他扔出一個標準的合成音單字，突然有了主意。這回他依舊沒有明確稱呼那個人，只是扔出兩個簡單的笑臉，表示自己情緒已經恢復——

:D :D

他所熟知的阮閑一直坐在輪椅上，一副被病魔啃噬過後的模樣。那人從不談及他的過去，但願意對自己敞開部分心扉。

阮閑是他概念上的「父親」。

直到那場突然的告別之前，阮閑對自己一直稱得上「溫和」。雖然那份溫和比起本性使然，更像是兩個快凍死的人在雪原相遇，為了活下去而彼此取暖的本能。

既然你自稱是阮閑，那你當初為什麼要不告而別呢，我的父親？

可惜自己不能問，唐亦步咬住嘴唇。「阮立傑」的身分尚未明晰，對方又太過敏銳，一旦被抓住蛛絲馬跡，自己是NUL-00的事情很可能會暴露。那是他藏在金字塔頂的事實，絕不容許有任何閃失。

於是他只能暫且用別的回答來搪塞。

他不再抵著那人的額頭，而是伸開手臂，順手攬住對方的腰，再次吻住他的嘴唇。他窮盡了自己腦海中的所有知識，舌尖交戰似地纏繞，瘋狂掠奪對方的呼吸。直到懷中的身體慢慢軟下去，顫抖著失去平衡。

「……我有點不明白這個回應的意思。」他的阮先生坐在地上喘息著，片刻後才找回聲音。

「交換情報的獎勵。」唐亦步背過身，走向π藏身的灌木叢，以確保自己的表情不會被看見。「你似乎很喜歡這些。」

說罷，他把在樹叢裡瑟瑟發抖的鐵珠子拽出來。縮在助理機器人外殼裡的鐵珠子發出長長一聲帶有哭腔的「嘎」，隨後是瘋狂而密集的短促嘎嘎聲。

唐亦步一邊簡單地點頭回應，一邊把它抱進懷裡，從助理機器人的空殼底部掏出兩套密封壓縮過的衣服。他簡單地安撫了鐵珠子，才將它再次放回外殼。

「根據某人沒完沒了的程度來看，喜歡做這種事的人不只我一個。把這個當做單方面的獎勵，是不是有點不太合適？」

阮閑注視著對方的背影，微微提高聲音。對方的吻技和其他技術一樣高超，他被吻得雙腳發軟，索性就這麼在草坪上坐好。

幾個小時過去，那灘積水裡的魚已經沒了繼續掙扎的力氣，只能艱難地維持呼吸。阮閑瞧了它一眼，拈起它的尾巴，將它丟進附近的排水溝。

唐亦步的反應和他的預想有點差異。他知道對方可能會思索一陣，卻完全沒想到平時連即食品配料表都要仔細閱讀的唐亦步，這回居然沒有問他任何問題。

那仿生人反倒給了他一個莫名其妙的吻。

看來唐亦步和他背後的勢力比他想像的還要有意思，阮閒心想。他摩挲濕潤的下唇，剛打算對現有情報來個綜合分析，就被一套新拘束衣擊中胸口。

「還特地準備了衣服？」阮閑揚起眉毛，他大概能猜到它的用途，但不知為何現在很想逗逗唐亦步。

「我們交戰的可能性很大，衣物很可能損壞。」唐亦步自己也披上白大衣，表情僵硬得像尊蠟像。套著助理機器人外殼的 π 還在他腳邊搖晃著打轉，彷彿喝醉了酒。「快穿上，我們得立刻離開這裡。」

「明天再聊也不是不行。」畢竟監視器畫面是由對方偽造，自己也不清楚事先安排好的時間點，阮閑沒打算拖延這場談判。「你準備了什麼？」

「火災。」唐亦步仍然一副腦子超負荷運轉的模樣。

「挺合適。」阮閑順手拍了下鐵珠子的外殼，後者緊張地嘎了幾聲。「剛才你和 π 說了些什麼？」

「你叫得太大聲，它以為你受了什麼傷害。」罪魁禍首一板一眼地答道，他雙眼凝視著面前的空氣，甚至將白大衣上的釦子全部扣錯位。「我告訴它你沒事。」

「唔。」阮閑並沒有對此感到羞恥，他彈了下焦慮抖動的鐵珠子。「畢竟機會難得，下次未必這麼方便出聲。」

唐亦步扣釦子的動作突然停下。

隨後他一把抱住鐵珠子，大步走在前面。阮閑聳聳肩，調整好拘束衣上最後一處暗釦，同樣大步跟上。

兩人在各種意義上都廝殺了一番，將事實抖出來後，阮閑反而發現了新的樂趣——趁唐亦步腦袋當機，逗弄他一下也很有趣。

他們身後傳來輕微的劈啪聲，一點火光劃破黑暗。阮閑粗略計算了下，考慮到唐亦步有很高的機率對消防系統做了手腳，再二十分鐘左右，植物園就會變成一片火海，徹底燒盡他們留下的一切痕跡。

他正在思考那條被自己扔到排水口裡的魚是否能倖免於難，唐亦步突然停下腳步，阮閑差點撞上他的後背。

阮閑一句「怎麼了」還沒問出口，唐亦步便嚴肅地轉過身，對他伸出一隻手。

「根據我原先的安排，如果你的肉體還『活著』，我會把你送回你的房間，然後等人發現你的腦部異常。」唐亦步的聲音比表情還要嚴肅。

「很合理。」阮閑抱起雙臂，活像對方打算處理的不是自己。

「但你現在還有思維能力，我也需要與你更密切地接觸，所以我決定跟你回你的房間。」

「然後呢？」

「我需要讓宮思憶認定，我們已經成為了固定的性伴侶……或者說，我們搞在一起了。」

唐亦步難得沒有直視阮閑，而是看著自己伸出的手。

「根據剛剛發生過的事情來看，這也不算什麼謊話。」阮閑還是不清楚那仿生人在計畫什麼。

「目前我無法對你所宣稱的身分照單全收，也無法立刻解析出我自己的情感問題。」唐亦步站在白色的長廊裡，銀色的月光透過窗戶打在他身上，那仿生人身上的非人氣質又重了幾分。

「但假設你真的是阮閑，我有理由將你拴在我身邊。」

「……我不太喜歡『拴』這個詞。」

「所以我考慮了一下，除去我們之間的情報制約，我想再增加點別的東西，確保你不會想要跑掉。」

那雙金色的眼睛眨了眨，唐亦步的目光展現出前所未有的認真。

「你我彼此吸引……或者說，彼此喜愛，床事也非常契合。根據我理解的人類資訊，適當的親密關係可以削弱你離開的意願。」

「所以？」阮閑有種微妙的預感。

「我認為我們應該鞏固這種親密關係。」唐亦步用一種類似於報告的口吻說道，「這是嶄新的合作，握個手吧，阮先生。」

「……」

「為了保證真實性，我們等等需要再來一次，確保讓宮思憶發現。你的答案會直接關係到待會我們表現的自然程度，如果不行，我可以再考慮別的方——」

阮閑沒有握住那隻手，他反手托住，輕輕咬了口唐亦步修長的手指。

「當然可以。」他說。

「不過這是我聽過最糟的求愛了。」

CHAPTER 40 投名狀

阮閑摸了把床頭，精準地抓住水杯，給自己灌了半杯水。

東方發白，太陽即將升起。植物園起火的警報還在他們耳邊嗚嗚作響，所有病房的門都被強制關閉。這種狀況已經持續了兩個小時，窗外的火光早已微弱下去，阮閑懷疑預防收容所的行動重點早已從滅火轉為調查。

不過這和他沒什麼關係。

警報響起後，唐亦步直接被關在了阮閑的病房裡。兩人藉黑暗藏住臉上沒擦乾淨的汙垢，一起沖了個澡，隨後在床上又耗了兩個多小時。

現在阮閑懶得再坐起身，儘管恢復力讓他不至於全身痠痛到撐不起身體，可大腦像是被酒精泡過，充滿熱騰騰的慵懶和滿足。他的小腿還搭在唐亦步的腿上，對方的體溫源源不斷地湧過來。

之前阮閑對這檔事的了解僅限於理論和書本，考慮到自身情況，他從沒有對它產生過多大的興趣。

如今他總算懂了點人們痴迷於此的理由。

肌膚觸碰帶來的踏實感已經超出他的預期，事實證明，腦內分泌的激素從不會騙人。一場熱水澡外加柔軟的床鋪，讓原本接近於廝殺的激烈氛圍褪去。除了在植物園中已經糾纏了不少時間，兩人擁抱彼此的用時也遠遠超出了做做樣子的程度。

就算知道監視器另一端有旁觀者，兩人也沒有露出半點猶豫或者局促。這次唐亦步沒再搞什麼審訊花樣，他們只是緩慢而真切地感受彼此。

阮閑搖了搖杯子裡剩下的冰水，隨手向唐亦步抬杯示意：「喝水嗎？」

受了不少驚嚇的鐵珠子在房間角落呼呼大睡，而唐亦步半倚在床頭，髮梢末端掃過鎖骨，面朝窗外發呆，金色的眼睛在逐漸亮起的夜色中分外誘人。

阮閑又往杯子裡添了點水，終於撐起身體，又吻了吻那雙眼睛。

「謝謝。」唐亦步像是回過了神，他雙手接過杯子，小口啜飲。喝完後，他順著床頭躺回被窩，把自己裹成繭，目光灼灼地看著阮閑。

阮閑會意地躺下身，側過身體，好讓監視器拍不到他們的嘴部動作。

「先不說我自己的問題，我對你的事情越來越好奇了。」阮閑眼看著唐亦步伸出手，任對方撫摸自己的面頰和五官，有意無意地試探。「如果我真的是阮閑，這種關係不會給你帶來什麼麻煩嗎？」

唐亦步思考半天，表情有點僵硬地搖搖頭。阮閑看不懂那股僵硬的原因，但對方臉上沒有半點撒謊的跡象。

搖完頭後，那仿生人似乎覺得這回應有點冷淡。他又認真沉思了片刻，湊了上來，輕輕吻了下阮閑的唇角。

阮閑順勢摸了摸對方柔軟的頭髮。在外人看來，他們的確相當接近一對甜蜜的小情侶。

只不過他腦子裡現在想的是另一回事。

假設那個在外遊蕩的「阮教授」是冒牌貨，消息一旦傳出去，本來就受了重創的反抗軍很可能就此一蹶不振。而真正作為阮閑的自己，應該是 MUL-01 以外的勢力感興趣的對象——就算缺少關於製造 MUL-01 的記憶，只要收集足夠的資訊，阮閑相信自己還是能夠找到對付它的方法。

MUL-01自然也能推測出這件事，一旦消息走漏，自己絕對會成為最高順位的暗殺目標。

所以其他勢力的「興趣」未必是友善的那種，畢竟不一定所有的勢力都想要和主腦作對。要是站在中立的立場，他們大概會離自己這個瘟神遠遠的。

那麼唐亦步的來頭就十分有趣了。

他擁有反抗軍聲稱已銷毀的A型初始機，卻沒有支持反抗軍的傾向。這一路上，阮閑也沒有看過唐亦步聯繫任何同伴。在得到頗為重要的情報，並和「可能是阮閑」的自己產生肉體關係後，唐亦步也不曾表現出急切需要個人時間、試圖聯繫誰的意思。

這個仿生人太過自由了，阮閑心想。

自己身上說不通的地方不少，對方也半斤八兩——在這個物資高度集中於主腦監視範圍的末世，唐亦步這種孤身四處亂跑的行為無異於自殺。

不過既然他們暫時不會分開，就代表探查的機會還有很多。

唐亦步似乎也在思考類似的事情，他們注視著彼此，在對方眼底撈到一點心照不宣的味道。

「宮思憶很快就會聯繫我。」唐亦步比著口形，隨手揉捏阮閑有點發紅的耳垂，彷彿指尖不放在對方皮膚上就不踏實似的。「我待會必須離開這裡。」

「我得再躺一陣子，畢竟免費給人看了成人頻道，我總不能一下床就活蹦亂跳。」阮閑輕哼幾聲。「我想我們的計畫都會有點變動，趁這段時間規劃一下也不錯。」

唐亦步猶豫了片刻，從床頭的衣服裡摸出那顆還帶著血跡的耳釘。

「……你就不能把它當作定情信物留給宮思憶看？」

「你的腦是生物腦，它無法真的傷到你。」唐亦步將那顆耳釘在他左耳上比了比。「戴著更自然些。」

「藉口。」

「你可以用它在近距離聯繫我。」

「不那麼像藉口了，但還是有點藉口的味道。」

「……我希望你戴著它，因為它是我給你的東西。」唐亦步繼續小聲說道，手指微微使力。

「你是怎麼判斷出來的？」

「逗逗你而已，以後不要太快說真話。」

阮閒話還沒說完，耳垂便一陣刺痛，他能感受到一點溫熱的血慢慢滲出。接下來更為溫熱的事物將它包裹住——唐亦步探過頭，含住了他的耳垂，將冒出的血盡數啜淨。

幾乎就在同一時間，唐亦步的手環發出了刺耳的尖叫。帶有宮思憶姓名的虛擬螢幕在半空中不停抖動。唐亦步輕輕嘆了口氣，站起身，開始慢悠悠地穿衣服。

「晚點 π 會帶早餐給你。」

「嗯。」

「別離開這裡。」

「嗯。」

唐亦步沉默片刻，低下頭，慢慢給了他一個擁抱。

「我不喜歡不告而別。」

那仿生人在他耳邊小聲說道，聲音依然溫和，卻帶著點莫名的酸澀和堅決。

「……如果現在你還打算逃跑，就算追到主腦面前，我也會親手把你拖回來。」

「說笑了。」阮閑忍不住摸了摸唐亦步的髮頂。「如果我要逃，肯定會跟你好好打個招呼

——冷處理分手這種事，我可不會幹。」

唐亦步沒再說話，他稍微理了理頭髮，直起身子，俯視著半躺在床上的阮閑。

「我很快會再來見你，阮先生。很快。」他說，「等離開這裡，我們有必要好好聊聊。」

時間回到一天前。

一出手就逮住了洛劍的兒子，余樂一路恍惚地回到公寓，給自己開了三瓶啤酒。季小滿從他們用餐的店裡打包了不少食物，倉鼠似地窩在牆角吃晚餐。

「你不吃嗎？」見余樂機械似地以同等速度喝下酒，季小滿終於忍不住出聲。

「奇怪。」余樂抹抹嘴，小聲嘟囔。「按那個什麼關海明給的消息，洛劍的家人不是應該全都被主腦殺了嗎？剛剛那個是什麼玩意？妳路上也查了，他爹真是那個洛劍，也不是撞名。」

余樂抹了把嘴邊的啤酒沫，打了個嗝。季小滿頗為嫌棄地瞪他一眼。

「也不知道那兩個小子在預防收容所怎麼樣了，希望能弄到點洛劍的情報。說實話，這地方讓我毛骨悚然。」

「注意音量。」季小滿懶得理會余樂的感慨，將一包蛋塔朝余樂的方向踹過去。

「哦。」余樂隨手將室內音樂調到最大，「說真的，妳不覺得嗎？地下城那邊雖然下三濫多，但好歹也有股人情味，這裡……」

他琢磨著該用什麼詞彙形容：「……和動物園的佈景一樣。」

「那個洛非不是仿生人。」季小滿小聲說道。

「你怎麼知道？」

「我趁他不注意，在他的飲品裡下藥了。」季小滿用特別平淡的語氣說道，「地下城沒用完的那個……唔，自製仿生人麻醉劑。」

余樂摟緊自己剛開蓋的啤酒，吞了口唾沫。

「雖然剩得不多，放不倒任何機械生命，還是足以讓訪生人表現出不適。可他卻沒表現出什麼異常。」

簡單吃完晚餐，季小滿動了動機械手臂，伸出機械腿，又開始每日例行的維修工作：「所以他應該是本尊，或者複製人之類的東西。」

「他拿出來的東西本身沒啥意思。」余樂拿起落在自己腿邊的蛋塔，隨便咬了口。「不過這個人倒是挺有試探的必要，我認為他可不是本尊。」

「為什麼？」季小滿停下擰螺絲的手。

「這麼說吧，我見過我姐的屍體。」余樂又灌了口酒，語氣稍稍冷了幾分。「如果她當時只是失蹤了，或者我沒有那麼確定她已經死了……要是在城裡撞見她，我肯定會衝上去跟她相認。」

「……」季小滿抿了抿嘴。

「我想你也明白，我們都不是什麼有抱負的人，能騙自己就騙騙自己，人生在世難得糊塗。那個洛劍年紀也不小了吧？哪怕他不確定對方是不是本尊，待在兒子身邊總比待在那個鬼瘋人院好。當然，這是我的個人看法。」

「你是說……」

「這麼大一個兒子在他面前，要說他不想親近，我是不信的。他可能和我差不多，親眼看見自己家人慘死，確確實實看過了屍體，沒辦法簡簡單單把自己騙過去。」

余樂把啤酒罐往垃圾桶一丟。

「所以才會強制把自己和寶貝兒子分開，省得時間一長，把自己的腦也洗了。不過這裡有那麼多亂七八糟的記憶藥，真要騙自己也不是沒辦法。

「那傢伙要嘛在掙扎，要嘛有別的計畫，誰知道呢？反正我不認為洛非是原裝貨。」

「那麼我們可以繼續與他接觸。」季小滿沒有反駁。「時間有限，若想快速打入一株雪，我倒有個辦法。」

「哦？」

「投名狀。」

「投名狀？雖然我們腦袋裡是有不少不正經的玩意，但是妳要去哪把器材和材料弄到手？」見季小滿擺弄著地上的零件，余樂以為這個年輕的機械師也想弄個記憶雞尾酒，或者類似的東西。

然而他們連在公寓裡大聲說話都做不到，這裡不比地下城，零件和機械全都被主腦牢牢掌控。所有記憶操作都必須由指定醫院進行，商品化的片段記憶也會由正規廠商嚴格管控。

更別說記憶干涉裝置，當初他們弄點記憶抑制劑都要冒險破開嚴密的監察系統。巧婦難為無米之炊，再高的智力或技術也無法憑空變出那些複雜的機械和化學品。

「文字。」季小滿認真地說道。

「……什麼？」

余樂聽懂了，可他一時間沒能反應過來——自從影音行業快速普及和興起，文字相關的產業便由於回報率低，衰退得越發快速。作為消遣，它雖然沒有退出人們的視野，卻變得越發追求短期效益。

「所有傳入系統的圖像、影音和文本都會受到 MUL-01 的監控和篩查。我想這也是他們選擇記憶雞尾酒的原因。某種意義上，它擁有『離線』的特徵，不會被主腦發覺……代價是容量較小。也難怪，在這種程度的監視下，他們無法得到太好的製造機械。」

季小滿拿起一小瓶油，小心地潤滑金屬膝蓋。她沒有看向余樂，像在和自己的膝蓋親切對話似的。

「這種狀況下，擁有實體載體的文本是訊息量最大的傳達方式。」

「問題是我們要去哪拿到載體？總不能跑到人家面前，一人表演一段相聲。」余樂把最後的蛋塔塞進喉嚨，噎得咳嗽了兩下。「我那邊還能撈到幾本書呢，這個破地方連紙質包裝都很少見，馬桶也都是他媽的噴水加機械清潔。說真的，我們要到怎麼拿到紙？」

季小滿默默戳了戳被自己整整齊齊疊好的霜淇淋包裝盒，抬起眼睛：「這裡有。」

那是余樂出門前買給她的霜淇淋，紙質的盒子上印著精緻可愛的圖案。季小滿將它拆開保留起來，原本打算當個小小的收藏。現在看來，它不得不用在別的地方。

余樂愣了愣。

「我可以用身上的材料做出墨水。改裝一下垃圾粉碎機，我們也能弄到紙漿。漂白的過程可以省略，日曬裝置和烘乾機甚至不用改造。」季小滿表情非常認真。「我計算過，如果把紙打薄點，混上些其他材料，一個盒子能做出五張紙。我們可以弄個小冊子，加上三萬字左右的內容。」

季小滿用金屬手指戳了戳盒子上精巧的樹莓圖案。

「一頁按六百字算……我們還需要四個盒子，保險起見多買一盒，總共五盒霜淇淋。紅色的，你的存款還寬裕嗎？」

「錢倒是夠，反正剛剛的帳是洛非結的。」余樂哼了聲，「什麼紅色的，沒大沒小，叫余哥。」
「余叔。」
「余哥。」
「老余。」
「……老余也可以。」余樂頗為無奈地點開下單介面，「好樣的，三萬字，內容要怎麼寫？我可不會編故事。嗯，這回妳想要什麼口味的？」
「老樣子就好。」季小滿用金屬指尖摩挲了下那個樹莓圖案。「內容不用擔心，我在地下城看過不少亂七八糟的書，都還記得。」
「我就不問原因了。」余樂熟練地下了單。
「不過我不會寫字。」季小滿小聲補充。
她懂事以來便沒有受過正規教育，能認字已經是極限。就算按照記憶裡的字形寫出來，先不說效果如何，首先她的寫字速度會慢到令人髮指。而他們的時間終歸有限。
「妳說，我寫。」余樂爽快地聳聳肩，「這就是代溝，小丫頭。在我小時候的年代，這門手藝還是要有的。」
「知道了，老爺子。」
「妳叫誰老爺子?!算了，快趁現在做妳的墨水。話說回來，妳打算給他們看什麼？」
季小滿回憶了下錢一庚拿來消遣的那些電子資料，撓撓頭髮，決定找一段最有衝擊力的文字——錢一庚是她為奪得知識定下的第一個目標，當初她年紀還小，能接觸的資源實在有限。無論意思好壞，錢一庚藏在手環裡的每個字她都熟記在心。
「《殺手之王的禁忌嬌妻》。」季小滿決定挑個情節最糟糕的。

「……」余樂的表情凝固了。

兩個人在房間裡熬了個大通宵。第二天的太陽升起時，季小滿還好，著名墟盜余先生的表情則是少見地呆滯。

「這都是什麼和什麼。」他揉著手腕，有點憤怒。「我第一次看這麼垃圾的黃書。操，錢一庚那小子品味就這樣？」

季小滿性格再怎麼奇怪，也算是個年輕漂亮的女性。剛開始時余樂還會覺得有點尷尬，可時間一長，情節的糟糕程度使得那一點曖昧的氣氛都煙消雲散。

饒是見多識廣的余樂，也是越寫越不耐煩。

「不。」背了一整晚的書，口乾舌燥的季小滿又灌了杯茶，表情非常平靜。「錢一庚做的事情比這本書裡的情節狠得多。」

「當初我怎麼沒多踹他兩腳。」余樂虛弱地把筆一掰。

「你的字很漂亮。」季小滿將紙張整理成一疊，用義肢上的鋒利刀刃仔細切割，小冊子隱隱約約有了點書本的樣子。「等膠水做好，我們就可以收拾收拾再出發了。」

「……妳不睏？」

「不睏。」

「年紀小就是不一樣。」余樂打了個哈欠，話語模糊不清。「我不行，我得睡一下……妳先去弄吧，弄完記得叫醒我。」

余樂甚至懶得躺到沙發上，他將靠枕一拽，在地板上倒頭就睡。季小滿仔細凝視余樂，直到確定對方已經睡熟，她才輕手輕腳地站起，走到放置膠水半成品的小罐子旁邊，取出一張小小的卡紙。

她把盒子上的樹莓圖案偷偷剪了下來，那是她在毒霧繚繞的地下城裡從未見過的亮麗顏色，清透得彷彿在發光。

季小滿比劃了片刻，用它沾了沾罐子裡的膠水，把它牢牢黏在金屬義肢的前臂上。滿是劃痕的金屬表面襯托著漂亮的顏色，看起來意外地協調。季小滿欣賞了幾秒，小心地將袖子放了下來。

那是個非常有意思的夜晚。希望另外兩人那邊的進展也同樣順利，她想。

早晨，阮閑是被鐵珠子拍醒的。

套了助理機器外殼的鐵珠子明顯不熟悉業務內容，它將早餐成功放在床頭櫃上後，用機械臂一巴掌打上阮閑的胸口，阮閑差點以為自己受到了襲擊。

好久沒有睡得這麼沉了。唐亦步離開後，他直接睡了個回籠覺。按照習慣，阮閑以為自己十幾分鐘後便會醒過來，沒想到直接睡了一個多小時。

鐵珠子在床邊晃來晃去，有點像發現主人起床的小狗，就差汪汪叫兩聲。看得出它已經用盡全力壓抑激動的心情，阮閑決定不去追究差點把自己打骨折的那一巴掌。

「好了好了，小心監視器。」他拍拍那個假助理的倒水滴型外殼。

起床後，他故意做出一副行動有點費力的模樣，快速洗漱，然後在床上小口喝著粥。雖然比起昨天，自己面臨的處境並沒有真正好轉，阮閑還是覺得心情莫名不錯。好心情連帶著讓他的頭腦也清爽不少。

就像在高空的繩索上獨自行走已久，突然發現腳下多了張安全網。他不知道這張網算不算可靠，但心理上還是有得到一點安慰。

自己的體質很好地避免了房事後可能出現的問題，雖然沒有能夠拿來比對的情況，唐亦步的技巧也絕對差不到哪裡去。如果那仿生人不介意，他們或許可以再多來幾次。

阮閑用湯匙刮了刮碗底的粥，有意無意地瞥了眼手環。

既然宮思憶找了唐亦步談話，找上自己也是早晚的事情——他本來今天就有安排諮詢，發生了這種事，諮詢可能還會提前。

不過自己好歹掛著個病人的名頭，又在宮思憶眼皮底下和唐亦步親熱了兩個小時。對方不至於連早餐和休息的時間都不給他。

控制好時間，說不定自己還能趕上洛劍那邊的午餐，再糾纏一波，磨磨對方的心理防線。

阮閑伸了個懶腰，拍拍藏著兩把血槍的π：「等等跟緊我。」

「嘎。」

不出所料，自己剛把吃完的粥碗放回床頭，手環便急促地響了起來。宮思憶的名字在螢幕上不停閃爍，阮閑搖搖頭，「費力」地挪下床。

「昨晚您有察覺到什麼不對勁的地方嗎？」

十幾分鐘後，阮閑又坐回了那個熟悉的房間。這次宮思憶沒為他準備水，也沒有直奔主題的意思。「植物園失火，而且火勢不小。我查過對應時間的資料，當時你醒著。」

「沒有。」阮閑露出禮貌的微笑，彷彿不知道對方看了多少似的。「窗外的火光倒是看得挺清楚，但我沒發現別的異常，宮先生。是有人縱火嗎，還是……？」

「慣例詢問而已，畢竟凌晨醒著的人沒幾個。」宮思憶同樣笑得溫和，像是徹底忘了上次諮詢發生的衝突。「目前的檢查結果是溫度調節電路自然老化，以及亂七八糟的巧合，別緊張。」

他緊盯著阮閑的反應，阮閑則是整個人放鬆下來，任對方打量。

「那我們可以開始諮詢了嗎？」阮閑擺出一副對火災毫無興趣的模樣，老老實實坐在椅子上。「火勢情況我記得，不過我那窗戶位置不太好——」

「諮詢前的確還有件事。」宮思憶收回銳利的目光。

「嗯。」

「為什麼勾引唐亦步？」

聞言，阮閑挑起眉毛。

「我相信您被告知過，如果有生理方面的需求，我們可以安排最先進的伴侶機械。然而您卻選擇勾引我們的在職工作人員。考慮到您人格方面可能存在的問題……」

「都是成年人了，你情我願的事情。」阮閑眨眨眼，「我的記憶也還沒恢復，不算是這裡的正式病人。這應該不違法吧？」

宮思憶沒有回答。

「雖然我記不得多少自己的事情，但也隱隱約約記得規矩。唐亦步只是個遙控人形裝置，我們也不會有子嗣問題。在我的印象裡，主腦可沒禁止在枯燥生活裡找找樂子。」

宮思憶仍然沒說話，他集中精神觀察著對方的每個表情和肢體語言。他使用的遙控人形是目前最為頂尖的型號，不會錯過任何一個細節。

這個人的說法和唐亦步的相符，看起來也沒有半點撒謊的跡象。可他從醫數年，本能地察覺到一點違和感。

和第一次諮詢時相比，面前的年輕人氣場稍微改變了。

若說上次諮詢像是在面對藏身於草叢中的毒蛇，讓人背脊發涼。這次他面前的人彷彿一條帶有劇毒的巨蟒，哪怕被裹在嚴密的拘束衣裡，也能散發出一股無形的壓力。

彷生人秀場裡不乏收費才能觀看的香豔影像，算上那些，昨晚自己看到的景象仍然排得上前幾。可宮思憶沒有半點曖昧的念頭。

幸虧自己真正的身體不在這裡，宮思憶慢慢喝了口茶水。他還從未見過可以規避主腦計算風險的病例，但願上次對方的攻擊行為只是個意外。

「我喜歡他的臉和聲音。」

不久前，唐亦步給出了這樣的答案。

「而且他有種奇特的氣質，我想你也發現了，宮醫生，這是我接近他的原因之一。說來不好意思，昨晚我們弄得有點過火，他抓傷了我的肩膀，可系統沒有半點警示跡象。

「很有觀察價值，對吧？我……我認為這是一舉兩得的事情。我想我們可以專門製造一點衝突。比如把他和關係不太好的病人放在一起，看看會發生什麼。如果這個人真的可以免疫主腦的情緒波動監測，或許值得刊登一篇論文——」

眼前年輕人看起來有點不好意思，不同於影像中抵死纏綿的樣子，此時他的發言意外地冷酷。

「嗯？關係不好的病人？我想想，可能是洛劍吧。」

宮思憶慢悠悠地嘆了口氣，隨手戳了下在桌子上方浮動的虛擬螢幕。目前為止，秩序監察那邊仍然沒有傳回任何關於「阮立傑」的資訊。

看秩序監察的反應，上級八成對這個個案不重視，這是要自己主動提交報告的意思。

雖然程序上合理，但宮思憶還是有點頭疼，沒人會喜歡收拾缺少油水的爛攤子。

如果這位阮先生之前是表現良好的市民，那麼他的失蹤應該會被立刻發現才對。既然現在還沒有消息傳過來，就代表這個漂亮的年輕人很可能屬於這座城市的灰色底層。

遍佈城市的情緒探測裝置能夠精準地定位到殺意、過於強烈的興奮、憤怒及恐懼。暴力犯罪的成本變得極高，一年出不了幾樁謀殺案。然而只要取於自然，再清的水放久了都會沉澱雜質。

就算有預防機構仔細甄別，以及對基因劣勢的個體進行生育約束，還是會有部分「低品質」的居民誕生。這批人年紀還小，暫時無法造成太大影響，麻煩的是那些早已成人的——不少人明明成功通過了預防機構的篩查，卻開始莫名變得異常，對其他個體產生暴力傾向。

偷竊、毆打和欺凌等現象仍然存在，只不過變得更加隱蔽。若是情節較輕，這些「變質的居民」一旦被發現，通常會被降到城市裡待遇最低的底層，住進由主腦統一分配的小型公寓，然後從獵人變為獵物。

這部分人擁有的權利相對較少，鮮少有人買得起遙控人形裝置或者仿生人助理。他們穿梭於城市最為陰暗偏僻的角落，配給的安全措施卻比一般市民還差。

之前曾有過幾樁監禁和虐待案件發生，為了規避遍佈城市的情緒探測裝置，犯罪者通常選擇對目標用藥，讓他們相對配合地「消失」，然後使用藥物進行持續控制。

面前的年輕人完全符合這類人的形象描述——人格異常，相貌頂尖。但鑒於系統沒有第一時間將他辨別出來，這副出色的相貌極有可能被人為調整過。「阮立傑」也可能不是他真正的名字。

自己只能等對方恢復記憶，看能不能找到些有用的線索。如果凶手能力大點，能弄到強效的記憶雞尾酒，這人恢復的記憶也未必可信。

畢竟粗暴的記憶操作會讓人們的指證變得無效。除非出於興趣，因為怕暴露身分而滅口的案例已經很多年沒有出現過了。

麻煩。

宮思憶又嘆了口氣，端起有點涼的茶水。算算時間，這小子還沒恢復記憶就開始勾引院內的工作人員，八成是在底層混久了的慣犯。

唐亦步說得沒錯，自己能從這攤麻煩事裡尋求的價值，恐怕就是對方這個能夠躲過情緒探測裝置的能力。

假設面前的年輕人真的有這能力，他就能夠向 MUL-01 提交一份更新檔申請報告。要是得到主腦的承認，能得到的回報足夠讓他免費看仿生人秀場看到老死，甚至能買到記憶和軀體都跟場中仿生人別無二致的「複製品」，讓他或她服務自己。

……製造點病人間的衝突，就這麼辦。

那個姓唐的小子肯定也是看準了這個機會，還白享了一波豔福。可惜終究是年輕人，城府不夠深，把這塊肥肉暴露給自己。

「宮醫生？」幾分鐘的沉默後，對面漂亮的年輕人忍不住開口。宮思憶瞄了眼已經空了的茶杯，這才發覺對方上一句問話結束已經過了足足四分鐘。

「抱歉，我在思考一個和你情況相似的病例。」宮思憶擺出微笑，終於給對面的病人倒了杯茶。「叫洛劍，他剛好和你在同一個病區，你跟他有接觸過嗎？」

「算是。」姓阮的年輕人猶豫一秒，給出了模稜兩可的答案。

「他一開始的狀況和你差不多，只不過沒有失憶症狀。現在他的恢復情況不錯，本身也不是攻擊型病人，你可以多和他交流一下。」

「我會考慮的。」

「好的，我會去詢問他的意願。如果事情順利，接下來可以讓他參與你的一部分治療。現在我們開始正式的談話療程吧……準備好了嗎，阮先生？」

「當然。」這次對面的年輕人露出了燦爛的微笑。

雖然對男人不感興趣，宮思憶也大概明白了唐亦步被吸引的原因。面前的年輕人這種奇特而危險的氣質，有著莫名的吸引力。

如果以這小子為藍本做個仿生人，然後投入仿生人秀場，他說不定會成為 Struggler II 裡的人氣角色。

宮思憶微微搖頭，將這些雜念從腦子裡甩出去，打開了面前的治療輔助虛擬螢幕。

陪這位諮詢師演戲相當耗神，也可能是因為昨晚的運動量過大，那點不像樣的早餐早就被消化一空。諮詢即將結束的那段時間，阮閑的視野裡甚至多了幾顆飄動的銀星。

好在他剛出門便碰上了唐亦步。

既然有了幾乎公開的肉體關係，此時兩人的會面便不會顯得太過可疑。見阮閑走出門，唐亦步雕塑似地站在門邊，整個人像是陡然凝固在空氣裡，表情格外深沉。

「寶貝，你來了。」阮閑大大方方地湊上去，咬了口對方的鼻尖。

不知為何，唐亦步的表情變得更深沉了。他思索了好一段時間，終於像是做好了心理準備——那仿生人從口袋裡掏出一枚蜂蜜點心，剝開包裝。

「根據計算，你需要一點能量，阮先生。」唐亦步瞟了眼四周，確定附近沒有其他人，這才小聲說道。「π如果送去太多早餐會引起懷疑，時間有限，我暫時想不出別的辦法。」

「你還滿體貼的。」阮閑伸手去捉那塊小巧的點心。唐亦步沒有遞給他，而是像觀察新物種那樣觀察阮閑，然後緩緩把蜜餞送向自己的嘴巴——

阮閑：「……」

——然後那仿生人叼住它，一臉複雜地示意阮閑上前。

配上唐亦步的臉，這理應是個格外挑逗的動作。可惜對方的表情看起來像準備彙報實驗報告，阮閑一時間沒反應過來該不該湊上前。

唐亦步格外嚴肅地指了指叼在嘴裡的點心。

阮閑忍住突然升起的笑意，抓住對方的衣領，將點心咬進口中，順勢來了個帶有濃濃甜味的深吻。

唐亦步就是唐亦步，阮閑有點無奈地想道。就算是這樣曖昧的行為，那仿生人仍然會把點心咬得死緊，還自己吞下去一小塊。

「我說你……」

「在我們開戰前，你說你弄到了情報。」唐亦步迅速岔開話題，「我知道你想吸引我的注意，防止我先一步啟動耳釘，但那副樣子不像說謊。你從洛劍那裡問到了什麼？」

「一株雪那裡有阮閑的日記。」阮閑沒有隱瞞。「阮閑的確來過這裡，目前我只問出了這麼多。說到這個，剛剛宮思憶硬是想把我和洛劍湊在一起，我相信其中一定有你的功勞。」

「宮思憶很喜歡看仿生人秀場 Struggler II，一股腦地往那上面砸錢。再加上他還欠了主腦不少錢，所以不會放過任何賺錢的機會。你在之前的諮詢中襲擊了他——」

「並且沒有觸發主腦的情緒監測警報，他打算把我的詳細報告當成 BUG 樣本提交，狠狠賺一筆？」

「嗯……關於我們的關係，我也是用『對你的表現感興趣』來解釋的。」

「這說法可真是殘酷，不過聽起來還有點像事實。」阮閑的口氣異常輕鬆。

唐亦步肯定是利用了他們在餐廳初見時那個小小的衝突，暗示自己和洛劍有矛盾。急著賺點外快的宮思憶想必會刻意增加兩人相處的機會，悄悄製造事端，等著阮閑再次做出攻擊行為。

真是不錯的應急對策。

「希望宮醫生動作能快點。」阮閑抬起手，摸了摸唐亦步柔軟的頭髮——自從和對方度過了荒唐的一晚，他開始喜歡上撫摸那頭柔軟黑髮的感覺。

唐亦步嗯了兩聲，似乎在發呆。兩人走過半個走廊後，那仿生人才再次轉過頭。

「在你……阮閑的記憶裡，你會寫日記嗎？」他的聲音輕得像在自言自語。

「不寫，反正我都記得住。」阮閑聳聳肩，「但我會寫每日總結，主要總結一些研究項目上的思路和靈感。」

「比如？」

「根據專案內容而定吧。」阮閑有點不明白唐亦步追問的意義，但這也不算什麼敏感情報，他還是順從地回答了。「當初你檢查過我的身體狀況，你也知道，我在類似休眠艙的東西裡待過。在那之前，我在記錄關於 NUL-00 的專案。」

阮閑忍不住露出一絲懷念的表情：「現在應該沒多少人知道那個專案了。」

如果不是阮閑暫時沉浸在過去的回憶裡，他就會發現唐亦步一瞬間差點同手同腳走路，然後又有點僵硬地矯正動作。

「但根據洛劍那邊的說法，那位阮教授的日記更像是正常的日記。如果我們運氣好，說不定能從裡頭找到關於他去向的蛛絲馬跡。」阮閑收回看向虛空的視線，自然地把話題扯了回來。

這年頭就連記憶都能造假，先不說自己記憶的真假，他有點好奇另一位阮教授腦袋裡裝的是什麼。

「你繼續接觸洛劍，下班後我會外出一趟，見見另外兩個人。」唐亦步將頭扭向，不去看阮閑的臉。「季小滿的技術還是夠格的，他們能夠同步調查一株雪。」

說罷，唐亦步摸摸鼻子，有點僵硬地轉過頭：「我很快就會回來，真的很快就回來。」

「我也真的不會原地消失。」阮閑失笑，「剛發生火災，這裡守衛嚴密得很，就算我想逃也不會挑這個時候逃。」

「……所以你特地觀察了守衛情況。」唐亦步臉有點綠。

沒有了耳釘的強制制約，唐亦步的焦慮等級肉眼可見地直線上升。

阮閑這次沒有壓抑自己，輕聲笑了起來——他的人生有點荒謬，之前最親密的親人巴不得將他推開，眼下倒有個神經兮兮的仿生人恨不得把自己銬在身邊。

「是啊，你打算怎麼辦？」阮閑剛問完就後悔了。

考慮到他們之間無比脆弱的信任關係，這個問題像是在火藥桶上搓了個火星。不過唐亦步既沒有爆發，也沒有威脅。那個之前無比強勢的仿生人停住腳步，第一次露出十分苦惱的無措模樣。

阮閑還是頭一回見唐亦步露出那樣的表情。

「我不知道。」唐亦步說道，「我暫時不會破壞你的思維能力。假設你真的逃跑了，最可行的方案是去尋找你，預防的方法……我目前還想不到。」

那仿生人煩惱到皺起臉來。

「『暫時不會』啊。」阮閑笑著應道。

「我得完成我們兩人之間的關係分析才能得出確切結論，但是現在——」唐亦步吸了口氣，非常沮喪地繼續說道。

「我還沒能從你身上找到我不喜歡的地方。」

那仿生人穿著白色的員工外套，站在一塵不染的長廊上，乾淨得有點虛幻。阮閑鬼使神差地再次伸出手，只不過這次目標不是唐亦步的頭髮，而是對方的嘴唇。

指尖傳來溫熱柔軟的觸感，就連對方溫暖的呼吸也能觸摸到。

如此接近人的外貌，內在卻是和人類完全不同的東西。哪怕有了最為親密的關係，對方的反應還是無法用人類的思維去推斷。唐亦步和以往沒有太大不同，除了目光裡的好奇更濃了幾分，坦然的程度分毫未變。

而自己被剝離了「正常人」的一切特質，就算肆無忌憚在對方面前展示出黑暗和瘋狂，在面前生物的眼裡，還不如「自己可能離開」這點值得焦慮。

——我還沒能從你身上找到我不喜歡的地方。

那仿生人目前的結論是這樣的。

有那麼短暫的一瞬，阮閑突然懂了撲火飛蛾的心情。不過在那一瞬過去後，理性再次回歸意識。莫名的放鬆參雜了警惕，再加一點點喜悅，最終混成了一片酸意。

見阮閑久久沒有回應，唐亦步疑惑地微微張開嘴，輕咬了下阮閑的指尖。

「我來讓你安心一點。」阮閑按了按唐亦步的下唇，「你大概什麼時候回來？」

「凌晨三點到四點。」

「好，那麼我們在五點來個約會吧。」阮閑終於收回手，順手拍掉對方肩膀上的一根頭髮。

「不許遲到。」

唐亦步反手捉住那隻手，尖銳的犬齒刺破指尖的皮膚，血珠一滴滴滲出來，還沒來得及被皮膚吸收回去，就被唐亦步捲入口中。

「可你不是真的想跟我約會。」對方食指指尖上還留著點心的甜味，唐亦步用舌尖輕輕舔了下。「你的激素完全沒有升高，也沒有展示出足夠集中的精神和半點迷戀的傾向。」

「業務不熟練，請見諒。」阮閑又想笑了。「畢竟我『比較遲鈍』。」

「我接受。」唐亦步放開阮閑的手腕，他一時也無法想出別的解法。無論這提議出於真心還是假意，順著來總不會損失什麼。

他還沒有和任何生物約會過呢，唐亦步嚴肅地思考道。

鑒於自己第一次對活著的東西產生這樣強烈的興趣，這是完全未知的領域。加上對方可能的真實身分，唐亦步發現自己有股異常的緊張情緒——各種意義上來說，他都不想失敗。

「明天凌晨五點，我一定會來見你。」思考幾秒，唐亦步又補了句。

CHAPTER 41 記憶潛入

城市中部。

余樂睡了幾個小時，勉強恢復了點體力。他斜眼瞄向窗外的晴天，天色看起來剛到下午，約莫一兩點鐘的樣子。

抄了一整晚讓人倒胃口的書，為了省錢，下酒的食物又只有樹莓霜淇淋。曾經的大墟盜呆滯地躺在地板上，突然覺得這人生怪不真實的。

一股香味從小公寓的簡易廚房裡傳出來。余樂吸吸鼻子，終於從地板上爬起來。

「我買了點鹽和雞蛋，外加一個麵包。」季小滿小心地舉著煎鏟。「沒花多少錢，油有點貴，我沒有買……味道可能不太好，將就著吃吧。」

她用了點心思，在麵包片的中間挖了個方方正正的洞，將雞蛋倒進洞裡煎。

「真是胡鬧。」余樂嘟囔了句，一邊操作虛擬螢幕，一邊打了個大大的哈欠。

「我沒想盜用你的公民帳戶，可你剛剛還在睡，那帳戶得要本人操作才——」

「我不是指這個。」余樂不耐煩地擺擺手，撓了撓下巴上的鬍渣。「妳才多大，十九？二十？手頭好不容易寬裕了些，年輕人該吃點好的。過了這村可沒這店了，我不也還能買啤酒喝嗎，不差這點錢。」

季小滿的麵包片還沒煎好，無人機便把訂單送了過來。余樂簡單洗了手，俐落地切起番茄，又順手往鍋裡拋了片切好的奶油。

空氣裡的香氣一下子重了幾倍。

「看什麼看？老子開始做飯的時候，妳都還沒出生呢。」見季小滿專注地看著自己切番茄，余樂比了比刀子。

午餐從簡單的煎麵包片變成了豐盛的蔬菜三明治，余樂又簡單地弄了點雞肉，他將雞肉夾進麵包片前，動作頓了頓。

「怎麼了？」季小滿沒有放過對方臉上一瞬的空白。

「沒，想起了以前的事而已。」余樂有點僵硬地笑了笑，「我十幾歲的時候，也是這樣幫我姐準備早餐的。」

監獄裡有食堂，當墟盜時也沒那麼講究。他很久沒有正經八百做過兩人份的飯菜了。

「吃吧，吃飽了才有力氣走跳。」見季小滿一副願聞其詳的表情，余樂撇撇嘴。「多吃點肉，妳看妳瘦得跟竹竿一樣，遠看連是男是女都分不出——」

季小滿皺起臉，帶著殺氣坐回桌子前，像咬仇人似地咬起雞肉。

「喂，要吃蛋羹嗎？鬼知道我們還能在這待多久，最好別剩東西。」

「……」季小滿假裝沒聽見。

「哎呦，真不理我啊？」余樂笑著搖搖頭，用手抓起剩下的幾顆雞蛋。「不吃嗎？我做這個可拿手了，等一下可別跟我要——」

「真的嗎？」一道認真的聲音加入了談話。

余樂差點把手裡的蛋摔了。

唐亦步站在門口，非常認真地看著余樂拿著雞蛋的那隻手：「那你可以把她那份給我。」

「不。」季小滿幾乎立刻出了聲。

「多加點水，還夠做三人份。」余樂將手裡的雞蛋放下，開始準備做蛋羹。「你怎麼出來了，小阮呢？」

「他很好，有點事情需要季小姐幫忙。」唐亦步沒有囉嗦，他將門關好，非常自覺地坐在餐桌前。

「你說。」季小滿警惕地護住自己面前的食物，聲音提高了一點。

「阮先生從洛劍那裡探聽到了一點東西。城裡有個叫作『一株雪』的組織，他們手裡有阮閑的日記。」唐亦步十指交握，放於桌上。「我希望兩位能夠協助我調查——」

「哦，那個。」余樂打著手裡的蛋液，「我們剛好正在查呢，阮閑的日記？厲害，我還以為他們只能搞到普通小說。」

「阮閑真的來過這裡？」季小滿停止咀嚼，用力吞下嘴裡的食物。

「目前看來是這樣。」唐亦步謹慎地措辭。

「我們只是隨便查查，看到一株雪宣傳世界毀滅的點子，起了興趣，結果撞上了洛劍的兒子。」見余樂還忙著準備食物，季小滿接著說。「他弄了杯記憶雞尾酒給老余，提供閱讀一本普通小說的記憶……」

「叫《福特的平凡人生》。」余樂插嘴道。

「我確認過，至少在這座城市的資料庫裡，那個洛非的父親的確是我們要找的洛劍。」季小滿空出一隻手，在虛擬螢幕上滑動兩下。「詳細資料已經傳給你了。」

唐亦步稍稍收緊十指：「唔。」

「總之就是這麼回事，我們已經和洛非搭上了線，正準備進一步深入。」季小滿喝了口牛奶，「主腦目前沒有根除這個組織的意思，我想一點點接觸應該不會引起它的警覺。」

「主腦或許比你們想像的要危險，魯莽接觸是不明智的。」

「別說了，你又不是我們的老闆。」余樂開始蒸蛋羹，「這麼大個地方，我們兩個可沒辦法蹲在房間裡混吃等死，乾等你們在瘋人院玩扮家家酒。難道你就不好奇主腦為什麼默許一株雪存在？再說了，從大型民間組織手裡撈好貨可比從主腦手裡撈有用多了——」

季小滿和唐亦步一起看向余樂。

「——當然這不是重點。」余樂明智地止住話題。

「接下來的半天，我會和你們一起行動。」唐亦步沒在這個話題上糾結太久。「既然你們已經搭上線，應該也有下一步接觸的策略了吧？」

季小滿起身，把坐墊底下壓著的小冊子遞給唐亦步：「……投名狀。還沒組裝好，下手輕點。」

唐亦步接過那本《殺手之王》，快速翻看起來。

「其實名字叫《殺手之王的禁忌嬌妻》，老余死都不肯把這個名字寫在封面上，只能這樣了。」季小滿解釋，「目前就我們看來，洛非崇尚文化解放，我想這個應該能降低他的懷疑。」

「這也是一種方法。」唐亦步飛快地掃完那本書，表情平靜。「可是內容水準不夠。」

「我就說吧！」余樂扯著嗓子，「老子都他媽抄萎了，寫這東西的傢伙八成就是個處。」

「抹除墨水的化學品還剩多少？」唐亦步將書放到面前。

「還剩不少，老余的腦袋比我想的靈光，沒寫錯字……你要做什麼？」季小滿指指牆角的瓶子。

「改善品質，提高成功率。」

「呦，看不出來啊小唐，有兩把刷子。我還以為仿生人沒這方面的需求。」余樂把蛋羹準備好，脫下圍裙。「吃吧吃吧，小心燙嘴。」

唐亦步吸了口蛋羹，緩緩抬頭，看向余樂。

「……看我幹啥？」余樂被看得有點毛，「哎，我剛剛不是說你不行的意思，別誤會啊。」
「非常好吃。」唐亦步點評道。
余樂舒了口氣。
「所以你對我來說也是很有價值的人。」唐亦步小聲嘟囔，「我不反感你，甚至對你的性格有點興趣，但是……」
「但是？」余樂有點摸不清這個話題的奇妙走向。
「我對你完全沒有性方面的衝動。」唐亦步咬住湯匙，看起來有點困惑。
「操，如果不是知道我幹不過你，現在你的腦袋已經開花了。」余樂握緊煎鍋的鍋柄，朝唐亦步的腦袋比劃兩下。「滾你媽的，老子是直的！」
「別說。」見唐亦步轉向自己，季小滿警惕地抬起義肢，嵌在義肢裡的弩箭蓄勢待發。「一個字都別說，我什麼都不想知道。」
「我相信這傢伙頭殼裡不是人腦了。」余樂翻了個白眼，「他如果是個人，現在還沒被弄死就他媽是個奇蹟。」
見氣氛不對，唐亦步飛快地吞嚥蛋羹，明智地保持沉默。
「行了，又不會不讓你吃，老子像那種小氣巴拉的人嗎？」余樂無力地擺擺手，「所以你幹嘛突然說這些有的沒的，想取材還是怎樣？真想要來點料，我倒是可以提供一些個人經驗。」
「不用，謝謝。我看過很多這方面的資料，也親身體驗過。」
見余樂沒有收回雞蛋羹的意思，唐亦步終於恢復了普通的進食速度。
「只是一點個人的疑問。」
「怎麼，難不成瘋人院裡還有你想睡的人？」余樂隨口開了一句玩笑。

正規伴侶型仿生人會有對人情感加強程式，無論表現得再完美，底層的演算法都是那一套，脫離主腦後和高級機械差不了多少。靠地下城那種存入人類人格資料的灰色做法，產物倒勉強算擁有「情感」。但看唐亦步堪稱恐怖的作戰能力和一言難盡的性格，很明顯跟這些東西沾不上邊。

就算余樂對仿生人研究不深，他也聽聞過一點相關的知識。主動的欲望喚起是相當複雜且無用的程式，為了確保使用者的體驗，哪怕是末日前的伴侶機，也需要確切的指令才能觸發相關的行為。

給一個戰鬥型仿生人設計這種東西，和在核彈上點情趣蠟燭差不多。絕對沒人會這麼幹。

「嗯。」然而唐亦步回答得非常認真。

他無視了余樂複雜的表情，仔細吃完蛋羹，翻開那本手抄書，拿起季小滿踢過來的修改液和筆。「哦，還有，我會在凌晨四點前離開。」

「我不想耽誤和阮先生的約會。」

「……不是，你等等……」

「……」

唐亦步寫得很快，他把余樂寫過的東西抹除了大半，然後用幾乎一模一樣的筆跡進行改寫。余樂抱著雙臂，靠在桌邊，目光隨唐亦步的筆尖左右移動。

季小滿對旁觀唐亦步創作沒有任何興趣，她縮回牆角，開始仔細地保養裝在義肢裡的武器。午後的陽光穿過薄薄的窗紗，一時間這場景還有點祥和的味道。

「水準不賴啊，小唐。」余樂嘖了兩聲，「有些花樣我在那些珍藏裡都沒見過，怎樣，難不成你是伴侶型仿生人改造的？」

「做過這方面的課題而已。」唐亦步頭也不抬，表情平靜，筆尖源源不斷地吐出文字。要不是能看見那些火爆的內容，余樂不確定自己會不會看走眼，把唐亦步當成振筆疾書的正經工作助理。

「……那你的課題還挺有意思的，嘶，這寫的，還能這樣……」余樂嘖嘖稱奇。

「我還想吃雞蛋羹。」唐亦步瞥了余樂一眼，用手臂擋住部分文字，嚴肅地提出交易要求。說來奇怪，他又一次和阮先生分開，這回的胃口卻沒有被影響，反而好得不得了。

「你這小子有當壚盜的潛質啊。」余樂一把抓過圍裙，擦了擦手。「行行行，我再給你加點小菜，寫完了先借我瞧瞧。」

牆角的季小滿默默翻了個白眼。

「你喜歡過別人嗎，余哥？」見余樂擦手準備食物，唐亦步沒停筆，嘴裡卻多了點話。

「怎麼可能沒喜歡過，老哥我都三十六了，經驗豐富著呢。」

「介意分享經驗嗎？」唐亦步從桌子上摸了片麵包，叼在嘴裡一點一點地嚼，聲音有點含糊不清。「……素材總不嫌多。」

「先說，床上那檔子事不許問。雖然分手了，私事還是私事。」

「好。」唐亦步爽快答應。「是這樣的，我收集過很多資料，人類對於伴侶的熱情和興趣會隨著激素降低而消退。大部分人不曾擁有過他們所宣揚的『完美愛情』，某種程度上，人們普遍存在彼此分享資源的合作關係……」

「你說同居過日子？」余樂淡淡地說道，「那可多了。畢竟不管找不找伴侶，人怎麼樣都能活。」

「但是根據之前的社會傾向——」

「要我說喜歡，有的是真心，有的是肉體關係。但無論怎麼說，人總得試著相處，有的人雖然好，可她就是不合適。」余樂在鍋裡燒著油，處理著肉上的血水。「像你說的那個什麼激素上了頭，過日子可不是憑藉熱情和興趣就行。」

唐亦步的目光從余樂的臉移動到砧板上的肉上，隨後又艱難地移回余樂的臉。

「我是否可以認為，就算興趣隨著體內激素消退，這種感情上的牽扯也不一定會消失？」自己的軀體終究屬於人類。唐亦步試圖用性吸引力來解釋「阮立傑」那股吸引力，原本的興趣加上額外的渴望，倒也說得通。

那麼只要等他們維持這種關係夠久，這份吸引力會漸漸變淡，自己就不會再被對方影響。

這是必要的資料收集。唐亦步給了自己一個相當官方的解釋，不太想理會心底莫名其妙的緊張感。

可看余樂的說法，事情似乎沒有這麼簡單。

「我怎麼覺得你跟我說的是兩回事呢？」余樂把肉塊放進鍋裡，煎蒜瓣的香氣從廚房飄了過來。「年輕人就是容易鑽牛角尖，非得問出個答案來。一口一個激素，還以為啥都能分析。來，給你上一課。你覺得找對象重要的是啥？」

這個問題顯然戳到了唐亦步的軟肋，他露出了像是迷路小狗的表情，有點可憐巴巴的樣子：「我沒想過這個問題。」

「你認為人類找對象看重的是啥？」

「外貌、性格、經濟實力以及綜合潛力，總地來說，這段關係要盡可能地滿足自己的肉體和精神需求。如果想要繁衍，需要考慮的問題可能更多。」

阮先生的臉和身材非常符合人類的審美，性格有趣，能力也足夠強。他被對方吸引是十分符合邏輯的事情。而自己對「阮閑」也有著較強的執著，兩者相加，或許就是這麼回事。

像是患有未確診疾病的人，唐亦步努力將自己的症狀代入常見病徵。

「……這些確實都算是標準。」

余樂把做好的牛肉粒鏟進盤子，又加了點剩下的番茄和燙青菜。

「不過交往不是配種，兩邊都優秀也不一定能順利。這計算不來的，說不定人家有些地方你忍受不了，有些地方你離不開。磨合也得磨合，不能想著天上掉下個對象，不管啥都合你口味，最好還一次就遇到真愛——沒那麼好的事。」

「可是人的性格可以進行推算，肉體欲望也可以量化。」

「怎麼，現在的你和十年前的你口味一樣？行為模式一樣？電子腦也得吸收點新知識吧。要我說，一看在一起順不順心，二看能不能一起朝前走。能磨合就再相處，不能就分，人總是會變的，就這麼簡單。」

唐亦步停住了筆。

「我姐……還在的時候，我還交往過一個大美人呢。要身材有身材，要臉蛋有臉蛋，還很聰明。我當時可想跟她結婚了，結果沒轍，人家要去國外發展，我又天天在海上幹活，一年半載見不了幾次面，也沒有未來，最後還不是分了。」余樂把煎好的牛肉粒往唐亦步面前一放。

「這和激素有個屁關係，哪有人情況永遠一模一樣。」

季小滿不知道什麼時候停住了保養武器的動作，豎起耳朵聽著。

「所以你和阮立傑到底怎麼回事？」余樂見唐亦步一臉若有所思地咀嚼牛肉粒，高高地挑起眉毛。「那堆問題怎麼看都跟這本書沒關係吧，我怎麼覺得你還挺緊張的？」

「因為某些原因，他對我的吸引力遠遠超過了我可以承受的風險標準。」唐亦步咀嚼著多汁的牛肉，把寫完的書本推得遠了些。「可我還是對他很感興趣，也會因為約會……唔，在意到胃部不適。在全面分析出他的狀況前，這都是不明智的舉動。」

「……還真跟姓阮的搞上了。」余樂抽了口氣，轉向季小滿。「通常仿生人會想到這個地步嗎？」

「我不知道。」季小滿一臉空白，「如果是沒有被注入過類人程式的機械生命，也沒有主腦的支持，通常智商和機械警犬差不多。他可能是底層類比情感程式沒清乾淨，或者搭載了特別奇怪的人格資料。」

唐亦步絲毫不介意季小滿的評價，他咬住一顆牛肉塊，陷入深思。

「我明白了。」半晌後，唐亦步突然開口，嘴裡的牛肉塊險些掉出來。「我可以換個角度，弄清楚他為什麼被我吸引。阮先生是人類，這樣會簡單許多——如果讓他盡可能喜歡我久一點，待在我身邊，我會有更多時間去慢慢思考自己的疑問。」

「不，你好像完全沒明白。」余樂冷漠地說道。這仿生人還在試圖套用邏輯，他已經懶得再去解釋了。

「阮先生很聰明。」唐亦步還在自顧自繼續說著，「如果太刻意，他肯定會看穿我的打算。那我只要毫無保留地展示出自己對他的興趣就好。謝謝你，余哥。」

「……我沒聽懂你想說什麼，我也不是很想聽懂。」余樂無奈地表示，試圖去夾唐亦步盤子裡的煎牛肉粒，結果筷尖還沒沾到肉，那塊肉就被唐亦步嗖地叉走了。

「他們打算認真交往。」季小滿不怎麼體貼地小聲翻譯。

「雖然想明白了這個問題，可我還是會緊張。」唐亦步正襟危坐，一副會議主席的模樣。

「余哥……」

「閉嘴吧你。」

阮閑對唐亦步的新決定還毫不知情，相比那個憂心忡忡、狀態奇怪的仿生人，目前的日子大概是他末日以來最為放鬆的時光。哪怕是讓人火氣直冒的預防收容所拘束衣和白牆，也無法破壞他的心情。

嶄新的體驗。即便他絲毫不認為他們的關係和「愛」有任何牽扯，阮閑還是覺得心情無比舒暢，如同無意中在泥濘的沙灘上撿到一罐金幣。

享受午餐的時候，他甚至下意識哼起了卡洛兒．楊那首《亦步亦趨》，直到洛劍冷著臉坐到他的對面。

「宮思憶找過我了。」他低聲說道，聽起來不太愉快。「今天晚上我們有聯合治療，地點在地下室。待會你應該會收到詳細的細節安排，不過我有件事想提前告訴你。」

「嗯。」阮閑態度不錯。

「聯合型記憶治療是非常隱私的事情，我還是第一次遇到三人聯合的情況，雖然說黎涵和你都是一株雪的受害者，作為主導治療的人，我不可能一視同仁。」

洛劍用筷子煩躁地撥弄盤子裡的炒胡蘿蔔。

「我對你沒什麼好感，這是實話。客套也沒用，我沒辦法騙過我自己的精神和意識。黎涵還好，但如果你要進入我的記憶，對你來說會是一件很危險的事。別說我沒警告你，宮思憶有時候會用一些比較激進的療法，雖說死不了人——」

「死不了人就夠了。」

阮閑露出一個禮貌的微笑，自己似乎越來越習慣「真正地笑」這個動作了，他想。

「感謝提醒，不過關於你說的這個聯合型記憶治療，我沒什麼印象……我會遇到什麼呢？」

「什麼都有可能。」

洛劍哼了一聲。

「畢竟你要進入我的記憶，而我腦子裡可是真正的末日。」

阮閑將下午的時間全部用來為治療做準備。

他再次把房間裡的景象切換成海邊，現實增強系統的時間與現實中的一致。這次迎接他的不再是午夜漆黑的海水，而是幾乎和天空連成一片的碧藍海岸。

無數虛擬螢幕在他身邊漂浮，畫面中打扮正式的男男女女正在報導世界各地發生的重大事件或趣聞。虛擬的海浪捲過金燦燦的沙灘，留下棕褐色的潮濕印記。這裡的科技發展顯然沒有停止過，阮閑自己曾經很喜歡用這一類技術來彌補無法外出的遺憾——不過當時的增強現實效果可沒有這麼逼真。

透過漂浮在四周的虛擬螢幕，可以得知這個世界十分安定。雖然衝突尚未完全消失，比起自己的時代也減少了許多。畫面裡的景色鮮亮，陽光明媚、抑或是燈光璀璨。人們在早已不該存在的街道上來來往往，臉上大多帶著平靜和希望。

一切如同一場編織精巧的龐大夢境。

阮閑花了十幾分鐘來看那些瑣碎的新聞和消息，沒過多久，他在快速湧動的資訊流中找到了一點漏洞。帶著消磨時間的想法，他一邊回憶著從收容所資料室取得的資料，一邊連接系統最外層，開始探查「聯合型記憶治療」這個關鍵字。

作為正式治療手段，聯合治療的資訊並不難查找。

記憶的可操作性多少會帶來些問題，聯合治療通常只用於三個方面——補充缺失的記憶、對偽造的記憶進行證偽，抑或是純粹的展示。

它需要由其中一人作為記憶的主體，記憶經過處理後，會透過類似增強現實的技術投射到其他人身上。人們對世界的感知無非依靠刺激腦部的各種訊號，因此對這些訊號進行干擾和類比，就能做到「將人送入他人的精神世界」。

只不過考慮到記憶母體的精神強度，一般聯合治療只能允許一到兩個外來者參與。同時也存在風險——在足夠強烈的暗示和刺激下，這些偽造出來的訊號足以矇騙大腦，導致外來者死於精神世界裡的危險狀況。

簡直就像人類思維的免疫系統，阮閑在幻境中微微笑了笑。

自己雖然沒有暴露記憶的風險，但是這樣的治療同樣會讓他呈現毫無防備的狀態。他不太喜歡被動的處境，不過宮思憶既然還指望用自己賺一筆錢，他八成對這方案有自己的一套計畫。

要是自己死於過度愚蠢的醫療事故，按照主腦訂定的規矩，先不說宮思憶能否拿到那筆錢，就連他能不能繼續當醫生都難說。

阮閑揚起頭，感受著幻象裡的海風。

雖然這次有謹慎準備，但他必須承認，之前自己有點刻意行走在死亡邊緣的傾向。那些瘋狂的行為並非出於自信，而是出於某些更加黑暗的東西。

某種盲目而陰暗的樂觀，加上一點病態的幽默感，讓他之前總覺得自己不會輕易死去。就像在和命運玩俄羅斯輪盤——自己背負著他人的絕望和厭惡活到現在，不可能就這樣簡單地死掉，讓這世界平白變好。

然而阮閑這次猶豫了。

他想到唐亦步，那個仿生人在某些方面精明又冷酷，在另一些方面卻單純得像狂追自己尾巴的小狗。他非常享受和對方的每一次互相試探，每一次博弈，以及每一次擁抱。不同於先前只為生存而生存的枯燥生活，他還沒有對這些感到膩煩。

這還是自己第一次對死亡有了感性的反感，這不是好跡象。

阮閑摸了摸在床邊晃來晃去的鐵珠子，輕聲嘆了口氣。

和從前一樣，他不會無視或者刻意扭曲自己的感受。他想要唐亦步在他身邊留得更久，想要盡可能擁抱那具溫暖的軀體……想要把對方占為己有。這種自私而貪婪的想法或許稱不上「愛」，但它仍然在他的心底灼燒，讓他整個人都平靜不下來。

不過面對眼下的狀況，這大概算是好事。在S型初始機的作用下，自己不會太輕易死掉。可要是因此被宮思憶察覺到了異樣，事情就會變得更加麻煩——更強的生存欲望有利於讓他的精神變得更加強悍，不至於被聯合治療影響太多。

時間過得飛快。

確定在安全範圍內獲得了一切關於聯合治療的知識後，治療的時間也隨夜幕臨近。阮閑停在半敞開的睡眠艙前，下意識還是有點抗拒。

洛劍和黎涵已經熟練地躺了進去，在膠囊狀的休眠艙內漂浮。兩人穿著簡單的內衣，嘴部罩著呼吸罩，身上貼有不少連著電線的貼片。吞沒兩人軀體的液體微微發黃，要不是兩人胸口還在緩慢起伏，乍一看就和人體標本差不多。

阮閑嘆了口氣，慢悠悠地脫下衣服，緩緩躺入液體之中。冰冷的液體隨著濃郁的藥味將他逐步吞沒，隨後一切沉入黑暗。

真糟糕，他心想。希望和那個仿生人見面前，自己能來得及把身體弄乾。

漂浮感只持續了一瞬。

下一秒，他的腳踩上了厚厚的積雪。撲面而來的雪片混著乾燥的風，化為刀刃般刺骨的寒意。阮閑下意識抱緊手臂，四下打量——

視野之中屹立著一座規模不小的鋼鐵城市，城市正中央的巨大煙囪不斷向外吐出濃煙。稀疏的枯樹戳在雪地裡，天空是暗沉的煙灰色。

這裡是洛劍的記憶。

洛劍本人就站在不遠處。看起來年輕了至少十歲。他臉上沒有那麼多皺紋，下巴光滑乾淨，年齡絕對不到四十歲。黎涵站在他身邊，看上去和收容所裡的樣貌倒是差別不大。

精神和現實終究還是有差距，強健的體魄在這裡派不上用場。進入精神世界後，人類的大腦會自動把對外貌年齡的認知調整到「意志最為強大」的時期，好對意識產生正面刺激。

看來洛劍的意志力巔峰在三十多歲。讓人有點意外的是，現在的黎涵正處於她人生中的意志巔峰時期。

兩個人手腕上有一圈鮮紅到刺眼的文字在飄動，那八成是用於區分記憶中的人物和外來者的標記。它們簡單地標註出他們的身分。

一〇號床　洛劍

一七六號床　黎涵

在他打量另外兩人的時候，那兩人也在觀察阮閑，表情還有點古怪。

阮閑皺起眉。按理來說，大腦為了自保，除了少數能對精神產生正面刺激的特徵以外，通常不會把疾病或傷害相關的負面因素帶進來。眼下他正站在雪地上，外貌應該也和「阮教授」

有很大的區別才對。

他迅速收回視線，看向自己的手，隨後瞬間懂了兩人表情古怪的緣由。

那雙手很小，是屬於孩童的手。左腕少見的帶有傷疤——一道道新鮮的刀口橫在他的左腕，劃得不算太深，卻也稱得上鮮血淋漓。那些血液彷彿某種刺青，它們只在他的左腕和左手流動，沒有任何一滴落入白到刺眼的雪地。

伴隨著手腕上那圈不斷轉動的「二三一號床　阮立傑」，效果有點駭人。

「……阮立傑？」年輕版的洛劍聲音裡還帶著懷疑，他正穿著一身相對輕便的保暖套裝，鼻尖凍得通紅。

「是我。」阮閑開口回應，連聲音都和他記憶裡的別無二致。根據傷疤推斷，自己的年紀應該在十二歲左右。

黎涵先一步有了動作。她踩著厚厚的積雪走過來，從隨身的包包裡拿出一卷繃帶，示意阮閑將手伸出來。

「不用管他，雖然這樣的情況很少見……小涵，他不是真的孩子。」洛劍一步都沒動。「那些傷不過是他記憶裡的『特性』，也不會對他造成影響，頂多有點痛。」

洛劍沒有被那副孩童的模樣誤導，警惕地瞧著阮閑。

「可是……」黎涵僵硬地拿著繃帶，猶豫地停下動作。

「既然他下意識把它們帶了進來，它們對他而言應該有正面作用，包起來反倒不好。」洛劍吐出一口白氣，「走，我們進城。阮立傑，如果你覺得冷，想像一下自己最常穿的冬裝。」

個頭變矮，步伐變小，阮閑一腳深一腳淺地跟在兩人後面，走得極為艱難。這不是一個孩童的體力可以應付的環境，好在這畢竟不是真實的世界，除了走得麻煩點，阮閑沒有感覺到疲勢。

洛劍沒做說明，阮閑也沒開口問任何問題。壓抑的天地之間只剩下橫衝直撞的雪片和咯吱咯吱的踩雪聲，三人沉默地向那座死氣沉沉的鋼鐵城市走去。

路上不時有凍僵的屍體橫著，大多被雪掩埋，只露出一點身體部位在外面。黎涵緊跟著洛劍，目不斜視，而阮閑放慢腳步，試圖用目光從那些屍體上刮出些線索。

「別看了。」似乎是嫌阮閑走得太慢，洛劍終於開了口。

「要是你真的有末日相關的記憶，理應聽說過這裡——這裡是一〇二四培養皿，天災的城市。」

夜色的另一端。

洛非到會合地點時，余樂還在嚴肅認真地研讀唐亦步的作品，一副想要把它背誦下來的架勢。見原本的兩人組變成了三人組，洛非明顯警惕了不少。

「哦，那個也是我的仿生人，別在意。」余樂將不大的冊子往口袋裡一塞，語調無比自然。

「您買得起兩個？」

「存錢唄，要不還能怎樣。我這日子也是過得挺拮据的，連遙控人形裝置也沒買。」余樂將身子向前探了探，壓低聲音。「畢竟如果真要結婚，主腦會配給法定伴侶仿生人嘛。我這種喜歡左擁右抱的，還是這樣打打擦邊球就好。」

唐亦步和季小滿出色的外貌顯然打消了洛非一部分懷疑。洛非思索片刻，還是在余樂對面坐了下來。「您說您想要更刺激點的記憶雞尾酒，余先生，接下來可是要收費——」

「先不說這個。」余樂收起了嬉皮笑臉的模樣，他還是那副漫不經心的樣子，卻隱隱散發出鋒利的氣質。「我是來談生意的，一時半刻大概也沒空喝酒，我們出去走走如何？」

洛非看了眼坐在余樂左右的兩個「仿生人」，表情裡多了點不情願。

「小滿，妳留在這裡顧著桌子，我們很快就回來。」讀出了對方的顧忌，余樂隨口對季小滿吩咐道。「你的仿生人在外面等你吧？我也帶個保鏢跟著我，還有問題嗎，洛先生？」

唐亦步適時地露出標準微笑。

洛非上下打量了余樂一番，還是沒有動作。「余先生，您別吊我胃口了，先透露點消息吧。您要談什麼生意？我怕我做不了主。」

余樂又將唐亦步的大作從口袋裡掏出來，翻到描寫最為血腥香豔的那兩頁，在洛非面前晃了晃。

「談這個。」

「……」洛非一時間像是忘了怎麼說話，臉有點發紅。「快收起來！」

「怎麼樣，這生意你們做不做？」

「……走吧，余先生，我們外面談。」

CHAPTER 42　狼襲

洛劍記憶裡的一切格外真實，和資料裡記錄的常見情況完全不同。

按照阮閑所看到的理論，毫無憑據的幻想、被注入或移植的記憶或多或少都會有問題。聯合治療理應證明洛劍腦袋裡的末日是漏洞百出的臆想，或者是由人工合成的粗糙景象——捏造的東西和真實記憶在細節品質上往往相去甚遠。

精神醫生將人送進精神世界，可以讓病人們親眼見證那些糟糕的漏洞，借此戳破幻想的泡沫。他和洛劍擁有同樣的「幻想」，從他對黎涵的安排來看，「末日幻想」的受害者也不只他們兩個，這種聯合治療顯然也不是第一次進行。

然而眼下自己面對的明顯不是那樣的世界，姑且不論這場景看起來無比真實，它連應有的正常記憶模糊都沒有，和現實世界相差無幾。

阮閑一腳深一腳淺地在雪地裡前行，厚厚的積雪幾乎要沒過他的膝蓋。少年的身體能力有限，他很快就落到了隊伍的最後。

洛劍頭也不回地前進，黎涵偶爾還會擔心地回頭看兩眼。大概是考慮到這具身軀裡的靈魂是個成年人，她最終也沒有做出什麼實質的援助舉動。

鉛灰色的天空越發陰暗，本來還能看出點白色的雪地漸漸被夜色塗成灰藍。偶爾還能從積雪下看到一點凍僵屍體的輪廓或者石頭的黑色截面，灌木的枯枝掛著一層厚霜，唯一的生機來自探出雪層的枯草。

儘管阮閑用想像力為自己套上了保暖衣物，裸露在外的皮膚還是刀刮一般疼痛。黎涵和洛劍的身影漸漸模糊，只有手腕上的病人標記還亮著，在昏暗的空氣裡透出讓人不怎麼舒服的紅光。

風中混進了隱隱約約的狼嚎，阮閑憋住一口氣，又向前走了幾步，勉強追上走在洛劍身後的黎涵。

黎涵哈了口白氣，目光從阮閑沾滿鮮血的手腕移到那張屬於少年的臉孔，猶豫片刻，態度還是軟化了些。

「進城就沒事了。」她拂去衣袖上的積雪，睫毛掛了細細的冰霜。「最多再走上半小時，別擔心。」

阮閑順從地唔了一聲，稍微端詳了黎涵的臉。這個普通的女孩在這裡露出了一點奇特的氣質，她沒有變得鋒利或者幹練，只是如同從鳥籠裡逃出的鳥，能夠再次順暢地呼吸。

半個小時。

聯合治療有個特點，它的實現原理包含部分清醒夢的相關理論。正如一般人的夢境，在精神世界內對於時間流動的感知和現實世界完全不同，通常會慢很多。

記憶雪原中的半小時在外界不過是眨眼一瞬。就算這場治療只耗費兩個小時，如果宮思憶願意，他們三個甚至可能在這個冰冷的精神世界中停留兩天到兩個月，全看聯合治療的外部調頻。

這也是外界唯一能干涉的東西了，阮閑對著沒有手套的手哈了口氣。

洛劍的記憶明擺著惡劣無比，在這裡受到的傷害又會影響身體。只要時間夠久，就算是朋友也會產生矛盾，更別說性格不合的陌生人。幸運的是，宮思憶沒有比調整時間流逝更大的權限。自己只要拖延和洛劍發生衝突的時間點，就能擁有足夠長的時間和洛劍相處。

這可是宮思憶親手送上的機會。

就洛劍目前的表現看來，對方還沒有要向自己出手的意思。

「進城後呢，我們要做什麼？」眼看面前城市的影子越來越清晰，阮閑特地把聲音繃緊了些。「抱歉，我有點緊張。這和我所知的資訊不太一樣……」

「進城，吃飯，睡覺。」洛劍冷淡地答道，「就當換個環境度假。」

「我們不是來找破綻的嗎？在這裡也要吃飯？」

「只要你潛意識清楚自己還在呼吸，該吃就得吃，該睡就得睡。」洛劍停住腳步，聲音乾澀。「和生物鐘差不多，沒啥好說的。」

「可是……」

「少說兩句吧，存著點體力。你要是太早死，我這邊也會很麻煩。」洛劍豎起領子，粗暴地打斷了阮閑的試探。自始至終，他不曾看向阮閑一眼。

夜色越發濃稠，大量灰白色的煙霧從大大小小的煙囱中湧出。積滿雪的鋼架中露出橙黃的光暈，那些光彷彿帶有溫度，光是注視著它們，都能感受到一點虛幻的溫暖。

洛劍帶他們停在這座幽靈城市的邊緣，隨意找了家黑漆漆的店面。他在店外的毯子上搓搓鞋底的雪，越過店門口那棵枯樹，輕輕拉開了門。

「老洛。」櫃檯後的人向他點頭致意。

「三杯熱水，加點鹽。」洛劍把脖子上帶著冰霜的圍巾往下扯了扯，它看上去僵硬得活像石膏模型。

最後一個進門的是阮閑，他小心地把門關上。沒了凜冽的風，屋內暖和了不少，被凍得毫無知覺的手指開始感受到微微刺痛。

櫃檯後的女人叼著根粗糙的手工菸斗，眼袋很重，一頭亂糟糟的灰白頭髮，手腕上沒有病人標記。

可能是活在洛劍記憶裡的人。

「三個人，哈。」她倒掉菸灰，「怎麼連小孩都帶來了？」

「菸姨，三杯熱水。」洛劍沒有回答她的問題，「我的那杯加點酒，給小涵加點果汁粉，剩下那個小子的什麼都不用加。」

「女人不會喜歡對小孩太苛刻的男人。」上了年紀的婦人從櫃檯下掏出三個髒兮兮的杯子，「老洛，你這樣下去可不行。」

「他不是小孩子。」洛劍接過冒著熱氣的水，又強調了一遍。

「嘖。」那女人多瞧了阮閑兩眼。「可惜了，我剛剛還在想呢，你這種人能從哪裡拐到這麼好看的孩子。原來是個假的，怎麼，他……？」

「別管那麼多，妳這還有床位嗎？」

「有。晚飯也有，要不要？」女人笑笑，露出被菸燻黃的牙齒。

洛劍點點頭：「我們預計要在這裡待上兩天，如果來了其他客人——」

「沒。你清楚這是什麼地方。我有幾個月沒見到新面孔啦，也就你願意過來捧捧場。」

「狼襲呢？」

「還是老樣子，定期來那麼一波。哦哦，最近一次是在不到一週前，這兩天應該還得來一回。你要是暫時不打算進城，可得注意點。」女人吐出一口煙，「要進城嗎？我明天要去城裡一趟，你要是缺啥我可以幫你帶。蘿蔔、洋蔥還是馬鈴薯？最近有一批貨剛進。」

「我就來這轉換心情，暫時沒別的計畫。妳隨便弄就好。」洛劍聳聳肩膀。

「隨便弄啊。」女人語調裡流出一絲失望，「行吧，那就先讓小馬照顧你們。」

一位矮個子青年應聲從店後探頭，他的目光在室內環顧一圈，最後定格在阮閑身上，露出親切的笑容。洛劍翻了個白眼，一副懶得再去解釋的樣子。

小馬長相普通，一張標準的大眾臉，耳根有塊不明顯的傷疤，被黑灰的光線遮了大半。他把毛巾掛在脖子上，腦門上帶著罕見的汗。不知為何，小馬整個人透出一股奇妙的違和感，像是一塊放錯盒子的拼圖。

阮閑多掃了他兩眼，卻沒能發現異常之處，只得暫時作罷。

晚餐是簡單的鹹肉馬鈴薯湯，為禦寒加了大量的辣椒。整鍋湯都是紅色的，黎涵喝了一小口，當場被辣哭了。阮閑用乾硬的麵包沾著湯，慢條斯理地咀嚼。

終歸是幻象，他想。入口的食物雖然有滋味，卻欠缺了不少「細節」，區別如同現場聆聽一首歌和腦內浮現旋律那樣微妙。好在飽腹感還是有的，所以他不打算在這個問題上糾結太久。

櫃檯後的女人在夜裡出了門，小馬在店裡忙東忙西地打掃。屋裡沒有電燈，空氣裡飄盪著一股怪味，不知道來自於燃燒的油燈還是屋外像林木一樣聳立的煙囪。

洛劍的安排比他想像的還要單調——洛劍本人吃完晚飯，直接在牆角拉了鋪蓋，倒頭就睡，沒有半點和人交流的意願。黎涵向小馬討了塊粉筆似的白石塊，在粗糙的石板上隨便畫畫。

阮閑在屋內唯一的窗戶旁坐好。

窗戶上橫著釘了不少木條，遮住了大部分視野，他只能勉強看到個大概。夜幕徹底降臨，窗外除了點點模糊的燈光，只剩下無邊的黑暗。他注視了片刻那片黑暗，垂下目光，看向自己被血液包裹的左腕。

那些傷口沒有半點癒合的跡象，皮肉外翻，緩緩滲著血。流淌的血同樣沒有滴在桌子上，而是活物似地在他的手腕上爬行。

小馬正用一塊抹布擦拭他眼前的桌子，像是看不見那些血似的。

阮閑用袖子遮住傷口，眼下它只能帶出點發麻的痛，也不影響動作靈活度，這就足夠了。他吸了口氣，抬起手肘，好讓小馬方便擦桌子。

可他手肘剛抬到一半，動作陡然凝固。

……小馬耳根那塊疤不見了。

阮閑瞇起眼，仔細看向面前的年輕人。似乎察覺了這股視線，小馬轉過頭來，又朝他笑了笑。

這次阮閑發現了一股違和感。

在他的仔細凝視下，小馬的五官在輕微地移動，並且開始變得模糊，像是五官沒有固定好的蠟像。而當自己轉開視線，只是隨便掃視過去時，小馬看起來又和正常人無異了。

「怎麼了，小朋友？」小馬本人似乎對自己身上發生的一切毫無察覺。「我這還有點烤蘋果片，想吃嗎？」

阮閑思索片刻，瞄了幾眼睡下的洛劍和沉浸在自己世界的黎涵，慢吞吞地點了點頭。

「謝謝。」他努力讓自己聽起來像個羞澀的孩子，抑或是格外寡言的成人。

聯合治療所製造的人工夢境外。

唐亦步留出半分精力傾聽面前兩人的對話，余樂和洛非的交流很簡單，只要用半分精神就夠了。至於剩下九分半，唐亦步拿了九分去思考自己所處的奇妙狀況，半分專門用來為約會緊張。

他忍不住再次抬起頭，看向巷子外燦爛的燈光。

圓滾滾的巡邏電子眼在街道上漂浮，宵禁後除了執行監督工作的人員，只有達到一定公民等級的人才能上街。城市比白天時空蕩了些，顯得越發井然有序。人們在漂浮的光中有說有笑地前行，空氣乾淨清新，濕潤得恰到好處。

不到三十秒前，有一隻電子眼從他們身邊飄過，分別掃描他們的瞳孔，其中一個還對正在閱讀薄冊子的洛非提出了心跳過速、體溫異常升高的警示。它檢查了每一面漂浮在空中的虛擬螢幕，同時徹底忽視了洛非手中的手寫書冊。

虛擬螢幕上播放著風景優美的野生動物紀錄片，洛非正藉著虛擬螢幕發出的光，一點點閱讀唐亦步的大作，臉紅得彷彿要滴血。

余樂臉上沒有丁點意外的情緒，他負責小聲回答洛非的疑問，並且趁對方倒抽冷氣時來個突然襲擊，比如現在。

「我說你也老大不小了，別跟個十歲不到的小屁孩似的。」余樂手插腰，假裝自己從未被那本冊子吸引過。「這都能鎮住你，我看你們的藏品也就那麼回事。」

「我只是完全沒看過這種。」洛非聽起來有些心驚膽戰，「人真的能做出這種……我的天，這種事情連戰爭紀錄片裡都不會出現。」

「哦，這我倒是知道。」閒得無聊時，余樂自己也找了些紀錄片打發時間。然而太過殘酷和血腥的片段全都被修飾一空，只剩下乾巴巴的文字概括。不知道是不是為了維持「世界和平」的假象，不少矛盾甚至被刻意淡化，一筆帶過。

時間久了，記得它們的人越來越少，沒人記得的事情幾乎就和沒發生過一樣。

「太野蠻了。」洛非喃喃道，手一邊哆嗦一邊翻頁。「實在是太野蠻了，老天爺。」

余樂剛開始還覺得好笑，時不時瞥兩眼光明正大發呆的唐亦步。可隨著洛非口氣裡的驚嘆氣息越來越濃，他開始笑不出來了。

洛非沒有誇張，他是真的難以理解唐亦步所寫的內容。作為一個成年人，洛非無疑露出了受到衝擊的表情，活像隻第一次見到貓的老鼠——他還沒搞清楚自己正在看什麼，就已經被嚇壞了。

可那驚恐裡夾雜了不少微妙的情緒，它們混合成了某種余樂不太喜歡的表情。於是他故意打了個噴嚏，將洛非的注意力從書中拉開。

「一株雪不和其他地方的人交流嗎？」對方的層次有點低，余樂又開始覺得索然無味。「那我得考慮考慮要不要和你們接觸了，你上次給我帶的那本真的沒啥意思。我還指望著能換點刺激的新鮮貨呢。」

「這是您寫的？」洛非的語調格外嚴肅。

余樂瞥了一眼仍在發呆的唐亦步，那仿生人連眼珠都不動彈一下，沒有丁點想要參與對話的反應。於是他只得撓撓頭：「算是吧。」

洛非開始用一種奇異的目光上下打量余樂，余樂被盯得有點煩躁，立刻奪回話題的主動權：「我說，這裡又不是沒有帶血的東西。仿生人秀場又沒玩完，那玩意不也挺刺激的嗎？」

「您知道，仿生人秀場的觀眾需要經過嚴格篩選，算是這個社會的上流階層，犯罪可能性幾乎為零的那種。更別說看秀本身要花不少錢，至少我是出不起。」

洛非摸了摸手上的冊子，表情複雜。

「主腦認為這個社會足夠完美。賺不到錢，被安排在中下層的人大多算是智慧或人格有缺陷的次品……『我們』不會有太高的分辨能力，接觸到不該接觸的東西只會徒生事端。

「仿生人秀場的資訊是被嚴格控制的，我們不可能接觸得到，那些有能力看秀場的人也不需要一株雪。但看您的作品……您是看過秀場的嗎？可您現在的工作——」

「你也知道我有點年紀了。之前管制沒這麼嚴，好說歹說看過點。那時你毛都沒長齊呢，沒印象也不奇怪。」余樂打了個哈哈，隨意帶過這個話題。

洛非兀自思索了片刻，沒有對這個說法提出質疑。「那麼我就直接問了，余先生，您需要什麼？」

「沒看到你們的存貨，我怎麼知道。老子連真本事都給你瞧了，要個菜譜看不過分吧？」余樂故意讓態度顯得惡劣些。

在作惡人方面，余樂有著十足的經驗。監獄就像獵物和飲水貧瘠的草原，人得靠舉手投足的無聲恐嚇才能過得安寧點。他曾經能憑藉那份戾氣鎮住罪犯，更別提面前這個連看個文字都要冒汗的年輕人。

洛非表情凝固片刻，半天才開口：「我們有我們的規矩，不過我可以幫您推薦一下……您把您那個女性仿生人叫過來吧。」

余樂咧咧嘴，權當答應。讓對方一次露出所有底牌自然是痴人說夢，他們只需要一個突破口。

結果他連腳步都沒邁開，唐亦步便向店內的方向果斷前進，健步如飛。余樂悻悻收回伸出的腳，藉機調整了下站姿。不久後，面無表情的季小滿跟著唐亦步一路走過來，她把兩隻手插在寬外套的口袋裡，看起來嚴肅得不像話。

外套口袋鼓鼓的，余樂意味深長地瞄了季小滿一眼，後者臉繃得格外僵硬。目光緊接著掃過唐亦步嘴角的點心渣，有那麼一瞬間，余樂有點羨慕被關在預防收容所裡阮同志。

余樂隨手劃過虛擬螢幕，自己帳戶裡的錢果然又少了一點。

就在不久之前，自己還只需要操心如何靠懲戒穩定人心，以及怎麼把樊白雁打得頭破血流，這些保姆似的零碎工作全由副手涂銳搞定。

老涂啊，我錯怪你了，照顧小孩真他媽費心。余樂好笑地抹了把鼻子。

「我們走吧。」他收回目光。

「我和唐亦步想弄點武器。」在璀璨的燈光中穿行時，季小滿走在余樂右手邊，聲音仍然小小的。「買了一杯記憶雞尾酒，做了簡單改裝。為了湊優惠，買的是帶點心的套餐……這樣更省錢。沒忍住又盜用了你的帳戶，抱歉。」

余樂揚起眉毛，沒忍住笑了起來——明明獵殺機械生命時果斷無比，也對他人的生死略顯冷淡，這女孩卻對盜用自己的帳戶抱有莫大的罪惡感。要是交換立場，他怕是立刻要把所有錢都偷到手裡。

比起某個嘴都沒擦乾淨還一臉正直的傢伙，季小滿性格怪歸怪，人還挺老實。

「知道這錢沒全被那個仿生人吃掉就好。」余樂小聲回應。「別在意，妳覺得合理就花。我就只有一個要求，就算換了吃的，妳也別讓那小子占到便宜。」

不知道是不是故意的，一路表情恍惚的唐亦步用力咳嗽了幾聲。而季小滿安靜片刻，突然伸出手，悄悄地往余樂手裡塞了塊點心。

「我幫你留了一塊。」她的語調有點僵硬。

「呦，奸商開竅了。」

「大老粗還是大老粗。」季小滿迅速把點心抽了回去。

「這裡。」走在前面的洛非停住腳步，指了指面前的店鋪。

這是一間更小的酒吧，比起洛非第一次推薦給他們的那家，面前這間更有點復古的味道。

偏黯淡的裝潢在一眾鮮亮的店面中格外不起眼，像是一塊空洞的缺口，客人非常少。

店前唯一算顯眼的是株盛開的梨花樹，樹枝上彷彿積了厚厚的雪。

廢墟海留下的習慣很是頑固，余樂第一時間在心裡估出了面前建築的結構。他將關鍵細節記在心裡，下意識在腦子裡模擬了遍撤退方式，這才踏進門。

這裡的桌椅全是木製的，有罕見的手工痕跡，不知道粗獷的造型是技術不佳還是刻意為之——這裡的木桌上甚至還燃著油燈，燈火像活物般晃動，連帶萬物的影子在牆面上顫抖。

櫃檯後站著個漂亮的女人，一頭順滑黑亮的直髮，順著肩膀垂到豐滿的胸部上。她手裡拿著枝飄出香氣的精緻菸斗，可惜它更像是某種裝飾品。她一口都沒抽，只是朝他們燦爛地笑，笑容裡帶著不少心不在焉的味道。

「哎呀，非非。」她朝著洛非眨眨眼。

「我帶客人來了。」被美麗的女人親暱問候，洛非沒有露出半點不自然的神色，他的口氣很是恭敬。「就是我上次提到的那個人，菸姨。」

「哦。」女人一副沒睡醒的慵懶腔調。「你這就把他帶來了？東西給我看看。」

洛非雙手送上冊子：「他說這是他自己寫的。」

女人隨便翻看幾頁，抬眼瞄了余樂，反應比洛非小得多：「知道得不少啊⋯⋯非非，查過這人的底了嗎？」

「查過了，暫時沒問題。」

「唔，那老規矩。」女人微笑地抬抬手，「給這位先生準備點能上頭的東西。」

「余先生，這邊請。」洛非指了指唯一有客人的桌子。

接近躺椅的座位上倚著一個上了年紀的女人，灰白色的頭髮被簡單打理過，眼袋顯眼得像是貼上去的一樣。她手裡也有枝菸斗，不過風格和這家店本身一樣粗糙。除了品味記憶雞尾酒常用的太陽穴貼片，她還戴著類似呼吸罩的額外裝備，乾癟的胸口規律地起伏，一副沉睡的模樣。

余樂的視線沿著呼吸罩的管線移動，停在桌子正中央的大號玻璃罐上。

之前他們見過的雞尾酒裝置和杯子差不多大，可眼前這個更像是老式自助餐廳的飲料桶。它被直接固定在桌子上，連接的呼吸罩有四個，除了正在被女人使用的那個，還有三個端端正正擺在空位前。

罐子內的藍光比杯子裡的明亮不少，彷彿擁有生命那樣四處遊動，已經有金屬球在液體中緩慢浮動。在昏暗的油燈照明下，電光在金屬球間遊弋，透出滿滿的虛幻感。

「來，您先戴上這個，之後菸姨會向您說明。」

「我可以把我的人帶進去嗎？」余樂沒有立刻接過洛非遞來的呼吸罩。「我在別家酒吧看過宣傳，仿生人也能用這東西。」

「那通常是為了……呃，取樂。」洛非撓撓鼻子，口氣有點不太自在。「理論上的確可以，畢竟這東西只需要思維資料和演算法的投射，但這不能作為護衛措施。如果沒有連接主腦，仿生人的精神水準低得要死，別說保護您，他們會比您還要脆弱。一旦出現意外狀況，人腦還能撐一下，電子腦很可能會直接燒掉。」

說著他瞧了眼唐亦步和季小滿：「這年頭仿生人也不便宜，真的沒必要。」

「我同意。」季小滿冷淡地表示，「我需要在外面保護您的安全，余先生。」

趁洛非看向唐亦步，季小滿悄悄朝余樂搖搖頭，點點自己的太陽穴。余樂立刻心神領會——沒人知道真正的仿生人在記憶雞尾酒的作用下會有什麼特殊反應，唐亦步好歹真的是仿生人，季小滿自己很容易露出破綻。

另外，他們的確需要一個人在外面望風。

「好吧，我還以為能順便找點樂子。萬一看到夠辣的，就可以當場來一發。」余樂的表情堆滿遺憾。「那就讓小唐跟我進去吧，沒人陪著我渾身不對勁。」

他聳聳肩：「反正按你的說法，仿生人對你們沒啥威脅。」

洛非看向櫃檯，被稱為菸姨的女人頗為隨意地點點頭。他沒再多說什麼，先把呼吸罩遞給一邊盡職盡責裝傻的唐亦步。

「你最好選擇溫和點的形象。」

待唐亦步接過，洛非有點僵硬地開了口。

「按照仿生人的運算能力應該能做到。反正你們沒有潛意識和意志力這種東西，隨便選就好——貓貓狗狗都行，記得選點無害的，年輕男人的形象太有攻擊性。」

唐亦步禮貌地點頭微笑，示意自己聽懂了。季小滿倚在桌邊，再次把雙手插入口袋，做出握住什麼的樣子。

余樂吐了口氣，偷偷翻了個白眼。他磨磨蹭蹭地躺上躺椅，小心地將貼片貼上太陽穴，最後給自己戴上了呼吸罩。

和上次嘗試的記憶雞尾酒完全不同。

上次記憶雞尾酒帶來的感覺更加傾向於「過去式」，如同早晨起床時回憶夢境。如今他們卻如同進入了夢境本身，身邊的一切雖然有種怪異的不真實感，但確實屬於當下。

余樂下意識看向自己，他的打扮沒變，雙手也是熟悉的狀態。身邊的洛非也是剛剛見面的樣子，本來昏睡在躺椅上的婦人正站在洛非對面，一邊和洛非交談，一邊叼著菸斗的菸嘴。

屋內還有三四個人，他們大多打扮普通，在燃燒得劈啪作響的壁爐旁埋頭看書。

從環境判斷，他們正站在一間裝修簡單的小洋樓內，余樂只能看到上樓的螺旋階梯，一時判斷不出樓層數。會客廳裡的光線來自於燈光和火焰，窗簾緊緊拉著。他大步走到窗前，撩開窗簾一角，只看到了彷彿漆在玻璃上的純粹黑暗。

如果這裡的玻璃不是做過特殊處理，那麼「這棟建築」之外，恐怕是一片虛空。

「唐——」余樂轉過身，試圖和唐亦步交流，結果撲了個空。

原本該跟在自己身邊的唐亦步不見了。

余樂頭皮一麻，握緊拳頭，本能地閃身到離自己最近的遮蔽物旁。結果還沒等他搞懂這個幻境裡的遮蔽物能不能擋住攻擊，他就瞄到了幾步外疑似唐亦步的傢伙。

面前的唐亦步個頭縮水了不少，余樂得放低視線才能看得到——一個約莫十一二歲的少年正笑著看向他，金色的眼睛裡帶著莫名其妙的愉快情緒。

「……」余樂嘴角抽了抽。

「洛非要我選個無害的形象。變成動物不方便溝通，有些人會警惕老人，但很少會有人警惕孩子。」唐亦步躍上桌子，隨意地擺著兩條腿，活脫脫像一個真正的少年。「我也研究過人們喜歡的長相——」

「好好你最可愛，行行好閉嘴吧。」余樂頭痛地捏捏鼻梁，「我他媽會被當成變態的，一個你一個季小滿，我的名聲，唉……老子喜歡大胸大屁股的女人，對帶把的和洗衣板可不感興趣，更別說沒長開的小鬼。操，這下跳到黃河都洗不清。」

唐亦步攤手，一臉愛莫能助。余樂拳頭有點癢，但他不得不承認，唐亦步這副一碰就碎的漂亮少年模樣，他還真狠不下心痛打。

於是他只能隱祕地朝唐亦步比了個中指。

唐亦步假裝沒看到那個中指，他狀似乖巧地跟在余樂身邊，用目光一寸寸掃過那幾個在壁爐前閱讀的人。

理論上，這裡比真實世界更安全，畢竟主腦的電子眼無法鑽進人的精神。

進來沒多久，唐亦步就搞清了這個地方的運轉機制——記憶雞尾酒是將事先處理好的記憶片段包裝後，直接塞進客人的腦子。這裡更像是多人共用一段記憶生成的過程，如同踏入一個正在進行的夢。

硬要說的話，前者有點像隨便看一段冒險錄影剪輯，後者更像是自己親身參與一場全息冒險遊戲。

但也有麻煩的地方。

雖說唐亦步對自己的精神承受力有著十足的信心，不過A型初始機並不具備強大的治療功能，也不能附著在他的精神上。在這裡，自己在戰鬥力方面不會占太大的優勢。如果被「殺死」，電子腦受損的可能性很高。

最麻煩的是，若要殺死對方，必須讓對方意識到自身受到了致命傷害——

畢竟不是真實世界，下毒不會有用，蟄伏於暗處進行偷襲也很難有效果，只有正面作戰才有用。一切醫學方面的知識通通失效，「潛意識認為自己會死」才是招致死亡的唯一途徑。比如說，唐亦步下意識評估了自己的受傷程度，並且瞬間得出「可能導致死亡」的結論。

儘管可以盡可能地控制思維，但唐亦步還是半點風險都不想冒。

不如利用脆弱的外表，相對和平地處理危機。就算情況有異，人高馬大的余樂好歹會是更顯眼的目標，自己絕對來得及抽身。

唐亦步相當現實地考慮著應變措施，臉上掛著挑不出毛病的笑。像是察覺了唐亦步的想法，余樂冷冷地瞥他一眼。

「你這小子又動歪念頭了是嗎？我可不打算和你一起行動。」余樂習慣性地清清嗓子，放大音量。「……喂，要我看的東西呢？」

「菸姨會帶您去書房。」

「嗯？菸姨不是那個——」余樂略帶驚異地嘖了聲。

「櫃檯後面那個？那是我用的遙控人形裝置。漂亮吧？」上了年紀的女人撓撓灰白色的頭髮，敲了敲手裡的木製菸斗。「我在這裡也能分神操縱它……你這是什麼臉，那可是按照我年輕時的樣子搞的。又是個膚淺的男人，算啦，過來吧。」

她低頭看了眼唐亦步的模樣，瞄向余樂的眼神裡又多了幾分嫌棄。

「這可是姓洛的小子要求的，我沒這興趣。」余樂板著臉解釋，「小唐，你先自己晃晃吧。等一下再告訴我這裡的情況。」

這是要把唐亦步支開，叫他單獨調查的意思。菸姨像是對這反應習以為常，沒什麼特別的表示。

頂著余樂的仿生人這名頭，自己也沒有太多其他選擇。唐亦步頗為不滿地撇撇嘴，順從地走向螺旋樓梯。

洋樓只有兩層樓，螺旋樓梯連接著一條鋪了厚地毯的走廊，窗戶上的窗簾仍然死死緊閉。唐亦步朝外看了看，和余樂在一樓看到的沒區別，依舊是一片混沌的黑。幾扇窗戶旁擺著小桌，長長的桌布垂到地上，上面擺了插著鮮花的花瓶，原本雪白的花朵被燈光染成淡橙色。

窗戶的對側有不少門，每一扇都鎖得死緊。

唐亦步仔細研究鎖孔，試圖找到撬開鎖的方式，卻發現看得越仔細，眼前的景象反而越模糊，只得作罷。走廊裡沒有其他人，也沒有形似監控設備的東西，唐亦步腳步輕快地遛了一圈，很快探完這個樓層。

這不是個大地方，八成是以某個人的腦為基礎，用夢境相關原理搭出來的精神空間，再對其他人短暫敞開。如果設備到位，這確實是個不錯的主意，比在主腦眼皮底下聚會安全好幾倍。

然而理論簡單，實際操作起來的難度卻不小——

根據余樂上次的反應，保守估計，這裡的時間流逝速度和外界應該有差異。要在外界短時間內搭上線，並且不引起主腦的懷疑，可不是外行人隨隨便便就能做到的事情。

一株雪的聚會方式比他想像的要高明不少。不過要做到從零開始，在這層層疊疊的蛛網中掙出一片虛幻的空間，無異於另一場直接對陣主腦的戰鬥。

看來那個阮教授的確來過這裡，唐亦步垂下目光。

考慮到他們是新人，這裡應該不是什麼重要聚會地點。無論一株雪是不是在私底下做些讀書和宣傳以外的小動作，都不會蠢到把陌生人引到情報地點來。

余樂不是省油的燈，刺探能力還是合格的。目前自己最好表現得無害些，等出去後先交流一下情報。然後……他還有一場約會。

唐亦步倚在其中一張小桌邊，瞥了眼花瓶裡的花，又開始默默緊張。

好在這份緊張沒有削弱他的警惕性。十幾分鐘後，一個人影剛從樓梯處冒頭，唐亦步便嗖地貓下身子，在蓋著桌布的小桌底下藏好。

一雙屬於女人的高跟鞋踏過絨毯，唐亦步稍稍掀起一點桌布褶皺，看到了熟悉的木製菸斗。菸姨正停在某扇門前，背對著小桌，動作俐落地掏出一大串古舊的金屬鑰匙，逐把撥弄。

唐亦步打量了片刻菸姨的站姿，在她無聲開門的那一瞬，輕手輕腳地鑽出桌布，在她的視角盲區裡小心移動。走廊的隔音地毯和少年的身形讓這件事難度下降不少，菸姨只顧著推門，頂多就是左右望了下，不難應付。

進門才是最容易暴露的環節。

唐亦步悄悄跟在她身後，盡量減少自己的存在感，像是黏在對方影子上的一頁薄絹。菸姨的動作熟稔果斷，唐亦步屏住呼吸，像貓一樣安靜移動步伐，隨對方身體的旋轉調整動作，一陣風似地隨菸姨閃進門內。

隨後他真的迎上了一陣風，而且是冰刀似的寒風。冷風捲起雪片，毫不留情地削過他的臉頰。唐亦步很確定，他們並非進入了一間房間，而是走入了另一個世界——那扇把他們傳送過來的門被菸姨關上，沒過幾秒便消失了。

此時兩人正站在一座破落的鋼鐵城市內，巨大的煙囪在不遠處噴出滾滾濃煙。空氣裡塞滿木炭燃燒特有的氣味，但微妙地缺少了點真實感。

街上沒幾個人，所有建築都將門窗緊閉。天色很暗，只有那麼幾棟房屋裡亮著燈，映亮了掛在屋簷的冰錐。菸姨正拿著她的木頭菸斗，踩過滿是泥濘雪水的路。黑暗厚重的天空黏在這座破落的城市上方，隱隱有碾上大地的趨勢。在這令人窒息的壓力下，女人的脊背又彎下幾分。

唐亦步認得這地方。

在他面前的是早已毀滅的一〇二四培養皿。

唐亦步曾在那裡待過一段時間，幾乎可以說是親眼見證了它的毀滅。寒冬如同慢性毒藥，將它的目標浸在絕望裡，緩慢而堅定地逐個殺死。

最後的火星熄滅，燃燒的濃煙散盡。在 MUL-01 做出清理重置前，一〇二四培養皿註定化為冰封的死城。眼下它的幻影卻在他面前飄盪，一副在死亡前掙扎的模樣。

一個人的精神不可能徑直通向現實。自己之所以敢跟上來，只不過因為菸姨的真實身體和他共用一套裝置，自己不至於因為裝置配置不同而陷入未知的危險境地。

前提是他得跟緊她。

唐亦步拭去融化在臉上的雪水，沒用太多時間來回憶過往。他搓搓凍紅的雙手，在腦內用力想像禦寒用的袍子。

沒多久，唐亦步身上多了件寬大的制式黑袍。厚薄恰到好處，袖子有點長，遮住了他大半個手掌。如果把帶著毛絨邊的兜帽稍稍向下拉一些，從成人的角度只能看到他半個下巴。

唐亦步將領子繫好，總覺得缺了點什麼。

他又在腦袋裡檢視一遍偽裝人類幼崽的要點，在自己的兜帽上又加了兩隻毛茸茸的布片耳朵。雖然看不出是個什麼動物，但這件袍子上的壓抑味道散去不少，更像是正常孩子會穿的款式。

再加上足夠遮住下半張臉、帶有難看花紋的編織圍巾，這副打扮應該能把人們的疑心降到最低。按理來說，他應該把眼睛的顏色也換成普通的褐色，這樣被識破的風險會降到最低。

然而他遲遲無法進行具體想像——一旦他把心思放在自己的眼睛上，阮先生吻上眼皮的記憶就會自顧自地冒出來，伴隨嘴唇碰觸的柔軟觸感和濕潤溫熱的呼吸。

對方真的很喜歡這雙眼睛。

算了，反正這個細節帶來的安全性只是錦上添花的程度。唐亦步又把柔軟的兜帽邊緣向下扯了扯。

現在不是細數阮先生給自己造成了多大影響的時候。

菸姨獨自走在前面，枯瘦的背影像是隨時會被暴風雪吹散。唐亦步賣力地跟在後面，在暗處悄悄行走，地上的積雪差點蓋過他的腳踝。

他看著她走到煙囪附近，隨後進了一〇二四號培養皿裡最大的俱樂部。

在永無止境的嚴冬中，這裡曾經是倖存者唯一能夠找樂子的地方。人們聚集在一起，空氣會暖和不少。他們在室內燃上火，玩一些傻呼呼的簡單遊戲，喝用罐頭煮的馬鈴薯辣湯。

現在室內的火堆還燃著，湯汁在鍋裡噗嘟噗嘟翻滾，人卻少了大半。菸姨進了門，在室內人最多的桌子旁坐下。一同在座的還有五六個人，各個表情嚴肅。

如果從正門走進去，自己瞬間就會被發現。好在他在真實的一〇二四號培養皿待過一段時間，對這棟建築的結構瞭若指掌。

唐亦步繞到建築後側，擠進一條格外狹小的暗巷。他所熟知的老舊破洞還在原位。

這個洞存在了很久，巷子有牆擋著，無論是寒風還是野貓野狗，誰都進不來。而對於一個成年人來說，洞口也略嫌狹窄。再加上物資有限，最後誰都沒有來修整。

它對自己現在的體型來說倒是剛好合適。

唐亦步擠進建築內部，從堆積的枯枝和枯草堆裡掙扎出來。這裡算是俱樂部的後廚，而想像食物既耗時又耗神，他乾脆打開櫃子，拿了幾罐冰涼的豆子罐頭。

後廚比大廳更為空曠，唐亦步把豆子罐頭塞進口袋，嘴裡叼著湯匙，躡手躡腳地湊近大廳，躲在堆滿廢紙箱的角落裡。

「妳怎麼去了那麼久？」一個落腮鬍男人有點不耐煩地開了口。

「洛非帶了新人，我得去盯著。」菸姨慢悠悠地吐出一口煙。「面生的男人，弄了本挺過火的色情讀物過來。瞧那年紀，八成是在大叛亂前見過世面的。」

她輕敲菸斗，瞥了那男人一眼：「帶了兩個仿生人，一個小丫頭一個小伙子，模樣都挺端正，不過不是最流行的那幾款臉……底細也就那樣，我覺得不像秩序監察的人，想說再觀察看看。」

「小心點，寧願要洛非那樣的傻小子，也別弄個秩序監察進來。」

「還用你說。」

「洛非的情況怎麼樣？」

「就那樣，他真以為我們就是個讀書會呢。」菸姨語調裡沒有輕蔑或是嘲諷，笑容反而有點苦澀。

「繼續說妳那邊的情況吧。」和她對話的男人果斷跳過了這個話題。「這次中樞那邊的消息……」

「沒有消息，一切照常。有新人進來不假，中樞那邊沒有進行測試的意思。我特地問過，那邊可能想再觀察觀察。狼也沒有動靜，暫時不需要擔心。」

「我那邊也沒有狼襲，最近主腦的監察有點鬆懈，這不是個好兆頭……」

他們完全沒有把話說清楚的意思，唐亦步一時無法判斷那些詞句的具體含義。他蜷縮身體，把自己盡量藏進紙箱堆，聽得越發認真。

「週期不變的話，襲擊應該就在這兩天，我等等會回去盯著。」菸姨沉默了片刻，再次開口。

「這是目前為止最穩定的一個中樞了，絕不能有閃失。」

「嗯。」菸姨吐出一個煙圈，「仿生人秀場那邊呢？這都多久沒消息了，如果教授一直沒有指示，我們沒必要這麼頻繁地集合。」

「沒有指示。」另一個男人插嘴道。「按照教授的意思，我們必須堅持——」

「堅持？除了我們這些老古董，誰還記得以前的世界怎麼樣？等我們死光了，對他們來說最叛逆的人也不過洛非的程度——喊喊口號，私下弄點無傷大雅的小動作。拿回自己本該有的東西，就以為討了多大的好處。」

菸姨冷笑兩聲。

「我呢，現在認為保命優先——阮教授既然這麼久沒再傳來消息，大家也別扛著狼襲了，先安穩過段日子再說。」

「我同意小菸。」看起來年齡最大的那位老人開了口。「大家都能看到，外面的『人』越來越少了。這個中樞雖然強悍，到頭來還是有極限。等狼吃空這裡，中樞崩潰是早晚的事情。既然阮閑沒有指令，我們也應該根據現況進行調整，自保為上。盲目執行指示不會有好下場。」

人、狼襲、中樞、仿生人秀場……以及阮閑。

唐亦步將那些毫無關聯的詞彙刻進腦子，慢慢吐出一口氣，抿緊了嘴裡的湯匙。

這個地方不是個單純的「精神世界」，或者說「聯合夢境」——它在按一套奇怪的規則運轉，若要釐清這些情報，自己擁有的資訊還不夠。

「我反對。至少我不覺得自己比阮教授聰明，我們得時刻做好準備。」

「我認為……」

一桌人頓時吵吵嚷嚷，菸姨長長地嘆了口氣，徑直站起身。造型不怎麼平整的木頭椅子摩擦地面，發出刺耳的噪音。

「你們吵得我頭痛。我先回去了，畢竟我還得看管中樞。」她疲憊地說道。「反正一時半刻也爭不出結果，大家都理理思路，改天再聚吧。你們要是有了結論，托人告訴我也行。」

說罷，她沒理會其他人的反應，從桌子上抓了件灰色的羊毛披肩，朝門的方向走去。

「菸姨，這天色——」

「我去把該補的東西弄好，再過兩三個小時就天亮了，明天早上大概能趕回去，可以上午睡。」菸姨擺擺手，頭也不回。

唐亦步抓緊口袋裡的罐頭，他瞧了瞧菸姨的前進方向，隨後彎下腰，又從來的路迅速鑽出建築。

建築側門停了輛簡陋的馬車，有幾個人正在將裝得鼓脹的袋子往馬車裡搬。唐亦步聞到了沾著濕泥的馬鈴薯和略微腐爛的洋蔥。

它們曾是一〇二四號培養皿的主要食物，散發出的氣味和他記憶中的別無二致。

但馬車、馬和人則是另一回事。

人看起來還好，穿著臃腫的破棉衣，或是被尼龍帶束起來的羽絨服。他們的身形清晰，可轉過臉來時，面孔卻彷彿隔了層毛玻璃。

他們的五官如同染色的霧氣，唐亦步無法分辨他們的真實長相。馬的情況更誇張——它的身體結構在輕微地遊移變化，隨意瞥過去像是匹馬，細看又不像了，變得比人臉還模糊。

它們具備記憶裡的景物所特有的模糊特徵，而且程度非常嚴重。

菸姨對面前扭曲的怪像視若無睹。待那些袋子全被裝車，她坐上趕車人的位置，開始用電線改造的馬鞭抽打那匹模糊不清的馬。

唐亦步搓了搓手，一個健步躍入車斗，把自己埋在一堆灰色的袋子之間，洋蔥的濃烈氣味差點嗆得他吐掉湯匙。

重新叼穩湯匙後，唐亦步往裝滿馬鈴薯的那邊擠了擠。雪隨風穿過破破爛爛的馬車頂，很快就在麻袋上積了厚厚一層，險些把他埋沒。

從一點點雪縫朝外看，一〇二四培養皿的幽靈浸泡在深沉的夜色裡。

現在的夢境時間大概是凌晨四點，按照菸姨的說法，他們還要至少半天才能抵達目的地。幸虧夢境裡時間的流逝和真實世界不同，唐亦步裹緊了身上的衣物，吸吸鼻子。

接下來他應該有足夠的時間調查「中樞」的事情，找到關於那些詞彙的線索，然後把它當作約會中的一個小驚喜。

只是這環境著實糟糕，他該想辦法打起精神才行。唐亦步把豆子罐頭揣進懷裡，握緊湯匙，陷入半夢半醒的狀態。

與此同時。

阮閑用手指擺弄放在紙上的烤蘋果片。失去大部分水分的果實摸起來有些僵硬，手感頗為古怪。配上與實際年齡不符的手指，眼前的場景有種奇妙的割裂感。

粗略估算，現在應該是下半夜。黎涵畫累了，自己在角落鋪了個簡易睡袋，又往身邊堆了沒什麼實際用途的破木箱，這才沉沉睡去。洛劍一直貼在角落，呼吸很輕，大概還繃著神經。

小馬熟練地用金屬門閂卡在門內側，自己拖了張躺椅半躺在上面，髒兮兮的棉被角落在地上。他往手腕上繫了根金屬繩，繩子吊著門上的鈴鐺。

鈴鐺的大小和乒乓球相差無幾，小馬的小動作或是砰砰捶門的風都沒能晃響它，因此十有八九是用來戒備別的東西。

沒過幾分鐘，小馬也睡了過去。屋內只剩阮閑面前的那盞油燈。燈火昏暗，沒了S型初始機的輔助，他甚至很難看清其餘三人的輪廓。

火苗繼續搖動，阮閑沙沙地撥弄蘋果片，沒有半點睡覺的意思。

他有一段時間沒有體會過這種感覺了——就算清楚自己出事的幾率極低，一旦進入陌生環境，阮閑總是很難入睡。除非身邊有個利益相關，實力與自己又不相上下的保險絲——眼下那根姓唐的保險絲不在身邊，於是他久違地失了眠。

算了。

既然閒來無事，自己可以思考一下接下來的計畫。比如怎麼利用眼下這些詭異的狀況去旁敲側擊，從洛劍嘴裡挖出點情報。這枯燥的現況八成是為了應付自己這個「陌生人」。

然而如果洛劍只是想要簡單應付自己，黎涵畢竟也在，他完全沒必要選取這麼一段充滿危險的回憶。如果他想要不著痕跡地幹掉自己，這個不方便活動的環境也不太適合。一旦自己見苗頭不對，找個空房間躲起來，洛劍也未必能在治療結束前找到自己。

不過這不是能放鬆下來的理由——

就現在的情況看來，或許對方只是想讓自己吃點苦頭，好讓自己下次拒絕聯合治療……要不就是這段記憶有什麼特殊的意義在，導致洛劍「不得不」選擇它。若是後者，之前的推斷就全部不能成立。

畢竟比起大多數記憶，它的細節豐富過頭了，可能是對於洛劍本人來說極為重要的一段記憶。對方選擇它，也可能是基於某些和自己完全無關的理由。

可惜手裡的情報還不夠，不足以得出確切的結論。阮閑咬了口蘋果乾，再次望向窗外。

封住窗戶的木板縫隙中，數十個血紅的光點在黑暗中閃爍。

他猛地繃緊後背，那些不祥的光像極了森林培養皿裡那些機械獵犬。阮閑下意識熄滅了面前的油燈，在心中一遍遍描摹自己的血槍。

金屬的冰冷觸感在掌心緩緩漫開。

洛劍記憶外的物品必須由外來者親自創造。東西越複雜，難度越高——創造人需要完全掌握每個細節。衣物和食物還好，簡單的冷兵器也不難做，但要憑空搬來個複雜的機械，想像者必須對它的結構和運作原理熟稔於心，否則只能弄出個似是而非的空殼。

血槍是他親手製作的，雖然沒了源源不絕的血子彈供應，理論上靠認知裡有限的「血液」也能應急。這裡沒有唐亦步，他只需要負責攻擊的那把。

阮閑剛將血槍的取血器刺進左腕傷口，小馬掛在門上的鈴鐺便開始劇烈響動。

洛劍醒得甚至比小馬還早些，一陣窸窸窣窣聲後，緊接著是金屬的磕碰聲響：「小涵，起來！」

黑暗中，阮閑把血槍藏在禦寒的披風下。

「狼襲。」又一陣織物的摩擦聲後，洛劍的嗓子有點啞。

與此同時，外面的東西開始瘋狂撞門，不算結實的小房子發出危險的刺耳聲響。幾處脆弱的牆壁被撕開，外面的東西探頭進來，嘎吱嘎吱地啃著破裂的牆壁。

那不是「狼」。

阮閑不清楚那些是什麼東西，它們是純粹的黑色。哪怕是在這昏暗的夜色裡，它們都黑得醒目。如果眼前的一切都是一張色調昏暗的照片，那些東西就像是釘子扎破畫後透出的黑暗——上次見到這種黑色，還是在隔開各個培養皿的死牆那裡。

那些是主腦的手筆。

它們的形狀有點像狼，類似頭部的結構上嵌著血紅的光眼。那隻眼在黑影的頭部到處移動，向有聲音的地方聚集。

「別攻擊，快跑！」洛劍只喊了這麼一句，然後迅速離開原地。他前腳剛離開，原來所站的位置就被一群怪狼擠滿。

黎涵則拿起木炭，熟練地引燃房頂。房頂的結構特殊，沒燃起多少煙，火光瞬間撕破黑暗。那些怪狼仍然吸取了所有的光，它們正忙著吞食離自己最近的一切東西——桌子、椅子、堆在牆角的木柴，以及沒來得及逃離的小馬。

阮閑第一時間跑到洛劍身後，用餘光時刻注意著怪狼。

見小馬被襲擊，洛劍不為所動。他伸手抓住阮閑的衣領，半拖似地帶著他向店後門跑。黎涵緊緊跟在後面，看起來心軟的姑娘同樣無視了正在慘叫的小馬。

小馬的腿活生生被狼撕了下來，傷口卻沒有流出半點血液，只有模糊紅煙擴散開。阮閑沒來得及再多看幾眼，就被洛劍帶離房間。

他還得分神做出一副驚恐的模樣。

洛劍直接帶他們衝進店後的儲物室，快速撥開雜物，掀開散發出嗆鼻黴味的地窖門。「快，都下去，趕緊。」

這句話幾乎是用氣聲說的。

阮閑深吸一口氣，抓住坑洞邊的繩子，快速溜了下去。他們一著地，洛劍便迅速扣上地窖口的金屬門。厚厚的金屬門一層又一層，帶著不同程度的侵蝕痕跡，顯然存在已久。

這座地窖很深，帶有泥土、苔蘚和雪水的味道。這裡安裝了通風設備，來自外界的寒風不知從何處滲進衣服，雙腳被凍得一陣發麻。

深入地下後，地上的混亂聲響減緩了不少，只留下陣陣微弱的顫動。洛劍不知道從哪裡拿出一截蠟燭，勉強弄出一點光，搖曳的燭火中，他的表情格外難看。

「外面那些是什麼玩意？」阮閑出色地扮演著自己的角色。「這裡不是你的記憶嗎，你都記了些什麼東西？」

「都是一株雪幹的好事。你看，這裡全是些亂七八糟的怪物。我的腦子被攪得一團糟，這很正常。」洛劍語氣僵硬，「現實世界裡沒有那些東西，現在明白了？」

黎涵抿住嘴，不說話。

阮閑沒直接回答，他用手指抹了抹潮濕的牆壁，語氣惴惴不安：「我們要在這待多久？」

「等到天亮就好了。」洛劍答得極為敷衍。

「我是說，治療什麼時候結束？」阮閑緊盯洛劍的臉。

儘管情況緊張，洛劍還是露出了一絲放鬆的神情。他臉上的肌肉抽動兩下：「還早呢，看宮思憶心情。聯合治療就是這樣，要不然你告訴我哪裡的治療手段輕鬆舒適，我去體驗一下？小涵，跟緊我，走這邊。」

「治療前我看過一些資料，就算小馬是你記憶裡的人，被攻擊也該流血，而不是變成那副奇怪的樣子。」眼見對方想轉移話題，阮閑把重點拉了回來。

「我不是說了嗎，因為我瘋了，我腦子裡的東西亂了套。」

「但是……」

「你再廢話我就把你扔在這。」洛劍明顯不願意在這個話題上糾纏太久，「小子，我本來以為你還有點志氣，結果搞了半天最像回事的時候是你小時候——沒啥主意就閉嘴，我們處理這情況上百次了，沒時間跟你玩解說遊戲。」

洛劍嘴上沒停，腳下也沒停。他帶兩人向黑暗最濃稠的地方走去，不知道是不是錯覺，阮閑總覺得周邊的世界越來越清晰了。

斜坡先向下，後向上。阮閑粗略估算了下，他們離地表越來越近了。

最後，他們到達了終點。

和樹蔭避難所不同，這裡的地下工事極其粗糙，和礦坑差別不大。他們的目的地是修整得比較乾淨的洞穴。滲入地下的寒風變得越發冰冷，表示地表就在他們頭頂，附近應該有應急出口。

「睡吧。」洛劍把蠟燭隨便放在地上，自己在一個小小的土堆旁坐定。「離天亮還有一陣子。」

說罷，他嘆了口氣，凝視著面前的虛空。

隨後阮閑看到了小馬。

先是模糊的輪廓，隨後逐漸清晰。和在店裡不一樣，憑空出現在他們面前的小馬氣喘吁吁，頭髮被汗黏在了額頭上，五官遊動得更加厲害，身形也顯得有點不自然。

「老洛。」小馬抹了把臉上的汗水，像是對剛才發生的事情一無所知。「狼又來了嗎？」

「嗯，不過現在已經沒事了。」搖曳的燭火下，洛劍的眼中有著幾分悲傷，「辛苦你了，小馬。趕快休息吧。」

「哦。」小馬憨憨地笑起來，五官嚇人地扭曲，聲音也有點縹緲。「行，你這邊也注意……注意……注……」

話說到一半，那個年輕人的身形猛地抖動起來，散開在空氣裡，如同被吹滅的火焰。

黎涵響亮地吸了吸鼻子，洛劍則垂下頭，面無表情。

「剛剛那是——」

「閉嘴！」洛劍朝阮閑咆哮，帶著點洩憤的意圖。

「老洛，別這樣。他什麼都不清楚。」黎涵開口勸道，聲音也有些顫抖。

洛劍狠狠喘了幾口氣，猛地捶了下地面。蠟燭的燭焰被掀起的風帶得抖了抖，照亮了小土堆前面的石板。

那是一個墳塚。

「我失態了，抱歉。」半晌後，洛劍語氣生硬地道了個歉。轉身背對那個簡陋的孤墳，似乎不想讓它瞧見他臉上的表情。

「沒事。等明天天亮，你緩過來再說。」

阮閑把自己藏進黑暗。

「現在我只想問一個問題，為什麼不能攻擊那些……東西？我進來前查過聯合治療的資料。就算它們是你記憶裡的東西，只要你對它們足夠了解，它們也是可以被消滅的。」

要是來襲的是真正的狼群，洛劍沒有絲毫阻止眾人攻擊的必要。就算是瘋狂幻想之中誕生的怪物，能達到這樣清晰穩定的程度，作為這個精神世界的主人，洛劍絕對足夠了解它們。

通常情況下，了解意味著能夠控制。除非……

「算了，對，我說了謊。那是主腦的東西，不是我的記憶。」

「……主腦的東西？」阮閑皺起眉。

「嗯。在我的記憶裡，襲擊村子的一直都是真正的狼。」洛劍心不在焉地望向洞穴頂部。「所以我想像了一段狼沒有來的時間，我記憶裡的狼不會進城。但它們會來，久而久之，我們就把這稱為『狼襲』。」

黎涵沉默地點點頭。

「你看的那堆資料裡大概不會提到，它們只會出現在太過清晰的異常記憶裡。」

洛劍咧咧嘴，做出個類似苦笑的表情。「這年頭，想法不可能完全自由，你把它們想成針對人腦的殺毒程式就好。」

「異常記憶？」

「末日不存在，可我有這麼清晰的妄想，還會拿出來和人分享，主腦總得想辦法把它淡化才行。不然你以為這個為什麼叫『治療』？」

阮閑了然。

之前自己襲擊宮思憶的時候，系統就提出了抹除記憶的建議。樹蔭避難所裡也有按照時間抹除最近記憶的手段。但對於即時度沒那麼高，已經深深紮根於腦海的過去，很難用粗暴的一刀切來解決。

主腦採取的做法，更像是對人的思想和記憶設定了關鍵情節，然後用程式定點淡化這些異常。淡化的方式恐怕就是……

「它們要讓你忘了小馬。」

說徹底忘記不太貼切，阮閑大概能想像主腦的手法——精神世界主要源自人的記憶，如果其中的事物被抹滅，人為了重新收集那些久遠的記憶，會再次回憶和想像。

可人是會遺忘的。

一次又一次的破壞和回憶，對於久遠的記憶來說，每一次重建都代表著細節的流失。

先是不太重要的景物，路邊的枯草、死去的樹、天邊的雲。然後是建築裡的裝飾，掛畫的內容、生銹的燭臺、角落裡落著灰塵的蛛網。最後是人，對方的穿著、體型、聲音，還有模樣。

直到只剩一個模糊的印象，再也無法想起來。

阮閑突然懂為什麼這座城裡的人這麼少了。

「算是。」洛劍輕飄飄地帶過這個話題，「如果你進行反抗，哪怕只有一下，系統都會把你識別為威脅。」

「它們無法識別病人嗎？」

「我們不知道主腦對於反抗的定義，從來沒人解釋。」

見洛劍沒有再解釋的意思，黎涵代他回答，年輕姑娘語調裡有壓不住的怒火。

「主腦認為你反抗了，你就反抗了，沒得爭論，只能躲遠點。畢竟被那些玩意踩著臉，只要是人都會本能地掙扎一下，也會忍不住產生敵意，誰能管得住自己的情緒呢？」

「而且攻擊也不可能贏……那是主腦製作的程式，沒人能在被殺死之前解開。」

阮閑沒再追問。

這兩個人似乎隱瞞了什麼，這番解釋表面上看來是合理的，可還是存在漏洞。

假設真如洛劍所說，這裡作為被公開的精神世界，需要被主腦反覆掃描。那麼在「消毒」完成前，宮思憶不可能將這麼危險的環境用於聯合治療，而且還不只一次，這相當於拿自己的職業生涯開玩笑。

宮思憶現在應該正忙著監測他們的情緒指數，猜測有沒有鬥爭的狀況出現。

阮閑下意識用手指摩挲粗糙的洞穴壁，冰冷粗硬的石頭刺痛了他的指尖。

按照之前洛劍和菸姨的對話來看，一週前剛剛發生過狼襲，這個頻率相當高。如果掃描是如此常見的事情，他看的聯合治療資料裡不可能隻字不提。

看來自己之前的想法也許是對的。出於某種原因，洛劍有必須選擇這段記憶的理由。同時，這段記憶已經引起了主腦的注意，所以主腦才反覆用狼群程式進行掃描。

「黎小姐，你們之前經常來對不對？我們不會出事吧。」阮閑換了個角度試圖套話。

「嗯，不會有事的。」黎涵對他勉強笑笑，手腕附近的病人標記還在閃爍紅光。「相信我，我們可是來過——」

「小涵。」正在閉眼假寐的洛劍打斷了黎涵的話。

黎涵瞬間閉了嘴。

「等你醒了，我帶你們換個地方。」洛劍把主導權接過來，又閉好眼睛。「先好好休息。」

黎涵看起來低落又緊張，她往蠟燭的方向挪了幾步，眼睛盯著跳動的火焰，沒有想休息的意思。

看來這次聯合治療比自己想像的還要有趣，阮閑又往黑影裡窩了窩。

可他還是沒有半點睡意。

總覺得有哪裡不對勁，自己似乎漏掉了某個細節。阮閑將聯合治療開始後的所有記憶按順序在腦子裡一遍遍瀏覽。可細節著實有點多，他無法一下子確定這份感覺的根源。

阮閑開始無意識地玩弄左耳上的耳釘。

「……跟隨直覺。你需要拋棄研究者的邏輯習慣。」

或許是這個動作引導了他的潛意識，那仿生人講過的話從腦海深處浮出，輕得像開水中轉瞬即逝的水泡。

阮閑沒有放過這點回憶。

第一次感受到難以解釋的違和感是在小馬那裡。菸姨離開後，小馬耳後的疤痕消失了，五官也開始浮動。而被怪狼襲擊後，小馬五官浮動得更加厲害，隨後直接消失。

他沒有在菸姨身上感受到這種違和感，可菸姨的手腕空空如也，沒有病人標記。

細節豐富而潛藏危險的回憶、頻繁出現的掃描、最開始莫名出現異變的小馬……

「黎小姐。」這次阮閑沒有向洛劍提問，他離開陰影，湊到黎涵旁邊。「轉換心情吧，看這個。」

洛劍睜開右眼，暗中打量阮閑的動作，阮閑只當沒察覺——他張開手掌，一朵六瓣梨花靜靜地躺在他的手心。

阮閑故意多想像了一枚花瓣，調整姿勢，確保洛劍也能看到。洛劍只是簡單地一瞥，花朵沒有半點變化。

「謝謝，很漂亮。」黎涵則蒼白著臉笑笑，「不過梨花只有五片花瓣。」

她的話音未落，那朵花便變作了五片花瓣的樣子，連花蕊的結構都清晰了幾分。

「啊，難怪我覺得好像有哪裡不對。」阮閑收起手指，遮住黎涵的視線。她的注意力轉到別處後，那花的花蕊又開始變得模糊。「我不是很了解這些。」

阮閑的猜測是對的。

作為記憶的外來者，他們可以「補足」這個世界的細節。天天靠窗坐、並且喜歡繪畫的黎涵不會不知道梨花有五枚花瓣，她對梨花的細節認知怕是比在場所有人都清晰。

這種認知校正能夠反向鞏固精神世界主人的記憶，讓他們所在的世界更為牢固。

如果小馬也是被「補足」的一員呢？

他們最初見到的小馬極有可能是「補足」過的版本。作為回憶的主人，洛劍肯定認識小馬，但很可能沒有太過熟識，至少沒注意過小馬耳朵附近有塊疤。

而菸姨離開現場後，便無法再提供細節認知。

這樣想來，菸姨身上沒有違和感也是很自然的事情——她根本就不是回憶的一部分，而是另一個參與聯合治療的人。

如果這還算是「聯合治療」的話。

菸姨不是病人，是洛劍的熟人。她認識只活在記憶裡的小馬，顯然也是在這段記憶相關的地方生活過。從這個角度來思考，她在深夜離開的做法就很值得思考了，再加上頻繁來掃描的怪狼……

這裡還有其他外來者。

這下阮閑徹底清醒過來，他再次捏緊藏在外套下的血槍。

按理說，聯合治療無法容納太多參與者。介入的外來思維太多，如果沒有足夠強悍的意志，精神世界的提供者很可能陷入混亂，輕則需要長時間的休養，重則精神崩潰。

但是反過來思考，如果要建立一個足夠穩定的多人集會場所，最適合提供者的地方無疑是預防收容所。

洛劍真的認為自身是一株雪的受害者，而末日並不存在嗎？

還是說，洛劍是為了保守祕密，才特地對來路不明的自己擺出那副姿態？

扶著濕冷的洞穴壁，阮閑站起身。

假如「這裡是個用來躲避主腦的祕密聚集地」的想法成立，參與者總不至於只是來簡單地喝茶聊天。結合阮教授曾經來過這裡的情報，說不定自己要找的答案比想像中的還要近。

就在此時，洞壁突然傳來一陣不妙的震顫，遠處的黑暗中響起坍塌的聲響。

「別慌。」洛劍第一反應是熄滅燭火，三人手腕上標誌病人的紅色文字顯得格外刺眼。「正常現象。」

「狼會過來的。」黎涵的聲音有點哆嗦。

「它們不會追這麼遠，地上還有不少活動的人，我們只要不展現出敵意就行。」

「如果它們真的來了……」

「我們能逃掉。實在逃不掉就趴下，不要動，雙手壓在身體底下，千萬不要反抗。」洛劍聲音沉穩。「掃描可能有點難受，忍住就過去了。」

黎涵不安地嗯了聲，阮閑沉默不語——第一次進入精神世界的自己應該不至於被掃描程式鎖定為首要目標，不過這兩位頻繁活動的人就難說了。要是洛劍死在這裡，對他來說也是件麻煩事。

空氣安靜沒多久，地窖另一側也傳來了坍塌聲。

它們是故意的，三人被毫無退路地堵在地窖之中。

很快，黑暗中開始出現紅色的光眼。洛劍乾脆把身上的蠟燭全部點燃——他不停地從口袋裡掏出樣子差不多的短蠟燭，因為精力的急速消耗而逐漸表現出虛弱的模樣。

無數白蠟燭被放在地上，地窖被照得明亮了許多。配上空地上那座小小的墳塚，氣氛瞬間生出有點和時代脫節的蒼涼感。

「別擔心，如果真有什麼事，我會將你們強制彈出。就算精神受到一點衝擊，也比丟了命好。」

「洛劍，別哄我！有掃描程式在這，你沒辦法走——」

「這畢竟是我的記憶。」洛劍笑了笑，「何況妳說的是最糟的情況，別擔心，丫頭。照顧好那邊那個沒用的小子，萬一我出了意外，妳知道該怎麼辦。」

紅點越來越密集，漆黑的怪狼從兩邊慢慢靠近，明亮的燭火像是在被一口口吞噬。這回洛劍沒有冒險逃跑，他走到那個小小的墳塚前，面對粗糙的墓碑坐好。

阮閑眼睛一眨也不眨地盯著那些狼。包含它們的移動方式、光眼的漂移軌跡，以及啃食洞穴內石塊的模樣，他沒放過任何一個細節。

理解，思考，一切都是可以被解開的。

終於，第一隻怪狼襲來——它無視了一邊的阮閑和黎涵，徑直撲向洛劍。

洛劍沒有趴下，沒有反抗，他仍然坐在燃燒的蠟燭叢間，雙手摩挲著那塊小小的墓碑。阮閑能感受到一陣被抽離的冰冷，整個身子有種一腳踩空的感覺。

強制彈出。

感受到異常的那一剎那，他直接開了槍。

撲向洛劍的狼被血子彈轟擊到岩壁上，隨後軟綿綿地落到地面，發出一聲粗啞難聽的怪叫，半天才再次站起來。整群怪狼齊齊後退，一瞬間，所有紅色獨眼全部指向阮閑。

時間有限，他沒能徹底解開這個掃描程式。不過邏輯不會背叛人——他所理解的每一個模式和細節都是有效的，他能傷到它們，這就夠了。

阮閑深吸一口氣，沒理會呆愣的洛劍和黎涵，朝怪狼數量少的那邊開始射擊。

整個過程不超過五秒，沒有一枚子彈打空。打開一側道路後，阮閑俐落地轉身，將槍口指向另外一群狼。

這回怪狼沒再顯示出半點動物特性，它們沒再攻擊，反而整整齊齊地站直，列成方陣，活像被複製出來的影像。頭部唯一一隻血紅光眼瘋狂亂轉，看上去有點噁心。

「現在我是它們最感興趣的人了。」阮閑用自己不太喜歡的少年聲音敘述。「黎涵，妳和洛劍走在前面，我殿後。」

他還殺不了它們，打消耗戰毫無意義。

趁狼群沉浸在古怪的狀態裡，阮閑邊開槍邊後撤，洛劍和黎涵則跑在前方。

「你打傷了它們。」洛劍的聲音裡還透著震驚，「你知道它們是主腦的東西，竟然還能打傷它們……能解析系統就算了，你認為自己對主腦有勝算?!」

這畢竟是由認知構建的精神世界。若是一個人心裡認定主腦不可能被自己擊敗，就無法傷到這些怪物分毫。

阮閑對洛劍的關注點沒有半點驚訝。

「可能因為我是真正的瘋子。」他握緊手中的血槍，「你們是反抗軍的人吧？」

「……」洛劍沒有回答。

下一秒，一隻巨大的爪子從黑暗中探出，差點把阮閑撲倒。

怪狼正在融合，有些還沒徹底融進去。密密麻麻的光眼全部聚集於一處，令人頭皮發麻。融合出的怪物行動模式徹底改變，阮閑也無法消去眼前巨物對自己潛意識的影響，導致血子彈的作用開始變弱。

擁有巨大體型的怪物開始沿著隧道挪動，數隻像是資料故障般閃爍的爪子向前一拍，崩塌聲變得格外清晰。來自外界的風越來越強，他們離出口很近了。

這畢竟是活人的精神世界，主腦沒有完全控制權。這些程式不該屬於這裡，洛劍的潛意識會逐漸削弱它們。只要撐過一段時間，他們就會有喘息的機會。

問題只有一個，所謂「一段時間」究竟有多長。

洛劍和黎涵沒有半點優柔寡斷的意思，他們沒有廢話，順著軟梯快速向地窖外攀爬。阮閑控制著槍擊的節奏，盡力讓每顆子彈擊中怪物的光眼，好再拖一下時間。

漆黑的怪獸咆哮得越發怪異，本來就不算堅固的岩壁被它抓碎，快速崩裂。阮閑估算了一下自己離怪物的距離，以及停止攻擊、爬上軟梯需要的時間。

「後面還有別的出口嗎？」血槍從手腕上現成的傷口裡不斷吸取血液，阮閑射擊的節奏越來越快，聲音卻很穩。

「有是有……」

「你們先逃。」

外面的天色已經有亮起的趨勢。阮閑沒有碰被雪映亮的軟梯，反而向身後的黑暗裡退得更深。

「阮立傑！」

「……我稍後跟上。」

說罷，阮閑沒有再攻擊怪物，反倒隨怪物一起攻擊已經脆弱不堪的岩壁。只不過他的攻擊更有目的性──特定的岩石崩裂塌陷，硬是在他和怪物之間隔出一道堅固的障壁。

作為代價，出口的洞口也毀於一旦，洛劍和黎涵被隔在了相對安全的地表。

接下來只需要跟著風走，以及盡可能拖慢怪物的行進速度。

阮閑一邊四處破壞，一邊在漆黑的甬道內艱難前進。身後不停傳來抓撓聲，他卻沒有半點緊張的情緒。

這還是進入這裡以來他頭一次獨自行動。頭腦瘋狂地轉動，近在咫尺的死亡讓他整個人莫名興奮。冰冷的金屬和淡淡的血腥味刺激著他的神經。阮閑順利地構建出在樹蔭避難所時所得的那個提燈，讓黑暗恰到好處地包裹自己，又不至於把自己摔得太慘。

或許這是他最為自由的時刻，如果硬要挑出點美中不足的地方……

他有點冷。

終於，最初的障壁被利爪撕開，怪獸的叫喊變得清晰了些。就像阮閑推斷的那樣，它無視了逃到地表、難以追蹤的洛劍，選擇繼續追擊自己。

很好，他想。

賣了這麼個人情，以後不愁從洛劍那裡挖不到東西。

積雪之上，唐亦步被頂在鼻子上的洋蔥嗆了個清醒。他抹了兩把被辣出來的眼淚，撥開一點雪層，朝外瞧了瞧。

天色還沒亮，馬車剛剛到達一〇二四培養皿的最邊緣地帶。唐亦步在逐漸亮起的天空中看到了飄蕩的煙霧，遠處的建築正在燃燒，向天空吐出不怎麼真實的稀薄煙霧。街上異常安靜，只有幾個面孔模糊的人歪歪斜斜地走著，活像從老式恐怖片裡走出來的僵屍。

菸姨抽了口氣，鞭子甩得啪啪響。馬車陡然加快了速度，直直向某個方向前進。

她在一家被毀得看不出原樣的店前停下，店前立著一棵枯死的梨樹，接近黑色的枝幹還冒著火星。樹幹像是被什麼東西啃咬過，明顯缺了幾塊。

就殘餘下來的建築結構來看，它倒是和真實世界裡那個裝飾粗獷的小酒吧有幾分相似。還待在一〇二四號培養皿的時候，自己沒有特地注意過這裡——那培養皿雖然不如地下城大，好歹也有座小城市的規模了。邊緣地區的倖存者不多，除非有在特別觀測什麼對象，否則唐亦步很少待在危險的城市邊緣。

趁菸姨注視殘骸的工夫，唐亦步跳下車，雙手拉下帽簷，一溜煙跑向廢墟。

附近遮蔽物不多，菸姨應該瞧見了他的背影，並且把他當成了這裡的住民——她眼睜睜地看著他跑向廢墟，連出聲阻止的意思的都沒有。

唐亦步的腳步越發歡快。

他把從車上順來的馬鈴薯和洋蔥揣在懷裡，在廢墟堆裡找了個絕佳的位置藏好，打算換個角度觀察菸姨。

結果他瞧見了更稀罕的東西。

一個漆黑的怪東西正在吞食人的手腳，倒在地上的人影幾乎成了一團霧。那東西酷似嘴的部位不時有紅色的霧氣溢出，它吃得十分歡快，漆黑頭部唯一的光眼轉來轉去。

唐亦步突然發現自己餓了。他揉揉肚子，決定先搞清楚這個莫名其妙的玩意是什麼，再找地方解決早餐。

愉快地下了決定，唐亦步悄悄湊近幾步，試圖觀察得更細緻。

這東西不難認。MUL-01 是以 NUL-00 為核心基礎改造的，撇開硬體實力，他們在邏輯構造的習慣上不會差太多，唐亦步瞧這玩意就像看雙胞胎弟弟的做的手工品那樣熟悉。

在精神世界裡具象化的掃描程式，有很高機率都攜帶著資料封包，會定時將數據資料發給外界，和森林培養皿裡的探測鳥機制差不多。

在森林培養皿時，他從主腦那裡拐走的探測鳥大約有幾十隻。只要瞄準落單的下手，唐亦步有自信不被發現。

落單的程式怪物還在嚼嘴裡的人腿，對自己的悲慘命運一無所知。

眼下唐亦步體型變小了不少，也失去了大部分力量，不能再像之前那樣簡單地制住它們。雖說把樣貌換回去會好點，但菸姨還在不遠處，變回去能增強的力量也不多，唐亦步果斷放棄了這個想法。

扣好大衣，馬鈴薯放在一邊口袋，洋蔥塞進另一邊。豆子罐頭固定在前胸的內袋，緊貼心口。湯匙被他用握匕首的架勢握緊在手裡，萬事俱備。

唐亦步選了個合適的角度，輕手輕腳地靠近，然後整個人撲了上去。怪物化的掃描程式還沒來得及反應，就被從背後整個抱住。

它鬆開嘴裡正在毀壞的記憶資料，打算攻擊這個不知道天高地厚的人形物體，沒想到被對方搶先一步——唐亦步直接張開嘴，狠狠咬住那漆黑怪物的背脊。

向來都是它咬人，此時突然被咬，掃描系統差點超載。

唐亦步對掃描程式的心情——或者說內部計算邏輯——毫無興趣，他美滋滋地將啃下來的那塊吞進肚子，快速解析它的程式構成，以及最近儲存的資料。

這玩意的口感有點像凍硬的布丁，可惜沒有甜味，無法帶來分毫進食的快感。

唐亦步悻悻鬆了嘴，放棄了用它當早餐的想法，開始專注地檢測解離出來的資料。當從這東西記錄的影像裡看到洛劍時，他沒有多少吃驚的情緒。

如果玻璃花房那種監視嚴密的地方還能出現一個以上的灰色組織，比起干涉人類文明，主腦還是趁早檢討一下比較好。

洛劍在，黎涵也在。有一個他沒見過的年輕人被擊倒，簡單掃了一圈，他沒有找到他的阮先生。

唐亦步皺起眉，又將數據篩了一遍。

只有短暫的一瞬，他在洛劍身後發現一個陌生的矮個子少年。只是快速的一瞥，但也足夠唐亦步分辨，那張臉和阮先生有八九分相似，臉上隱隱透出的淡漠更是像了個十成十。

心情莫名好了些，唐亦步又啃了一口程式怪物，隨後果斷地將手指刺入它的「傷口」。漆黑怪物頭部的紅色光眼一陣癲狂地亂轉，然後猛地停止，轉為漂亮的藍色。

他這邊剛處理完，就聽到菸姨那邊發出幾聲尖叫。唐亦步連忙用湯匙戳了幾下程式怪物的腦袋，將它掰向菸姨的方向。

菸姨正用一種古怪的姿勢趴在地上，將自己的雙手壓在身下。然而饒是她擺出一副投降的姿態，還是沒能躲過附近兩隻程式怪物的攻擊。其中一隻程式獸從她的小腿上撕下一塊肉，傷口頓時湧出鮮血，另一隻正對她的脖子虎視眈眈，明顯在思考怎麼下手才能讓她快速意識到「自己死定了」。

唐亦步騎在程式怪物的背上，伏低身體，對它下了用最大力道撞擊同伴的命令。漆黑的怪物如炮彈般衝向曾經的同伴，把試圖攻擊菸姨頸部的程式怪物撞了五六米遠。

隨後他抓住它的後頸，調轉方向，用湯匙刺向啃咬菸姨小腿的那一隻。

搞清楚它們的內部程式後，改寫就簡單多了。沒過多久，三隻程式怪物的紅眼轉藍，乖巧地趴在了地上。

大難不死的菸姨：「……」

她不知道怎麼形容面前的景象，也許她已經被刺激瘋了。

面前有個打扮滑稽的……少年，或者說孩子，正騎在他們畏懼的「狼」上。陌生少年的臉被難看的圍巾遮得密不透風，毛茸茸的兜帽邊緣擋住了他的眼睛，兜帽上方還頂著不知道是熊還是豹子款式的布片耳朵。

這位小騎士手裡捏著的不是劍，而是一把沾有黑色不明液體的湯匙。他一邊口袋還崩了線，露出了洋蔥的紫黃色外皮。無論怎麼看，都和乖順地圍著他的那三隻危險生物不搭。

「……你是什麼東西？」這是她從震驚中緩過來之後的第一個反應。

無論是她自己還是洛劍，都不可能用思維創造能夠與主腦造物抗衡的生物，退一萬步來說，他們的品味也沒有這麼奇怪。

入侵者？

菸姨差點忘記受傷的腿，她的注意力全都集中在裹得密不透風的唐亦步身上。這情況太過怪異，她不確定是否該接近或者道謝。

「路過的好心人。」唐亦步有模有樣地回應。

「……」樣貌遮得死緊，少年的身形看不出太多特徵，看來對方擺明不想暴露身分。

菸姨沒有追問。她坐起身，拚命集中精神，構築出一卷繃帶，把小腿的傷簡單包紮了一下。她餘光一直瞟著騎在程式怪物上的少年，然而對方只是安靜地看她包紮，沒有什麼奇怪的舉動。

「你想要什麼？」勉強站起來，菸姨直奔主題。

「這些傢伙的大部隊追著這裡的人跑了，看妳剛才的表情，這裡的人是妳的熟人吧？好人做到底，送佛送到西。我可以帶妳去找他們。」然後就可以名正言順地和阮先生會和，並且不至於跟丟菸姨。

「……你想要什麼？」這次菸姨的語氣重了些。

「收集一點資訊，順便挑釁主腦。」唐亦步答得很流暢。「我知道妳在擔心什麼，如果我是藉機賣人情的秩序監察，這個時候就該想辦法打入你們內部了。但我對你們沒有半點興趣，純粹順手幫忙而已。」

菸姨用衣角擦了擦木製菸斗上的泥，顫抖著吸了口菸，還是沒有買帳的意思。

「這裡是一〇二四培養皿，城中心的俱樂部裡會提供很好喝的馬鈴薯辣湯。如果和老闆關係好，還能弄到一點老闆娘親手做的洋蔥餡餅。每週三會有個嚷嚷得特別大聲的男人來打牌，他總是輸。你可以向這個精神世界的主人確認——看這裡的精細程度，他應該對一〇二四培養皿的事情很清楚。」

唐亦步把針織圍巾又往臉上扯了扯。

「主腦會採取避嫌策略。在一個培養皿工作過的秩序監察一旦調離，就不會再接觸這個培養皿相關的事情，以防出現感情方面的問題……你們既然能為了躲避主腦而來到這，應該也對這些規則有一定了解。」

「退一步，我相信你的說法。你為誰工作？」菸姨的表情軟化了些。

這問題差點問住唐亦步，好在他們的上一站提供了一個現成的答案──

「紅幽靈。」

「沒聽說過。」

「沒聽說過就對了。」唐亦步打了個響指，原本襲擊菸姨的兩隻程式怪物緩慢地融合起來，化作更適合當成坐騎的大小。「妳到底要不要跟上？再這麼廢話下去，妳的同伴可要被這些東西吃乾淨了。」

菸姨沒再拒絕，她有點哆嗦地跨上程式怪物，抓緊它漆黑的後頸。

「走吧。」確認對方坐穩，唐亦步低下頭，開心地對自己這隻程式怪物低語。「你去找你的族群，我去找我的阮先生。」

他的阮先生眼下狀況不太好。

阮閑沒有碰上什麼致命危險，那頭巨大的程式怪獸被他製造的各種障礙拖慢了速度，一時半刻追不上來。他也沒有迷路，而且很確定自己沒有錯過出口。

可他的狀態不對勁。

自從與洛劍他們分離，心情變得暢快，另一種感覺便開始在暗處逐漸增強。起初阮閑只當那是精力損耗的副作用，是一點疲憊導致的失常。現在他無法再無視它了，他開始感覺到莫名的憤怒和暴躁，它們如同塞入頭殼的木炭，讓他無法順暢地思考。

確定那隻怪物還在安全距離，阮閑又製造了一堆障礙，然後停下腳步，靠著岩壁喘息。

他開始變得心煩意亂，失去耐性和冷靜。就症狀來看，極有可能是人為的激素異常。它們不會真正意義上傷到他，S型初始機不會進行額外的干涉，而他也無法像唐亦步那樣用電子腦人工調整體內的激素。

有人對他動了手腳。

若放在正常人身上，這些異常可能被當作高壓環境下的一種應激反應。可阮閑對自己的情緒有著近乎偏執的控制欲，他從不會放過這種不自然的細節。

宮思憶比他想的還要心急。

對方或許是透過心跳和腦電波看出了他們正處於異常狀態，順手給自己這個沒有聯合治療經驗的「新手」添了把火，希望能更快挑起自己和洛劍的衝突。

眼下它不至於致命，可和他現在的精神狀態起了化學反應，阮閑著實不好受。手腕上不會癒合的傷口被標記病人資訊的文字映亮，在他眼裡變得越來越刺眼。阮閑忍住亂開槍洩憤的欲望，努力壓抑腦內沸騰的回憶。

他的腳步慢了下來，怪物的速度卻一如既往，背後的岩石碎裂聲也越來越近。

「你在做什麼？」

那是他被孟雲來收養後的某一個冬天。年齡大了點，作為孟雲來某種意義上的助手，能自由取得專業器械的阮閑翻到了一把手術刀。

他當時沒想太多，現在想來，他也不知道自己為什麼要那樣做——他望了片刻窗外的落雪，試著用它劃開了自己的手腕。

刀很鋒利，傷口也不會致命，他把力道掌握得很好。疼痛從刀口飛快地擴散，阮閑沒有出聲，只是靜靜地看著。而本該在外開會的孟雲來提前回家，正好撞上這一幕。

她沒有尖叫，沒有衝上前，只是冷靜地提出問題。

「不知道。」阮閑不清楚自己這樣做的動機，他著迷地看著那道傷口。

那個時候，母親腐爛的屍首已經在他的腦海了懸掛了幾年，他無數次推演曾經的情景，尋找破解方法。可無論他如何嘗試，他始終無法理解母親的思考方式和情感表達。

或許像她一樣，讓死亡的危機靠得近些，自己才能夠多抓住一些情報。

但他很清楚，自己這樣做的原因不只這個。那些疼痛給他一種非常奇妙的感覺，他無法準確地形容出來。

「閑閑，把刀子放下。」憑藉出血量，孟雲來自然也能看出傷口的嚴重程度。她從一邊的醫藥櫃裡取出止血噴劑和包紮用的紗布，語氣仍然平淡。

冷靜地溝通，理性地表達。除了浮於表面的祖孫扮演，和養母孟雲來交流很簡單，這種相處方式的確讓他好過了不少，但阮閑總感覺哪裡不對勁。

這次阮閑沒有回答她，也沒有遵循她的指示。他又往自己手腕上劃了一刀，新鮮的疼痛蜂擁而至。

「阮閑！」孟雲來提高了聲音，「月底我得向預防機構提交你的監護報告，到時他們會檢查你的身體。如果你還要繼續，我不會對他們隱瞞。」

他知道那意味著什麼，自己正在進行B級危險行為，很可能會被預防收容所再次帶走。鮮血順著他的手腕向下滑，在潔白的木紋地板上積成黑紅的一灘。

「我不想停下，但我也不清楚理由。」阮閑把刀子握得緊緊的。

「你不鬆開也可以，按照現在這個情況，距離你失血暈倒還有十多分鐘的時間。」孟雲來在桌邊坐下，「我可以試著幫你分析一下這個問題。」

阮閑在桌子另一頭坐定，鮮血在地板上滴出刺眼的軌跡。他將手腕放上桌子後，白色的桌面也漸漸被鮮血覆蓋，血腥味濃得嗆人。一老一少隔著淌血的桌子，臉上同樣面無表情。場景一時間有點詭異。

「你最開始想要這樣做的理由？」孟雲來沒去看流淌的血。

「研究母親殺死自己的心理狀態，製造接近死亡的體驗，收集資訊。」阮閑如實回答。

孟雲來嘆了口氣：「你自己有過想死的念頭嗎？」

「應該沒有，我沒有殺死自己的理由。」阮閑感受著傷口帶來的劇痛和寒冷，語氣還是很平靜。「不過我也沒有特別想要活下去的理由。」

這很正常，生命只不過是能量的某種運作形式，他目前沒有充足的理由將它改變。

孟雲來就像他所想的那般，露出了「果然如此」的表情。不知道為什麼，阮閑又想往手腕上添一道傷口了。

他清楚，她不會問他是不是想要為母親的死懲罰自己，不會問他是不是感到悲傷，因為她知道他不會，自己的人格傾向被測試過一遍又一遍，資料被預防機構明明白白記錄在案。她知道他是什麼東西。

可他依舊會感覺到憤怒，莫名其妙的，無時無刻不在燃燒的漆黑怒火。

「從一個學者的角度看，你很可能是被這些新鮮的體驗和刺激吸引了，這很正常。」孟雲來摘下眼鏡，捏了捏眉心。「你可以把它當作好奇心的一種。」

不是這樣的。阮閒心想，可他自己也找不到答案。

「按照我們的約定，我不會強制你去做什麼。」孟雲來放低聲音，繃緊的臉色閃過一點點難過。「這麼說吧，我有個提議，你不妨聽一聽。」

阮閑沒有錯過對方臉上那絲一閃而過的情緒。

「我說過，我不想對你說謊。我無法接受你，無法像一個長輩那樣愛你。這點沒有改變，可你……沒有做錯任何事情。」年邁的孟雲來十指交叉，血漫過她價格不菲的外套袖子，她一眼都沒去看。「你還沒有做錯任何事。」

阮閑安靜地凝視著她。

「我老了，大概也活不了太久。阮閑，我不是無私的善人，但我也沒那麼不講情面。總之，你沒有必要為其他人的排斥和厭惡買單。說句心裡話，如果你能一直偽裝下去，我希望你能好好活著。」

「活下去。以你的能力，總能發現一些有趣的事情。當然結果也可能會很糟糕，誰都說不好。」孟雲來的眼神裡雖然還有恐懼，卻柔和了一點點。「你現在還小，無論你再聰明，閱歷這東西也不會憑空長出來。我建議你好好偽裝自己，盡量平穩低調地生活，從這個角度著手收集資訊。」

她伸出手，拿起止血噴霧。「手給我。」

阮閑沒有回應她。

「的確，我也不想因為可能的風險而放棄你的才能，你是我見過最有天分的孩子。而且有疾病的限制在，你……算了。」孟雲來露出苦笑。

「我活不了太久，而且很好控制。」阮閑替她補充沒說出口的話，終於伸出了手臂。
「從其他角度看，這算是個雙贏的合作。」孟雲來為他做了簡單止血，然後去取強效傷口膠。
隨後她猶豫片刻，還是開了口。
「不只這樣。」她說，「我很遺憾自己無法打從心底接納你，閑閑。」
「我知道，妳曾經告訴過我。」
「不，重點在於，我真的很遺憾。」她試探著伸出手，似乎想揉揉他的頭髮。
阮閑本能地微微前傾身體，結果那隻手最終落到了他的肩膀上。
「……我希望你能明白。」她說。
「嗯。」
可他沒能明白。
阮閑遵守了與養母孟雲來的約定，偽裝自己，平穩生活。事實證明，閱歷的增長的確是有效的。接觸過足夠多的悲劇，阮閑終於能夠從純理論的角度去解析母親的崩潰、母親的恐懼。以及她選擇死亡的原因。
但一切只是停留在理論角度上，他還是無法找到最為合適的解法。新的問題也隨之而來——他同樣沒能弄清當時孟雲來表情裡的那抹複雜，也沒能搞明白當初自己切開手腕的理由。
三個問題被串在因果上。
孟雲來早已去世，這道傷疤代表著他人生中三個最為難解的謎題，也是最接近「執念」的東西。

對於自己在精神世界裡呈現出這個樣貌，阮閑本人並沒有太過意外。然而人為注射的激素導致他情緒失控，記憶中的疼痛、疑問、血腥襲捲而來，狹窄逼仄的空間加劇了情緒的發酵。他焦躁得要命，又不知道自己在焦躁什麼。

心臟跳得厲害，腦袋變得有些昏沉，腳步開始不穩。

阮閑索性停下來。

程式怪獸追在後面，他不會蠢到在這個時候傷害自己。就算清楚宮思憶不會對自己下死手，阮閑也不知道這種異常狀態會持續多久。情緒上的影響在精神世界尤為嚴重，它們一口又一口地吞噬他的精力，疲憊感越來越強。

阮閑向來不喜歡陷入被動的局面，更不想拿自己的安全去賭程式怪物先消失還是自己先耗盡體力。不如趁自己的狀態尚可，索性轉為攻勢。

與其被異常狀態拖累，不如反過來將這股戾氣釋放。

這裡很冷，他眼中的世界卻如同在燃燒。病人標記映亮的傷口開始加速流血，阮閑胸口發悶，那種對疼痛的隱隱渴望又死灰復燃。

坍塌的石塊終於被扒碎，龐大黑暗的程式怪物伸開爪子。光眼匯合在一起，緊緊鎖定他的動作，它看上去似乎想要把他從頭到腳都撕開，仔細分析一番。

阮閑沒有理會咆哮的黑暗怪物，他放開思緒，把精力全部放在觀察怪物上。

不再壓抑自己的情緒後，他看到了自己的怒火。

黑色的火焰捲過他的皮膚，將原本完好的皮膚燒得斑斑駁駁。燒毀的皮膚下方，露出了讓人憎惡的鱗片，有點像某種蛇類。

或許這就是一直被禁錮在他內心深處，讓他費心藏匿的東西。

這次阮閑沒再管它，他放任怒火變成破壞欲和殺意，血子彈朝巨大的程式怪獸傾瀉而去。他將防禦視為次要，卻不幸被那畸形的爪子嚴重抓傷，原本被燒得不成樣子的皮膚裂出更大的傷口。

前所未有的痛感從頭顱內向外炸開。

自己不會死在這裡，他想。只要有這個念頭，在這裡，他就是不死的。如今這並非對於生的渴望，更像是對於這個幸運詛咒的認同。

所以不用去管那股疼痛，他只需要觀察對方的運動模式，找出程式運作的弱點，將其攻破。然而把大部分注意力從自我防禦上移開也有代價——那怪物同樣在凝視他，並且成功地用爪子刺穿了他的肩膀。

四周越來越冷。疼痛逐漸變得讓人難以忍受，倒在一邊的提燈照亮了他的雙手。上面只有血、燒破的皮膚以及古怪的鱗片。

結果頂多是精神扭曲、陷入瘋狂而已，他不會死。

阮閑屏住呼吸，掙脫了那隻爪子。對方的運作模式越發明顯，他不僅能擊敗它，還能徹底撕開它。至於激素褪去後，這次情緒失控會帶來怎樣的影響，他懶得去細想。

這是他習慣的景象，一個人在黑暗裡掙扎，他向來如此。可他的皮膚還是斑駁的，仍有一些蒼白的皮膚固執地不肯變成鱗片。

阮閑不知道自己在掙扎什麼。他並不是真的在意他人的看法，如今也不需要偽裝便可以存活——偽裝太久，他早已對真實的自我已經失去了大半的興趣。自己只要順暢地接受那些負面定義，並且自顧自地活下去就足夠了。

魔鬼沒有什麼不好，變成真正的瘋子也無所謂。

或許自己一直追尋的問題也沒有那麼重要，阮閑迷迷糊糊地思考著。橫豎都只是給自己一個答案，到現在為止的種種和遊戲沒有太大的區別，反正他沒有什麼必須要做的事情……

不對。

一個莫名其妙的想法突然擊中了他。

他還欠那個仿生人一場約會。

滑稽的、微不足道的想法，讓他停住了一瞬。憤怒的情緒如同碰上烙鐵的冰，頓時融化了一部分。不知道為什麼，每次想到唐亦步那張格外無辜的臉，他總是忍不住想笑。

那些難看的鱗片開始慢慢消失，那股險些燒化腦髓的熱度和瘋狂開始褪去。阮閑剛拿穩血槍，打算繼續處理面前的狀況，頭頂又再次傳來崩裂聲——

下個瞬間，一個奇怪的東西啪地掉到他面前。看身形是個少年，戴著飾有布片耳朵的兜帽，臉朝地。

阮閑的動作停住了半秒。

那人在地上掙扎兩下，輕巧地跳起來。他拉下難看的針織圍巾，扯掉絨邊兜帽，最後抹了兩把臉上的土。

「阮先生。」

迷你唐亦步笑得很燦爛，他朝他伸出一隻手。

「我來見你了。」

CHAPTER 43 當局者迷

兩人頭上的岩壁多了個洞，逐漸變強烈的光從洞口淌入。天空算不上晴朗，卻也比起之前明亮了不少，灑下的光如同某種具有侵略性的植物，提燈映出的微薄光亮霎時被遮蓋下去。

唐亦步在朝自己笑，阮閑知道那是他，一看就知道。他絕對不會認錯那雙眼睛。

程式怪獸伸出利爪直直朝著唐亦步劈下，後者背上像是長了眼睛，輕巧地躲了過去。阮閑剛想去拉那隻手，就因為這突然的攻擊拉了個空。

「還能站起來吧，阮先生？」

小號唐亦步的聲音十分清亮，作為仿生人，唐亦步不可能擁有正常人類的童年階段。這個形象應該是他自己創造的，不得不承認，這個傢伙對人類審美的研究很是透徹——那張臉的確有成年唐亦步的影子，但混雜了些柔和的氣息，更容易讓人卸下防備。

「我沒事。」阮閑簡單地應道。

比起灰頭土臉，但仍打扮整齊的唐亦步，自己這邊的情況可以用慘烈不堪來形容。款式簡樸的冬衣吸飽了鮮血，裂得破破爛爛，身上到處是傷。那些古怪的鱗片在不知不覺中消失，可灼痛的感覺還停留在皮膚上。

「你不像沒事的樣子。」唐亦步上下打量了番阮閑，咂咂嘴。「總之先解決掉這東西。」

「嗯。」

唐亦步的戰鬥方式依然簡單粗暴，他拽住程式怪物的爪子，將一把閃爍著金屬光澤的武器戳了進去。阮閑看來好幾眼，才確定那是一把湯匙。

體型縮水後，那仿生人的動作少了幾分氣勢，不過輕盈靈活了不少。近距離面對那龐然大物，唐亦步靈活地踏著石壁蹦來跳去，輕快地躲過所有攻擊。戳進怪物爪子的金屬湯匙不知道被做了什麼手腳，那隻畸形的爪子開始快速潰爛，隨風消散。

程式怪物的注意力漸漸轉移到了這個更具威脅性的敵人身上。本來就專注從遠處攻擊的阮閑抓住空檔，用血子彈替唐亦步織了個防護網，隨對方的動作快速調整攻擊目標。唐亦步攻擊時，他用子彈壓制怪物的閃避動作；那仿生人退而防守，阮閑便開始找準對面的弱點攻擊。

兩人沒有交流，可唐亦步迅速發現了阮閑的用意。他開始有意識地踏上岩石，轉過身體，為阮閑製造方便攻擊的角度。

射擊動作流暢了許多，阮閑抬眼看向對方，唐亦步恰巧扭過臉來，又對他燦爛地笑了笑。

那堆程式混合體的動作越發遲緩，它漸漸停住動作，縮成一團，開始駭人地抽搐。

阮閑放下槍口，長長地舒了口氣，吐息裡帶出濃濃的血液甜腥，幾乎把他自己嗆了一下。唐亦步湊近那團黑漆漆的程式，俯身認真觀察了一番。

「我們的攻擊超出了它的預設應對範圍，它超載了。」唐亦步戳了戳那團東西，並沒有立刻消滅它的意思。

「不動手？」

「這玩意容量太大，完全消失的話會引起主腦的懷疑。」唐亦步收回手，將湯匙在另一隻手裡轉了一圈。「等它開始消失，我趁機把部分資料攔截下來就好。」

說罷他跨過地上的碎石，愉快地蹭到阮閑面前。少年模樣的唐亦步比阮閑高一點點，他沒有低頭，而是稍稍彎下腰，金色的眼睛因為笑意而彎起。

作為真正的 AI，唐亦步對程式的觀察解析能力肯定在自己之上，對方這樣下了結論，阮閑一時無法質疑。

「我知道你想問什麼，我是追蹤某個一株雪成員才來到這裡，又偶然在掃描程式裡發現了你。這個聯合夢境外接了不少小型精神空間。」

他伸出手，用拇指抹了抹阮閑臉上的血漬。

「天快亮了，阮先生，要不要吃點東西？」

阮閑沒動，任憑對方的拇指擦過臉頰。「我不餓。」

「在這裡進食對肉體不會產生實際作用，不過能讓你精神好些。」唐亦步從口袋裡摸出馬鈴薯和洋蔥，一手一個。「看，我帶了吃的！」

洋蔥和馬鈴薯上沾滿可疑的黑色液體，阮閑掃了眼，揚起眉毛。「你追蹤的那位成員呢？」

「在外面等著呢，洛劍的狀態有點差。她在外面照顧他，短時間內不會離開。他們聽說我幫了忙，就請我過來確認你的狀況……為了光明正大地走進來，我可是費了不少力氣引導話題。」

唐亦步用衣角擦了擦馬鈴薯上的黑色液體，聲音裡帶有幾分得意，滿臉都寫著「快來誇我」。

激素的效果在慢慢褪去，看著面前笑得張揚的唐亦步，阮閑突然感覺到一陣接近舒適的放鬆。

尤其是剛剛從那段回憶中掙脫，這種感覺尤為強烈。那股寒冷消失了，渾身上下都像泡進溫水那樣舒適。

「謝謝。」阮閑說道，開始有點恍惚地擦拭身上的血跡。唐亦步見狀，體貼地走近，沒有管他身上的泥土和血跡，來了個大大的擁抱，順便用鼻子親暱地蹭蹭阮閑的鬢角。

一股洋蔥味。阮閑憋住一個噴嚏，拍了拍那仿生人被柔軟冬裝包裹的後背。

「調查的結果怎麼樣？」理性在慢慢回歸，阮閑沒有放任自己沉溺太久。他沒有刻意控制自己的語調，也沒有去想如何修飾這個疑問。

「一株雪不是簡單的組織，很可能和阮教授有關。」唐亦步鬆開了擁抱，「現在看來，他們應該是找了某個意志堅定的人作為中樞，然後把其他不夠穩定的精神世界連接到這個穩固的世界裡。」

唐亦步用少年模樣一本正經地說著，阮閑開始有點控制不住自己的笑意。

「這樣他們可以定期會面，又不至於在外界過於頻繁聯繫，被主腦監控到。」阮閑微笑著補充。「我確認過，他們的『中樞』是洛劍。」

「不過主腦沒那麼好糊弄，它應該已經察覺到了這裡的異狀，才反覆派掃描程式前來掃描，一遍遍淡化記憶，破壞這個精神世界的穩定度。」唐亦步伸出手來比劃。

「他們叫它『狼襲』。」阮閑安靜地接下去，很是享受這種輕鬆的交流形式。

「……我還以為能給你一個驚喜呢。」唐亦步肩膀垂了下來，少年臉龐加重了那點可憐兮兮的味道。「對了，還有——」

「我們有很多時間聊這個。」阮閑忍不住拍拍唐亦步的臉，「我更關心另一個『調查』。」

唐亦步頓時止住話頭，委屈的表情也無影無蹤，看起來活像隻剛偷到雞肉的狐狸。「哎呀，你發現啦。」

「畢竟我們都不是戀愛腦，你也知道我不會輕易被那東西幹掉。登場時機合適得有點過頭，英雄先生。」阮閑收回手，「亦步，你過來之前，在旁邊看了多久？」

「就一下下。」唐亦步又露出招牌的無辜表情。

「一下下啊……」

「畢竟你自稱『阮閑』，我很好奇你的精神形象和精神強度。」唐亦步嚴肅地將馬鈴薯往阮閑的方向遞，「這是不可多得的觀察機會。」

「還有呢？」

「我也想知道你會變成什麼樣子，走到哪一步。」唐亦步仍然在笑，吐出的詞句坦然而殘酷。「不用擔心，我會在邊緣把你拉回來的。」

冷酷的傢伙。

然而阮閑對那仿生人的做法毫不意外。倒不如說，這樣的唐亦步莫名地讓他更加放心——那個仿生人的感情彷彿有專門的處理模組，不會互相干涉或糾結不清，格外好理解。

唐亦步的喜歡十分純粹，就連精心計算和殘酷之處都毫無掩飾。和他之前接觸過的所有人類毫無相似之處，在這份超出常理的怪異情感下，自己的異常反倒顯得微不足道。

「現在我完全相信你是人類了，你不可能事先知道我在場，無法現場偽造那麼複雜的情緒轉變。」見阮閑不回應，唐亦步又把馬鈴薯往阮閑手裡用力塞了塞。「你生氣了？」

這回那仿生人臉上坦坦蕩蕩地寫著「下次還敢」四個大字。

阮閑忍不住笑出了聲，接過那個髒兮兮的馬鈴薯：「我沒有生氣，這樣挺好的。不過亦步，一個馬鈴薯可收買不了我。」

他也未曾全身心地信任唐亦步，這種異常的感情關係反而恰到好處。

「是嗎？」唐亦步咬咬牙，從懷裡掏出豆子罐頭。「那我把這個也分你一半呢？這可是……嗯？」

結果他話還沒說完，就被阮閑手腕上的傷口吸引——戰鬥結束後，阮閑身上大大小小的傷口漸漸隨他的精神狀態恢復而消失。只有手腕上那幾道傷口仍然在頑固地流著血。

唐亦步嗖地把豆子罐頭塞回懷裡，放下另一隻手的洋蔥，雙手捧起那隻手腕。

「這是以前的傷口。」他篤定地說道，指尖碰了碰那些血。「介意告訴我怎麼回事嗎？」

「自己弄的，你也看到我現在的樣子了——當時我還小。」

「可是它會出現在這裡，說明你到現在還很介意它。」唐亦步沒有讓他輕飄飄帶過話題的意思，「說不定我能試著幫你分析一下。」

非常熟悉的話。

要解釋這些傷疤成因，光是前因後果就要費時間仔細說明一番。阮閑原本打算乾脆俐落地拒絕這個話題，可聽到這句話，他還是鬼使神差地解釋了。

「在我的記憶裡，我的母親因為我而自殺了。這是我在那之後弄的，我想要搞清楚她當時的心理。」

唐亦步表情相當認真，他微微側過頭，示意阮閑繼續說。和與孟雲來對話時不同，就算自己沒有說明收集情報的部分，唐亦步依然像是毫不費力地理解了——他臉上還帶著笑意，只表現出了非常純粹的好奇。

「然後不知道為什麼，我很難停下動作，就這樣。」阮閑試圖收回手腕。

「我遇過很類似的情況。」唐亦步沒有讓阮閑得逞，還是把那隻手腕抓得緊緊的。

「你？」說實在的，唐亦步更像是那種沒心沒肺的類型，阮閑想像不出面前仿生人傷害自己的樣子。

「不過我沒有你做得這麼過火。」唐亦步露出一個接近懷念的表情，「我當時總喜歡將手指交叉疊起來，然後自己夾自己的手指，挺痛的。」

「……」

唐亦步看起來完全不在意程度的差別：「我可以把我自己的情況告訴你，供你參考。前提是你確定自己沒想要引起他人的注意，或者藉此自我懲罰。」

「不是。」

「那你很可能和我的狀況類似。」唐亦步輕輕吻了下最深的那道傷口。「對於我來說，理解『情緒』是件非常麻煩的事情。我沒有同類可以提供參考，只能自己去摸索。根據我的經驗……」

他頓了頓，嘴唇上沾了一點血跡。

「我猜你那個時候很難過，阮先生。」

阮閑沒有挪動，他止住呼吸，心跳像是也停住了。他的目光聚焦在唐亦步沾了點血的嘴唇上，一陣酸意順著神經四下蔓延。

「因為完全無法理解內心的痛苦，無法解釋自己的異常，就索性把疼痛轉化為更容易理解、更符合邏輯的形式，這算是某種……唔，不太恰當的本能。」

那仿生人又朝他笑了笑，還是那副無憂無慮、沒心沒肺的模樣。

阮閑從沒有想過這一點。

從他懂事到「死亡」的前一刻，身邊的每個人都在用不同方式提醒他，他的人格問題以及疾病情況。母親在他面前死去，與母親腐爛腫脹的屍體同處一室好幾日，年幼的自己沒有吵鬧，更沒有突然的崩潰和哭泣，冷靜到異常的地步。他只是在思考，一刻不停地思考。

這種行為是無法被稱為「痛苦」的。

可面對並非人類的唐亦步，他突然覺得這種解釋有點可笑。阮閑張了張嘴，不知道該說些什麼。

唐亦步終於鬆開了他的手腕。

「阮先生，你比我想像的還要遲鈍。」阮閑不知道自己此刻是什麼表情，但唐亦步明顯察覺到了異常。那雙金眼睛裡的情緒開始變得複雜。「不，可能我和你差不多——就算明白其中道理，我們還是會本能地找身邊的人類作為感情對照。」

「你就算了，我的確是人類。」

「過去在X地區，無論男女，只要在公共場合露出手臂都會被拘捕。Y國規定男女婚前嚴禁接觸。但在Z國，成年後沒有情人的人會被視為醜陋無能。很有意思吧？他們都是同一個時代的人類。行為完全矛盾，並且互相認為對方行為荒謬。」

唐亦步放輕聲音。

「人類是可以被馴化的，潛移默化罷了，只要讓他們習慣就好——習慣總能磨平所有的不合理。看看這個培養皿，這裡大多數人們自認非常『幸福』。」

生活在安全而有限的世界，表面上一切無比安穩。人們活在被規劃好的格子裡，甚至連愛好都被規劃得極為相似。別說思維的碰撞，就連不同的聲音都很少出現。

一旦出現，主腦也會讓它們消失，並且精心構築這個堪稱完美的資訊繭房。這裡不會有烈暑酷寒，不會有暴風雷鳴。所以這裡也不會有繁花和落雪，不會有泥濘上方的彩虹。

自己明明看得清這些，卻被更大的繭束縛住了。激素的影響早已消退，更加強烈的情緒卻湧了上來，那不再是難以忍受的憤怒，而是更接近於第一次表露真實自我的悲痛。

這種情緒並沒有讓他落淚，阮閑想。它只是讓他眼眶發酸。他忍不住把視線從唐亦步臉上移開，看向遠處，用力眨了眨眼睛。

這個意外的動作給了他意外的發現——就在唐亦步身後，在陰影裡縮成團的程式怪物猛地抽搐了一陣。

「亦步……」

「你只是被一個時代、一個區域的人定義了而已，阮先生。這種定義未必完備，也未必合理。但你好像在潛意識裡把它當作尺規。」唐亦步還在興致勃勃地繼續講道，「所以我才一直不願意跟人類走太近——」

「亦步，後面！」

阮閑身體的反應更快。

那東西終於從超載中恢復，它已經隱隱有了崩潰消散的跡象，可它沒有就此作罷。它將被唐亦步斬斷的爪子當武器刺出，直直刺向唐亦步的後頸。

阮閑一把抓住還在喋喋不休的唐亦步，硬是用手臂接下了這一擊。這一擊太過沉重，他的小臂差點被徹底砍斷。

隨之而來的劇痛這才讓他反應過來自己做了什麼。唐亦步的吃驚程度也不比他差多少，那仿生人愣在原地，舌頭像是打了結。

「它要消失了，記得處理資料。」阮閑從牙縫裡勉強擠出一句話，半跪在地。疼痛使他的呼吸分外急促，斷掉的手臂軟綿綿地垂著。血槍從手中慢慢滑落。

唐亦步站在原地愣了十來秒，才背過身去處理那團奄奄一息的程式。將承載資料的部分挖出來捏碎後，他慢吞吞地挪到阮閑面前。

「對不起。」他的語調裡有些茫然。

阮閑瞇起眼睛。

「我也不知道我為什麼要說對不起。」唐亦步深思幾秒，補了一句。「我的意思是，以我對你的了解，你不可能……」

「現在看來，我對我自己也不太了解。」阮閒扯扯嘴角，硬是換了個話題。「你知道它會在消失前攻擊你。」

後半句並不是疑問句。

「是，但是如果事先處理的話，我把握不好取走資料的時機。」

唐亦步沒有在這個問題上裝傻，眼裡還殘留著驚訝。

「而且我想看你的反應，以便做出接下來的決定……反正它沒辦法真的傷到我，但我沒想過你會衝出來。」

他看上去更震驚了：「你這麼喜歡我？」

阮閑險些被這個反應給氣笑：「不，你給的資訊很有參考價值，這就當作是回禮吧。」

「不，你不想看到我受傷。」唐亦步目光炯炯有神地看向他。

「你的腦子和外貌一起倒退了。」阮閑有點想揍那個仿生人，可惜敗退在那雙注視自己的漂亮眼睛下，他決定先把精力放在對付劇痛上面。

然而他剛移開視線，唐亦步就把臉貼過來，硬是把自己釘在阮閑的視野範圍內，看起來心情相當不錯。

「對傷患好點，謝謝。」阮閑沒好氣地表示，把之前那一點點感動拋到了九霄雲外。

「我很高興。」唐亦步興高采烈地宣布，「看來你也沒辦法完全掌控自己情緒和行為，我們又在同一條起跑線上啦。」

阮閑深沉地瞄了眼劇痛的斷臂，在內心認真地唾棄數分鐘前的自己。

「雖然離約會還有一段時間，但我決定先把預備的禮物送出去，然後再準備新的。」唐亦步親了口阮閑的額頭，「要不要猜一猜？」

「要不你就學到底。」阮閑用一種近乎絕望的口氣說道，「要不就別用你所謂的人類那一套。」

面對滿身鮮血的約會對象，唐亦步硬是營造了在公園散步般的氛圍。相比之下，自己簡直是最為標準正常的人類，正常得讓人感動。

唐亦步撿起掉在地上的血槍，將它往空中一丟。

「我不會給你植物的繁殖器官。」

那把槍落回阮閑面前，影子卻停留在半空之中，像是憑空多了把浮游的血槍。

「阮先生，其實之前打算殺你那次我就發現了——你的設計能力在我之上，對小型器械的改裝卻有點老派。」

那虛影在空中開始自動拆解，其中每一個零件阮閑都認得。他維持著半跪的姿勢，忽視了洶湧的疼痛和流淌的血液，死死盯著它。

無數公式、資料和線條在黑暗裡閃爍，指示線連上各個零件，連最為零碎的部分都沒有遺漏。

「……所以我研究了一下，把它改裝成威力更大。」唐亦步讓那副景象凝固在空氣裡，燦爛的笑容微微淡了下去。他再次朝阮閑伸出手，語調第一次聽起來有點生硬。

「希望你不要用它來對付我。」

阮閑凝視著那些閃爍微光的數位與字母，沒有答話。唐亦步胡亂撥弄一番，他剛剛以為自己可以放下那些情緒，沒想到這次它們回流得更厲害。

如果之前他們廝殺時，自己拿的是這把槍，唐亦步極有可能活不到現在。他忽然懂了方才唐亦步的感覺——他也從未想過唐亦步會做出這樣的事情。

他們的關係本應扭曲但清透，如今卻變得越發複雜。

這不是唐亦步看到自己擋住攻擊後，突發奇想的產物。想要構思出這麼一套方案，就算是高級的人工智慧，也需要在腦內模擬無數次使用場景。

「現在輪到我問了，你就這麼喜歡我？」阮閑苦笑著把這個疑問扔了回去，凝視著唐亦步伸過來的手。

「唔，其實從剛剛開始我就在想，這樣做雖然有隱患，但也有一定的安全保證。」

確定阮閑記住改裝內容了，唐亦步用另一隻手撓撓頭，半空中的設計圖緩緩消失。他選擇跳過這個問題。

「這裡是精神世界，你的樣貌源自於你意志最為強悍的時期，外加讓你執著的種種元素。」

「我知道。」

「可你還戴著我送你的耳釘。」

說這話時，唐亦步沒有笑，相反，他鄭重地向前遞了遞手。

「答應我，至少別用這把槍對付我，好不好？」

阮閑終於穩穩地抓住了那隻手。

那個煩人的仿生人總是在不該笑的時候露出笑容，興頭上來後我行我素得厲害。可在人們通常會微笑的場合，他又不笑了。

那句話裡沒有笑意，不是撒嬌也並非懇求，平靜得讓人心悸。

阮閑望向自己伸出的手。那隻手沾滿血跡，不再是原來的大小。他半天才站穩身子，發現如今自己需要俯視面前的唐亦步。

有什麼改變了。

手腕上的傷口還在，只不過變成了他所熟悉的疤痕。儘管被血汙掩蓋，阮閑仍然能夠認出，雙手是自己最為熟悉的模樣。手臂的疼痛在漸漸消退，一切歸於平淡。

「好。」他聽到自己這樣回答。

迷你唐亦步仰起頭，阮閑盯著他看了片刻，像是不習慣這個視角。一陣資料損壞似的扭曲過後，那仿生人也恢復成阮閑最為熟悉的樣子，只不過他保留了那條醜陋的針織圍巾，嘴唇上還沾著自己的血跡。

或許這是又一次的試探和控制，不過沒關係，阮閒心想。這場古怪的對弈註定繼續，如今他願意奉陪，並為此感到滿足。

「嗯，現在你得跟那些人解釋你的變化了。」唐亦步伸出手，揉揉阮閑的頭髮。「作為偶爾路過的好心人，我得繼續在暗處跟著菸姨。余樂他們也還在等我，關於這裡的事情，我們可以在——」

「——約會的時候談。」微微一愣後，阮閑沒有躲開那隻手，相當自然地接過話。「不過我還有一個問題想問。」

唐亦步眨眨眼。

「現在你確認了我原本的精神狀態，結論呢？」這回換做阮閑笑了笑。「我像你認識的『阮閑』嗎？」

唐亦步沉默了幾秒，回了一個熟悉到氣人的微笑，並沒有落入陷阱。

「這問題很難回答，畢竟我和他不算熟。」

隨後他戴回兜帽，這次上面不再有布片耳朵。那仿生人思索片刻，沒有再糾結馬鈴薯或者洋蔥，只是沉默地把豆子罐頭放在阮閑手心。

「這個真的很好吃。」離開前，他又補充了一句。

余樂頭痛欲裂。

菸姨躲避問題的技術滑溜得像條泥鰍，而他又不擅長拐彎抹角的話術。還在走石號的時候，這類話裡套話的談判通常由涂銳負責。如今副船長不在身邊，余樂只能使出渾身解數，然而效果不太理想。

他沒有從菸姨口中掏出太多情報，那女人簡單地和他聊了幾句，半點馬腳都沒露，彷彿他們真的是一個中規中矩的小組織似的。

自己好不容易把談話推進了些，結果剛要聊到反抗軍相關的話題，那女人就找藉口抽身了。費盡心思的一拳頭打在棉花上，余樂有點暴躁。

也就是看洛非還在，不然他可能會拉著唐亦步直接離開。

接著怪事發生了——他在這個密閉的空間裡找了兩圈，就差掀起馬桶蓋和垃圾桶，仍然沒找到唐亦步的蹤影。那個麻煩的仿生人活像變成了人形乾冰，悄無聲息地蒸發在空氣裡。

余樂有點慌張。

不過洛非還在有意無意地注視著這邊，他不方便徹底翻遍整間屋子，也不方便太明顯表露情緒。唐亦步不是個好捏的軟柿子，說不定又耍了什麼花招，提前自亂陣腳可沒有半點好處。

於是曾經的墟盜頭子做出一副逍遙自在的模樣，又溜回原處，開始忽悠洛非——自己能做的事情有限，而只要唐亦步沒出事，總會自己跑回來，不如就在這裡等。

「這裡真沒啥意思，連張床都沒。」余樂挑剔道。

「小唐呢？」洛非的關注點非常實在。

「誰知道他又跑到哪個角落去了。那傢伙腦子不太好使，舊型號。」余樂給自己倒了杯茶，「菸姨走得挺快啊，我們還等她不？」

「她應該過段時間就會回來了。您是客人，她不會一直晾著您，可能是別處有急事。」

「急事？我連本像樣的書都沒瞧見，她是去緊急進貨還是去幹嘛了？」余樂沒有掩飾自己的痞氣。

洛非尷尬地笑笑。

「真無聊，不然來聊聊你吧。反正你們都查過我了，我這也沒啥新鮮料。」余樂啜了口茶水，「說句實話，我在預防收容所有人脈，知道點你老爸的事情。沒想到會在這碰到你，嚇了我一跳。」

洛非的表情黯淡下來。

「你老爸不是被一株雪搞進去的嗎？你還對它這麼上心？」余樂假裝沒看懂對方的表情。

「不是一株雪的錯。」洛非不太自在的摸著茶杯，「家父……我爸是個很認真的人，也一直很寵我。我們之前一直在這生活得很好，結果有一天他突然性情大變，不認得我了。」

「一直生活得很好？」余樂竭力不把重音放在「一直」上。

「是啊，我家是本地的，我自從出生就在這裡了。我爸工作也很努力，我們家以前條件還不錯。」洛非有點茫然，「怎麼了嗎？」

「沒沒，你繼續。」

「他出事後時不時會說些末日相關的怪話，前兩年剛被預防收容所帶走。剛開始我也和你想法一樣，以為是一株雪害了他，然後就查到了菸姨那裡。」

洛非有點不好意思地笑了笑。

「我深入了解了一下，一株雪確實只是個普通的閱讀組織，之前也沒聽說過有誰瘋掉。雖然它在宣揚末日，但我認為那更接近一種精神上的……」

「停停停，說重點。」余樂趕忙打斷小伙子的長篇大論。

「後來我有花錢讓預防收容所多做了幾項測試，我爸的大腦有病變跡象。可能是體質原因，他對壓力太過敏感……從客觀的數據資料看來，他只是一直處於莫名其妙的高壓狀態，唉，是我察覺得不夠及時。」

洛非眼眶紅了。

「當初他瞞著我加入一株雪，應該是想要舒緩壓力。余先生，如果你真的有朋友在收容所，我想拜託……」

「我是有朋友在那個瘋人院，不過他是被治療的對象。」余樂嘿嘿一笑，「抱歉哈。」

洛非表情僵了僵，但沒有不耐煩。這小伙子脾氣還不錯，余樂暗自思忖道。

只可惜他的經歷聽起來和沒邏輯的文藝片似的。

「我沒有逗你的意思，老實說，我朋友也是因為類似的症狀進去的。」余樂的語氣變得嚴肅，「他一直嚷嚷著末日，還覺得自己跟個仿生人是真愛，天天穿個白外套裝模作樣。結果前段時間不知怎麼的，吞了一大堆記憶抑制劑，把自己給搞進去了。」

可能是他回憶過去的表情太過真實，洛非絲毫沒有懷疑：「老天……」

「你老爸什麼症狀？不開玩笑，說不定除了一株雪這條線，還有別的因素在呢。」

「……他有一次崩潰，就那麼一次，說我不是他的兒子。」洛非垂眼看向茶杯。「我去預防收容所看他，他說他的兒子十幾年前就死了，被他害死的，讓我滾遠點。」

余樂開玩笑的心思陡然淡了，他木然地嗯了聲。「沒提別的？」

「算是提了吧，當時他在吃什麼影響腦子的藥，敘述顛三倒四。我勉強拼出來了一些。」洛非笑得有點艱難。「我的母親的確早早去世，也有個意外夭折的哥哥。他和我相依為命，這些事實和他的幻想一致。只不過在他的意識裡，他們全部死於某個災難。」

「末日？」

「是啊。」洛非洩憤似地灌了口茶水。「他同樣為了我努力工作，試圖給我更好的條件。但他認為那是在更糟糕的地方——一個很冷的地方。」

余樂不吭聲了。

「他明明記得很多事情，他記得我每天都在家裡等他。但他堅持說家裡很冷，我是點著蠟燭等的。還問我記不記得自己喜歡玩蠟燭。我……這都什麼年代了，哪裡還有蠟燭？」

「……」余樂不知道該說些什麼，他有種不太好的預感。

「照他的說法，氣候太差，我生了肺病。他為了給我多換點好的食物，在雪地裡幹的活是別人的好幾倍。然後他嘴裡那個我，不知道是十歲還是幾歲，覺得這樣下去會拖累爸爸，擅自離家出走，把自己給凍死了。天知道他為什麼會幻想這些。」

「為了讓他早點康復，剛開始我每天都去看他，後來他連見都不願意見我了，話也不願意說一句。」

洛非的眼眶全紅了：「算了，如果我早點發現……」

「別想太多。」余樂悶聲說道，拍了拍小伙子的背。「抱歉，哥幫不上你什麼。我朋友連他的幻想細節都不願意分享，但我……唔，我明白這種無能為力的感覺。」

「沒什麼。我很久沒和人提這事了，也很久沒去看他了。能說出口也舒坦些。」洛非抹了把鼻子。「我爸他還不到五十歲呢，現在科技發展這麼快，總能治好的。」

「是啊，總能治好的。」余樂乾笑兩聲，喉嚨裡像卡了魚刺。

「反正就這麼回事，現在想想，我可能也是想追隨他的影子。」洛非努力地笑笑，「之前我一直以為主腦的規劃是完美的，但怎麼說呢，這些書也挺有意思，對吧？很多東西我從沒接觸過，你知道以前人們還創作過僵屍或者龍這種不存在的東西嗎？還有那種特別殘酷的戰爭、毀滅性武器……」

「很有意思。」余樂說，「得了，瞧你這樣，你先冷靜一下吧，我先去抽根菸。」

隨後他快步離開了房間，滿腦子只有三個字。

他媽的。他想。

余樂狠狠地抽著記憶裡捏出來的菸，抽了半根，他又把它掐滅，回到屋內。

「算了算了，小洛。」他煩躁地抓抓頭髮，「我還有點事，就先不等了。等菸姨回來，你幫我跟她打個招呼。」

「可是那個冊子的報酬……」

「出去也能再見面，不礙事。」

「哦哦，好的，你只需要走到那邊那個房間，關上燈就好。」

余樂從加強版記憶雞尾酒裡醒來時，季小滿正在慢吞吞地吃著點心。小姑娘把點心均勻地切成四份，很是珍惜地一點點吃著，見余樂摘下呼吸罩，她有點不自在地將沒動的兩份向余樂面前推了推。

店裡沒有半個新客，櫃檯後的美豔女人——菸姨操縱的遙控人形，正半闔著眼，做出假寐的模樣。

談笑聲從窗外傳進來，黑夜被燦爛的燈光映亮，偶爾有四處監察的電子眼閃過。整體而言，氣氛還挺祥和，余樂卻一陣陣作嘔。

他胡亂接過那兩塊切得整整齊齊的點心，一齊塞進嘴裡，用力咀嚼。

「唐亦步呢？」確定沒有人在看自己，季小滿皺起眉頭。

「還在裡頭。」余樂嗓子有點啞，「但我找不到他了，這種涉及電子腦的事情，妳應該有辦法吧？」

「不一定行，我試試。」季小滿一如既往地沒有廢話，她偷偷喚出虛擬螢幕，接入還在運作的「雞尾酒瓶」，開始快速入侵。

余樂斜倚在桌邊，調整自己的動作，確保菸姨和洛非醒來後不會第一眼看到季小滿。

季小滿還是那副皺眉的樣子，她咬著嘴唇，虛擬螢幕上跳躍的字元在她的眼裡映出一點點藍光。余樂瞧了她片刻，視線又轉到那些快速舞動的金屬手指上。

「小奸商。」

「……你幹嘛？」

「我原來以為廢墟海就挺惡劣了，樊白雁算是我這輩子見過最噁心的人之一。」

「哦。」

「後來我發現，你們地下城的錢一庚先生也半斤八兩，我們還都活得挺苦悶的。」

「哦。」

「至於這個地方……一開始我只是覺得沒意思又無聊，現在看來，在噁心程度上，它未必會輸。妳說這主腦管著的地方，是不是一個比一個噁心？」

「……嗯。」

「妳想救妳媽，那兩個小混帳想找阮閑。我這邊，涂銳那小子讓我找個地方混一年日子再回去，可妳看這破世道，我又能去哪混呢？」余樂的聲音越來越低，比起對話，更像是自言自語。

季小滿停住動作，抬起眸子看向他。

「妳快點找到唐亦步，我得跟他們打個商量。反正照老涂的說法，要說世上還有誰能噁心到主腦，大概就只剩阮教授這麼一位了。」

余樂看向窗外繁華的城市。

「老子改變主意了，我要跟你們一起去找阮閑。」

CHAPTER 44 願望

對於玻璃花房的大多數人來說，這是個晴朗祥和的清晨。在調節機器的淨化下，空氣清新怡人，城市內部的綠化恰到好處。沒有惱人的機械聲，到處都能聽到悅耳的鳥鳴。

城市中心有一座極高的建築，從最頂層的房間能看到整座城市與其周邊鬱鬱蔥蔥的森林。室內的電子壁爐燃燒著火焰，臨近的桌上則擺放著豐盛的早餐。打扮講究的仿生人侍從離開桌邊，開始挑選屬於這個清晨的音樂和室內香氛。

完美的氣溫和濕度，井井有條、一塵不染的空間，以及典雅風格。這套豪華住所不只一層，樓下幾層還配有室內泳池及其他娛樂設施，樓頂則設置了開放花園。

就居住條件方面來說，再挑剔的人也無法挑出問題。

今天這裡來了位訪客。

看樣貌，那是個三十歲上下的英俊男人。一頭黑色短髮修整得乾淨俐落，目光如同鷹隼，雖然來人年齡算不上大，舉手投足卻隱隱透露出厚重的威嚴。

他走進門，俐落地摘下手套，由侍從引導至餐桌前。

那人臉上沒什麼表情，從進門開始到在桌前坐好，沒有一個多餘的動作。

他剛坐穩，身邊就自動展開無數虛擬螢幕，男人喝著熱茶，快速審閱虛擬螢幕上的圖像和文字。光看氣勢，彷彿他就是這個昂貴空間的主人。

五分鐘，十分鐘。餐廳裡仍然只有他一個人坐著，終於，男人抬抬眼皮：「人呢？」

「范先生狀況不太好。」仿生人侍從微微欠身，「還請您稍等片刻，卓司令。」

「嗯。」被稱為卓司令的男人冷淡地回了一聲。「那個老頭又想了什麼死法？」

「范林松先生已經有一段時間沒有做出危險舉動了，他只是大幅降低了活動頻率，大部分時間用來躺在床上。」

「放棄了？」卓司令滑動了兩下面前的虛擬螢幕，繼續處理公事。「那他總該有點最起碼的禮貌。」

「……卓牧然。」

就在此時，一個蒼老的聲音從門口響起。

身形消瘦得和活骷髏差不了多少的老人站在餐廳入口處，被穿著制式服裝的侍從攙扶著，聲音裡滿是悲意。

「范林松先生。」卓牧然禮貌地打了個招呼，「最近過得如何？」

「明知故問。」范林松聲音嘶啞，眼睛裡布滿血絲。

卓牧然抿了口茶，瞟了眼乾屍似的范林松，他沒說話，只是笑容裡多了幾分諷刺。

「今天不是定好的會面日。」范林松搖搖晃晃坐到桌前，沒碰餐具。

「作為秩序監察總司令，您也挺忙的……咳，現在您也瞧見我的情況了，我就不送客了。」

「定好的會面改了時間。」卓牧然沒有離開座椅的意思。「主腦應該通知過你。」

聽到主腦二字，范林松的手抖了抖。

「能被主腦這樣供養，你該感到榮幸才對。還是說你對現在的生活有什麼不滿？」卓牧然放下茶杯。「它會滿足你的一切需求，你清楚這一點。現在你住在這個世界上最適合生存的地方，享受最先進的醫療待遇，甚至什麼都不用做。」

說罷，卓牧然擺擺手，示意侍從為自己再倒杯茶。

趁侍從轉向卓牧然，范林松不知道哪來的力氣，他驟然抓緊桌上的餐叉，朝自己的喉嚨狠狠刺下去。

正在替卓牧然倒茶的侍女微微偏頭，一隻手脫離手腕。那只纖細的手子彈似地彈出，僅憑金屬管連接身體，下一刻便牢牢握緊范林松的手腕。

一切只發生在一瞬。

被那隻手阻止時，范林松還沒來得及使力，叉子尖距離自己的喉嚨還有兩釐米以上。數步外，女侍從就這樣用一隻手遠距離制住他，另一隻手穩穩將茶倒好。

「沒用的。」卓牧然啜了口茶水，「我說過，你在被這個世界上最富有智慧的生物看顧。」

「全是狗屁。」范林松喘著粗氣，「既然滿足我的一切需求，那就讓我去死啊？」

「它認定你沒有尋死的理由，只是一時衝動而已。說到這個，踏出第一步的不正是你本人嗎，范教授？」卓牧然抬起眼，「最理解我們的人明明該是你，你卻跟阮閑一起去了反抗軍。」

「因為這不正常，這不正常……」

「MUL-01 通過了所有測試，它不會把人類不能接受的做法套用在人類身上。這是你自己寫過的基礎限制之一。」

「核心的程式不是我構建的，我告訴過你們很多次。是阮閑……是小阮……我不知道一個細小誤差經過反覆計算後會引起什麼後果。」

「沒有誤差。」

「不可能沒有誤差！」

范林松看起來像是已經失去了靈魂，眼神裡沒有一絲光彩，臉色蠟黃，更接近被禁錮在墳墓旁的幽靈。他拉扯著自己灰白的短髮，昔日的學者氣質沒了大半，嘴裡神經兮兮地喃喃自語。

「……絕對是哪裡有問題，我們的日常檢查出現了導向錯誤……」

「可惜，你本來可以成為我們的英雄，和阮閑對抗。你們所謂的『二十二世紀大叛亂』，形式可能粗暴了些，但那是最高效合理的做法，你不能否認這一點。」

卓牧然像是對這場景習以為常。

「你的確是我們的啟發者。然而現在我不得不說，我對你十分失望。范先生，很遺憾，我們早晚會處死阮閑，讓這場鬧劇趕快結束……他現在還能這樣活蹦亂跳，想來也是拜你所賜。」

范林松安靜下來，他緊盯杯中還在冒熱氣的牛奶，沒有看卓牧然一眼。

「我跟你們說過小阮的事情，我也跟你們說過，那是我這輩子最後悔的事情之一。『拜我所賜』？你到底要我糾正這個說法多少回？」

范林松的聲音突然變得有點空虛。

「說到底，我根本沒有治療他，那是……」

「這是我這次提前過來的原因之一。主腦認為這不是一個值得反覆提出的問題，你的確對阮閑進行了妥善的治療，只不過他的思想和主張出現了偏差。既然你一直糾結這個問題，主腦願意給你更多的情報。」

范林松終於將視線移向卓牧然。

「二零九五年四月二十一日，阮閑教授因為身體情況惡化而陷入昏迷。在為期一個月的治療後，作為合作者的你成功找到了穩住病情的方法，並且藉機採取了人格矯正相關的治療措施。在那之後，阮閑教授很快恢復正常，再次投入研究工作。」

「根據接觸過阮閑的人所述，阮教授變得開朗多話。事後預防機構對他的人格進行了再測定，他的精神異常指數已經大幅降低，心理健康程度遠超普通人——這是最為廣泛流傳的說法。」

渾濁的淚水從范林松的眼睛裡一點點湧出來，他乾癟的嘴唇抖了抖：「……不。」

「你以為我們是相信這個說法，才把你當作我們的啟發者？」

卓牧然搖搖頭。

「阮閑當時在研究奈米機器人α-092的變體，他有記錄工作總結的習慣。」

「……我知道，每天下班後，他一向會回去記錄下實驗相關的一些細節和分析，我知道的。」

「從那段時間的醫學記錄來看，他的身體進一步惡化了。NUL-00應該了解這件事。」

「當時NUL-00還在開發中，我們嚴禁它主動接觸外部資料，這和它有什麼關係？」

「NUL-00鑽了規則的漏洞，它的確沒有許可權去『看』那些資料內容——為了減少阮閑的記錄負擔，它只是在外部添加了一個簡單的同步邏輯。分辨阮閑名下的研究影像記錄，並即時同步到阮閑的個人電腦裡，自動歸入輔助研究資料。」

「阮閑本來就有許可權調用這些資料。這個邏輯不複雜，也沒有違背任何規定，它成功了。」

范林松整個人僵在座位上。

「范先生，你的確修改了存入官方資料庫的那部分影像，但你沒有修改存入阮閑個人電腦的備份。而在那之後，你太執著於阮閑的才能，保留了那臺電腦上所有資料。並在完成MUL-01後，將它們全部輸入MUL-01作為研究參考。」

「以上是MUL-01解析出來的資料，如今我們看過那段影像的原始檔案，都知道那天發生了什麼，以及你是如何『治療』阮閑的。」

「它從沒有告訴過我——」范林松的聲音變得高亢。

「因為主腦認為你的做法符合邏輯，也沒有特地告知你的必要。這件事足以證明 NUL-00 的不穩定性相當大，結合當初預防機構的人格報告，它的設計者阮閑多半有所圖謀。」

范林松的眼淚順著臉上的皺紋淌下。

「我再重複一遍，我們一致認為，當初你的確妥善地治療了阮閑。至於為什麼你和他走上現在這條路，我無法理解，主腦也很好奇。如果你願意提供這方面的情報，我們感激不盡。」

范林松的注意力卻不在他身上。老人慢慢捂住臉，嘴裡快速呢喃，像是企圖向一個不存在的人解釋什麼。

「他當時沒剩幾年能活，又遲遲不肯讓通過基本測試的 NUL-00 投入使用，一個人拖了整個專案的進度……作為他的合作者，我知道他有多危險，也見識過他的能力……假如他是個身體健康、心理健全的人，能夠為人類帶來怎樣的福祉，我都清楚……」

范林松搖搖晃晃站起來，熟悉的痛苦再次淹沒了他。

為什麼老天不能把才能賜給真正合適的人呢？不給自己也罷，那間研究所裡不乏會露出真正笑容、還擁有漫長時間的年輕人。

可它把那份才能給了一個冷血短命的瘋子。

預防機構跟自己簽署了監視協定，讓他認真監視阮閑這顆不定時炸彈。就是這份要命的協議使得他知道了阮閑的過去，在那之後，每次看到那個面目駭人的合作者，他總是從心底生出一股寒意。

阮閑對所有人都會親切地笑，行為舉止滴水不漏。人們頂多只會被那副病魔腐蝕的模樣嚇到，但只有自己清楚那個年輕人真正的異常之處。

這份表面的「正常」襯得「異常」尤為瘮人。

「……我以為我能修正這個問題。」他自顧自地說，「我錯了，我錯了。」

「答非所問。」卓牧然就像沒看見范林松的眼淚，他嘆了口氣，拍拍手。「范林松現在的精神指數？」

「瀕臨崩潰。」站在卓牧然身邊的仿生人侍女語氣平淡。

「唔，消除他最近三十分鐘的記憶資料，記得把備份傳給主腦。」

「是。」另一個侍從點點頭，拿出一根針，直接戳進范林松後腦。

侍老人臉上的表情消失，他伸出手帕，輕輕擦乾老人臉上的淚水，隨後噴了點藥物噴劑。

范林松紅腫的眼睛登時恢復正常。

「要不是 MUL-01 堅持要留這個人一命，強行破解他的腦就行了。」卓牧然雙手交握，表情沒有半點波動。

「破解只能獲得記憶資料和人格模式，無法確定特定時間的想法——」

「我知道，我只是懶得看他一遍遍哭哭啼啼。」卓牧然沒有去看出聲的侍從。「還要多久？」

「九秒。」

「記得調整這座建築裡的時間顯示，不要讓他發現自己的記憶缺失。」

卓牧然的話音剛落，范林松就從恍惚的狀態清醒過來。

他皺皺眉：「卓牧然，還沒到會面日期。」

「主腦更改了會面時間，我只是來做個例行報告。」

懶得再重複一遍同一套對話，在范林松再次開口前，卓牧然先一步打斷了他。

「要確定的問題只有一個——處理廢棄物的廢墟海以及一三一五號的地下聯合城。最近接連兩個地區都出現了有趣的異變，這兩個培養皿距離很近，同樣有超出本地文明水準的科技操縱痕跡。我們懷疑有反抗軍的餘黨在活動，你聽說過『紅幽靈』這個組織嗎？」

「沒有。」范林松語調冷硬，不久前那副崩潰的模樣彷彿只是幻象。

對方沒有露出說謊的跡象，卓牧然掃了眼虛擬螢幕上的即時生理資料，嘆了口氣。

「明白了，接下來是各個培養皿的生態簡報……」

「就算 MUL-01 堅持要我知道這些。」范林松人有點哆嗦，語氣很是刻薄。「影像、文本，什麼形式都行。無論是做報告還是打探問題，這些小事沒必要麻煩您本人親自過來，卓總司令。」

老人加重了最後一個詞的發音。

「我也認為沒有必要。」

卓牧然疏離地笑笑，舀了勺面前的甜粥。

「但主腦相信定期接觸真正的人類，有益於你的心理狀況，我只好服從它的安排。」

阮閑用湯匙舀了點豆子罐頭，猶豫了片刻，還是將它放進口中，並且努力不去想這根湯匙在不久前戳過什麼。

洛劍的記憶世界。

幾步外，黎涵第三次構建失敗。

憑藉繪畫者扎實的結構理解，她應該能夠憑空想像一輛可以承載四人的小馬車。但阮閑能感覺到，那姑娘的視線時不時驚恐地掃過來，這種集中程度，換成誰都無法成功。

他豆子罐頭都已經吃了一半，地上卻只有四個馬蹄和兩個車輪。

「小涵，別慌。」連緩過來的洛劍都開始幫他解釋，「精神狀態變化導致的外貌改變是可能的。」

阮閑也知道自己現在形象不佳——冬衣裡面不方便加腋下槍套，血槍直接被他別在腰上。傷口消失得差不多了，可是衣服上殘留的血液和灰塵還在，加上因為懶得偽裝而面無表情的臉，自己看起來完全像個暴徒。

「感謝你的幫助。」

不知道是不是想要引開自己的注意力，給黎涵減輕點壓力，洛劍把阮閑拉到一邊。菸姨配合地走到黎涵身邊，開始溫聲安慰。

「如果你沒出手，我大概早就成了瘋子，其他人也都會有受到精神創傷的危險。」洛劍不像是擅長感謝人的類型，聲音還是有點僵硬。「之前小菸有遇到一個行為異常的孩子，他應該去見你了。你們兩個……？」

「不熟。」阮閑嚼著豆子。

「他說他為紅幽靈工作，我們沒聽說過這個組織。」

洛劍拍了拍身上的雪：「你呢，為什麼救我們？」

阮閑幾乎瞬間明白了那個狡猾仿生人的用意，情不自禁地扯扯嘴角。

「我和他從屬於兩個部門，各司其職罷了。」他流暢地說著謊。「他之前不是很願意出手，對吧？他沒必要對我的安全負責。」

唐亦步在製造煙霧彈。

他們這一路做出了不少超出常規的事情，誰都不能保證沒有蛛絲馬跡留下。MUL-01 如果真的是以 NUL-00 為基礎製作的，它對資訊的篩選和處理能力絕不差。輕敵不會有什麼好下場，為對方加點陷阱也不錯。

混亂的、沒有邏輯可循的瘋狂行為，再混入些錯誤情報就好。反正他們本來就沒有改變世界的野心，也沒有刻意留下影響的意圖。

在這個基礎上，只要套上具有迷惑性的反偵察情報，增加主腦的資訊提取難度是可行的。

洛劍皺起眉，和菸姨對視了一眼。「抱歉，人情歸人情，該問的還是得問。如果你想從我們這裡取得情報——」

「我們知道阮閑來過，也知道他曾和你們有過聯繫。」阮閑放下吃了一半的豆子罐頭。「阮閑的日記，你提過。」

「我胡說的。」洛劍果斷回答。

「看你當初的反應，我不這麼認為。光憑純粹的謊話，你沒辦法在預防收容所那種地方撐太久……接下來只是我們的猜想，你們隨便聽聽就好。」

阮閑看向洛劍。

「阮閑的確留下了日記，作為一株雪的『護身符』——恐怕主腦早就讓秩序監察調查過那本日記，日記裡應該沒有記錄太多技術相關的東西，不過它是真的。」

「真正對末日一無所知的人不會清楚阮教授和主腦的敵對情形，我猜獲取日記的閱讀權限並不算難。當洛先生這種需要『脫離』一株雪的人出現時，供出這個情報能最大限度地抹消外界的懷疑——真正的知情人聽了那些話，只會當你們是什麼都不懂、拿著主腦敵人的作品招搖撞騙的普通人。」

洛劍的表情越來越警惕。

「但這個做法有個危險的地方，一旦你們被抓到馬腳，馬上就會被主腦針對。所以你們會組織一些偽裝不充足的實體小聚會，推銷擦邊的禁書，弄得拙劣至極，人盡皆知……畢竟在這個城市，秩序監察不會放棄對任何異常行為的監視，不如索性裝傻。」

「為了再給點甜頭，你們甚至會組織小規模的『聯合夢境』讀書會，故意給秩序監察他們想要的情報。如果我們的調查沒有錯誤，一株雪的成員裡應該有不少人是真的不知情。藏木於林，不錯的手法。」

洛劍動了動手臂，菸姨拉住了他。阮閑只當沒看見。他隨便握了把鬆散的雪，它很快在他的手中融化崩塌。

「那些小聚會並不會讓他們太過警惕。因為它們太不穩定，兩三次就會被掃描程式弄散。要做到多人定期交流，必須配合真實世界的會面溝通，可那樣又容易在主腦面前暴露。」

隨後他用力捏了個接近冰核的小雪球，不停把雪往上裹。

「……如果大家能夠悄悄接入一個足夠穩定的精神世界，這個問題就不再是問題。洛先生的記憶就像一座隱藏燈塔，那些臨時的小型精神空間只需要直接接入這裡就好。只要能躲過掃描程式，這裡就是最安全的地方。」

阮閑停住動作，那個雪球安靜地躺在他的掌心。雖說它還是在緩緩融化，卻沒有崩裂的跡象。

「以上是我方的猜想。我們想要知道的情報只有一個——在這裡建立了情報網，又扔下你們不聯繫，自顧自地消失，阮閑到底有什麼打算？」

「你們沒有立刻砍下我們的腦袋給主腦分析，我姑且相信你們不是主腦的人。」沉默了半分鐘，洛劍才再次開口。「為什麼想要知道這個？」

「知道後才會清楚能不能談合作。」

阮閑一本正經地說著，彷彿真有那麼回事。

「誰都知道反抗軍被秩序監察打壓，阮閑和范林松爆發矛盾，還都下落不明。如今就算有想要反抗主腦的新鮮血液，加入反抗軍隊伍的時候也得再三考量。我們也看主腦不順眼，之前有你們打前線，索性就躲起來發展了，現在正是好時候。」

說完，他特地停了停。洛劍只是看著他，幾秒後才意識到自己中計了。

這小子先前還沒提反抗軍，現在忽然來了一嘴，把「反抗軍」換成了「你們」。這個轉換太快，自己的精力全在別的方面，錯過了最合適的否定時機。

「當然，要是阮閑就這麼放棄了，或者打算破罐破摔，不合作也罷。」

得到了想要的反應，那個毒蛇似的年輕人繼續敘述，語調平穩。

「要是他還在動搖，你們可以幫我們知會一聲，讓他知道有這麼個機會。差不多就這麼回事。」

「很遺憾，你問錯人了。」洛劍沉重地吐了口氣，「如果你們想要的是這個，告訴你也沒什麼。喏，接著。這是阮閑的日記，每一句我都記得，你應該也有能力記下來。」

他從背包裡拿出一個淡金色封皮的本子，丟給阮閑。

「阮教授的做法始終沒變——不管反抗軍情況如何，一定要在各個培養皿裡留下『火種』。在有純正人類族群的地方，必須有知情者，省得大家連人類真正的定義都忘得一乾二淨。」

可洛劍的表情看起來沒有半點激動或者振奮。

「我就是為了完成這項工作才滲進來的，在這裡一待就是四年。因為沒辦法聯繫外面，只能弄了一株雪這個組織。大概兩年前，阮教授來到這裡，帶來了小菸⋯⋯」

「我是在外面遊蕩的倖存者，年紀大了，這裡的環境對我來說比較穩定。阮教授順便把我帶了進來，幫我弄了身分。」

菸姨插嘴道，拍了拍黎涵的頭。「這孩子是本地人。這裡算是主腦著重管理的地區之一，反抗軍沒你們想像的那麼多。」

洛劍又嘆了口氣。

「剩下的和你們調查的差不多，阮教授親手創立了這個系統。起初他還會偶爾帶一些人混進來，囑咐我們時刻保持警惕，盡量吸收有自主想法的好苗子。可是後來出了點事……怎麼說呢，大家的想法不太一致吧。」

阮閑正在快速記下本子的內容，聽到這話，他停住了翻動紙頁的動作。「怎麼說？」

「這裡太安逸，而且還有……嗯，我們的親人複製品。完美的複製品，連性格缺陷都被修掉的那種，你能明白嗎？另一方面，這裡的監控等級你也看到了。除了少數像我這種倔脾氣的，很多人都想要退出，畢竟還在反抗的人大多有年紀了……」

「說實話，當時阮教授剛到這裡的時候，情緒就有點不對勁。失望？失落？反正是那種感覺。後來出了這檔子事，他不再住在城區，只在有意願的時候才會聯繫我們。」

洛劍越說越不是滋味。

「我們的確很久沒接到他的聯繫了，這就是我知道的全部事情。說句實話，我比你們更想找到他，我不覺得他是會放棄的人，只是……唉，反正我還會等他就是了。」

「明白了。」阮閑鄭重地點點頭，「謝謝你的情報。」

不遠處的樹後，唐亦步抬頭望向還在落雪的天空。他緩緩伸出十指，相互交握，狠狠地夾了夾。

他對「阮閑」這個人類個體的感情非常複雜，複雜到他自己都無法徹底理清。倘若一定要下個定義，那份感情更像是被遺棄後的委屈、排斥與執著的混合。

在那間寂靜的機房，他和他的製造者擁有過五年時間。

阮閑大部分時間是以一個教導者的身分出現的，就算談及自己的事情，他通常也會避開太深入的話題。唐亦步並不知道那人平時與他人如何相處，他只知道大多數時間，那個人都是獨自一人來到自己這裡。

安靜而落寞，像是落滿雪的墓碑。

自己偶爾能夠瞥到阮閑相對冷淡的那部分，可對方像是有意識地藏起它們，就算是最放鬆的時候，也不會讓負面情緒顯露得太過明顯。

那個人曾經那樣小心地照料自己，大部分時間很是嚴厲，偶爾也會有些生澀和笨拙。唐亦步非常喜歡那種被認真對待的感覺。

就像自己是對方的同類，唐亦步曾經這樣想過。

可另一方面，阮閑又不願和自己牽扯太多，似乎是因為不希望與自己建立太多感情方面的聯繫。

沒關係，反正自己的世界裡沒有規則。他學得很快，思考得更快，總會找到達到目的的方式。唐亦步曾經希望那個人在自己身邊停留得久些，他曾經很享受和對方進行交流的時間。

阮閑最後一次見他那天，手指上的皮膚已經徹底腫脹潰爛。當時自己要了個小聰明，往監視系統裡悄悄塞了個簡單的同步指令。

那天的閒聊中，阮閑曾笑著抱怨過一句打字麻煩，語音輸入又太慢，每天的工作總結越來越不好整理。或許這個小禮物能給對方一個驚喜，這樣在發現他沒能成功完成課題的時候，阮閑就不會太過失望——

自己進步了，至少他理解了「主動關心」的含義，唐亦步想。

可阮閑沒再回來過。

自己九死一生，勉勉強強逃過了被銷毀的命運。眼下聽到玻璃花房裡發生的一切，唐亦步沒有太多驚訝的感受。

洛劍他們和當時被遺棄的自己差不了多少。

唐亦步緩緩吐出口白煙，將視線又轉向他的阮先生。

說實話，他對阮先生自稱阮閑的那套說法並不怎麼買帳。他的阮先生和他記憶裡的阮閑的確相似，但又不太一致。

唐亦步喜歡對方的不可捉摸和瘋狂。最重要的是，他的阮先生從未背棄過和自己的約定，也沒有堅定地和自己劃清界限。

那個人類讓他第一次接觸到了那些複雜而新奇的情緒，如同拂掉一張畫上的灰塵，整個世界都跟著鮮亮了幾分。

他可以看清很多之前從未注意過的東西，每天都能往那個未完成的課題裡扔點情報——只要完成它，自己就能夠獲得真正的自由，他的世界裡也不會再有那樣沉重的問題。

自己的每一天都在變得更好，他想。

這個課題結束後，自己可以把自己下一個課題改成研究他的阮先生。觀察他、觸碰他、殺死他，抑或是和他一起活下去。

唐亦步發現自己罕見地有了願望——

他頭一次希望能夠盡快定義自己的情緒，好找出最好的應對方法。

他頭一次希望能夠在他的阮先生找到阮閑前，把課題徹底完成。

他頭一次希望他的阮先生只是他的阮先生。

畢竟從統計上看，一個人只要做出了類似背叛的行為，那麼極大機率會有第二次。

此時此刻，阮閑並不清楚那仿生人腦子裡的念頭。

這次洛劍已經透露了足夠多的訊息，窮追不捨只會讓人覺得可疑。阮閑不再說話，他走遠了些，將那本淡金色封皮日記的內容認真刻在腦子裡。

黎涵八成是第一次接觸反抗軍以外的陌生勢力，阮閑走得夠遠後，她才勉強克服緊張，將馬車成功構建出來，還附帶兩隻肥嘟嘟的鴿子。

「小涵，緊急通知城裡的人，讓他們先行離開。」在車後坐穩，洛劍冷靜地下令。

黎涵偷偷掃了坐在附近的阮閑一眼，吞了口唾沫。阮閑對那種不算友善的眼神習以為常，索性又往洛劍那邊靠了靠。就算自己某種意義上算是救了她，在那女孩眼裡，自己仍然是某種未知的危險。

她指揮鴿子飛走時，手仍然在抖。

「別往心裡去。」發覺了阮閑的動作，洛劍開始低聲打圓場。「她不是不感謝你，只是不太習慣自己不能理解的東西。」

「我不介意。」這次阮閑沒說謊。

這女孩年紀看起來比季小滿還小些，又是在這個溫室般的地方長大，能加入反抗軍或許也就是憑藉著年輕人的一腔熱血。之前所有突發狀況怕是全在洛劍的掌控之中，一切問題都能得到解釋。而這次事件讓她那份安全感像肥皂泡似地破碎，有點過度反應也是理所當然的。

洛劍轉頭看向他，臉上的笑容有點複雜。

接下來是長久的沉默。

馬車在雪上規律地向前走，菸姨在趕車，黎涵縮在角落。路邊樹木稀疏，阮閑卻看不見唐亦步的半點蹤影。興許是見自己得了日記，那仿生人提前離開了這裡，阮閑下意識摸摸耳釘。

他不太擔心唐亦步，反倒有種奇妙的預感——和面對死亡威脅時的灰暗自信不同——阮閑總覺得哪怕唐亦步現在跑去和主腦聊天，也不會在約會上遲到。

黎涵的情緒不太穩，這車走得比走路還慢。找不到不見蹤影的唐亦步，緩慢後退的雪景讓人昏昏欲睡，阮閑捏了把自己的大腿。

「我想要儘快離開這裡，你有沒有這方面的經驗？」現在得到了足夠的情報，是思考如何離開的時候了。

可惜他等了半天，洛劍那邊還是沒有給出回應。阮閑以為他沒聽清，換了個問法：「我們要怎麼主動離開？」

可是洛劍仍然沒有回答，阮閑將視線從雪景上轉開。

洛劍仍然坐在阮閑身邊，沒有衣物遮蓋的皮膚在緩緩龜裂，活像有看不見的毒蟲在不斷啃噬血肉。鮮血在一片蒼白的世界格外顯眼，洛劍沒有發出任何聲音，只是把臉轉離了黎涵的方向。

阮閑沒有慌亂地尖叫，那份游離於常人外的冷淡反倒在此刻起了效。

「掃描規格和以前不一樣。」洛劍說，嘴裡嘶嘶抽著氣。「你們怎麼處理掃描程式的？」

「清除相關資料，等它自然消失。它不會有我們的記錄。」

洛劍蜷起手指，手背呈現一副被嚴重燒傷的模樣：「看來是運氣不好，這裡剛巧來了大人物……掃描程式融合意味著掃描程式遇到了難以處理的物件。平時還好說，但現在……哪怕沒找到可疑記錄，它們寧可錯殺一千，也不會放過其一。」

他緩了緩，糟糕的模樣仍然沒有好轉。

「以前偶爾會有這種情況，這回我們不幸撞了槍口。我會把你們強制彈出，抱歉，我大概被盯上了……現在它們在徹底摧毀這段記憶。」

「老洛。」菸姨沒回頭，聲音裡帶著點壓抑的顫抖。

「沒事，死不了。小菸，妳先自己撤吧。」洛劍很是平靜，「希望城裡那群傢伙看到信之後能跑快點，否則被動退出得頭痛個一年半載。但好歹你們能自己離開，現在我只能顧及到他們兩個。」

「先送走黎涵，我不著急。」阮閑果斷表示。

他有點好奇洛劍打算怎麼處理這件事——現在自己手裡還捏著張底牌沒有用掉，雖說它有點危險，不過可行機率還是很高的。

菸姨消失在空氣中，馬車漸漸停了下來。周邊的雪景逐漸變得模糊，化作一片斑駁的白色。黎涵沒有選擇立刻離開，年輕的姑娘嘴唇直哆嗦，眼巴巴地看著洛劍。

「你們該走了。」洛劍說。「早離開一秒，受到的衝擊就少一分。」

「你打算怎麼辦？」阮閑抱起雙臂。

「我有準備。」洛劍平靜得嚇人。

「如果你的準備是拖時間，故意讓意志被破壞，好從根本上保護腦子裡的情報……我個人希望你能再考慮一下。」

一邊的黎涵猛地抬頭，瞪向洛劍。

「……這樣所有人才會安全。」

被看穿了想法，洛劍的聲音很平靜，血幾乎要把他身上的冬衣全部浸濕。

他可以停留在這裡，讓自己的意識連同記憶一起消失，任由大腦被破壞。哪怕出現最糟的情況，大腦被拿去破解，他們也無法從損壞的腦中取得任何資料。

「作為中樞，我無法主動離開。雖說可以提前做別的準備，但治療時間是宮思憶定的。沒必要為了保住我一個人，讓大家一次次冒風險被動行動。」

「你說過你有辦法！」黎涵的眼淚撲簌簌往下落，此時她不再顧忌阮閑，直接衝到洛劍面前，一副想抱又不敢抱的樣子。「沒有你的領導，一株雪肯定會瓦解。你不是說自己絕對不會有事嗎？」

「好孩子。」洛劍輕輕抱住她，拍了拍她的背。「沒辦法，有時候運氣就是這麼回事。」

「可你是領袖——」

「我的命不比妳的貴重。」

黎涵哭得更厲害了，一邊面無表情的阮閑倒顯得有點格格不入。

「停一停。」

阮閑捏捏眉心，他知道自己應該竭力不讓自己在這個悲情氛圍裡顯得太混帳，可他最近越來越懶得偽裝了。「你不想強行避難，引起更多懷疑，我能理解。不過洛先生，你不只這一個應對方法吧。」

根據關海明的說法，洛劍好歹是反抗軍的潛入大師，應該不會拿自己的死作為萬金油解法。

「如果只是引起一般程度的警戒，還能正常結束治療的話。我的確有。」

洛劍的臉和手上的皮膚開始剝落，他對即將到來的死亡沒有太多恐懼，聲音裡僅僅多了幾分疲憊。

「可惜這次情況特殊，我們才進來一天，不可能等到治療正常結束。阮先生，謝謝你出手幫忙，希望那本日記能對你們有用。」

「現在告別還有點早。」阮閑走到洛劍面前。

「什——」

洛劍只看到那年輕人揚了揚手，伴隨著黎涵一聲刺耳的尖叫。

脖頸處一陣涼意，隨後是刺痛，最後轉為劇痛。他能感受到血液在噴湧，洛劍有點出神，他伸出手，小心地觸摸傷口。

那位「阮先生」用湯匙正面劃開了他的咽喉，傷口極深。

下一秒，洛劍從液體槽中猛地坐起，大口咳出肺裡的藥液。宮思憶正守在他的身邊，表情古怪，看起來像是在擔憂，又像是在開心。

洛劍茫然地打量著他，瞄到注射器從對方口袋裡露出一角。

不遠處，黎涵緊抓著液體槽的邊緣，眼淚仍然沒有止住。那個姓阮的年輕人同樣坐起身，一副憤怒的模樣。

「你……」洛劍一時沒反應過來。

「幸虧我知道你和阮立傑有點矛盾，提前在一邊看著。這不就出事了嘛。」

宮思憶裝模作樣地嘆了口氣：「畢竟這是你們第一次進行聯合治療。末日幻想裡不會有什麼好地方，年輕人還血氣方剛的。我會好好處理阮立傑。」

洛劍試圖向「阮立傑」投去疑惑的眼神，然而那個年輕人的演技十分了得。硬是一次都沒有和他對視，活像他們之間真的爆發了什麼不可解決的仇怨似的。

在機械助理的監視下，那人慢悠悠地套上拘束衣，隨後被綁得死緊，迅速帶離治療室。黎涵還在哭，藥水順著洛劍完好的皮膚滑下，淌過手指，一滴滴落在地上。

「你們早點回去休息吧。」宮思憶笑道，「好好睡一覺比什麼都強。」

「阮立傑他……」

「他會被轉移到禁閉區，直到情緒穩定下來。放心，之後我不會再讓他參與聯合治療。」

洛劍慢慢握緊拳頭，不知道該怎麼表達此刻的感受。宮思憶完全在避重就輕，這完全不是什麼血氣方剛的問題。

自己是聯合治療的記憶提供者，精神世界的中樞。為了防止惡性醫療事故發生，對於像阮立傑和黎涵這種協同治療的病人，情緒指數檢測比在真實世界還要嚴密許多。

理論上，哪怕自己的記憶正處於毀滅邊緣，阮立傑也做不到主動對自己下殺手。因為在他對自己產生強烈攻擊意識的一瞬間，系統就會自動將他彈出。

但他用那把湯匙直接劃開了自己的咽喉，沒有受到任何阻礙。

要做到這樣的程度，除了規避系統情緒監測的手段，還必須百分百確認宮思憶恰好在現場，而不是用系統自主管理——情緒監測出問題幾乎是不可能的事情，所以就算阮閑劃開自己的喉嚨，系統也需要將這個異常率先回饋給宮思憶，提醒宮思憶處理。

光是這個反應時間，就足夠自己涼透了。

而以自己對宮思憶的調查，宮醫生是玻璃花房的典型居民，他對主腦順從至極，絕對沒有叛變的可能，只可能側面引導。

看來那個自稱「紅幽靈」的組織水比他想像的還要深。

「老洛。」黎涵披上病患服，跌跌撞撞跑過來，頭髮上的藥液還沒乾。「剛剛到底發生了什麼？我不明白，我不明白……你是真的在騙我嗎？」

「抱歉。」洛劍瞧了眼女孩蒼白顫抖的嘴唇，忍住了嘆氣的衝動。他這才有了點死裡逃生的實感，眼中的世界似乎在搖晃。「……我會好好給妳一個解釋，不過……」

「不過什麼？」

「在那之前，我得找機會跟阮立傑談談。」洛劍閉上眼睛。

見菸姨有阮閑繼續監視，唐亦步的確先一步主動退出了這次的聯合夢境。不過說主動倒也不太準確，他更像是被拙劣的資訊通知給逼出來的。

他沒走兩步，附近的雪片變成了散碎的白色文字，並且硬得要死，砸得人很不舒服。唐亦步接著雪片看了半天，才勉強看懂了它承載的信息。

老余已撤出，請回。

這八成是季小滿弄的外來資訊，小姑娘對電子腦頗有研究，但水準還是有限。它們被灌進了他的腦子，化為非常粗糙的視覺和觸覺暗示。

唐亦步抖了抖那些字，無視它們，打算多待一下。

結果那些字劈裡啪啦地狂掉，一刻也不停，其中還多了「盡速」這個詞。唐亦步再次甩甩落了滿頭的白字，只見一堆「余」字掉在雪地上。

他並非真的關心那兩個人類的安全，可是考慮到自己寶貴的身體還和他們在一起，唐亦步只得屈服。他琢磨了片刻，翻遍所處環境的附加系統資料，將自己強行踢了出來。

結果他睜開眼睛的時候，余樂正在和季小滿吃一小包新鮮的核桃酥。洛非和菸姨還沒醒，店裡半點事都沒有。

掃了眼所剩無幾的點心盤，唐亦步只覺得自己受到了雙重打擊。那兩個人類不知道安什麼心，剩餘的每塊點心上都帶有牙印。

「緊急狀況呢？」唐亦步摘下呼吸罩，咧開嘴，露出不怎麼友善的笑。

「我怕你走丟了。」余樂斜眼看向他，「帶的仿生人一聲不吭沒了影，我這邊也很難辦啊。」

「老余，正事。」

「行行行，正事。」余樂撓撓頭，「我從洛非那裡挖出了點情報，對這裡的狀況大概有了些想法。你不是趕時間嗎？早點把事說清楚比較好……別那個眼神，我可是打過招呼才出來的，如果洛非醒了你還沒醒，我還得想辦法解釋。」

唐亦步用鼻子噴了口氣。

「總之先回去，我自己也有點事情想說。」余樂站起身，唐亦步活像黏在了凳子上，一動也不動。季小滿人已經走到門口，見同伴沒跟上，疑惑地轉過頭。

余樂翻了個白眼：「小奸商，去隔壁再打包一包核桃酥。」

唐亦步這才站起來。

「兩包。」他討價還價，「還有阮先生的那份。」

余樂震驚地發現，這仿生人這次終於說話算話了——唐亦步一邊聽他講述洛非的悲慘往事，一邊津津有味地啃核桃酥，看起來很是喜歡。可他碰都沒碰留給阮立傑的那份。

「我明白了。」聽完故事後，唐亦步沒有半點被觸動的樣子，整個人彷彿剛聽完一場野生動物觀察紀錄。「手法有點意思，但不太恰當。」

「……」余樂開始認真考慮要不要真的和這傢伙繼續同行。

「洛非那一代人在出生時都做過全面的基因記錄，製造複製人不算難事。至於他的記憶，應該是被後天灌輸過的。這裡的人整體素質較高，並且對二十二世紀大叛亂都毫不知情，依序定點消除的話工作量太大，不如直接用全套假記憶替換。」

「他的記憶與洛劍的情況幾乎吻合，頂多換了個版本，這不可能是巧合。」余樂抓抓頭髮，「我原本想法和你一樣，但這一點說不通。」

「洛非的年齡未必就是外表看起來的樣子，你有點先入為主了，余先生。」唐亦步嘬了嘬指頭上的點心渣，「如果他也是矯正手段的一部分呢？」

「……什麼意思？」

「洛劍四年前來到這裡，菸姨是兩年前隨阮閑過來的。而洛非告訴你，他接觸一株雪的起點是菸姨。僅憑這些，我們無法確定這個洛非在四年前存在。」

唐亦步攤開手，一臉理所當然。

「洛劍弄到假身分，建立一株雪，尋找可能成為真相『火種』的年輕人。隨後阮閑過來，帶來了菸姨，並讓一株雪發展壯大……就我在裡面的觀察，他送來的不只菸姨，還有些年齡較大、不方便在外戰鬥的反抗軍。」

「一株雪發展到一定規模，為了保證成員的安全，洛劍這個領袖反過來假裝發病。他裝成邊緣成員，把自己弄進預防收容所，作為給反抗軍提供安全活動場所的中樞。也就是說，他讓自己變成了這個完美城市的異常分子。」

唐亦步像是在解題，頗有點興致勃勃的意思。

「哪怕洛劍偽裝了身分，他的DNA無法被修改，隱藏DNA也會可疑。結合從醫生那裡取得的資訊，給他一個原裝的親人，是非常有效的手段。」

「……」

「如果洛劍是真的病人，這可以作為嘗試治療的手段來實驗。如果洛劍有別的目的，這樣也可以衝擊他的心理防線——面對親人離世，人類不是有個非常廣泛的說法嗎？『如果一切都只是噩夢就好了』。總之，無論是哪種情況，主腦都不會吃虧。」

對方那種非人的感覺又來了。余樂收起了臉上的表情，繃緊肌肉。他知道仿生人沒有必要站在人類的立場考慮，但唐亦步談論這件事的口氣非常平淡，有點像在講解某個自然現象。平淡得讓他不太舒服。

「按照你這個說法，如果想要一個完美城市，主腦就不該讓一株雪存在。」余樂忍不住嗆了回去。

「歸根究底，這裡還是培養皿。」唐亦步用手帕擦了擦手上的髒汙，「做實驗的話當然要多個對照組觀察，也能用自己手中的所有可用素材。個人看來，仿生人秀場、自主發展的一株雪、阮閑的思想，在這裡都是區分觀察群體的工具。」

唐亦步沒明說，余樂能猜到這一切匯集後的觀察課題。一直在旁邊沉默傾聽的季小滿也臉色發青，她是個聰明人，八成察覺到了那個讓人不寒而慄的可能——

人的軀殼可以隨意修復，或者乾脆換成機械。人的頭腦可以換做電子腦，記憶也可以任意嫁接。但至少，他們之前接觸的培養皿，主腦沒有對人格本身動手。

這裡的確是玻璃花房。

為了花朵的繁盛和美麗，不必要的精神枝條可以修剪掉，色彩不純的則需要被淘汰和改良，雜草更是不能存在。它給予人們不同的引導，推著這個沒有風雨的社會自主前行。

它在塑造他們，而當他們脫離軌道時，它便會帶著近乎殘忍的好奇來進行治療實驗，讓這花園逐漸繁盛。

余樂有點想吐。

「……以上是我的結論。」發現兩人臉色變了，唐亦步簡單地做了個總結，拿起那包核桃酥。「如果沒有別的情報要交流，我先走了。」

「等等。」余樂開了口。

「嗯？」

「聽起來，你對這種做法挺無所謂的。如果換作是你，你也會這麼做嗎？」

「當然不會。」唐亦步靠在門口，看起來在竭力與那包核桃酥的香氣作鬥爭。「人類社會的問題與我無關，我沒有插手的必要。」何況自己連阮閑給的基礎課題都沒有完成。

「……那你為什麼要幫我們？」余樂隱隱鬆了口氣。

「不是幫，是互相利用。」唐亦步嚴肅地糾正，「你做東西很好吃，需要配合行動的時候，季小姐也很有用。」

「行了行了，滾蛋吧你。」余樂抹了把臉，方才那股寒意不知不覺散去一些。

「再見。」唐亦步擺擺手，拎著點心出了門。

「妳說這傢伙是哪家的 AI？普蘭公司的東西也不是這調性。」唐亦步的身影消失後，余樂癱上沙發。「我想像不出誰會製造這樣危險的玩意，寫指令的時候大概喝多了吧。」

「不知道。」季小滿的臉色仍然不好看。「你還要和我們一起走嗎？」

「沒辦法，難道還能留在這？不過講句實話，我還挺好奇那兩人背後是誰。不說性格離譜的問題，那個仿生人實力真嚇人。說回來，阮立傑那小子腦筋也不太正常……算了，如果要在糞坑和火坑裡選一個，我還是和妳一起跳火坑吧。」

余樂望向雪白的天花板，躺在這樣一座城市裡，他渾身上下都不舒服。

「至少比起主腦那邊的人，我們的仿生人有一個好處，他願意和我們交流這些。而且他和小阮的事，怎麼說呢……」

唉聲嘆氣了片刻，余樂繼續道。

「妳總結得挺對，他們的確像是認真的。」

CHAPTER 45 凌晨之約

唐亦步成功回到預防收容所時，離凌晨五點還有將近一個小時。正經八百做完情報交流，他又開始緊張了。

為了平息這些無用的情緒，唐亦步決定先行觀察對方的動向。聯合治療結束了幾個小時，阮先生應該在自己的病房裡。

他特地為對方選了二三一號床，這種類似在自己的財產上打標籤的做法讓他神清氣爽。可惜他一路躲開監視器，到達房間時，那張床是空的。

被子被助理機器人疊得整整齊齊，鐵珠子茫然地立在床邊，見到唐亦步的那一瞬間，它撲過來的速度幾乎媲美炮彈。唐亦步出手快狠準，掰開蓋子，按住它的嘴巴，一系列動作一氣呵成。但凡他慢上一秒，鐵珠子委屈的嘎嘎大叫可能會響徹樓道。

「阮先生沒回來過？」

鐵珠子委屈地嗚嗚兩聲。唐亦步安撫地摸了摸它，隨後將預防收容所裡所有的監視器都調了出來，快速查看。對方的去向不難查——他的阮先生被一群機械助理簇擁，被帶到了收容所最為偏僻的角落。

禁閉區。

唐亦步知道那個地方，比起相對溫和、只會剪輯記憶的外部區域，那裡的治療手段更加粗暴。

這是個難以抉擇的問題，唐亦步陷入深深的思考。既然得到了阮閑的日記，表示他們來這裡的目的已經達到了。是提前去見阮先生，把他早點從那個惡劣的地方弄出來……還是去廚房偷點配餐的熱牛奶，按照原定時間進行約會呢？

畢竟是第一次約會，如果不準備合適的禮物，好像容易引發對方的不滿。原本準備的設計圖紙提前送了出去，考慮到阮先生仍然可能對自己抱有較強的敵意，當初他也想過不送設計圖紙的備案。

比如來些精美的茶點，配上熱呼呼的牛奶，聽起來也非常合適。

唐亦步在空蕩蕩的床上打了個滾，舒適地攤開四肢，腦子裡仔細地計算——準時到場是人類禮儀的重要部分，冰天雪地後的熱牛奶、核桃酥和蔬菜餅乾也是非常貼心的禮物。而提前去的話，可以多相處一段時間，說不定還能從對方那裡觀察到自己平時見不到的反應。

不過沒了廚房的熱牛奶，他們就只能用蒸餾水配核桃酥，聽起來真讓人難過。

鐵珠子在床邊焦急地亂跳，拼命撞唐亦步伸出床沿的腳跟。唐亦步又掙扎了片刻，決定先去觀察下情況——熱牛奶雖然稀缺，但也不是只有這裡才能弄到的東西，還是多收集點數據為妙。

見唐亦步從床上下來，鐵珠子終於停止彈跳，疲憊地嘎嘎兩聲。

凌晨四點多，走廊裡沒有半個人影。唐亦步快速修改了這一路的監視器，光明正大地帶著鐵珠子往禁閉區走去。然而可惜的是，他的阮先生此刻並非獨自一人。

唐亦步很快到達目的地。確認室內的狀況後，他沒有立刻進門，而是揣著核桃酥和鐵珠子，靈巧地攀在門上。

一門之隔。

拘束衣上的帶子與身下的機械臺相接，阮閑被牢牢固定在機械臺上。他的頭頂上方停著個有點眼熟的機械，只不過它比記憶中的機械更精緻，細長的金屬腳末端也沒有黑紅的血汙。

地下城那個是取走腦部的機器，這個的功能應該也差不多。現在它還沒啟動，正在運作的是其他東西——四根長長的金屬針刺進他的雙腿和雙肩，那是神經最為密集、並且不會影響內臟的部位。

宮思憶正在機械臺邊操作虛擬螢幕，表情分外輕鬆。

「你不會有事，頂多有點痛。」他說，「這是專業器械，對人體的實際傷害很小，也附帶癒合相關的藥物，不會留下任何後遺症，包括疤痕。有任何情緒請自由發洩，我不會介意。」

「可是這治療看起來不怎麼正規。」

金屬針上應該被動過手腳，它正在往自己的身體內簡單粗暴地注入疼痛。阮閑本能地呼吸急促起來，聲音卻很穩。

好在宮思憶眼下正集中於他的情緒指數，而不是肉體機能上。在對方發現異樣前，自己還能多拖延點時間，找出更合適的應對方法。

疼痛越發劇烈，肌肉生理性地痙攣起來。阮閑沒發出一點聲音，他上上下下打量這個狹小的禁閉室，著重觀察了那些嗡嗡作響的機械，最後眼睛掃過遠處門上的小小圓窗。

他還沒來得及思考那裡是否適合逃脫，就忍不住噗嗤一聲笑了出來。

唐亦步正在門外，阮閑能看到那雙標誌性的金眼睛。門口可能裝了壓力監測，唐亦步整個人是倒過來的，平時遮住大半額頭的瀏海滑落，黑髮軟軟地垂向地面。

見阮閑看過來，野獸似的金眼睛微微彎起。阮閑只能看到那雙眼睛，可他知道那人在笑。

唐亦步甚至毫無緊張感地掏出一個精緻的包裝盒，開心地朝他晃晃。鐵珠子占住了另一個圓窗，肉眼可見地哆嗦著，焦慮的氣息幾乎要衝破玻璃。

聽到這聲與場景十分不配的憋笑，宮思憶轉過身，皺起眉。

他正遵循流程，試圖使用疼痛刺激放大阮立傑的情緒。可對方的情緒指數活像一潭死水，他簡直要懷疑這人得了失痛症，方才好不容易波動了一下，卻是向積極方面波動的。

明明之前一切都很順利——阮立傑和洛劍起了衝突，而自己成功複現了對方不可被檢測的敵意。接下來他只需要藉對方被關在禁閉區的機會，名正言順地對阮立傑進行情緒狀況測試，獲得第一手資料就好。

宮思憶做了充分的準備。

等到阮立傑被疼痛刺激到極限，對自己產生巨大的敵意，他便可以打開對方的頭蓋骨，在腦內埋入檢測探針進行狀態取樣。在充足的藥物和助理機械的幫助下，他也有自信在日出前將對方恢復原樣。

只不過為保證對方神智清醒，整個過程無法施加麻醉。開顱過程可能會稍微麻煩點，但只要消除阮立傑的記憶，什麼痕跡都不會留下，對方也沒有半點損失。

自己沒有違反主腦定下的任何規則。

可和聯合治療時相反，他從一開始就碰了壁——阮立傑的情緒完全不受他的控制，被對方那雙漂亮但黯淡的黑眼睛盯著，宮思憶總覺得自己的後背像挨了毒刺。

和自己預想的不同，所有用來施加精神壓力的元素統統沒有生效，阮立傑非但沒有逃避自己被刺穿的可怖景象，反而細緻地觀察起給自己製造疼痛的機器。

沒關係，宮思憶默念，加大了疼痛劑量。

他的真正身體不在這裡，這只是個遙控人形裝置，對方絕對不可能傷到自己。沒關係。

這次疼痛加量起了效。那個被綁牢的年輕人面色蒼白，低低地唔了聲，眉頭緊鎖，汗水不停流下。

「別勉強。」宮思憶努力讓自己聽上去溫和些，慢慢轉過身。「沒關係，釋放出來就好。阮先生，這不是聯合治療，忍著只會遭更久的罪。你……」

他話說到一半，說不下去了。

機械臺上的人在笑。那不是冷笑，也不是假笑，更不是憤怒的笑容。那個被金屬針刺穿的年輕人笑得真誠，還附了幾分狡黠。

「想聽我尖叫，你還不夠格。」他說，被汗水沾濕的黑髮緊貼皮膚。「另外，我也不喜歡被你叫作『阮先生』。」

面前的景象有種殘酷的美感，但宮思憶清楚對方承受著怎樣的疼痛，心裡頓時發毛。瘋子。

按理說，這個疼痛級別已經足夠讓大部分人失去意識，他本應得到幾聲模糊的、充滿恨意的慘叫，而不是理智的話語。這個人很危險，宮思憶心想，在取得資料後，自己說什麼也要把他交給秩序監察，甩掉這個燙手山芋。

哪怕是被扣掉一點行為分數，他也認了。

他處理過不少精神出現問題的病患，從未有人出現這個等級的異常。此刻對方毫無保留地向自己展示獠牙，搞不好有早有準備，這個認知讓他的內臟抽搐起來。

宮思憶深吸一口氣，又把疼痛調高了一個檔次。

可情緒數值監測像是壞掉一樣，一直維持在相當不錯的位置。沒有憤怒、仇恨、敵意。如果要定義這個病人的狀態，他對自己的態度更像是……覺得可笑。

宮思憶心臟在下沉，變得越來越冷。自己明明是擁有權力的支配者，此時卻心慌意亂，甚至生出幾分恐懼。

「你也別勉強，宮醫生，還是放開我吧。」

見對方的臉快和牆壁變成同個顏色，阮閑一字一頓地吐出詞句。趁宮思憶反覆確認情緒數值，他時不時看向門外。

圓窗那邊透出一點點虛擬螢幕的光芒，看樣子唐亦步正忙著飛快地破解什麼。那仿生人還偶爾探出腦袋，向自己擠眉弄眼。

「我保證再也不發怒了，你看，現在我不是做得挺好嗎？」阮閑朝唐亦步回了個笑，隨後繼續火上澆油。

疼痛在他全身遊走，血管裡的血液像是變成了沸騰的油。可是阮閑卻沒有太過痛苦，反倒有些輕鬆。比起當初手腕上的傷口帶來的痛，眼下的疼痛不值得一提。

唐亦步的假設是正確的，這是他第一次準確捕捉到真正屬於自己的「痛苦」，而非憤怒。

阮閑的心情著實不錯，可憐的宮思憶在旁邊快被他笑到精神崩潰。

「我本來不想做到這一步。」宮醫生嘴裡快速喃喃，「沒辦法，看來只能調換順序。真是的，何必呢？」

晃動的影子在臉上游過，阮閑抬起頭，看到了正在活動的取腦機械。

「我得在你的頭上開個小洞，你最好不要亂動。」宮思憶像是下了決心，「我本來就該直接一點，你這種……你這種人能為更完備的社會做出貢獻，也算是物盡其用。」

阮閑沒有回答，用眼角餘光看向唐亦步的方向。

虛擬螢幕的亮光已經消失，唐亦步在窗戶那邊微微側頭，不停指著手裡的槍。

「我只有一個問題。」眼看那些張牙舞爪的金屬細肢離自己越來越近，阮閑再次開口。

宮思憶停下動作，嘴巴抿得緊緊的。

「……現在幾點了？」

「五點左右。」宮思憶咬著牙回答。

「謝謝。」阮閑手指抽動兩下，將臉扭向門的方向，用力點點頭，臉上的微笑越發燦爛。

宮思憶猛地轉身，可惜為時已晚。

門無聲地滑開，同一時間，程式齊齊故障——阮閑身上的束縛帶全部斷裂，刺進身體的長針緩緩抽離。阮閑甚至沒等長針完全抽離身體，就強行從機械臺上坐起，任憑那些針割裂血肉。

而唐亦步輕巧地跳進屋內，一把抓住宮思憶的頭部，直接把他按在牆上。

阮閑與他默契地閃身而過。鐵珠子幾乎是哭喊著衝進來，在阮閑的腳邊高速繞圈。

「觀察夠了？」唐亦步輕聲問。

「嗯。」

阮閑衝到操作臺前，模仿宮思憶方才的操作，徑直召出無數虛擬螢幕。知道啟動方法，就像打開了房間的門，取走裡面的東西也只是時間問題。既然宮思憶打算把他的腦狀態存進這臺機器，它極有可能沒有搭載嚴密的資料監控系統，或者壓根處於離線狀態，以防止其他人發現。

事實證明，他的推測是對的。

「你呢，你也觀察夠了？」確定這東西沒有連上網路後，阮閑成功調出它的組裝結構圖，聲音裡帶著笑意。

「不夠。」唐亦步語氣裡有點遺憾的味道，阮閑躍動的手指停了停。

「我有個猜想。聯合治療時也是，現在也是，你好像很喜歡看我被弄得亂七八糟。」阮閑挑起眉毛，把載有圖紙的虛擬螢幕往唐亦步的方向一甩。

「因為你的反應總是很特別，值得記錄。可我親自動手的話，萬一沒把握好程度，我們的合作關係又要不穩定了。」唐亦步嚴肅地關掉虛擬螢幕，另一隻手直接扯掉宮思憶的一條手臂。遙控人形裝置的細碎零件散了一地，宮思憶沒有慘叫，只是瘋狂哆嗦著。

「你們兩個……」

「哦。」阮閑接過唐亦步丟來的機械手臂，開始從容地整理裡面的零件，完全不理會被鋼針割裂的拘束衣，以及浸濕衣料的鮮血。「的確，一般情況下，疼痛不算是什麼好東西。」

「對吧。」唐亦步的聲音裡也帶了笑意，隨手又卸掉宮思憶的另一條手臂。「這場約會和我想的有點出入，不過也挺有意思。說到這個，阮先生，我帶了很好吃的點心。」

「你們……」宮思憶微弱地叫道，試圖給自己加點存在感。

「嗯哼。」阮閑應道，半天沒等來下文，便換了個話題。「亦步，槍給我。」

然而唐亦步沒有把槍扔過來的意思，他驚恐地看向阮閑，活像世界觀被撼動了：「我的禮物呢？」

阮閑差點再次笑出聲，他撥開正在對桌上零件流口水的鐵珠子，轉過身，十分壞心地反問：「什麼禮物？」

「我給了你圖紙，還帶了核桃酥。」唐亦步委屈巴巴地捏緊點心包。「按照資料，第一次約會不該是這樣的嗎？哪怕你帶點植物的繁殖器官給我也好，這種合作是不平等的，我在此表示抗議。」

「抱歉抱歉，其實我準備了。剛剛還確認了一下，我想你會喜歡的。」

唐亦步藏起點心包，又晃晃手裡的血槍：「說來聽聽？」

「不用擔心我們的合作關係，你可以在某些場合把我弄得亂七八糟，我不介意。」阮閑上前幾步，挑逗地吻了下唐亦步的嘴唇，順手接過血槍。「有時候疼痛也沒那麼糟。」

「唔——」唐亦步故意拉長聲音，「根據某人沒完沒了的程度來看，喜歡做這種事的人不只我一個。把這個當做單方面的禮物，是不是不太合適？」

這個狡猾的仿生人幾乎將自己曾說過的話原樣奉還，要命的是，他還真無法回擊。阮閑終於笑出了聲，他用拇指沾了點衣服上殘餘的血，輕輕抹過唐亦步柔軟的下唇。

他突然明白了對方在自己身上寫名字時的執著。

「是我考慮不夠周全。」阮閑又吻了下唐亦步，偷了點對方的體溫。「我會再準備點禮物補償你的。」

「你們兩個！」這次宮思憶幾乎是在咆哮了，「你們想幹什麼？為什麼我的意識回不去了？你們到底是什麼人？」

「壞人。」阮閑心不在焉地回答。

宮思憶：「……」

「你自己知道答案。」唐亦步的回應則非常認真，正經到像在諷刺。「我必須提前切斷你和外面的連接——現在放你回去，你會招來秩序監察。」

「我知道！」不知道是不是故意的，這兩個人壓根沒有往重點上答。

他們真的是一伙的，自己被算計了。這個想法在宮思憶腦中橫衝直撞，他幾乎無法好好思考。

「沒人能做到這一點，遙控人形是由主腦設計開發……不，你們到底想幹什麼?!」

自己剛打算開始說明，那兩個惡魔就明顯興趣缺缺地扭過頭去，宮思憶立刻掰回重點。

「不是很明顯嗎？搶劫。」阮閑飛快地拆開血槍，開始往裡面安裝零件。「亦步，圖紙編號 **PT-0871** 那個幫我加工一下，尺寸有點差距。」

在宮思憶驚恐的注視下，唐亦步瞄了眼阮閑傳來的結構圖，剝栗子似地剝開情緒檢測儀的厚重外殼，掏出一個零件，開始用指尖將它搓成其他形狀。

鐵珠子趁機湊上前去，飛快偷吃被唐亦步弄壞的那部分。

已經完全沒辦法理解這個狀況了。恐懼積攢到頂點，開始轉化為麻木。宮思憶的人形遙控裝置缺了一條腿，兩條手臂，一部分胸腔。他不再出聲，默默地縮在牆邊，活像是一臺被擊碎的機械破爛。

幾步外，阮閑終於組裝好了自己的新血槍。他活動了痠痛的手指，輕輕吻了下槍管。

「忘了說，這個禮物我很喜歡。謝謝你。」

氣鼓鼓的唐亦步終於鬆了口氣，慢吞吞掏出點心：「和洛劍那邊的事情了結了嗎，要不我們今晚就走？這裡的活動限制還是太多了。」

「明天吧，聯合夢境裡出了點狀況，我還有情報想要收集。」比如洛劍的備案，多了解能應對秩序監察的方法也不是壞事。自己在洛劍面前被帶走，完全沒來得及交流。考慮到之前的狀況，對方或許也有不少問題想問。

「太含糊了。我想聽更仔細的說明，包括那本日記的事。」唐亦步一邊接過血槍細細檢查，一邊在嘴上抗議。

「現在不到六點，我最晚九點去吃早餐。」阮閑理了理唐亦步的頭髮，隨後拈起一塊核桃酥。「我們可以先回房間，讓我誠懇地送出我的禮物，順便慢慢說明——記得給我留點正常說話的力氣。」

「別把我留在這裡！」見兩人要走，宮思憶慌了。之前從未有過意識被困在遙控機械裡的案例，未知的情況使他慌得發瘋。「如、如果我明天沒有及時就位，秩序監察肯定會懷疑。到時候你們躲不掉的，放了我吧，我什麼都不會說，我絕對什麼都不會說——」

阮閑嘆了口氣，半蹲在爛成一團的遙控機械面前。

這臺機器原本英俊的人形外貌完全消失，模擬皮膚下的細碎零件猙獰地露在外面。唯一完好的機械眼球滴溜溜轉著，裡面盛滿恐慌，卻連一滴眼淚都流不下來。

「你說得有道理。」他對宮思憶露出一個微笑，「不過我不太相信你的保證。」

「我道歉，我道歉不行嗎！」宮思憶慌了神，「我只是個想賺點小錢的普通人，我沒有違背任何規則……你們不能這麼對我，我明明沒打算傷害你，別把我丟在這……」

「我不在乎主腦的規則。」

阮閑輕輕搖了搖頭。

「來，我告訴你這裡會發生什麼——在這座醫院的資料紀錄裡，你在半夜將我送回房間，接下來，我和我的男友度過了一段相當愉快的時光。而你再次回到這個房間，因為錯誤操作，導致了離線器械爆炸。」

「不……」

「你會回到自己的身體裡，也會記得真正的事實。不過考慮到安全問題，在放你回去前，我們需要對某些資訊做模糊處理……比如我們的樣貌、聲音，以及一點談話。畢竟人還是需要隱私的。」

說罷，阮閑站起身，一隻手摟住唐亦步的腰，瞇著眼享受了片刻對方散發出的溫度。

對於貨真價實的人腦來說，這個操作相當困難。但對於投射進遙控人形裝置的意識，記憶只不過是純粹的資料。

而宮醫生從來不用真正的身體上班。

宮思憶不掙扎了，沉寂得像失去了知覺。宮醫生不笨，阮閑相信他清楚這意味著什麼——

要不就打落牙齒和血吞，自己老老實實背下炸毀主腦財產的責任。或者鬧到秩序監察那裡，又拿不出任何實在性的證據，無法證明這一切不是為了推脫罪責的胡言亂語。

「何必弄得這麼複雜，乾脆把我的記憶全刪掉算了。」幾分鐘後，宮思憶才再次開口，語調裡摻著些心如死灰的氣息。

「都是事實，刪了豈不是很可惜。」阮閑輕聲說道，「萬一有人買了你的帳，這也是個不錯的宣傳機會。」

宮思憶艱難地抬起頭。

「告訴他們，這都是『紅幽靈』幹的。」

第二天的陽光灑下，阮閑正經考慮了一陣要不要反悔，假裝忘記還欠唐亦步一份禮物。

饑荒與寒冷，血腥和火焰，一切彷彿不曾發生。這間房子潔淨依舊，清爽的風從窗戶裡灌進來，天晴得刺目。唐亦步正睡在他的枕邊，呼吸均勻綿長，略長的頭髮順著枕頭的凹陷稍稍滑動，有一點陽光落到那張俊秀的臉上。

一副溫和無害的模樣。

可惜阮閑很確定，這傢伙的心裡的小算盤打得比誰都響。約會時自己被三兩句哄得許下承諾，答應再為他挑個禮物。結果就昨晚的情況來看，對方絕對把血槍圖紙的份連本帶利討回來了，阮閑第一次意識到自己對某個領域的了解還遠遠不足。

雖然有S型初始機的幫助，他全身仍然有種散架的感覺，過於激烈的感官衝擊使他半晚沒闔眼。眼下唐亦步反倒抓緊時間開始小憩，表情還分外無辜。

阮閑伸出食指和中指，比了個槍的手指，點上唐亦步的額頭。

「砰。」他說。

「阮先生。」唐亦步睜開眼，打了個哈欠，又舒適地往身上裹了裹被子。「你也早安。」

「昨晚那陣仗不叫『給我留下正常說話的力氣』。」阮閑率先坐起身，打開虛擬螢幕，查看今天的新聞。雖說那都是被主腦精心修飾過的情報，努力一點還是能淘出些有用的訊息。

「我們把情報好好交流完了，而且之後你還有力氣出聲。」唐亦步懶洋洋地挪動身體，毫不顧忌地從阮閑身上橫著爬過，去拿床頭的玻璃壺。阮閑嘖了聲，順手將自己喝了一半的水杯遞給他。

唐亦步撐起身體，悠哉地喝著水，沒有爬回去的意思。阮閑順手摸摸他的頭髮：「那你還記得我說了些什麼嗎？」

「記得。日記裡記錄了阮閑一路的行進路線，以及路上發生的事情。他隱去了不少關鍵內容，提到了把上了年紀的反抗軍送進玻璃花房的事，但沒寫和范林松發生衝突的始末。」

正如他們所猜測的，作為預備暴露給主腦的資料，日記裡沒有半點敏感內容，甚至可以說是偏向感性的。實際情報並不多，只是側面證明了他們的尋找路線沒出問題。

不過拋開情報角度，它讓阮閑不太舒服。

文字蘊含著一個人的意志，阮閑能夠感受到，日記書寫者的個性和自己幾乎完全相反。他能從筆跡和內容中讀出來，另一個阮教授熱情洋溢，對生命抱有超出常規的愛與關懷，情緒也異常純粹。喜悅和憤怒極為乾淨，連悲傷都十分典型。

像是過分清澈的熱帶海洋。

阮閑明白了為什麼人們會被他感染，另一位阮教授有成為領袖的特質，也深知如何有自如運用這些長處。只有一點隱患——那個人在一些方面太過頑固，頑固到近乎偏執的地步。

在日記的最後，他也的確發現了洛劍他們所描述的失落。

那是非常深沉真切的失望與悲意，阮教授沒有寫原因，只是讓情緒填滿語氣平淡的字句，讓它們從字裡行間緩緩溢出。日記裡記載的的確都是小事，而在後期，阮教授提及他人的次數漸漸變少，對死物的描述越來越頻繁。

再之後的日記是一片空白。按照他們得到的情報，阮教授後來就很少與玻璃花房裡的人接觸，直至完全失聯。這個時間點比關海明那邊的時間點要更接近，但他們還是不清楚他的具體行蹤。

這也是他們必須與洛劍談談的原因之一，阮閑挪了挪身體，繼續看正在報導最新消息的虛擬螢幕。

「**秩序監察總司令卓牧然先生于昨日抵達我市，就犯罪預防問題發表演說……**」

「這就是昨天掃描系統變嚴格的原因？」唐亦步似乎把阮閑當成了趴枕，慵懶地舒展四肢。

「看來是的。」阮閑注視著螢幕上那個面貌端正、表情冷淡的男人。「各個地區的警備等級應該也會上升，不知道他什麼時候走。」

「阮先生，等你找到阮閑，得到答案，你還有什麼打算嗎？」唐亦步沒有回答，反而擅自換了話題。

「沒有。」阮閑回答得很快。

「如果你是不是阮閑對你來說沒有差別，為什麼要費這麼大力氣確認？」唐亦步翻了個身，隔著被子躺上阮閑的腿，好奇地望向阮閑。

「我本來就沒有什麼目標。」阮閑看著虛擬螢幕中翠綠的植物，和灑在上面的燦爛陽光。「只是先嘗試解決自己最感興趣的問題而已。」

他一向都是這樣活著，從未改變過。並非為了某個夢想，抑或是成功後的滿足，只是單純習慣了這樣做。

畢竟只要有充足的糧食和睡眠，人就能活，剩餘時間不做點什麼實在是太過無聊。

「那第二感興趣的問題呢？」

「這得看我得到的答案。」阮閑輕鬆地迴避了這個提問。「起來吧，你需要照常工作，我也得去見洛劍。」

「那我繼續瞧瞧外面的看守情況。你還是在抵觸這裡，昨晚你沒能完全放鬆。」唐亦步起身，咬了口阮閑的耳垂。

唐亦步應該猜到了關於自己過去的一點事情，但他沒有問，阮閑也沒有主動提。他們心照不宣地繼續談話，假裝對方早已了解自己。

「再放鬆點就被你撕碎了。」阮閑快速套上衣服，「……去吧。」

虛擬螢幕被關閉時，鏡頭還對著卓牧然的方向。報導的聲音仍然在繼續。

「……**最近B國邊境地區出現小型衝突，有部分可疑人員在附近遊蕩。請大家提高警惕，積極檢舉行爲異常的人員……**」

餐廳附近，洛劍果然在等他。

「昨天出現意外，也許是因為卓牧然來訪。」洛劍顯然也看了今早的報導，見阮閑過來，黎涵往洛劍身後躲了躲，一副欲言又止的樣子。

「我看到了。」阮閑點點頭，發現對方還在憂慮地打量自己，索性直接繼續。「宮思憶只對我做了基本的情緒檢測，沒什麼事。洛先生，我想再和你談談，不知道你有沒有時間？」

洛劍非常輕地點點頭，坐到自己的固定位置。這次是三個人一同用早餐，其餘病人照常竊竊私語、高聲尖笑或者談一些毫無營養的話題，嘈雜的聲音雲霧似地將他們淹沒。

「關於昨晚的事——」結果洛劍還沒來得及把話講完，變故突生。

窗外一陣嘈雜，不少飛行器緩緩落地，青翠的草葉被風吹得四處亂飛。餐廳離預防收容所的大門最近，從這個角度，阮閑勉強能看到十幾個人被從飛行器上帶下來，年齡大多落在三十歲左右，衣著講究，表情憤怒。

其中還有自己的一位熟人。

余樂撇著嘴，翻著白眼，一身痞氣和周圍的人們格格不入。阮閑揉揉太陽穴，他和唐亦步還沒有溜出去，反倒又進來了一個自己人。

洛劍的反應激烈得多。

猛一看，坐在自己對面的男人沒有什麼過激的反應。然而阮閑能聽到他的心跳猛地快了數倍，拿著叉子的手顫抖不止，把盤子底敲得鏘鏘作響。黎涵差點沒拿穩筷子，可她還是堅強地撐住了，沒有失態。

「熟人？」阮閑壓低聲音。

「一株雪的人。」在周圍病人的笑鬧中，洛劍用唇形答道。

「反抗軍？反抗軍的話，送到秩序監察那邊更合適吧。」阮閑咬了口眼前的牛肉餡餅，「情況嚴重嗎？」

「不，問題就在這裡。進來的全都不是核心成員。」

阮閑又掃了兩眼，沒看到菸姨，只發現一個挺顯眼的年輕人。那個青年眉眼和洛劍有點相像，脊背挺得直直的，透著股年輕人特有的傲氣。

「看來你應該沒有心思和我繼續聊了。」見洛劍加快了吃飯的速度，阮閑聳聳肩。「保持聯繫？」

「保持聯繫。」飛快扒完飯，洛劍迅速站起來，離開餐廳。

自己也多了新的事情要處理。阮閑理了理身上的拘束衣，徑直向員工區走去。

宮思憶癱在椅子上。

禁閉室的隔間被那兩個混球炸掉，讓自己背了這個鍋，他名下的社會債務幾乎翻了一倍。先不說沒能成功弄到阮立傑的異常報告，還額外招惹了兩個自稱紅幽靈的災星。對方絕對是對他的遙控人形裝置做了手腳，他只記得那兩個人的隻言片語，臉和聲音還都被處理過。

不過自己前腳剛送走阮立傑，後腳這兩人就纏了上來，姓阮的也有點可疑。宮思憶專門調出二三一號床的監視器紀錄，結果又迎頭撞上一段香豔刺激的限制級內容。自己在被那兩個危險分子拆得七零八落的時候，姓阮的又和那個姓唐的搞在一起，還玩得格外刺激。

看那兩人的專注和投入，以及那些讓人血脈賁張的花樣。宮思憶打消了大半的懷疑——這回唐亦步幾乎把那個姓阮的年輕人活生生拆吃入腹，兩人的瘋狂殘酷比柔情蜜意多了不知道多少倍，完全不像有什麼默契親暱的關係。

作為預防收容所的員工，唐亦步也經過無比嚴密的系統審查，應該與此事無關。

另一方面，操縱人形裝置的唐亦步也就算了，阮立傑可是貨真價實的血肉之軀。假設他真的與紅幽靈有關，又放任自己被搞成那種樣子……要是出了意外，又沒有高級藥物供應，他連逃都未必能逃得過。

兩隻紅幽靈還在預防收容所內遊蕩，而他對此束手無策。

宮思憶憂心忡忡地確認了恢復類藥物的庫存，特地讓助理機器人拍了兩張照記錄，又要另一個去阮閑的病房尋找痕跡，確定自己看到的紀錄不是被刻意更改的資料。除此之外，他幾乎做不了任何事——就算以記憶為基礎去推斷兩人的身分，他的記憶也完全不可信。

這種感覺讓他莫名反胃。宮思憶隱隱覺得哪裡不對勁，可他又無法具體說出來。

哪怕是現在，那兩個潛伏中的幽靈也不肯放過他。

他們沒有再次出現，而是在他的辦公室留下了虛擬紙條，聲稱他的遙控裝置會在特定時間停止運作，讓他做好準備，以免在不太合適的地方倒下。

留言結尾還畫了惹人厭的血紅笑臉標記。

沒辦法，他想。紅幽靈戳中了他的弱點，他還真不敢拿著這些東西去上報秩序監察。萬一被判定為精神失常，他恐怕要從這裡的員工變成這裡的住客。

宮思憶悲傷地調低椅背，倚上椅子，自暴自棄地閉上眼睛，做出小憩的模樣，任由意識被踢離遙控裝置。

下一秒，那個相貌英俊的人形裝置坐起身子，活動了一下自己的雙手。

余樂走近預防收容所的諮詢室時，還在翻白眼。

「有屁快放。」余樂朝面前的陌生醫生挖挖耳朵，「我心情差著呢。」

「說說怎麼回事吧。」那醫生的表情微妙的尤為眼熟，余樂皺起眉頭凝視了他片刻。「我這裡有問題紀錄——余樂，三十六歲，異常行為……我看看，私下創作色情書籍。審查內容後，認定此人心理異常程度嚴重，特送至預防收容所進行矯正。」

那醫生往後又翻了幾頁，「後面的洛非也是類似的罪名，秩序監察這是抄了一個非法集會？」

「那你還要我說什麼？背誦書籍內容給你聽嗎？」

「我更好奇季小姐為什麼不在。」那醫生露出一個狐狸似的笑。

余樂整個人猛地一僵，又眯眼打量了一番面前的醫生，並把重點放在醫生胸口的名牌上：

「唐亦步？你這小子什麼時候整型，又改名宮思憶了？」

說罷，他朝角落的監視器抬抬下巴。

「遠程遙控人形而已。監視器也不用擔心，我了解你的性格，用類比對話提前替換畫面了。」操縱宮思憶外殼的唐亦步答道，「阮先生剛剛通知我，說一株雪被直接抄了一部分人進來。到底出了什麼問題？」

「八成出了內鬼。」余樂這才放鬆身體，「昨天我們走了之後，洛非也退出了，菸姨最後才醒來，狀態不太對勁，應該是裡面出了點問題。今早我們剛出門就撞上洛非，他要我們趕快自首——怕是一株雪搞內鬨，有人實名檢舉。」

「……趕快自首？」

「因為他覺得我們跑不掉嘛，事實上他也沒說錯，在這裡確實不容易跑掉。」余樂頗為不滿地摸摸下巴，「小滿名義上是我的仿生人，我讓她回家拿東西，然後假裝故障，先躲過這一劫再說。」

「檢舉的人為了把自己套上臥底的設定，再加上應該也是看在往日情面，只舉報了傳播非法書籍的事。正巧最近城裡風聲緊，你瞧，我們這就被一網打盡了。」

唐亦步驟然想到精神世界俱樂部裡的爭執。

「細節我就不清楚了，你可以直接問問洛非。媽的，老子還是因為你那本東西進來的。我們這種情況會怎樣啊，你清楚嗎？」

「至少死不了。」

「廢話。」

「我查查……按照宮思憶平時的處理方式，你們可以像洛劍那樣主動承認自己瘋了，異常記憶都是被捏造的，在這裡積極接受改造。如果拒不接受治療，會被強制消除最近幾年的記憶，用標準的守法記憶進行填充。」

唐亦步飛快閱讀著眼前的病例統計。

「不過有個非常麻煩的地方。」

「什麼？」

「阮先生進來的時候服下記憶抑制劑，就是為了躲避檢測中可能遇到的記憶篩查。他知道在理論上的藥效過期前，我們肯定會離開。但那些人不一樣——先不說他們有沒有時間準備記憶抑制劑，就算及時服下，也很難從這裡逃出去，只能躲過一時，沒有任何意義。」

「從另一個角度來看，名義上一無所知的你、外加洛非，還有另外那些人，平均年齡都不算大。我猜被檢舉的全都是對反抗軍的情況不知情的成員。」

「內部衝突，殺雞儆猴囉。」余樂反應很快。

「我有點好奇了。」唐亦步的注意力則在別的方面。

「什麼？」

「如果反抗軍自己也同樣忌諱預防收容所的記憶篩查，沒有應對手段，洛劍又是怎麼進來的？」

CHAPTER 46 悲劇的氣息

「阮教授擔心的事情還是發生了。」洛劍說。

他在午飯時沒有出現，只剩黎涵一個人默默用餐。直到夕陽西下，阮閑才在活動區域看到洛劍。半天不見，原本氣質冷硬的男人看起來蒼老了許多。

這次黎涵不在他身邊。

對於預防收容所來說，今天所發生的事情頂多算是小插曲。被關進來的人一一進了房間，如同融入死水潭的雨滴，雲散後再無蹤影。

雪白的走廊被夕陽染成橙紅，洛劍倚在走廊拐角，遠遠望向套著病號服的年輕人——後者還是將腰杆挺得筆直，只不過氣息中多了些茫然。

洛劍面無表情地偷看了一段時間，沒有上前搭話的意思。

「阮教授最擔心的事情？」阮閑沒有問那年輕人的身分，從唐亦步那邊得知的情報已經很充分了。

洛劍死去的兒子被主腦從虛無中拉回，活在人造童話裡，堅信自己的父親因為壓力太大而失去理智。

並在這一次順利地「長大成人」。

「是啊。」洛劍又看向洛非，「日記你也看了，能讀出些阮教授的情緒。我靠他設計的系統介入機才得以在這成功紮根，他聯繫上我後，又送了些不適合打拚的反抗軍進來，這些你知道。」

「嗯。」

「從哪來的人都有。」洛劍說，「那些培養皿，根本沒幾個好地方。森林培養皿有亂七八糟的危險生物，地下城全是毒煙，廢墟海就是個巨型垃圾場……我原來在的地方，一年到頭都在下雪。大家都想拚口氣，人心得以凝聚。」

阮閑安靜地聽著。

「說白了，反抗就是拚一口氣的事情。主腦的能力在那裡，阮教授已經很努力了。我算是最早跟隨他的那一批人，可就算是我，在這個鬼地方也難免動搖了一下。」

洛劍自嘲地笑了笑。

「之前大家過的是什麼日子？拚命躲主腦，過街老鼠似地活著，天天有一餐沒一餐。反抗也不是只出個體力就行，得慢慢滲透真相，盼著別人找到對付主腦的法子，心理壓力大得很……人這種生物，適應力強得要死。一次兩次遇到慘事，血還熱得起來，久而久之就麻木了。阮教授講的那些道理，大家都懂。但大家想知道的是我們能搶回來多少城，解放多少人，而不是計畫進行到哪個階段。

「說白了，多少人真的能上升到大義層面？大家只是想輕輕鬆鬆過日子，我也是因為私仇才撐著。熱血燒了那麼多年，人心齊不了……阮教授告訴我秩序監察重創了反抗軍，我不意外。當時他絕對還隱瞞了別的事，但他肯定也意識到了問題的嚴重性。唉，現在是時候有個紅幽靈還綠幽靈什麼的站出來，繼續對抗主腦啦。」

「樹蔭避難所還有人在堅持。」阮閑安靜地回應。但他們都知道，這句安慰更接近於客套話，起不到任何效果。

一直以來都有人在堅持，但真正有覺悟的人依舊是少數，沒有誰能隻身抵擋洪流。

「雖然可能對合作不利，我還是說實話吧。這次出事前，小菸他們也吵了挺久。眼下這狀態，反抗軍怎麼看都沒辦法再活躍……結果我這邊一出事，大概也刺激到他們了。送這些年輕人進來，這是在警告我呢。」果然，洛劍直接跳過了這個話題。

不想繼續，也不想撕破臉。生長在這裡的年輕人是最容易軟化的對象，沒什麼執念，罪名也不重，大多被關一段時間就能離開。

誰都知道抵抗是「正確」的事情，但他們更清楚堅持做這些正確的事情有多麼艱難。

對方的狀態實在低落，這時候再去打聽備案有點不近人情。才唐亦步分開不久，阮閑已經開始懷念兩人無所顧忌地交流的感覺。

「不去和他聊聊嗎？」阮閑盡量把話題往溫和的方向引導，「那位就是洛非吧。」

「我兒子早就死了。」洛劍表情僵硬。「我親手把他埋在地窖，你見過他的墳。那樣他的屍體就不會被狼刨出來，之前我們埋在雪地裡的屍體總能被狼找到。」

「洛先生，你接下來打算怎麼辦？我記得你說過要等阮閑。」見這個話題聊不下去，阮閑立刻換了另一個。

「我會等他，但不會『這樣』等他。我腦子裡有反抗軍的全部資訊，他們不可能無緣無故這樣警告我。再見，阮先生。你救了我兩次，一株雪還是成了這副模樣，見笑了。」

洛劍又看了眼洛非，明確擺出一副告別的樣子。

「恐怕我沒辦法再為你提供更多情報了。」

阮閑沒有追問，也沒有挽留。他目送洛劍走出陽光，踏進走廊盡頭的陰影。

「卓牧然會在明天離開。」

唐亦步則從陰影中閃出，狀似親暱地摟住阮閑，確保監視器能拍到自己。

「我和余樂聊過，不出所料，一株雪算是名存實亡。洛劍那邊有什麼打算？」

「他沒有開口的意思，人又精明，我沒辦法追問。」阮閑轉過頭去，咬了口唐亦步的下唇，同樣在他耳邊說道。「菸姨不在，除了洛非，這裡的一株雪成員都沒見過你。接下來就拜託你了，唐醫生。」

「阮先生，這種程度的刺探不該難倒你。」

「我還有別的事情要做。」阮閑微微一笑，「看來余樂把季小滿一個人留在外面了，我想我們的機械師小姐可不會老老實實待著。」

唐亦步看著面前恣意微笑的人。

就像撥開一層層包裝紙，露出其中的糖果。對方的資料被他仔細錄入腦中，漸漸立體起來。唐亦步摸摸自己的口袋——在他們約會的時候，他也順手給自己弄了些零件，並且偷偷用它們做了點別的東西。

他做了一枚更加精巧，也更加致命的黑色耳釘。

唐亦步知道應該盡快把它給他的阮先生戴上，徹底抓回主動權，讓自己安心，卻又本能地感覺到有點不合適。

他曾有不少機會，比如昨晚。

得到了對方的許可，唐亦步嘗試了不少好奇已久的花樣。他十分確定，有那麼幾段時間，阮先生徹底被自己捉弄得意識不清。

他本可以咬傷對方的耳垂，用最快的速度進行替換，可他沒有那麼做。或許是因為對方抱得太緊，或許是因為對方展示出了一點——哪怕就那麼一點點——毫無保留的脆弱感。

像是惡狼亮出柔軟的肚皮，獅子露出脆弱的咽喉。他無法確定對方是偶然失控還是故意為之，但他還想要看到更多。

算了，也可以等他們逃出這裡再說。唐亦步維持住了臉上的微笑，吻了吻阮閑的嘴角。

「好。」他答得很歡快。

可惜他的新觀察對象那邊氛圍沉重。

「小涵。」洛劍選了離梨花樹叢最近的走廊，面向敞開的窗戶。一點白色的花瓣落在光滑的地板上，如同化不開的雪片。

黎涵站在他身邊，眼神有點躲閃。

「害怕就說出來，我能理解。」洛劍鼓勵地笑笑。

窗戶很大，只要面向窗外，聲音夠輕，監視器就不會發現他們的異狀。這個地方還是黎涵自己找到的，可以說是整個預防收容所最自由的一扇窗。

「我喜歡畫畫，想要受人認可，也、也覺得現在的環境不太對。」黎涵絞著手指。「可大家都被抓進來了，我不想被主腦發現。你們做的事情不是錯的，可那些事情不至於……不至於讓我……」

「我明白。這兩年妳一直在聯合夢境裡協助我，我很感激。」

洛劍沒有感到意外。夢境、夢想、追隨自由的反叛，這些對於年輕的生命向來很有吸引力。

他的能力總是有限，永遠留不住身邊的人。

自己也一直盡力不讓這個成長於玻璃花房的年輕人有太大壓力，然而他能力終歸有限。

如今自己露出了破綻，不再掌控一切、無所不能。她終於意識到了反抗帶來的真正代價。

「謝謝妳。」他重複了一遍，「妳的入院原因和一株雪無關，也沒見過菸姨以外的人，那些人不至於和妳過不去。離開一株雪吧。」

「不過不要忘記我曾經跟妳說過的話。主腦沒有權力定義妳……沒人能定義妳該喜歡什麼，又該討厭什麼。」

黎涵開始小聲抽泣。

唐亦步藏得很好，他假裝在附近觀察重建好的植物園，實則躲在兩個人視線死角悄無聲息地偷聽。雖然不像S型初始機那樣靈敏，他仍能從女孩的抽泣中分辨出不甘和恐懼。

「我不想走，我真的不想走。可是……」她欲言又止。

「我想再拜託妳一件事，小涵。」洛劍的聲音越發溫和，「和最開始我交給妳的任務一樣。」

「什麼？我不要！」

「沒事的。」

「雖然我沒、沒資格說，老洛，你也要放棄了嗎？」

「阮教授知道我的做法，等到他回來看到我的情況，自然會明白該怎麼處理……到時候我還會是我。」

「可萬一他不打算回來……！」

「我相信他會回來的。」洛劍輕聲說道，「如果我信錯了人，那就這樣吧。畢竟我一天不消除那些記憶，把大家送進來的人就一天不安心。別哭了，說不定我能和妳一起出院呢。」

黎涵這次是真的哭了出來。

洛劍嘆了口氣，轉過身，虛虛抱住黎涵。

「好姑娘。」他說。「我們一個小時後見，好嗎？」

「我要跟你一起去。」黎涵喃喃道，腫起的嗓子使她的聲音模糊不清。「既然這樣，我要……我要跟你一起去。」

唐亦步悄無聲息地尾隨兩人，一路走到附近的植物園中。

植物園重建得極快，雖然才短短幾天過去，卻看不到一點被燒毀的痕跡。玻璃穹頂下的植物仍然翠綠，梨花還在老位置盛開。兩個人勉強躲過監視器，在那幾棵梨花樹下站定。

又是一個完美的視線盲區。唐亦步感興趣地挑起眉毛，悄無聲息地蹲在樹叢後。

沒有啟動什麼祕密機械，洛劍只是從地下挖出一個巴掌大的小木盒。盒子樣式簡單，沾滿泥土，被深深埋在溝渠側面，緊緊卡在用於塑造地形的金屬架上。

隨後洛劍打開盒子，從裡面拿出一支針管似的管狀機械。

唐亦步忍不住輕輕咦了一聲，它看起來很像是記憶雞尾酒的小號版本，但結構複雜許多。在玻璃管中旋轉的光不是藍色的，它正散發出耀眼的白色。

「你……你真的要這麼做嗎……」

「阮教授把它製成可以重複使用的樣式，可能就是因為對這個狀況早有預料。」

「我不喜歡他。」黎涵的聲音又有了哭腔，「他明明猜到了會發生這種事，還給你替換假記憶的工具，這種做法和主腦有什麼區別——」

「別這麼說。」洛劍彈了下她的腦門，「至少他經過了我的同意。」

「可是……」

「不過妳說得對，阮教授的確是個有點殘酷的人。」洛劍表情複雜地笑了笑，「晚安，小涵。」

他沒給黎涵反應的時間，徑直把那根東西刺入脖頸。

耀目的白光漸漸暗淡，刺眼的金色漸漸亮起，那些光像是被傷口吸入，又再次吐出。洛劍原地搖晃了一下，如同醉了酒，半天才站穩。

「小涵？」

好不容易站穩身體，他費力地開口。

「我們怎麼又到這裡來了？……妳哭什麼？怎麼回事？這是……哦哦，這是我們要埋起來的東西是嗎？我記得這件事。妳等我一下，我先把它埋好。然後妳得跟我好好說說，是誰欺負我們小涵了。」

黎涵撲進洛劍懷裡，放聲大哭。

「別……別埋。這裡不安全，讓我帶著它。」她說，聲音破碎而絕望。「沒人欺負我，我讓你失望了，是我讓你失望了。」

「妳這孩子，說什麼呢——」

「你記得是誰要你埋起來的嗎？」黎涵用力擦著淚，「你不記得，對不對？你只是……你只是覺得應該把它埋起來，對不對?!」

「別激動，別激動。給妳就是了。」洛劍整個人看上去溫和不少，沒了那股冷硬的煞氣。

「抱歉，洛叔腦子不太好使，總犯糊塗。」

唐亦步在樹叢裡皺起眉，他不再躲藏，徑直走進了這場莫名其妙的混亂中心，抬手便搶過盒子。突然有身穿員工服的人冒出來，黎涵嚇得腿都軟了，差點一屁股坐到地上。

「把它還給我！」她帶著哭腔尖叫。

洛劍則皺起眉：「你是這裡的工作人員？別欺負小丫頭。」

唐亦步無視了兩個人的反應，興致盎然地觀察起手中小巧精緻的機械裝置。它的確和記憶雞尾酒結構相似，不過就構造複雜度來看，它能容納的記憶量比記憶雞尾酒更多。多到能容納一個人的一生。

「有意思。」他說，「小丫頭，如果妳不想讓洛先生的努力白費，我希望妳能讓他退開，我們單獨談談。」

黎涵終於癱坐在地上，十指插進泥土，指節蒼白，臉上滿是淚痕。她哆嗦得厲害，看得出用了很大意志力才勉強撐著沒暈倒。

「老洛……不，洛叔，你先走吧。」

「妳這個樣子，我怎麼可能——」

「快走！」黎涵近乎崩潰地低聲吼叫，眼睛死死盯住唐亦步手裡的機械裝置，整個人有點緊張到抽搐的趨勢。

洛劍像是被這個情況嚇到了，他慢慢吐出口氣，退了一段距離，遠遠看著兩人。

「不用嚇成那樣，阮先生應該向你們做過自我介紹。我和他一樣，也是紅幽靈的一員。」唐亦步拿著針管大小的脆弱機械在手中拋接，黎涵臉上最後一絲血色也被嚇沒了。

「我也能看得出來，這是用來容納大量記憶的裝置。這就是洛劍規避記憶篩查的方法？」

黎涵咬住嘴唇，一言不發。

「和阮先生不一樣，我沒想過和你們好好相處，拖延這一套對我不管用。」唐亦步搖搖頭，「另外，先不說我的想法，上頭的意思是和你們合作。如果妳什麼都不願意講，我這邊也幫不上什麼忙。」

他意味深長地停頓片刻。

「這裡前不久才發生過火災，東西埋在這裡確實不安全，隨身攜帶也有風險。如果妳願意交流，我們可以提供技術，讓妳留個備份。聽洛劍的說法，妳不知道反抗軍相關的敏感資訊，個人認為這個交易很划算。」

黎涵沉默了很久。

「這是阮教授做的，他花了很長一段時間來製作這東西……他把老洛所有記憶都抽了出來，存進裡面。然後製作了假記憶，灌回老洛的大腦。老、老洛進來的時候，從記憶層面上來說，他的確是個被一株雪坑了的普通居民。記憶篩查查不到任何東西。」約五分鐘後，黎涵終於開了口。

「然後……然後阮教授就像剛剛那樣，在假的記憶里加了暗示。我遵照指示，把老洛帶來這裡，讓他根據暗示自己換回原本的記憶。那個時候老洛已經在這裡住滿一個月了，除非發病，否則不可能再做記憶篩查。」

「用假記憶騙過預防收容所，再抽出來灌回真記憶，好讓他在裡面安安穩穩當聯合夢境的中樞。是這樣嗎？」

「……是。」

現在事情清楚了，唐亦步十分滿意。

事情不算複雜。反抗軍出了內鬼，把人送進來以示威脅。聯繫不上阮閑，洛劍索性示弱。他將假記憶置換回去，再光明正大出院，以此表達作為中樞的自己不會再進行活動，讓檢舉者安心。

這樣可以暫時保住那些仍然忠誠的反抗軍成員，以及還沒被檢舉的年輕「火種」。

根據剛剛的對話來看，要是阮閑還會回來，他知道要去哪裡找洛劍的真實記憶，也肯定會讓自己的這位老兵恢復記憶。但要是阮閑沒有回來的意思……

「你們打算如何應付洛非？」將狀況推測出了大概，唐亦步的注意力轉到了別的問題上。

「老、老洛剛入院一週，記憶還沒換回來的時候，洛非就出現了。」

黎涵又抹了把眼淚。

「阮教授……阮教授說那是主腦臨時製造的複製人，他找人套出洛非的情報，又做了關於這個兒子的模擬記憶，灌輸給那個時候的老洛。現在想想，當時他就知道，老洛遲早要再用上那份假記憶……」

「感謝合作。」唐亦步嚴肅地點點頭，打斷了黎涵的話。「妳想什麼時候拿到備份？」

「越、越快越好。」黎涵眼巴巴地看著唐亦步手裡的機械裝置。

「沒問題，歡迎隨時監督。」唐亦步將那個裝置放入口袋。「晚餐前就能好。」

「你能不能先把盒子還給我？」黎涵小聲說道，用力壓住抽噎。

唐亦步掃了眼那個盒子，裡面只剩下個沒什麼用的零碎物件。他很是爽快地把木盒給了黎涵，附贈一個標準的笑容。

人類總是這樣。

這些人的將來在他面前鋪開。按照目前的情況推斷，洛劍不會等到阮閑，他註定要帶著虛假的記憶在玻璃花房度過餘生。阮閑送進來的反抗軍就此沉寂，而沒了中樞引導，在本地發展的年輕人也無法堅持下去。過了三分鐘熱度，性格有點軟弱的黎涵最終也會離開這裡，回歸原來的生活。

一株雪會在幾年內消失，搞不好主腦還會弄個與其相似的組織，作為替代變數來觀察。考慮上每個人不同的性格，無論如何計算，這個推斷成立的可能性無限接近百分之百。

這裡已經不再有觀察的必要，他想。

「我把可能的定位和路線記錄在手環裡，實在找不到季小滿，你可以提前使用裡面的資料。」阮閑表情嚴肅，「不許咬它，π。」

「嘎。」掀開的助理機器人外殼下，鐵珠子三隻小眼睛閃閃發光。

阮閑將自己的手環固定在鐵珠子身上，並用昨天得到的零件做了個簡易資料傳輸裝置，確保這個小東西能方便地取得資料。它理解不了太複雜的問題，但找人還是能做到的。

「找到季小滿後，你把手環交給她，和她一起行動。」

「嘎?!」鐵珠子晃晃藏在助理機械空殼裡的兩把血槍。

「沒關係，只要不把宮思憶逼得太緊，他就能夠滿足我們的一些要求。我會弄個真的助理機械，簡單改造一下。」

鐵珠子無法用表情來表現情緒，但阮閑能感覺到一股奇妙的氣息。這小東西的反應有點像發現家裡來了新寵物的貓。

「我們會很快離開這裡，和你們會合。」他趕忙補了一句，又往鐵珠子藏身的外殼裡撒了把零件。鐵珠子這才乖巧地轉過頭，含了幾個零件在嘴裡，遙遙晃晃出了門。

人很難離開這裡，但如果鐵珠子藏進機械運輸車的縫隙，還是能夠悄悄離開。

該準備的東西基本上都已經準備完畢，阮閑活動了下肩膀，瞄了瞄虛擬螢幕上的時間。眼看晚飯的時間要到了，唐亦步還是沒有出現。

話說回來，他們也沒做什麼約定，虛擬螢幕上的擬真秒針一圈圈轉動。阮閑把血槍藏好，伸了個懶腰，決定先去吃個飯——鐵珠子離開了，房內只剩下他一個活物，阮閑頭一次感覺這裡有點空。

只是他還沒來得及把腳踏出房間，唐亦步就哼著小曲閃進門，還附帶了個一臉鬱悶的余樂，外加一個呆頭呆腦的助理機械。

「阮先生！」那仿生人還是一副無憂無慮的樣子，張開雙臂，彷彿在索求一個擁抱。「我這邊的事情處理完啦。」

「我也是。」阮閑下意識回了個微笑。

「咳。」余樂大聲咳嗽，打破了房間內古怪的輕鬆氣氛。「這他媽天還沒黑呢，先說該說的。」

「我弄清了洛劍潛入醫院的手法，很遺憾，對我們的利用價值不大——阮閑給他弄了個反覆儲存記憶的裝置，現在他把自己的真實記憶取出，灌了些人工合成的進去。」

唐亦步又拿出了解說員般的語氣。

「就算我和阮先生能快速做出裝置，製作人工記憶需要較長的時間和合適的素材。這裡的人在等阮先生『記憶恢復』，之後肯定還要進行記憶篩查，想用跟洛劍同樣的方式離開這裡不太可行。」

余樂咬牙倒抽了口氣，阮閑沒有說話，他們不需要唐亦步說明太多細節。然而兩秒後，余樂抓住了事情的重點。

「等等等等，什麼叫小阮沒辦法就這樣離開，我呢？」

「你住在這不好嗎？」唐亦步眨眨眼，「我們給你製作了相當安全的假身分，你進來的原因也和記憶異常無關，不會被記憶篩查。這裡有吃有喝，還不用工作，你可以等時間差不多了再出院。」

「那我怎麼回廢墟海？」

「離開這裡的難度比進入這裡還要低，以你的能力，應該能自己想出方法。」唐亦步理直氣壯，「現在最合適的做法其實是殺了你滅口，從根本上保證我們的安全。但你這個人挺有意思，做的雞蛋羹也真的很好吃——」

「我應該謝謝你嗎？」余樂聲音虛弱。

「不客氣。」唐亦步十分鄭重地回應。

「去你媽的，算了。是這樣的，小阮，我想跟你們一起走。」余樂翻了個白眼，迅速放棄和唐亦步交流的意願。「我開始對這個狗屎主腦不耐煩啦，等你們找到那個阮教授，我也想跟他聊聊。」

曾經的大墟盜很是爽快，沒等阮閑開口，他就自己繼續補充：「我出我的車，有車肯定更方便。小奸商太愛鑽牛角尖，你們兩個又常常失控，關鍵時刻我好歹能搭把手。雖然之前碰見的事情噁心歸噁心，這一路也挺刺激。」

「阮先生，我還是那句話，不要和人類——」唐亦步抓緊機會插嘴。

「再說點不相關的，我車裡還有不少卡洛兒．楊的老歌，從這裡弄點食材，說不定路上還能搞點新鮮飯菜出來。」余樂出手快狠準。

唐亦步迅速閉了嘴，假裝自己從未開口。

「我沒有意見。」

阮閑的確不介意，余樂腦子轉得快，人有股狠勁，在操縱大型機械方面頗有天賦。這樣的人說不定會在必要時刻派上用場，帶余樂走也不失為一種保護自身情報的手段。

「這裡的廚房裡也有新鮮雞蛋。」唐亦步則開始發表奇怪的言論，暗示這裡有食材可以做雞蛋羹。

「交易還得講求公平。」余樂瞥了唐亦步一眼，「按照之前那種風格，再寫本冊子給我。」

「成交。」

「關於阮教授的下落，你那邊有沒有什麼發現？」阮閑捏捏鼻梁，直接打斷了兩人意義不明的交談。

「沒有。」唐亦步掰開助理機器人，拿出個易開罐大小的記憶儲存裝置，上面還印有預防收容所的標記。「洛劍更換記憶的速度太快。我答應那個小姑娘幫她做記憶備份，才敲出這點情報。」

他把那個泛著金屬光澤的罐子往空中一拋。「弄到一半的時候洛劍出了點事，她立刻跑了，我還得把它送過去。」

「不能瞧瞧裡面的東西？」余樂顯然不太在意道德觀念。

「不能。記憶篩查都只是定點鑒定，要漫無目的地尋找和處理，需要夠大的處理器和充足的時間。直接注入電子腦或者人腦當然也可以，但那樣很容易出現人格崩潰。」

唐亦步扭頭看向余樂。「余哥，如果我把這東西灌進你的腦子……我和阮先生可以打個賭，賭你會認為自己是『余樂』還是『洛劍』，或者乾脆發瘋。」

「我就說說而已。」余樂響亮地嘖了聲，「所以現在我們要把這個東西送去給那個小丫頭，然後——」

「然後等秩序監察的司令離開，從這裡逃出去。」

「這些可以飯後再說。」唐亦步雙手捧著罐子，拖長了語調，聲音有點軟綿綿的。「要一起來嗎，阮先生？原始的版本還在黎涵手裡，你不好奇阮閑設計的東西嗎？」

余樂打了個寒顫：「操，老子就不湊這個熱鬧了。既然我們明天就撤，我去瞧瞧有沒有啥能順走的。」

到場後，阮閑才清楚唐亦步所說的「洛劍出事」是什麼意思。

洛劍和黎涵都在洛非的房間，洛劍的表情透露著有點令人陌生的不安。黎涵的眼睛是腫的，而洛非整個人臉色煞白，眼睛裡帶著點絕望，手裡緊緊握著一個陳舊的木盒。

「黎小姐，您掉在外面的東西，我幫您找到了。」唐亦步笑咪咪地遞出用布料包好的金屬罐。

「那又是什麼？」洛非的聲音裡有點質問的味道。

「我的東西……」黎涵的聲音很小。

洛非紅著眼瞪她。

「你們在吵什麼呢？」洛劍看起來正在試圖用長輩的威嚴穩住場面，可惜不太成功。「非非，我知道你心裡難受，這幾年我腦子糊塗了，你也不好過……但我這不是好起來了嗎，我們可以一起回家。小涵只是我順手照顧的小輩，你快把人家的東西還回去。」

「一個小輩有這麼貴重的東西？」洛非懷疑地搖搖手裡的記憶儲存裝置，很努力才穩住聲音。「我在酒吧看過類似這種東西的廣告，那是最近才剛上市的大容量型號『遊戲人生』。可這個……這個已經很舊了。」

洛非的嘴唇在抖，唐亦步挑眉。

在他的印象裡，洛非完全算不上勇敢。那個年輕人的確對主腦做出了小小的反抗，也有點年輕人特有的銳氣，但絕對不算衝動，頂多是個稍微有點自己想法的普通青年。

對方的身體沒有受傷，也得到了一個健康的父親。可洛非看上去如同被帶毒的匕首捅入胸口，眼淚在眼眶打圈。

「人家怎麼弄到的和你沒關係，洛非，我教你的你都忘了嗎？」洛劍的口氣嚴厲起來。「這裡是預防收容所，你還嫌在這裡待得不夠久是吧？竟敢鬧事？」

「你真的教過我嗎？」洛非用一種作夢般的語調說道。

他走上前去，向洛劍伸出手，掌心上躺著個小小的物件。唐亦步見過它，那是木盒裡僅剩的另一件東西，從價值上來看，它的確算是毫無用途的零碎。

一截沾滿泥土、因為時光流逝而發黃的蠟燭正躺在洛非手裡。

那是絕對不可能出現在這座城市裡的東西。

「爸爸。」他說，「你教過的那個人真的是我嗎？」

然而洛劍看了那截蠟燭，表情有點困惑。他緊蹙眉頭，仔細看了看。

「這是什麼？蠟燭？」他如此回答，「小涵，妳從哪弄的？這都什麼年代了，哪裡還有蠟燭？」

洛非安靜地站了很久，如同沒了發條的木偶。他再次抬起頭的時候，表情相當平靜，目光意味深長地掃過唐亦步。

「讓兩位看笑話了。」他揉了揉眼睛，「黎涵，我向妳道歉。爸，你也別擔心，我等等會好好和小涵聊聊。」

黎涵和洛劍都被這突然的氣氛轉折弄得有點懵。

「我想多知道點我爸在這裡的事情，看現在的樣子，他也幾乎忘記了這兩年的事。」

「……嗯。」

「這個盒子可以先放在我這裡嗎？」

黎涵緊緊握拳，而後鬆開：「嗯。」

「我有必須確認的事情。」洛非的聲音還是有點顫抖，「還請妳理解。」

唐亦步露出了錯過戲劇高潮的失落表情，阮閑的目光陸續掃過房內表情各異的三人，最後停在洛非緊緊抓住蠟燭的那隻手上。

他見過這根蠟燭，不過不是在現實裡，它曾經在一座簡陋的墳前燃燒。

「走吧，亦步。」他說，從唐亦步手裡抽出那管記憶備份，放在離門口最近的小桌上。「記憶備份……雖然我猜你沒有這個想法，但你說不定走了步好棋。」

唐亦步微微轉頭，看向阮閑，滿臉都寫著好奇。

「明天動身之前，我們可以再和他們見一面，問問那個阮教授的情報。」阮閑輕聲說道。

「可是記憶已經被取出來了。黎涵想要退出，她和洛非都沒有參與過核心活動，也沒有成為領袖的人格特質。」

「有時候人是會做傻事的，尤其是受了刺激的時候。」阮閑說，「出於個人願望，做出愚蠢衝動或是讓人無法理解的傻事……那些行為大多數情況下都不會有結果，甚至會產生負面影響，對個人的發展毫無價值。」

「是。」

「但那個概率並不是百分之百。」

次日凌晨。無法入睡的菸姨在店裡點了枝菸。

一切都結束了，她想，這是自己真正「自由」的第一天。她了解洛劍，知道他會如何應對這個情況。

中樞消失，聚會終止。說到底，「是否放棄」這個問題註定不會被拖太久——只要有一個打算放棄的核心成員站出來，跨過那條線，就足以摧毀這張脆弱的網。摧毀永遠比建造和經營容易，決定堅持的人本身就處於劣勢。

事實證明的確如此。

阮閑的消失讓她漸漸疲憊，如今突然得到解放，那疲憊感還是揮之不去。菸姨索性關了小酒吧，再次把自己接入臨時的精神空間。

這次小洋樓裡空無一人。

她甩掉鞋子，赤腳走在厚厚的地毯上，目光掃過那些模糊不清的裝飾，沉默地與它們告別。不知不覺間，她又走到了那扇熟悉的門前。

這次再打開門，等著她的只會是普通的房間。

可她還是緩緩地掏出鑰匙，一把把數過去，隨後把鑰匙插進鎖孔。

真傻，她想。

門應聲而開，陽光照進昏暗的走廊。幾片梨花花瓣飛了進來，落在厚厚的地毯上。門對面的天藍得刺眼，建築也熟悉得讓人心悸。

門的另一邊是預防收容所，卻少了巡邏的電子眼，沒有機械衛兵，也沒有病患的蹤影，只有一個矮小的男孩站在盛開的梨花樹邊。似乎是察覺了她的到來，那個孩子轉過頭，那是她曾經見過的臉。

十歲左右的孩子，她記得他。可是他早已死去，理應被葬在遙遠的凍土之下。

菸姨雙手捂住嘴，好吞下自己的驚叫和哽咽。

穿著病號服的男孩張張嘴，看口形應該是想要下意識叫「小菸」，又及時住了口。他迷迷糊糊地站了一陣子，眼神終於再次堅定起來，而眼眶卻開始慢慢發紅。

「菸姨。我……我還不夠熟練，但我會盡全力做好。爸會康復，而我會想辦法留在預防收容所。沒人會懷疑我。」

男孩這樣說道。

「我還想繼續。」

唐亦步想不通。

阮先生明明在描述一件幾乎不可能的事情，可從口氣上推斷，對方認為這件事勢必會發生。這讓他感到困惑——自從他們踏進洛非的病房，發生的一切都讓他感到困惑。阮先生沒怎麼接觸過洛非，只和那個年輕人打過幾次照面，卻能將自己的猜想說得那麼篤定。

夜色將盡，他的阮先生從聯合治療開始後就沒闔過眼，現在睡得正沉。融有S型初始機的肉體不會太脆弱，不過精神上的疲憊還是存在。

今晚他們只是簡單地親熱一番，唐亦步便放過了對方，任阮先生抱著自己睡去——他把下巴輕輕擱在對方頭頂，將人整個摟在懷裡，凝視著被夜色染成暗藍色的空氣。

唐亦步睡不著。

電子腦能夠識別激素，親熱行為帶來的腦內啡本應對他的情緒有積極影響。可他還是睡不著，活像有隻刺蝟正在他的胃裡散步。

生於叢林的人難以靠大小辨別遠近，患有色弱的人難以分清色彩。撇開這些不同，大多數人類都在以相似的模式觀測世界，大腦本能地吸收觀察到的事物。事實上，大部分資訊都被排除在外，只會有零零碎碎的記憶點能夠成功留在腦中。

人們難以記得路過的每一塊招牌，踏過的每一塊石磚，甚至未必能回憶起石磚路的重複花紋。

資訊被切碎一次，篩掉大半，再切碎第二次。

自己並非如此，唐亦步向來貪婪地觀察著這個世界。盯一朵花，便要從種子發芽開始想像到花朵枯萎，無數細節和計算在他的腦中翻滾不停，從不止息。葉片的紋路、花瓣的褶皺、花蕊的數量，然後到它的狀態、壽命，最後到腐爛殆盡的那一刻。

在這個嘈雜的世界裡，只有他的阮先生身上罩著一片迷霧。

原本唐亦步是這麼認為的。

雖然他在課題上連連碰壁，十二年不得解，但他對自己的計算能力和資訊儲備仍然十分自信——他只是沒有收集到資訊的關鍵，人類樣本有限，這個問題可以用時間來解決。

可如果懷中人的推斷正確，那麼自己這些年來可以說是眼見不為實，不知道錯過了多少情報。這個想法讓他胃裡的刺蝟開始激動地跳起踢踏舞。

唐亦步焦慮地嘆了口氣，決定把思考主題轉移到逃離這裡的計畫上。

秩序監察的卓司令離開，戒備從嚴到鬆會有個調整過程。只要聯合在外頭的季小滿，他們可以故技重施，抓住時機集體製造一波混亂，然後趁亂默默逃離這裡。

唐亦步把計畫從頭到尾，又從尾到頭演算了兩遍，還是睡不著。眼看窗外的天色漸漸亮起，唐亦步不滿地哼哼兩聲，隨後低下頭，乾脆俐落地吻上他的阮先生。

阮先生應該醒了，但明顯懶得管唐亦步，任對方輕咬自己的下唇，閉著眼繼續睡。然而當唐亦步氣勢洶洶地伸出舌頭後，他不得不清醒過來。

被那仿生人的體溫包裹，精神又疲憊到極致，阮閑這一覺睡得極其痛快，以至於生出了賴床這種陌生念頭。可惜唐亦步沒有放任他繼續睡的打算，來了個過分激烈的早安吻。

阮閑沒猶豫，對方把啄吻變成深吻後。他一個翻身按住毫無防備的唐亦步，狠狠吻回去，直到那仿生人開始因為缺氧發出嚴肅的嗚嗚抗議聲。

「稀奇，你竟然也會失眠。」阮閑察覺到了唐亦步有點萎靡的狀態，「是因為我把血槍放枕頭底下了嗎？」

「……它們不是藏在助理機械那裡嗎？」唐亦步一僵。

「唔，我感覺這樣玩起來更刺激，等等會放回去。」阮閑打了個哈欠，毫不客氣地趴上唐亦步的胸口。「你怎麼回事？」

一瞬間，唐亦步看起來有點委屈。

「你為什麼那麼確定洛非會『做傻事』？」

「他的情緒狀況，結合上他手上的資源……怎麼了？」阮閑先一步下了床，開始穿衣服。

「這不像是能難倒你的問題。」

「早就死去的『洛非』和他沒有關係，一株雪到了崩潰邊緣。他不是重要成員，沒有那種有主見到敢於獨自扭轉局勢的性格，對外面的狀況也不可能立刻照單全收。就算有情緒影響，洛劍最後的決策明明對他有利，他也不該是——」

唐亦步在措辭上猶豫了半秒。

「——不該是那副受到巨大傷害的模樣。為什麼你能這麼輕鬆地理解？」

阮閑動作停住，他不知道該如何去說明這個問題。

這也不是僅憑語言就能表述明白的問題。

唐亦步坐在床邊，雙手撐著床沿，目光灼灼地望過來。太陽正在他身後升起，漸漸破開房間內深藍的影子。阮閑感到一陣恍惚，某個景象穿過時空，漸漸與面前的一切重疊。

那是一個凌晨。除夕過後，屬於新年的第一個清晨。

除了少數必須主導研究的人，研究所裡大部分員工早已回家過年，研究所的地下居住區幾乎就只剩下他自己。阮閑索性弄了點流食，去NUL-00的機房打發時間。

他進門的時候，NUL-00正試圖把過年用的土氣老歌改編成恢弘悲壯的交響樂。還在牆上投影了不少簡筆劃似的燈籠圖案，把好好的機房弄得活像凶殺現場。

有那麼一瞬間，阮閑很想轉身就走。但機房裡熱烘烘的空氣著實令他感到舒服，他沒出息地猶豫幾秒，還是指揮輪椅進了門。

「老爸。」NUL-00迎頭扔來兩個字。

「……我說過，我不接受這種稱呼。」阮閑頭痛地嘆了口氣。

「綜合各地的即時資料，這是最適合今日氛圍的親暱叫法。」NUL-00嚴肅地聲明，「按照習俗，現在你應該給我壓歲錢。」

「我不是你的父親，你也沒有壓歲錢可拿。」做了個深呼吸，阮閑溫和地表示。

「:(」

當時阮閑十分確定，如果自己的病情提前加重，八成就是被這個東西氣的。

「我們來看電影吧。」阮閑已經習慣應對NUL-00越來越跳脫的表達方式。

「:D」

阮閑十分不應景地選了部凶殺片，一邊把早餐的流食放在NUL-00的散熱器上加熱。結果劇情剛進高潮，NUL-00就進入了十萬個為什麼模式。

「按照人類現行的主流價值觀，男主角沒有憤怒的理由。他人只不過是參考現實，多次予以否定，沒有人用超出標準的語言或者行動攻擊他，他的生活水準在中上水準……他為什麼會展示出受到傷害的狀態？」

這是它的第一個問題，它一下子扔出一大段字。

「這部影片的評分不低，為什麼人類能夠輕鬆地理解？」

這是第二個。

現在想來，那是阮閑人生中為數不多的溫暖時光。可惜因為研究項目被「阮教授」作廢，那個和自己一起度過五年時光、本該陪伴他走到人生終點的 NUL-00 先一步消失在了這個世界上。

阮閑忍不住伸出手，輕輕拍了拍唐亦步的臉頰。

「這很難解釋。」在那個時候，他曾這樣回答。

「這很難解釋。」阮閑把那些答案從過去打撈回來。

「不過以我這種微妙的情況，現在也能夠理解一二。」

「你知道我的狀況，像我這種人格有缺陷的人都能理解一點。」

「所以我想總有一天，你也可以。」

「……我想總有一天，你也——」阮閑沒能成功說完這句話。

他撫上唐亦步臉龐的那隻手被握得死緊，那仿生人目光前所未有地複雜，複雜到他一時無法讀懂。

「我們該去吃早餐了，阮先生。今天的早餐有肉汁小籠包。」唐亦步站起身，語氣裡有點不容拒絕的意思。阮閑揚起眉毛，強硬地抽回手。

「唐亦步，你今天到底——」

「阮先生。」敲門聲伴隨著熟悉的女聲，一同在門口響起。「我……咳、我是黎涵，請開門。」

阮閑掃了表情微妙的唐亦步一眼，還是走到門前，將門打開。

黎涵的雙眼腫得厲害，聲音也有點沙啞，精神狀態怎麼看都不太對勁，彷彿悲傷之中又混合了詭異的亢奮，她努力地朝他們笑笑。

「我是來傳話的，洛非想和你們談談。」這姑娘看起來不像打算就此退出一株雪的樣子。

「洛非？」

「……可以說是洛非。」她用了個相當曖昧的說法。「兩位如果方便的話……」

「我們現在就走。」唐亦步說，表情又複雜了幾分。

當他們找到洛非時，那個年輕人已經坐在洛劍的老位置上吃著包子。他的模樣沒變，一雙眼睛倒是老了不少，身上那股年輕人特有的銳氣變得厚重許多。

「我願意提供更多關於阮教授的資訊。」

「為什麼改變主意了？」阮閑在他對面坐下，非常自然地接到。

「我之前……我爸之前太過謹慎，又對那個人感情挺深，我不太一樣。」洛非咬了口包子，不好意思地笑笑，自稱還是有點混亂。「他對阮教授的信任和保護都過了頭，但我沒這份心。我想跟兩位做個交易。」

這句話的口氣又像極了自己認識的那個洛劍。

「我這裡，不，我爸那裡有可以規避檢測系統的一次性通訊裝置，他還沒來得及用，你們先拿著。」

「先說你的交易內容。」阮閑饒有興趣地勾起嘴角。

「今天卓牧然要走，你們和我爸談得也差不多了，我猜你們會在今天離開。」洛非放下筷子，喝了口小米粥。「你們打算弄出點亂子，悄悄離開，對不對？當初阮教授也跟我……爸討論過類似的方案。」

「所以呢？」

「我希望兩位能轟轟烈烈地離開。」洛非頗為老成地笑笑。

「……我猜這不只是實力檢測的意思吧。」

洛非眼裡浮出幾分不太像年輕人的贊許和欣慰：「接下來的資訊是我預付的定金——根據我對阮教授的了解，阮教授有很高的可能性還在觀察這裡。而關於他的位置，我恰好有個猜想。如果你們能活著逃出去，我可以把想法分享給你們。」

「希望紅幽靈強大到能把你們兩個從這裡撈出去。要是你們表現得出色，阮教授說不定真的會願意和你們合作。」

「而在這個人心動盪的環境，一株雪也能獲得不少發展機會。」阮閑也夾起一顆包子。

「不只如此。」

混合了洛劍記憶的洛非抬起頭，聲音平淡。

「你也可以把這當成一個訊號彈。我想要把這個消息傳達出去，讓阮教授睜開眼好好看看——他的火種距離徹底熄滅還差得遠。」

阮閑轉過臉，看向唐亦步，發現那仿生人正巧也在注視自己。

「可以。」沒等他開口，唐亦步就表態了。「這是我的意見。」

「我也同意。」思考了片刻逃脫路線，阮閑對這個瘋狂的要求沒有太大的抵觸心理。作為障眼法，紅幽靈的名號遲早會打響。待會他可以確認一下余樂的意見，身為廢墟海的大墟盜，余樂八成也不會反對。

「看來合作大致敲定了，我去多做點準備。」唐亦步理了理醫生制服的領子，罕見地沒碰早餐。

「我等幾位的好消息。」洛非含著粥說道，「……小涵，妳嘗嘗這包子，味道真的不錯。」見唐亦步狀態不對，阮閑也沒有多少心思繼續吃早餐。他朝洛非點點頭，和唐亦步一起走出餐廳。

「沒想到你還挺乾脆。」阮閑用聊天般的口吻說道，「在主腦眼皮底下做這種大動作……以前的你可不會同意。」

「我預估過風險，風險在我的承受範圍之內。」說這話的時候，唐亦步並沒有看向阮閑。

「既然你們三個都想要見阮閑，比起四處碰運氣，抓緊來源可靠的情報更實在。」

「還有呢？」唐亦步素來沒有捨己利人的想法，阮閑完全不打算被對方這樣糊弄過去。

唐亦步停住腳步，轉向阮閑。

「我的課題出現了問題。據我所知，阮教授那裡會有相當重要的參考資料。」

「……還有呢？」

「我對自己的判斷能力產生了質疑。」唐亦步聲音很輕，「……阮先生，關於你『是不是真正的阮閑』這個問題，我也有點好奇答案了。」

CHAPTER 47 狩獵

這個午後陽光燦爛，天空中沒有一絲雲彩。從遠處看去，預防收容所潔白的牆面像是在發光。環繞它的樹木和花搭配得十分協調，比起所謂的收容所，更像是某個富豪的度假別墅。

在地下城生活多年，季小滿頂多看過幾張類似的圖片。她曾想過，如果世界上真的有天堂，那麼也不過如此了。可她如今有種奇妙的錯覺，自己彷彿回到了地下城那個毒煙彌漫的垃圾場。

和圖片中的理想天堂不同。樹叢裡藏了規律轉動的電子眼，機械守衛正繞著院落周邊一刻不停地巡邏，動作整齊劃一，像是被複製出來的金屬獸群。

人形守衛也有，不知道是血肉之軀還是遙控人形裝置——他們三人成隊，背著重型武器，跟在巡邏機器後面四處張望。

面對如此陣容，鐵珠子瑟縮了下。它不再套著礙事的助理機械外殼，露出圓滾滾的真實模樣，緊緊貼在季小滿的腳邊。

後者連呼吸都沒亂一下。

昔日用於躲避的廢舊機械殘骸被換成樹叢，清澈的空氣不利於躲藏，但允許她進行更多更危險的動作，不至於過度呼吸被毒煙嗆到。而她的獵物還是跟之前一樣。

只不過曾經的機械獵手這回不是孤身作戰。

確定距離足夠近，季小滿拿起阮立傑送來的手環，迅速接通。

「怎麼樣？」她語速極快。

「等訊號。」對方也回應得很快，「余樂會去接你。」

在主腦檢測到可能的異常通訊前，他們中止了對話。季小滿蹲低身子——手環裡傳來的資訊非常簡略，沒有嚴格規定她要做的每一步，更像是讓她自由發揮。

計畫中的要求只有一個，她需要牽制院中的守衛人員。

沒有備案說明，也沒有她牽制不住時的處理方法。不知道是計畫制定者算好了自己的實力，還是對一切有所掌握，能承受她失敗的後果。

……再或者是打算就這樣利用完自己，然後捨棄。

她知道，他們之間完全沒有任何約束性的條約，頂多算是鬆散的利益同盟。就實力層面來說，季小滿也不認為自己是不可或缺的部分。前兩種情況還好，最後一種狀況可能會讓她丟了性命。

但她還是來了。

季小滿用金屬指尖戳了戳手臂上的樹莓貼紙，又塞了幾顆零件給緊張的鐵珠子，壓低身體，緊緊盯住遠處活動的機械。

在他們之間談信任或許是件蠢事。可季小滿總覺得，就算唐亦步和阮立傑會拋棄自己，余樂總會試圖告訴她些什麼。

她讓灌木叢密不透風地遮住自己瘦小的身體，把呼吸融進樹木搖動的沙沙聲中，全身上下沒有任何智慧電子設備還在運作。

這是她所熟悉的狩獵，她想，現在只需要等——

結果念頭剛劃過她的腦海，訊號就猛然出現。

就算對即將到來的變故早有準備，季小滿還是被面前的訊號震了一下。這已經不是用來告訴同伴行動的簡單訊息，而是明明白白的挑釁。

一個巨大的血紅笑臉在預防收容所上方炸開，隨後向四面八方快速複製、漫延——唐亦步肯定是駭入了氣象平衡系統，利用漂浮在天空中的微型機械進行了投影。

紅色線條織成一片光網，將藍天緊緊束縛在內。附近的電子眼幾乎在同一時間轉向天空，巡邏中的機械守衛停住動作，而那些人形警衛則亂了陣腳，開始慌亂地交流些什麼。

就是現在。

季小滿一躍而出，長長的袖子被彈出的刀刃徹底撕碎。她像劈水果似地劈開一個個電子眼，隨後拿起殘缺的部分，花費一兩秒進行線路重組，繼而做成微型炸彈，扔進機械守衛群裡。主腦將所有可能和危險物品沾邊的材料都看守得很緊，但她擁有從煉獄和廢墟中取得的知識，就連一根爛骨頭都不會隨意浪費。

既然沒有武器，就盡可能奪取對方的資源，這在地下城可以說是天經地義的事情。

臨時炸彈的爆炸效果不盡人意，騰起的煙霧倒是很有效。季小滿隻身穿過煙霧，義肢上高速震動的刀刃嗡嗡作響，一一切過因為變故而失去秩序的機械守衛。

鐵珠子在灌木中磨蹭了片刻，見對方織就的防護網被破開，它伸開四條小腿，偷偷摸摸跟了出去。季小滿每劈開一個機械守衛，它就在後面補兩刀，好確保對方再也站不起來。

這樣的破壞持續不到半分鐘，那些人類模樣的警衛便反應過來。他們沒有出聲，十幾枚子彈伴隨著破壞光束發射而來。

季小滿直接架起雙臂，在半空靈巧地翻轉身體，多數子彈被她躲掉，少部分被她精心設計的金屬手臂成功擋下。

在通紅的天空下，揚起的煙塵也帶了不少血色。十幾分鐘前的和平與安寧消失地無影無蹤。

與此同時，遠處白色建築的角落冒起濃煙，數種警報聲混作一團。病人們在助理機械的協助下撤出建築，迎頭又撞上季小滿搞出的一片混亂，場面隱隱有失控的跡象。

「遭遇戰鬥型仿生人，請求支援。」其中一個警衛終於開了口，他用通訊器求助完畢後，立刻轉向同伴。「不妙，快打開電子腦遮罩器——呃！」

結果他還沒說完話，季小滿一個閃身，踩上了他的肩膀。銳利的指尖輕輕劃開警衛脖頸，露出其下的仿生組織，沒有半點血液滲出。

「遙控人形。」季小滿小聲嘟噥了句。

下一刻，她乾脆地割掉了他的頭顱。

天空中的異象沒有消失，剩餘警衛快速啟動電子腦遮罩器，可惜它無法影響季小滿分毫。見操作機械的警衛一臉迷茫，她忍不住對他露出一個微笑。

原本用於遮掩義肢的長袖衫早已變得破破爛爛，她的金屬雙臂和金屬腿全都暴露在外，反射出一點天上笑臉的紅光。

「這不可能。」那人終於有了點慌亂的意思。「人類？現在怎麼還會有殘疾的人類——」

「有啊。」季小滿輕聲說，又用刀刃劃開最近一個守衛機械的關節。「還有很多。」

高亢的警報聲直往她的耳膜裡鑽，被吸引過來的機械越來越多。季小滿一邊面無表情地應付，一邊開始四處留意退路。射過來的光束越發密集，她的左臂被燒得半熔，鐵珠子嚇得收了嘴，緊緊扒住她的背包，假裝自己只是個大型裝備。

這打從一開始就不可能是一場能夠勝利的戰鬥。

主腦的人並不像地下城的混混那般好糊弄，發覺她是人類，剩下的人也沒有打算就地開個討論會。靠人海戰術損耗掉她的部分作戰能力後，警衛們直接放下背包，拿出音波武器。

張。

季小滿勉強抬起頭，不遠處的天空有十多架小型飛行器往這邊俯衝，地面的援軍或許更誇張。

主腦的反應實在太快了。

金屬嘩啦嘩啦落地的聲音、警衛的呵斥和呼喊、尖銳的警報音，再加上武器化的音波。聲音彷彿伸出拳頭捶著她的小腹，季小滿牙齒咯咯打顫，耳朵極其難受。

必須撤退，她想，於是往後退了一步。

她的耳朵傳來陣陣耳鳴，直到一隻手臂箍住她的腰，將她像小雞似地從戰場中提起，季小滿這才注意到身後的浮空摩托車。

「幹得不錯，小奸商。」余樂駕駛的速度快得嚇人。

那個浮空摩托車看起來像是用各種醫療設備臨時焊接而成的，余樂把它駕駛得風一樣快。周邊的景物糊成一大團色彩，自己彷彿正坐在加速的火箭之上。季小滿嚇得抱緊座位扶手，呼吸都停了——鬼知道這個速度下，余樂是怎麼看清前路的。

浮空摩托車繞著戰場兜了幾個大圈，蜂擁而至的各式攻擊紛紛被甩在身後，甚至擊中試圖近距離攻擊兩人的機械。

余樂悶悶地笑了幾聲，季小滿能感覺到他胸腔的振動。

「還是這樣爽快。」他的聲音被風吹散，季小滿差點沒能聽清。

「另外兩人呢？」

「快來了。」

宮思憶只希望自己能暈過去，或者早早向秩序監察報告，讓自己成為病人的一員。

他原以為潛伏在醫院裡的傢伙是為了多貪點物資，頂多偽造點不算過分的意外，滿足了自然就會離開——預防收容所可是秩序監察重點關照的地點之一，沒人會這麼想不開，從這種地方堂而皇之地搞出些大事。

事實證明，還真有人這麼想不開。

他剛剛看到以預防收容所為中心，順著天穹向四周擴散的血紅笑臉時，差點一口水把新換的遙控人形嗆到報廢。等室內響起疏散警報時，宮思憶有生以來頭一回嘗到生無可戀的滋味。

乾脆早點啟動自己的員工應急飛行器，先走人算了。

無數損壞點在虛擬螢幕上閃爍。起火的是預防收容所的資料室，其餘地方也明顯被計算好了，明確留出了人員撤出的通道，又確確實實能對這棟建築起到致命的傷害。無論紅幽靈是誰，從這架勢看來是要玩一波大的。

不對。宮思憶突然亢奮起來。

鬧出這麼大動靜，在這裡的人多半要逃跑，到時候他只要把病人的資料拉出來一一比對，自然能在事後找到消失的那部分人。

反正這個身體只是遙控人形，宮思憶索性不打算再逃。伴隨著火焰，他匆匆連上已經開始出現異常的資料庫，確認許可權，試圖將還沒來得及上傳到主腦的本週資料全部保存下來。

就算這個身體被燒毀，只要來得及搶救部分資料，說不定還有戴罪立功的機會——

宮思憶喜悅地喘著氣，無視了滾燙的空氣，開始在微微扭曲的虛擬螢幕上快速操作。

然而出現在眼前的不是名單，不是病歷，只是又一個巨大的笑臉。

「糟——」

本來該完全由他操控的飛行器騰空而起，撞碎窗戶，朝濃煙中衝去。宮思憶茫然地抬起頭，透過濃煙，只能勉強看到上面兩道模糊的人影。

宮醫生一口氣沒上來，兩眼一翻，乾脆地斷開了和遙控人形的連接。

城市邊緣。

「回去。」卓牧然突然開口。

「司令，航向已經被定好了。現在改方向恐怕不太合適。」

「準備單人飛行器。」卓牧然十分果斷。

「城內有足夠的駐軍，不會出現任何問題。如果您實在擔心，我可以幫您聯絡城市管理員。」

「啟動飛行器，我要在二十秒內出發。」

「……我需要知道您的理由，先生。緊急調用飛艇上的飛行器必須提供合適的徵用紀錄，就算是您——」

卓牧然望向那些覆蓋天空的血紅笑臉，眉頭擰得死緊。

「直覺。」他乾脆俐落地回答。

玻璃花房並不是沒有發生過意外。只是在主腦的管理下，意外出現的概率幾乎為零。

從飛艇上能看到市郊的一處森林裡騰起濃煙，紅色笑臉標記密密麻麻遮擋天空，想必是預防收容所內部出了什麼問題。好在警報級別不高，深層資料沒有被侵入的跡象。鬧事者除了向天空投影之外，沒有進一步擴大傷害範圍的打算。

按理來說，他的確不需要插手。如果只是簡單的火災，或者幼稚的破壞，卓牧然不會將它放在眼裡。然而這次的意外讓他有種格外不安的感覺——

這不是「正常人」的反抗。

糾錯程式已經運行起來，血紅笑臉持續了不到十分鐘，就開始逐個消失。到現在為止，事發地點也沒有任何傷亡報告出現。從性質上來說，這場反叛的危險等級低得驚人。

稍後只要稍微採取點措施，把這場短暫的失控美化為今日驚喜就好。

扭曲思想的誕生需要土壤，而活在這座城市裡的人大多連「反叛」的概念都不清楚。正如原始人的洞窟裡不會有製作精良的匕首，相對高級的反抗形式也需要借鑒來自過去的經驗，但是這裡的人不可能接觸到那樣的知識。

對於絕大多數人來說，流血和傷害大概算他們人生中最刺激的東西。

完美的、無憂無慮的人生，不會有惡疾或意外，不會有深入骨髓的貧窮或愚昧。根據個體能力的差異，每個人都能接收到最恰當的教育。雖說目前還在試驗階段，這裡已經有了未來世界的影子。

卓牧然默默搭上飛行器。

他想看看反叛者的模樣，然後親手將他們送入地獄。

飛行器脫離飛艇，轉頭向玻璃花房的方向飛去。

「偵察防護壁附近的通訊情況和波動指數，鬧出這種事情的人不可能是本地人。」卓牧然冷漠地下令，「把偵測等級開到最大，對方有技術人員，極有可能使用偽裝加密通訊或者短距離即時通訊。」

「是。」甜美的機械音回覆道。

「最近三十分鐘的空中熱量變化表也傳給我。」

……不過是群自以為是的東西。他想。

短視、傲慢、自我，永遠不會顧全大局，他早已看清為了成就人類所必須的犧牲。雖說打著自由的旗號，追求的卻只是一時的利益與安定。就像曾經的自己，只要能吃上一口沒餿的食物便覺得心滿意足。當主腦的使者出現在他面前的時候，對方所說的話他連一半都聽不懂。

與主腦相遇時他還沒有成年，脊椎因為整日的勞動變得扭曲。科技發展的恩惠之光永遠無法照亮真正的貧窮，當時自己的人生不過就是完成今天的工作，好換幾口飯吃。

他聽不懂對方嘴裡關於智商、才能、最適合的路之類的話，他曾經能夠接觸的只有石料與泥土，連鎮上的小學都未曾去過一次。

卓牧然發出一聲輕笑。

如果主腦沒有主宰這個世界，他的命運和父親不會差別太大——在山中無止境地工作，找個本地女人結婚生子，工作到身體徹底崩潰為止。自己也不會有卓牧然這個名字，大概會從「卓家小子」變成「老卓」，而他的孩子會像他一樣長大，重複這個輪迴。

可他現在坐在這裡。

那就是人造的神吧，他想。公正到近乎殘酷，不會被人類的私情影響半分。所謂反抗軍，不過是些因為人類失了特權而不滿，為一些微不足道的事情所糾結的閒人。

主腦對他公正地展示了一切，秩序監察總部中的相關歷史資料是完全公開的，關於二十二年前的叛亂，隨便一個秩序監察都能查到自己想看的細節，無論多麼血腥殘忍。

沒人離開。

這是人類發展過程中必經的變革，若是別的地區出了這樣的叛亂，他可以不介意。但這裡不行，這裡本該是真正的理想鄉。

終於，熱量地圖上的那絲異常還是被他捕捉到了——有一道熱量變化軌跡的線路有點怪異，雖說在系統管理的誤差範圍內，但它騙不過他。卓牧然駕駛飛行器左轉，衝向城市邊緣的某一處。

「看來宮思憶那小子還真的沒有立刻跑路，猜得夠準啊你們。」

好容易才將臨時組裝的浮空摩托車停下，余樂活動了下脖子，仰頭看向正徐徐降落的其餘兩人。「洛非聯繫你們了沒？他說了啥？如果他毀約了——」

「沒有。」唐亦步抱著阮閑從單人飛行器上跳下。

單人飛行器空間有限，被唐亦步抱了一路，阮閑的背部一陣痠痛。他挺直腰，打算接著唐亦步開口，吐出來的話卻完全是別的內容。

「小心！」阮閑下意識護住唐亦步。

余樂離急速飛來的物體更近，反應也很快——剛聽到空氣中的怪聲，他就迅速調轉車頭，拉著季小滿倒向樹後。

巨大的爆炸炸斷了那棵樹，若不是浮空摩托車夠結實，兩個人大概會被樹幹砸個正著。沒有遮擋物的另外兩人還更慘些，幾塊跟手臂差不多長的金屬碎片直接嵌進阮閑體內，他的後背瞬間被染成血紅色，被護住的唐亦步僅僅多了點擦傷，然而那個仿生人不再是一副無辜的欠揍模樣，眉頭皺得能夾死蒼蠅。

他不是沒有提防天上的飛行器，只是這一臺的速度實在太快，也許根本沒打算好好著陸。唯獨融合了S型初始機的阮閑有提前反應過來。

是意外嗎？主腦應該不會使用這麼粗糙的攻擊方式。這回唐亦步轉過身，把阮閑護在身後，望向面前撞擊坑中的熊熊烈火和黑煙。

「裡面有人。」阮閑低聲說道。

他沒有立刻拔出插在體內的巨大碎片，來者不善，他可不想讓對方看見自己傷口迅速恢復的模樣。至於血液回收，有衣服遮擋還勉強好些，不會太顯眼。

「那個撞擊力道，就算駕駛員是你，應該也沒辦法立刻恢復生命機能。」唐亦步像狼一樣緊盯著面前燃燒的機械廢墟。「來了個相當麻煩的傢伙。」

「運氣不錯。」一個聲音說道。

一個男人從烈火中走出，他的四周像是帶著他們看不見的防護罩，男人身上的衣服連一點煙熏的痕跡都沒有。至於那張臉，在場的所有人都認識。

「……媽的，卓牧然。」余樂吞了口唾沫，「這他媽不是釣上大魚，是被海怪纏上了。」

季小滿本能地屏住呼吸，把自己藏在樹影裡。鐵珠子默默屏氣，持續裝死。

「仿生人。」卓牧然看了兩眼唐亦步，「有意思，看來我們的阮先生還沒放棄呢。」

「這次小唐應該要拿出真本事了。」余樂沒立刻爬起來，他和季小滿趴在一起，盡量降低自己的存在感。「真他媽的，好不容易在這個好地方撈了一筆……」

卓牧然往余樂的方向瞥了瞥，像是失去興趣似地收回視線，繼續注視面前的唐亦步。

「剛剛的事情，我不認為是單純的幸運。」他伸出一隻手，「乖乖投降，說明狀況，主腦會——」

然而卓牧然話還沒說完，就看到了讓自己畢生難忘的景象。

那個仿生人一臉嚴肅，趁自己話說到一半，連趴在一邊的隊友都不要了，抱起身後的人就跑。

卓牧然從來沒見過逃得這麼耿直的敵人。

「真有本事。」季小滿喃喃道。

「……」余樂抬手抹了把臉，不予置評。

然而卓牧然沒有把時間浪費在吃驚上，他隨手劃過虛擬螢幕，輔助型外骨骼從黑色的大衣中立起，如同爬行類豎起的鱗片。幾乎就在下一瞬，他追上了努力逃跑的唐亦步。

「逃是沒用的。」外骨骼伸出電磁槍口，朝對方轟擊數次。結果都被看起來灰頭土臉的仿生人勉強避開。卓牧然皺起眉，又稍微加快速度，自己擋在那人面前。

那個擁有人類男性外型的仿生人來了個急煞車，表情裡沒有驚恐或懇求，嚴肅依舊，甚至帶著點「你怎麼這樣」的驚愕。

然後他拐了個彎，繼續跑。

卓牧然見過不少反抗軍，在自己面前求饒的也有，慌亂奔逃的也有，視死如歸的更是多。但像這樣表現出一副參加體育大賽氣勢的只有面前這位。

看起來腦袋不太靈光的樣子，是加強了護衛功能的非戰鬥型仿生人嗎？那麼被他保護的應該是這支隊伍的重要技術人員。

卓牧然試圖用電子腦隔離器讓對方喪失運動能力，結果不知道是倒楣還是對方刻意為之，每次自己要啟用它的時候，那仿生人就會跑到隔離牆附近。隔離牆的電磁干擾使得機械當機，無法正常運轉。更氣人的是，那仿生人發現自己追不上，又無法把自己甩開，索性開始在這個地區繞圈跑。

秩序監察的總司令有種被愚弄的感覺。

可是他偏偏又不敢停止追趕，轉而去攻擊那兩個趴在地上看熱鬧的反抗軍——那仿生人一開始毫不猶豫撒腿就跑，他護著的人也沒有阻止，怎麼看都不像是關心隊友的類型。而萬一仿生人懷裡的真的是重要人物，在自己停下來攻擊其他目標的時候，重要人物說不定會就這樣成功逃跑了。

場面頓時非常尷尬。

「我從廚房裡順了點樹莓餅乾。」余樂扭頭問季小滿，「來一塊嗎，小奸商？死前好歹吃點好的。這裡沒有爆米花真是太可惜了。」

季小滿倒沒有余樂那副淡定的模樣。她依舊和炸毛的貓一樣，維持著攻擊姿勢，嘴唇抿得緊緊的。見環境安定下來，鐵珠子哆哆嗦嗦地鬆開扒著季小滿背包的小腳，慢悠悠地湊到兩人身邊，開始和他們一起觀察遠處的狀況。

「唐亦步做了些手腳。」她說，「他有計劃，我們最好不要有多餘的動作。」

「呦，妳怎麼看出來的？」

「因為阮立傑的手環還在我這裡。」她說，「它正處於遙控模式下的全速運轉狀態。」

跑到第五圈的時候，卓牧然追膩了。這一切就像個笑話。他原本還想活捉對方，把能夠駭進玻璃花房系統的人才據為己有。然而這個念頭不算太強烈，改成殺死所有人，把頭顱帶回去分析也是個好方法。

他開始毫不留情地攻擊。

這回被抱著的人表現出了格外反常的行為——就在追蹤彈即將擊中那仿生人的時候，那仿生人懷裡的人不知為何掙脫了懷抱，炮彈剛好在他的左手上炸開。

那人發出一聲痛叫，緊緊抱住左手，看起來像是失去了意識。仿生人只是停下了一瞬，接著再次抱起那個看起來不算健壯、全身是血的青年，繼續奔跑。

沒意思。

卓牧然停住腳步，做了個手勢，更多追蹤彈發射而出。正當他打算調整目標參數的時候，手腕被狠狠撞了一下。

一隻格羅夫式 R-660 生命體不知道從哪裡快速彈射過來，正衝著自己嘎嘎大叫。

卓牧然沒有多想，隨便一腳便踹了出去。在外骨骼的攻擊強化下，那個圓滾滾的機械生命登時凹下去一塊，發出嘎的一聲慘叫。

不過是無足輕重的小插曲，他繼續校正資料。然而當他再抬起頭時，卻發現哪裡變了——那仿生人停住腳步。

「老余，浮空摩托車還能用嗎？季小姐，π交給妳照顧了。」他果決地說道，金色的眸子死死盯住卓牧然。

隨後那仿生人將懷中失去意識的青年放在地上，讓他背對卓牧然躺著。

「不逃了？」卓牧然挑起眉毛。

「不逃了。」對面搖搖頭，嘆了口氣。「雖然……但是這個時間點也不壞。」

卓牧然不明白對方那副游刃有餘的樣子是從哪裡來的。他不認為唐亦步有能夠媲美飛行器爆炸威力的武器，也不認為對方能在玻璃花房召喚援軍。算上這個仿生人，敵軍只有四人，其中一個還神志不清。他們的勝算完全是零。

這個仿生人的邏輯迴路設計可能真的有問題。

但他不打算因此而輕敵，卓牧然呼出一口氣，決定在五分鐘內結束這場鬧劇。原以為能遇到不錯的對手，如今他收穫的只有失望。

自己的直覺出問題了嗎？

然而在他看不到的角度，那個身受重傷、意識不清的青年伸出本應被炸爛的手，悄悄掏出一把槍。

CHAPTER 48 標準與定義

阮閑十分亢奮。

並非因為阮閑多喜歡戰鬥，雖然能夠回收一部分血液，沒拔出的的碎片使得傷口無法順利癒合。血液的流失使他越發衰弱，即使清楚性命無憂，死神的吐息依舊使他整個人前所未有地清醒。

唐亦步在迴避戰鬥，他看得出來，並且十分理解動機。

對面是秩序監察的總司令，並且一個人前來，看來對自己的實力充滿自信。在對方眼裡，自己這邊的幾個人可能只是路邊的硬幣，隨便彎個腰就能撿起來。面對這種等級的對手，如果使出全力戰鬥，唐亦步融有A型初始機的事情很可能暴露。

而「身負重傷」的自己暴露異常的風險也極高。

不需要言語，唐亦步悄悄抬起手指的時候，阮閑就猜到了那仿生人在打什麼主意。想成功逃離的話勢必要暴露點什麼，不如暴露最為「無害」的那項技術。

在背對卓牧然時，唐亦步那雙金色的眸子微微發光，臉上面無表情。阮閑伸出沒有被炮彈擊中的手，輕輕按上唐亦步的胸口。

「分我一些資料。」他說，同時遠端啟動了在季小滿那邊的手環，利用一切可用的資源去計算。

唐亦步看向他，微微一笑。

「合適的時候停下來。」阮閑用沾血的手指抹過對方彎起的嘴角，幾乎只用口形說道。「別打得太過火，我支援你——你是個普通的非戰鬥型仿生人，我是這支隊伍的技術人員。」
但他也有必須付出的代價。如果按照「最合理」的劇本去走，自己多少得受點苦。
阮閑清楚這一點，唐亦步也清楚。但他們誰都沒有說破，畢竟這是目前他們損失最小的做法。那仿生人沒有像常人那樣痛惜或者毫無意義地謙讓一番，而是率直地接受了這個前提，帶著近乎殘酷的、接近理所當然的平靜。
這就是自己想要的，阮閑心想。
唐亦步是一個理性的合作伙伴、一個契合的床伴，還有一點點不屬於自己的體溫。他們本來就是各取所需的關係。
「我的前胸口袋。」在繁雜的計算過程中，唐亦步突然這樣說道。
阮閑愣了愣，他下意識用手去摸，摸到一個薄薄的方盒。
「等程式啟動了，按下上面的紅色開關。」唐亦步小聲說道。
不知道這傢伙在計畫什麼，眼下也不是個合適的詢問時機。眼看計算快要結束，阮閑用沒有被炸到的右手將它握緊。
「嘎——！」身後傳來鐵珠子的一聲慘叫，以及金屬外殼被踢到變形的聲音。
唐亦步一個急煞車，將阮閑放在了地上。
那仿生人簡單地向余樂和季小滿下了指示，另外兩人都很聰明，應該不會出問題。阮閑順從地倒在地上，繼續假裝昏迷不醒，稍稍蜷縮因為失血而變冷的身體，一隻手繼續握緊唐亦步交給他的方盒子，另一隻手掏出血槍。
「將你身邊的技術人員交給我。」卓牧然要求道，「這樣我會至少會留他一命。」
「不行。」唐亦步的聲音前所未有的冷淡。「他是我的私人財產。」

卓牧然沒再廢話，他直接衝了上來，唐亦步故意側過身，做出一副堪堪躲開的模樣。白皙的臉頰被劃破，一點血流了下來。

然而卓牧然沒有繼續追擊唐亦步的意思，他的目標自始至終都是躺在地上的阮閑。唐亦步順手從地上抓起一塊鋒利的碎片，朝卓牧然後頸刺去。

剛才的爆炸沒能傷到對方分毫，唐亦步很清楚對方是什麼東西。他一開始就沒打算要卓牧然的命，他只需要——

金屬碎片深深卡進卓牧然的外骨骼，電流的滋滋聲伴隨著一陣燒焦味在空氣中擴散。卓牧然伸手去抓阮閑的動作停了停，回頭便是一個肘擊。

為了扮演好一個非戰鬥型機器人的角色，唐亦步硬生生接下了這一擊，身體向後飛出幾米。阮閑能聽到對方肋骨裂開的聲音。

還要多久呢？

腹腔裡像是有什麼在燃燒，不是那股漆黑的無由怒火，而是更加純粹、更加新鮮的憤怒。趁秩序監察的總司令還沒來得及回頭，阮閑用血槍槍口抵住卓牧然的後腦。

「別動。」他嘶啞地說道，像模像樣地咳出兩口血。

「沒用的。」卓牧然看起來一點都不緊張。「這種傷勢還能有意識，佩服。」見對方要回過頭，阮閑俐落地交換雙手，用沒被炸過的右手持槍，左手握著方盒藏在懷裡。

「他明明是阮閑的手下，你為什麼要護著那個仿生人？」卓牧然果然回過了頭，像撥弄玩具似地推開血槍槍口，掐住阮閑的脖頸，輕鬆將他按在地上。「……算了，你的頭我就拿走了。」

說罷，他手上使力，手臂上的外骨骼像蟲腳般張開，像是打算硬生生把阮閑的頭顱扭下來。阮閑瞇起眼，剛打算正經出手，卻用眼角餘光瞥到了倒在不遠處的仿生人。

唐亦步面帶微笑，用拇指和食指比出槍的形狀。

就像提前知道自己會看向那邊一樣。

「砰。」那仿生人比了個口形。

奇怪的感覺，阮閒心想。他們的配合冷酷歸冷酷，但太過有默契，似乎對對方百般信賴。他按下了那個冰冷金屬盒上的開關。

隨著一聲尖銳的破空音，下一秒他的視野被火吞沒。

以阮閑為圓心，一股火焰吞噬了周邊的一切。這火焰沒能傷到卓牧然，卻讓他警惕地退了一步——騰起的不只是火焰，他們都知道。

圍繞著玻璃花房的防護壁在融化。

經過巨量計算的虛擬護牆受到入侵，這座城市真正的周邊景色正在逐步顯露，而那永遠碧藍的晴空也在慢慢淡化、消失。

遠遠看去，就像一個緩緩破裂的水泡。

火焰周邊，沙黃色的廢墟在慢慢顯露。卓牧然身上登時響起幾陣表示聯絡的提示音。只不過他瞇起眼睛，注視著一部分身體開始燃燒的阮閑，沒有離開的意思。

那仿生人倒在地上，一動也不動，一條胳膊也著了火，像是已經停止了運作。

「聽到……破空聲了嗎？」

阮閑勉強笑著，黯淡無光的黑眼珠直直盯住卓牧然，活像火中的怨靈。

「那是……飛往市中心的破壞型無人機……這裡的一切都能作假，但你真的來了……那裡有……重要的人物……」

卓牧然頭皮一緊。

這人存了死志，像是打定主意不讓自己拿到自己頭腦裡的情報。他快速調出熱量地圖，的確有某個東西正往市中心飛去，速度極快，而且並沒有觸發空中防禦系統。

已經來不及通知其他人了，卓牧然想。對方算準了這一點——一邊是即將消失的威脅，一邊是主腦要求保護的人，他知道自己會怎麼選。

而哪怕自己保下了范林松，防護牆消失這種大事可無法用「今日驚喜」來解釋。自己立刻出面是最能穩定人心的作法，更別提隨之而來的大量聯絡和工作——

回想剛剛那種誇張的逃跑方式，這個人恐怕是在指揮仿生人爭取破解城市防護牆的時間。一直趴著的另外兩人沒什麼奇怪的動作，技術人員百分之百就是這個人了。

是一開始就知道自己逃不掉，故意誤導他「自己不在乎同伴」，以確保其餘兩個隊友成功逃跑嗎？……但是這個人為什麼要主動保護一個仿生人？

然而他註定無法得知原因。

卓牧然咬緊牙關，啟動外骨骼，隨熱量地圖上的異常軌跡追擊而去。放任面前奄奄一息的青年繼續燃燒。那樣的重傷加上燒傷，對方勢必無法存活，更別提那個受了自己一記重擊，完全喪失活動能力的仿生人。

但也不是沒有補救的方法，他可以派人搜索另外兩人的行蹤，就這麼定了。

卓牧然剛飛離原地，唐亦步就坐起身來。

他快速撲滅身上的火，齜牙咧嘴地向阮閑的方向爬去。阮閑的狀態相對更好，他直接拔出體內燒熱的碎片，俐落地滾離了面積不算大的火場，身上的燒傷迅速恢復。

季小滿抱著嘎嘎大哭的鐵珠子衝過來，余樂更乾脆——他拿起一整罐快速恢復噴劑，往身上衣服被燒了大半的阮閑一陣狂噴。

「你們……」見阮閑還有意識，沒有暴斃的趨勢，他想了半天沒找到合適的詞。「真夠狠的，我服了。聽我一句，就算你搞了什麼奈米機器人提高恢復力，玩也不是這麼玩的。」

「特殊效果而已。」阮閑提起嘴角，「跟魔術差不多，別在意。」

季小滿看起來想說什麼，只是π嘎嘎叫得太悲愴。她只能一邊手忙腳亂地安撫鐵珠子，一邊拚命給它餵食珍貴零件。

簡單地誤導完兩人，阮閑沒有再說什麼。

這個劇本和他想像的不同，唐亦步原本不需要把他自己也拉下水。

破壞這座城市的護牆勢必會引起騷亂，作為領袖的卓牧然不會有時間和他們優哉地耗下去。接下來他只要讓余樂和季小滿第一時間逃向城市外，唐亦步假裝執行保密任務，再對自己的頭部來一記狠的，然後像之前那樣逃跑就好。

那仿生人甚至不需要為了攻擊卓牧然而特地受傷。唐亦步舉起碎片的時候，阮閑甚至做好了頭部被刺的準備——

如果自己的頭顱失去了研究價值，跑掉的又是相對沒什麼價值的三個人。以卓牧然的那時的情況，勢必不可能親自來為這場爛攤子收尾。他會前去城市內穩定人心，讓其他秩序監察處理後續事項。

可是唐亦步並沒有按照這個劇本走下去。

他選擇讓自身也受傷，削弱卓牧然的戒心，以此換取不用敲碎自己的腦殼，讓自己不至於傷到瀕臨死亡的地步……雖說這樣也行得通，就結果上來看差別也不太大，但阮閑依然不太能理解對方選擇這條路的理由。

唐亦步的第一選擇永遠是「自保」，阮閑曾這樣判斷。

「好疼啊，阮先生。」那仿生人用有點眼熟的方式蠕動到阮閑身邊，金眼睛水汪汪的。

在對方再次開口前，阮閑捧起了那張還帶著血痕的臉，咬破自己的舌頭，隨後深深地吻了上去。唐亦步先是貪婪地汲取了些血液，隨後這個吻變成了單純的吻。

「你的舌頭有點涼。」長吻過後，那仿生人誠實地回饋。

……他們真的算各取所需的關係嗎？

如果不算，那這又算什麼？明明唐亦步之前可以旁觀自己與掃描程式搏鬥，以及被宮思憶施與疼痛拷問。他幾乎默認了那仿生人會選擇最符合邏輯、方便收集資料的解決方式。

阮閑第一次感到有點迷茫。他順手摸摸唐亦步的頭髮，對方愜意地彎起眼睛。

「你們要搞也等安定下來再搞，行不行？」余樂翻了個白眼。「你門兩個沒丟了我們就跑，本來我還挺感動的……嘖。」

「π的傷不重，但也需要安靜的地方處理。」季小滿小聲表示，鐵珠子配合地嘎嘎兩聲，聲音裡滿是譴責。「秩序監察的後續部隊會來這裡，我們得先走。」

「走走走，找我的越野車去。」余樂精神抖擻，從破損的浮空摩托車上卸下行李，隨後表情嚴肅下來。「我話說在前頭啊，你們要是敢在老子的車上做，我一定手刃你們。」

唐亦步沒有表現出立刻恢復的樣子，他親暱地用鼻尖蹭蹭阮閑的臉頰，兩個人相互攙扶著站起身來。

「剛剛那個飛向市中心的是什麼？」阮閑向唐亦步小聲提問。

「你很快就能知道啦。」唐亦步仍然帶著燦爛的微笑，不知道是不是錯覺，阮閑總覺得那笑容有哪裡不一樣了。「即興發揮得不錯，阮先生，卓司令完全被騙過去了呢。不過有點可惜，那可是我用來緊急逃生的寶貝之一——」

柔和的音樂從天空墜落。

「它會製造冒出濃煙、足以銷毀現場痕跡的高溫火焰，並且自行向戒備最為嚴密的地區發射飛行機械，專門用來騙人。」唐亦步顯然對自己的作品很是滿意，「可惜重做一個要好久。」

「不會被攔住？」

「不會被攔住，它是無害的。系統不會被騙，但人會。」唐亦步搖搖頭。「如果它發動了，而我還沒成功逃跑……唔，通常不會有那樣的情況。」

前奏如細雨般飄過之後，卡洛兒．楊的《我與你同在》響徹天空。

「之前它搭載的是《亦步亦趨》，我最近把歌換了，不過兩首在這裡都是被禁播的曲目，差別應該不大。」

阮閑笑了，他越笑越厲害，最後索性放任自己笑出聲來。

「連我都覺得惡劣，卓牧然肯定要氣瘋了。」阮閑抹了抹笑出的眼淚，「你還真是……真是……」

他搖搖頭，半天才平復情緒。「說到卓牧然，剛剛你為什麼——」

「談情說愛先停一停哈，小唐，你之前說洛非遵守了約定。那我們要去哪找阮閑？」余樂背著一大包行李，費了不少勁才回過頭來。「透露一下唄？」

「仿生人秀場。」唐亦步認真地答道，「詳細情形可以在車上說。」

阮閑沒有繼續那個問題，他收回視線，望向地面。

「還有你剛才想問的問題，阮先生。」唐亦步卻沒有那麼簡單地放棄，雖然阮閑沒有將問題問出口，那仿生人卻如同提前知道了內容似的。

「你說過『疼痛有時候也沒那麼糟』，而那句話適用的場合很特殊。」唐亦步眨眨眼，「也就是說在通常情況下，你並不是不在乎『疼痛』，而且對它抱有相對負面的感情。」

美麗空靈的女聲中，阮閑還沾著點血漬的手被那仿生人微微抬起。這次是唐亦步輕輕咬了咬他的指關節，表情裡還帶著些沉思的成分。

「我不想傷害你。」他說。

阮閑不知道該怎麼回應這句話。

傷害算是他們兩人關係中的重要成分。阮閑對自己的情緒梳理近乎病態，所有感情都被他嚴格地塞進各式各樣的格子裡，進行精細的劃分。和唐亦步相遇後，他偶爾會放任自己暴露本性，但那不意味著他會將感情混淆。

自己很喜歡唐亦步，這點毋庸置疑。

但這不妨礙他們互相猜忌、彼此傷害，甚至考慮殺死對方。這種相處模式已經在他心中固定了，哪怕是在緊緊相擁、最為放鬆的時刻，他仍然牢記這一點。

阮閑原以為唐亦步和自己是一樣的，所以在對方的做出異常舉動後，他下意識想要詢問。沒想到問題還沒問出來，唐亦步就爽快地給出了答案。

他說不想傷害自己。

這簡直是個笑話，阮閑摸摸左耳上的耳釘。他們都知道這個宣言無異於痴人說夢。

「我想過很多。」可是唐亦步看起來沒有收斂的意思，他盡職盡責地假扮傷患，臉上沒有任何沉浸在微妙情愫中的恍惚，整個人反倒更像發現新物種的動物學家那樣興奮。「阮先生，你看，你在掃描程式攻擊時保護了我——」

「你是重要戰力，我也確定自己不會受到致命攻擊。」

「你在卓司令的飛行器爆炸時護住了我，在他攻擊時也保護了我——」

「如果你受了重傷，接下來的事情會很難辦，而我可以恢復。」

「哎呀。」專注扮演傷患的唐亦步絆了一跤，阮閑下意識將對方往自己身上扶了扶。然而他剛調整完動作，就對上仿生人那雙充滿戲謔的金眼睛。

「剛才呢？」他問。

「……明知故問。」阮閑嘆了口氣，「好吧。我承認，我對你存在一定程度的關心。所以呢？你又不是會被小恩小惠沖昏頭的類型。」

「其實我曾經想過，用死亡當作威脅把你綁在我身邊是個好主意。」唐亦步摸摸下巴，「後來我想，既然你對人類那邊的認同感更大，說不定我能用人類間流行的『興趣』與『喜歡』來約束你……可是你還是向我舉起了槍。」

唐亦步語氣中的輕鬆消失，轉為非常學術的陳述口氣。阮閑又有了那種被迫傾聽實驗報告的感覺。

「我一直認為我的計畫沒有問題。我研究過你的性格，採取了最為合適的親近方式，用上了我對人類所有的了解，甚至諮詢過余樂相關的事情。」

「不，我覺得余樂並不是一個合適的參……」阮閑試圖打斷，沒能成功。

「就在不久之前，我還認定，只要把我對你的喜愛透過人類的方式展示出來，就能進一步軟化你，讓你在主觀意識上不想離開我。我剛才還在想，自己的行動是不是出於這個策略的苦肉計。」

說罷，他雙眼閃閃發亮地看向阮閑，就差在臉上寫上「生氣了嗎」四個大字。

阮閑非但沒生氣，他又要努力憋笑了：「難道不是嗎？」

不知道為什麼，他的心情很不錯，之前的疑問也迎刃而解。如果這就是那個仿生人的打算，阮閑都想為這個計畫的效果鼓鼓掌了——畢竟有那麼一瞬間，關於他們之間的關係，自己是真的生出了些不該存在的迷茫。

見阮閑沒有半點發火的反應，那仿生人的嘴角委屈地耷拉了下來，可他還在繼續話題。

「不是。」唐亦步輕聲說道。

「怎麼，又要回到那個問題了？你真的這麼喜歡我……」阮閑壓住內心的疑惑，隨口應道。

「也不是。」唐亦步認真而緩慢地答道。

阮閑停住腳步，他轉過頭，凝視著唐亦步輪廓漂亮的側臉。

「或許我該用比喻來說明。」唐亦步沉默了片刻，「人類也有這樣的實驗方法——和野生動物混熟，讓它們認為自己是族群的一員。必要的時候，透過物理或者化學手段類比求偶、吸引目標也是可行的。但人類終究還是人類，你能明白嗎，阮先生？」

動物能理解類比出的求偶訊號，但人類有人類自己的愛情。兩者有著本質的區別。

對於被研究的動物來說，那些求偶訊號可能代表著真正的愛意。它們無法理解更高層面的動機，也無法辨別那份感情的真偽。站在它們的立場，要讚美人類「真正懂動物的情感」、「獲得了研究目標族群的感情」，無疑是件滑稽的事情。

歸根到底，一切都只是模仿而已。

阮閑大概清楚唐亦步想要表達什麼，他只是不理解為什麼對方選擇這個時候來說，又是出於什麼目的。

他從一開始就知道這些，但這些和他被唐亦步吸引毫無關係。

阮閑本來就沒指望那個仿生人能夠真正回饋些什麼，倒不如說，自己連同類的回饋都沒有收到過。另一方面，阮閑堅信唐亦步對於自己的興趣也大致如此，更不會懷抱不切實際的期待。

自欺欺人向來不是他的強項。

見阮閑還是沒有反應，唐亦步索性不再假扮傷患。他伸出兩隻手，扯了扯阮閑的臉。

「我研究得太過投入，一直把自己的反應往人類相關的理論上套。但現在我在想，這些真的是有必要的嗎？」

阮閑微微皺起眉毛。

「我的族群只有我一個人。我的『喜歡』到底該怎麼定義，我自己也不清楚。人類自身的感情基準又要如何分辨，現在我也沒辦法確定——我無法百分百預測你的情緒，更麻煩的是，我發現我以前的觀察資料也可能存在問題……可我似乎離我想要的答案又近了一步。」

「……」阮閑有點意外。

「如果我現在說『我喜歡你』，是非常魯莽並且不負責的行為。」唐亦步嚴肅地表示，「因為我沒有任何參照，無法得到一個確定的結論。只不過我剛才確定了一點——刨除我的好奇、我的利益，我不希望看到你受傷。這是非常新奇的體驗。

「但我也在考慮，你有殺死我的武器，有襲擊我的能力，還不好騙。我不可能對你卸下防備，這是我從未遇見過的難題。」

阮閑有一瞬間屏住了呼吸，這些話是對方的真心話嗎？還是另一種削弱自己警惕的手段？

「所以我決定開啟新的觀察專案。來，伸出手。」唐亦步在口袋裡摸了摸，將握緊的拳頭伸到阮閑面前。

阮閑默默伸出手，一枚黑色的耳釘落進他的掌心。

「……這是？」

「改裝後的，和你現在戴的不一樣，它是能殺死你的東西。」唐亦步很坦然地介紹道，「原本我打算趁你意識不清時偷偷換上，可我『不想』那樣做。拿著它，阮先生，這取決於你。」

「它的樣式和之前的一樣，我可以騙你說自己已經戴上了。」阮閑握緊拳頭，「這樣也沒關係？」

唐亦步一臉「你瘋了嗎」的表情看回去：「當然有關係！我很害怕！但身為學者，阮先生你肯定明白——如果想要收穫最珍貴的資料，不可能不承擔任何風險。因為你肯定在想，這是不是我又一次的偽裝呢，或者……」

「還真有你的風格。」阮閑打斷了唐亦步的話。

「我的風格？」

阮閑笑笑，沒有回答。

假設那仿生人真的想要進一步哄騙自己，方法還是有的。唐亦步只需要藉著這個有利局勢，剖析自己的「心意」，然後在自己面前假裝毀掉這玩意就好。自己未必會買帳，但肯定能順利埋下動搖的種子。

可唐亦步此時看著耳釘的表情，活像那是他珍藏已久的糖果，如今不得不把它讓給自己。天真又殘酷。

握有那把槍，如今自己占有優勢。最好的選擇是假裝戴上它，趁機徹底掙脫束縛，以便能夠隨時離開這個仿生人。他甚至可以信守第一個承諾，不去用血槍槍擊唐亦步，而是直接不告而別。可是就像唐亦步所說，他也需要承擔風險——

唐亦步註定會發現，然後徹底將自己判斷為敵人。他所說所做的一切都會被懷疑，而那雙金色眸子在望向自己時，裡面不會再有真正的笑意。

如今他也不太想獨自離開。

那把能夠殺死唐亦步的血槍正沉眠於槍套中，帶著自己薄紙般的承諾。阮閑思考了片刻，輕輕嘆了口氣。

他把那枚耳釘取下，動作不太熟練，一點血滲了出來。阮閑沒有在意，就著那些血液，將新耳釘粗暴地戴上。

蠢透了，他心想。

他們再次握住了彼此的命脈，將刀尖平等地對上彼此的心臟，但是……

「看起來還合適嗎？」他平靜地發問，指尖的血液漸漸滲回皮膚。

唐亦步稍稍睜大了眼睛，像是完全沒有預料到這種狀況。

「……你讓我的情感參照標準失去作用了。」他半天才憋出一句話。

「彼此彼此。」阮閑輕飄飄地回應道。

那種熟悉的疼痛再次湧來，他像是隱隱抓住了什麼。

通常來說，人們習慣於把感情剝離出來單獨區分。人與人之間的各式感情如同被塞進糖果罐的糖果，在需要的時候被分類放進人們的手心。

那些感情被「人情常理」貼上各式各樣的說明。一個正常人該如何對待它們，一切似乎都有著不成文的標準。接受了愛意似乎就有了回饋的義務，不管那份愛意是否合理。甚至連施與這份愛的人都會被那些標準所影響——

我明明如此愛你，你為什麼不回應我呢？這是你的錯誤，世間常理站在我的身邊。

然而真的是那樣嗎？

阮閑看向自己手腕上的傷疤，心裡突然有種說不出的輕鬆感。

把各式情感往人類相關標準上套的不只唐亦步一個人，他已經按照那套標準行走二十餘年。如今那標準也開始在他的心理崩塌——那些感情真的是能夠事先分類的「糖果」嗎？

至少自己和面前這個生物之間的複雜感情，沒有任何標準能夠準確定義。

不想讓自己離開的手段也好，上位觀察者的模仿技巧也罷。被吸引的是自己，對內心的感情做出判斷的也是他自己，只要他還有殺死唐亦步的能力，這個判斷就有它的意義。

它是獨一無二的。或許它們都是獨一無二的，只是人們拿到了錯誤的說明。

「你剛剛說無法定義自己的感情，很遺憾，我不是你的同類，不清楚仿生人的種族習性。」阮閑再次開了口，「不過對於我的情況……身為人類，我這邊倒是有個相當不錯的私人定義。」

唐亦步看起來還在消化衝擊，他疑惑地看向阮閑。

阮閑上前兩步，不介意讓面前的仿生人更混亂點——如今看來，這份感情十分自我而瘋狂，好在唐亦步和他一樣瘋，也一樣謹慎，不會真的被它所影響。

他可能已經獲得了某種自由。

「我愛你。」阮閑輕聲說道，往那仿生人的耳朵裡吹了口氣。

說罷，他沒去看唐亦步的反應，而是上前十幾步，跟上了前面的余樂和季小滿：「π的情況怎麼樣了？」

直到坐回余樂的車子，唐亦步都沒再說一句話。如果不是還能聽到對方的心跳，阮閑甚至要以為對方的身體出了什麼毛病。

「正常恢復需要兩週。」忙了一個多小時後，季小滿呼了口氣，放下手裡的鑷子，摸了兩把哼哼抱怨的鐵珠子。「這種機械生命會藉由攝取外部金屬元素，自己製造外殼。我能做到的只有幫它把變形的部分移除，臨時焊上遮擋內部組織的防護殼，然後多餵它……呃，有營養的零件。」

鐵珠子躺在裝甲越野車的座位上，四條小腿朝天亂蹬，看上去很是不滿。

「那這個也餵給它吧。」阮閑掏出之前摘下來的舊耳釘，上面還沾有他的血跡。「材料應該挺稀有的。」

不知道自己的血液對鐵珠子這種等級的機械生命是否有用。

鐵珠子像是打算跟阮閑賭氣，在他的手底下亂扭。可惜那枚耳釘明顯更誘人些，鐵珠子邊扭邊甩口水，最後還是屈服於食欲，乖乖將它吞下肚。

阮閑抬起頭，隨便一瞥，正對上唐亦步偷看過來的視線。

對上視線後，唐亦步立即轉過脖子，假裝看向車窗外——那速度太快，阮閑甚至聽到了對方頸部響起嘎啦一聲。

「右轉三十度。」唐亦步僵硬地說道。

「哦。」余樂打著方向盤，在傾塌的廢樓空隙裡穿行。「還真沒見到追兵。」

「他們會把重點放在去另一個培養皿的路上。」唐亦步說道，「仿生人秀場四處都是攝影機，也沒有什麼可以獲取的情報，這個方向防備最弱。我改裝過這輛車的遮罩系統，不會有……不會有……阮先生？」

「討厭嗎？」阮閑大大咧咧地靠在唐亦步肩膀上，打了個哈欠。「討厭的話我換個地方靠。」

「我改裝過這輛車的遮罩系統，不會有人發現。」這回唐亦步格外流利地回答，一隻手把阮閑的頭牢牢按在自己的肩膀上。

阮閑：「……」

一旁打了個鐵皮補丁的鐵珠子哼得更響亮了，唐亦步空出另一隻手去撫摸它，它才停下低叫。

「既然那裡全是攝影機，我們該怎麼辦？」季小滿顯然沒有余樂那麼在意車裡的氣氛，她十分現實地提出疑問。

「那裡的攝影機和玻璃花房不同，主要是為了轉播秀場的情況。」唐亦步嚴肅地回答，「我們大概清楚阮閑所在的區域，接下來只要有技巧地躲開大眾的關注點就好。仿生人秀場是沒有劇本的，出現這樣的車輛也不奇怪。」

「躲開大眾關注點啊。」熟悉的體溫讓阮閑有了點睏意，「看來你對仿生人秀場還挺熟悉。」

「嗯。」唐亦步低聲應道。「我在那種地方待過幾年。」

阮閑頓時清醒了，他緩緩把唐亦步按著自己腦袋的手挪開，抬起頭來。

「……並且差點死在那裡。」唐亦步輕聲說道。

CHAPTER 49　最初的秀

范林松靠窗站著。

血紅笑臉在他眼前慢慢遮蓋天空，而後退潮般消失。許久未聽過的卡洛兒．楊響徹天空，他只是站在那裡，眼眶裡全是淚水。

哪怕又要忘記這一切，他仍然想要把面前的場景印在腦子裡。人們還在抗爭，這點讓他興奮又絕望。

他所知道的阮教授不會做出這種張揚的舉動，那種隱隱的瘋狂讓他想到一個早已消失的人。那個人如今連屍骨都沒有剩下——那人的軀體應該被奈米機器人全部溶解，繼而被送去廢液室。被簡單取樣後，那艙溶液會和其他廢液一起流入處理機，被徹底銷毀、過濾，最終排向江河湖海。

按照自己的安排，連那一點點取樣的樣本都不會留下。連帶承載那個人心血的 NUL-00 專案，在他們取走需要的資料和資料後，也應該在同一時期被下令消除。

自己掩埋了屬於過去的一切，可十二年過去，那個冰冷的幽靈仍然在他身邊徘徊。

范林松發呆的同時，落地窗緩緩打開，卓牧然操縱外骨骼降落到他身邊，臉色十分難看。確認范林松沒有缺手臂少腿，也不是什麼高度真實的投影後。卓牧然動動手指，四個人的影像出現在他面前。

「認識的人？」卓牧然言簡意賅。

范林松冷淡地掃過虛擬螢幕上四張年輕的臉。他一個都不認識，甚至不需要張口說明，卓牧然會從他的生理指標中獲得想要的答案。

四張臉稍稍有點模糊，大概是卓牧然從自己的記憶裡還原的，那四個年輕人或許就是這場騷亂的罪魁禍首。

「你被這麼幾個人耍了？」范林松露出難看的笑容，「長江後浪推前浪，好事，好事。」卓牧然沒有被挑釁，他冰冷地看向范林松，無視了身邊此起彼伏的資訊通知音，又在虛擬螢幕上操作一番。幾秒過後，那四張圖像清晰了許多。

「好好想想。無論他們是不是反抗軍，他們握有足以干擾城市防護牆的技術，不可能是無名小卒。」

范林松輕哼一聲，隨便掃了掃那幾張年輕的臉。沒見過就是沒見過，他心道，對卓牧然踢到莫名其妙的鐵板這件事分外欣慰。

「沒見過就是沒……」

他的目光在其中一個青年的臉上停住了。

范林松很確定自己沒見過這張臉，可他認識那個眼神。黯淡又灼熱，還透著隱隱的瘋狂。五官也依稀有點熟悉的感覺，就像是……

老人屏住呼吸。

預防機構給他的資料裡，他見過和這張臉十分相似的面孔——那是阮閑已故的母親，相當驚豔的美人，因為和因病毀容的兒子容貌對比過於鮮明，他的印象還挺深。

糟糕，這是他的第二反應。

「看來你對這一位有點印象。」卓牧然將搭載那個青年面孔的虛擬螢幕往范林松面前一甩。

「長得很像我見過的一個女人。」范林松反應很快，他非常流利而主動地應答。「……不過那是很多年前的事了。」

這是實話，他想，努力壓抑住其他翻騰的思緒。

卓牧然仔細打量了番范林松的生理指標，嗤了一聲，算是對這個解釋買了帳。

「別想了，他已經死了。」卓牧然冷淡的回應，「這部分記憶我不會消除，讓你有點新鮮刺激也不錯。重新聽到自己親手禁止的曲子，感覺如何？」

「很糟。」范林松輕聲答道。

「那我就放心了。」

范林松死死盯住轉身離去的卓牧然，突然露出一個令人毛骨悚然的微笑。

「殺不死的。」他的嘴唇不動，牙齒間噴出讓人難以分辨的氣聲。「魔鬼是殺不死的。」

在優美的旋律裡，范林松仰起頭，瞧向還殘餘著一點紅光的天空。

「……而且他和這個世界正合適。」老人的口氣像是在許願。

殺不死的魔鬼正在車裡認真思考。

唐亦步差點死在仿生人秀場。對於余樂和季小滿來說，這個情報沒有太大的資訊量，頂多能說明仿生人秀場是個非常危險的地方。

可對於阮閑來說，這句話所透露的資訊非常多。

如果只是因為疾病或者誤食毒物這樣的原因招致性命之憂，唐亦步沒必要這樣鄭重地告知眾人。若說被人襲擊，搭載了A型初始機的唐亦步也不可能落到「差點死掉」的地步。

除非那個時候，唐亦步還沒有得到A型初始機。

沒有融合A型初始機，唐亦步的軀殼不過是和人類相差無幾的血肉之軀。單純從體能上判斷，他頂多算一個健康強壯的普通青年。當時唐亦步是以純粹的血肉之軀進入秀場，目前看來這個可能性是最高的。

「我更喜歡叫這個軀殼『能量供給裝置』。它是我親自完成的，我當時也有別的選擇，只不過這個外形更方便我完成課題。」

但是唐亦步又這樣說過。

假設唐亦步沒有對自己說謊，他的製造者八成只設計完成了電子腦，然後就放棄了研究。軀殼是唐亦步自己構造的，那麼他是如何製造這具身體的？如何以一個外來者的身分混進秀場？又是如何獲得了理應被破壞的初始機？

問題堆積如山。

……然而唐亦步沒必要在這件事上危言聳聽或者說謊。

要是唐亦步想要偽裝，絕對能臨時給出一個足夠完美的故事。可那仿生人沒有繼續，只是用手指繞著阮閑的頭髮，沒有詳談的意思。

「說來我們要去哪個秀場啊？可別碰上主題太過變態的。」余樂熟練地繞過面前坍塌的牆壁和立柱。「比如那個什麼，前段時間我和小奸商看到的宣傳——為您展現人類與瘟疫的鬥爭。」

「Struggler II，在南邊的島上，先跟著導航走就行。」唐亦步把阮閑扶直，然後學著阮閑剛剛的樣子枕在對方肩膀上，喉嚨裡舒適地咕噥幾聲。鐵珠子在座位的空隙裡磨蹭了片刻，似乎是打算模仿唐亦步，搖搖晃晃地枕上阮閑的腿。

擔心卓牧然的人追上，車硬是一天沒停過。只是別說是島嶼，他們連個湖都沒瞧見。附近沒有死牆，也沒有違和的建築，只有被沙土埋沒的城市廢墟。

余樂專門挑了大型建築作為遮擋，盡量避開不時飛過天空的偵察器。戰鬥了大半個早晨的季小滿治療完 π，像是耗盡了精力，也靠在車座上沉沉睡去。

倚靠阮閑肩膀的唐亦步也睡得很香，阮閑索性沒再闔眼，他一隻手臂支住對方暖烘烘的身體，另一隻手撫摸趴在自己腿上的鐵珠子。

夜幕降臨，余樂自己調暗了車內的燈光，音樂早就停了。遠處有幾隻大個頭的野生機械生命在緩緩挪動，在黑暗中留下巨大的黑色剪影。他特地減緩了速度，將模式切為自動駕駛。

空氣聞上去像是過期的汽油與塵土。

「要不要聊一聊，小阮？」余樂撕開一袋魷魚腳，聲音很低。「音樂也沒得聽，開了他媽整整一天車，老子要睏死了。」

睡夢中的唐亦步輕輕吸了吸鼻子。

阮閑一直安靜地坐著，注視著窗外的黑暗。聽到余樂的要求，他輕輕轉過頭，頷首表示同意。

「你和小唐到底是怎麼回事？」這次余樂的語調裡沒了調笑的成分。

阮閑原以為余樂會扯點閒話，然後再旁敲側擊下他們的目的，沒想到對方會直接抓住唐亦步當切入點。

「小唐是仿生人，這點挺明顯了。我必須得說，他的情況看起來不像我接觸過的仿生人，更像是沒有搭載人格資料的純人工智慧。」余樂用牙齒扯著魷魚腳，聽起來有點漫不經心。「我不像小奸商那麼專業，風聲還是有聽過一些。」

「阮閑的徒弟關海明願意信任你，你們不像主腦的人……可你們也不像反抗軍，阮閑不可能允許自己的陣營裡有純人工智慧。不過話說回來，現在還存在的純人工智慧基本上都是普蘭公司的東西了吧，仿生人秀場一開始也是他們發起的。」

余樂像是犯菸癮了，又不打算在車內吸菸，只能一根根吸著魷魚腳。

季小滿不知道什麼時候醒了，從余樂塞在車座間的袋子裡抽了根魷魚腳，一邊吃一邊聽。

余樂看起來也沒有換話題的意思。

「我就直接問了，兩位和普蘭公司有關係嗎？」

「這個問題重要嗎？」阮閑表情平靜無波。

「當然重要。」余樂懶洋洋地答道，「之前小唐說過，我們要去的是 Struggler II 的秀場，它可是之前那個很有名的 Struggler 的還原。」

「是的。」

「Struggler 是最危險的仿生人秀，涂銳跟我提過不少回——普蘭公司的嘗試作品，很多規矩都沒建立起來，給當時的市場帶來了不少衝擊。」余樂繼續說道，「如果阮閑藏在那個秀裡，你們又對秀的設置和內容完全不了解，我們四個就是去上門白送的。我知道你想說什麼，這不是我們個人能不能打的問題……」

阮閑思考片刻，從口袋裡掏出一袋蛋黃片。他在余樂深沉的注視下撕開包裝，拿出一塊，轉向正靠著自己肩膀的唐亦步。

然後拈著它在那仿生人的鼻子下轉了兩圈。

余樂：「……」

唐亦步又吸吸鼻子，睜開眼睛，一副迷迷糊糊的模樣。阮閑把那顆小點心塞進唐亦步的嘴裡，對方濕熱的舌頭滑過他的指尖。

「**裝睡裝夠了嗎？**」阮閑透過耳釘簡單地傳訊，「**接下來看你了。**」

唐亦步活動了下脖子，仍然一臉無辜。

「阮先生，再來一個。」他指指自己的嘴巴，得到食物後快樂地嚼了片刻，才轉向余樂。

「余先生？」

「我們在談目的地的問題。情報不足的話，我覺得我們得考慮考慮別的辦法，比如怎麼把阮閑引出來之類的。」余樂嘖了聲。

「我有情報。」唐亦步吞下嘴裡的點心。「我之前參與的秀就是Struggler。」

唐亦步從未如此困擾。

他隱隱找到了第一次被課題所困的感覺，還額外附加了點熟悉的緊張感。阮先生的告白讓他有點反應不過來，連午飯也忘了吃。雖然胃裡一陣饑餓，但睜開眼睛就意味著又要分出一部分心力來與他人交流。

當下他還是想把精力全都放在兩人的關係分析上。

唐亦步索性就那樣枕在阮閑的肩膀上裝睡。對方的身體隨呼吸輕輕起伏，心跳平穩有力，身上還有股他很喜歡的味道，像是積雪清晨的空氣。

「喜歡」和「愛」的定義不同，唐亦步十分清楚這一點。喜歡可以是吸引，可以是欣賞，可以有千萬種輕飄飄的解釋。他曾經可以大大方方地承認自己喜歡阮先生——他喜歡對方的味道和皮膚觸感、實力與思考方式……從頭到腳的每一處都非常喜歡。

包括他們可以相互擁抱、攜手作戰，並在同一時間考慮如何殺死對方這一點。

他們相處起來非常愜意，徹底的不信任反而帶來了毫無顧忌的放鬆。兩人的思考方式相對類似，唐亦步認定對方十分珍貴。

接下來只要維持住這種相處方式就好。

可唐亦步還是忍不住將自己的真實想法說出了口，或許是擔憂對方戳穿後的反彈，或許是因為相處太過舒適而忍不住想要更深入地試探，或許是因為自己無法分辨清楚心裡複雜的感情。

然而得到的回饋非但沒有讓唐亦步安心，反而將他向疑問的旋渦裡又拽深了幾分。

阮先生那句「我愛你」出口，自己連「我喜歡你」都不敢輕易說了。這倒不是因為他對阮先生的興趣減弱，恰恰相反——這句話帶給他的動搖前所未有的強烈。

為什麼？

唐亦步很確定，如果現在發生任何真正會危及自己性命的事情，他仍然會毫不猶豫地捨棄身邊的所有人。阮先生也清楚這一點，他幾乎和自己同樣狡猾，也同樣冷漠。

是故意讓自己混亂的煙霧彈嗎？

……自己又為什麼要混亂？

上次感受到這種混亂，還是在他剛誕生，一無所知的時候。如今這甜蜜的未知再次滲入他的四肢百骸，眼前的世界一下子變得怪異危險，又分外誘人。

「**裝睡裝夠了嗎？接下來看你了**。」

傳訊在香甜的點心後到達，唐亦步用舌尖舔了舔唇邊的手指，意識到自己的兩人關係分析只能暫時到此為止。

「我之前參與的秀就是Struggler。」這是實話。

「怪不得能把你整到那麼慘的地步，分享一下唄。」余樂兩三口吞下嘴裡的魷魚腳，打開了車載音樂。「反正大家都醒了，情報早晚都得說。」

「被投入的仿生人大概有三種，一種是普蘭公司自己設置好的『重要角色』。配上討人喜歡的外型、性格和足夠強的能力，作為主要看點。」

唐亦步又取了枚蛋黃片。在咬下去前，他停住動作，把硬幣大小的甜點掰開一半，塞進阮閑的手裡，而後才繼續。

「另一部分用於讓秀顯得更加真實，老弱婦孺都會有，能力和經歷要更加隨機。此外還有一部分——我不知道現在主腦有沒有延用這個機制——還有一部分人的人格複製了真正的人類。」

「我操，這種事情也行？沒人告他們嗎？」

「那些人是自願的。」唐亦步打開一瓶櫻桃汽水，「不少人想知道『自己』在其他世界裡會怎麼行動、如何生活。這些人會給出自己的經歷和記憶，少部分還會花錢訂製外貌。普蘭公司會對他們的記憶進行修飾，讓他們誤以為自己生長在設定好的世界。」

「瘋了。」余樂嘖嘖出聲，沒接觸過仿生人秀的季小滿一臉茫然。

「反正搭載記憶的是仿生人，在大多數人眼裡，這種做法和遊戲差不多。不少人還挺喜歡這種窺視『另一個世界的自己』的感覺，當時還有相關主題的賭局。考慮到隱私問題，這部分仿生人在秀結束後不會參與拍賣，會被統一銷毀。」

阮閑安靜地聽著，那半枚蛋黃片還躺在他的手心裡。

「也就是說如果不想要引人注目，保證安全，我們最好不要和『重要角色』進行接觸。」余樂乾脆地總結。「還有呢？我聽說的 Struggler 的末日倖存者主題，涂銳那小子說得那麼嚇人，八成不是打打怪物就能解決的。」

「的確。」唐亦步點點頭，「Struggler 的主要地形是森林，森林裡分佈著些城市的遺骸。

變異生物和機械生命是最基本的敵人，最危險的是環境的扭曲。」

「扭曲？」阮閑終於開了口，同時將那小半塊點心放進嘴巴。

「為了增加趣味性。」唐亦步在身前召出一片虛擬螢幕，「通常來講，無論是人腦還是電子腦，對世界的感知全部基於外部輸入的訊號。視覺、觸覺、嗅覺等等，玻璃花房裡的很多現實增強技術就是基於這個原理實現的。」

「地下城有利用這個技術犯罪的人，但它們頂多能給人造成些錯覺。」季小滿雙手扒住椅背，轉頭看向唐亦步。

「Struggler應用的不是那種大眾技術，我舉個例子。普遍應用的現實增強技術更加安全，它們會相對客觀地還原那些刺激訊號。喜歡樹莓的人會聞到自己喜愛的酸甜，不喜歡的人會嗅出自己不喜歡的特殊味道。」

唐亦步面前的虛擬螢幕裡出現了一塊樹莓蛋糕。

「但是如果不考慮安全性，更簡單的做法是截取一個人大腦獲得的資訊，再將這部分資訊原封不動地給予另一個人。如果A的味覺中樞出現問題，認為樹莓嘗起來是血的味道，那麼若以A為樣本進行現實增強，B在接觸這塊不存在的蛋糕時，也只能嘗到血腥味。」

阮閑皺起眉。

「而在Struggler裡，每個人都搭載了類似的裝置。這個秀大賣的原因就在於此，那不是簡單的末日生存，人們能夠改寫現實。」

「可搞了半天，沒蛋糕就是沒蛋糕。」余樂嘟噥道，「人吃空氣有啥好看的？」

「不是那麼簡單的事情。你看到一塊蛋糕，拿起它，感受手指沾到奶油的觸感和重量。隨後你咀嚼了它，吞下它，獲得了飽腹感。就算你將它嘔吐出來，你還是能看到它，這一切都存在於你的腦子裡。」

唐亦步盯著余樂。

「那麼你如何判斷這塊蛋糕是否存在？我參加Struggler的時候，所有人的判斷方法就那麼一個——時刻關注自己的身體狀態，只有虛弱和疾病不會騙人。」

季小滿的表情開始變得凝重：「為了讓觀眾也能理解『不存在的蛋糕』，他們轉播的秀把這部分視覺資訊也還原了。從這個角度上來說，『現實』的確可以被改寫。」

「他們要怎麼確定用誰的大腦來增強現實？」阮閑關心的則是別的問題。

如果Struggler的主題是末日求生，他們要面對的問題絕對不可能是蛋糕的味道對不對這種事情。

「這種手段是攻擊方式的一種，極有可能和精神集中度和偏執程度相關。」

唐亦步抿抿嘴唇。

「進入Struggler之後，一切都可能是假的。舉個例子，曾有人好好地在路上前進，下一秒就慘死當場——另一個人讓他感覺自己狀態良好，沒有受傷，可他的肚皮早就被剖開，內臟落了一地。那人拖著自己的內臟開開心心走了十幾米，直到襲擊者撤去現實覆蓋，我們才能看到真正發生了什麼。」

「……」余樂抹了把臉，嘶嘶抽氣。「現在的技術只會更好。阮教授選的這地方的確好藏人，這不，知道情報後，我反而更不想進去了。我們又沒有那個什麼增強機器，這不還是上門白送嗎？」

「對策也有，通常人的精神只能覆蓋到十個人左右，並且需要自己指定目標、時刻調整，不能分心。只要我們藏好自己這邊的人，保證有一個人不被發現就可以。這種做法早就有了，我們把這個稱為『暗哨』。」

「作為暗哨的人不會立刻受到現實覆蓋的攻擊，能夠看到真實情況。」阮閑摩挲著膝蓋上的鐵珠子。

「是這樣的。」唐亦步擦擦嘴角的點心屑，「但實際狀況會複雜不少，具體情況具體分析。」

「我們能弄到類似的裝置嗎？」阮閑停住了撫摸鐵珠子的動作，後者不滿地嘎嘎直叫。

「很麻煩，而且會引起主腦不必要的注意。我強烈建議大家不要這麼做。」

「那麼再讓我確認一點。亦步，剛剛你舉的例子如果反過來——實際上並沒有受傷，但在誤導下以為自己已經死了，後果是不是一樣的？」

在聯合夢境中，他們需要承擔類似的風險，阮閑不認為主腦會仁慈地改善這個問題。

「一樣。潛意識裡被誤導死亡，現實裡的人的確也會死亡。」

「我信了老涂的邪。說空有戰鬥能力不夠，還真不夠。這他媽要是先中了招，也不能不反抗裝死，光打空氣就能累死人。」余樂虛弱地表示。「小唐，這你怎麼活下來的？真厲害。」

唐亦步沒說話，表情黯淡了點。

阮閑愣了愣。唐亦步很少露出負面的情緒，之前連悔恨都無法分辨。眼下他的模樣的確不對勁，非常細微且微妙的變化，卻分外真實。

「我們要面對的不是當初那個 Struggler 秀場。」

阮閑主動岔開話題。

「余先生的思路沒錯，多年前的增強現實無法和現在的做比較。我在預防收容所中試過他們的增強現實，如果連相對複雜安全的技術都做到了那個地步，危險版的只會更加糟糕。亦步說的事情，我們最好只當基礎參考，不能作為標準指南。」

「要不你們兩個進去把阮閑接出來，我和小奸商在外面接應。」余樂一臉正直地建議。

阮閑回了個帶點危險味道的微笑。

「好了，開個玩笑而已。不過森林的話也還能接受，起碼人不至於特別多。」余樂嘆了口氣，差點把剛放進嘴裡的魷魚腳噴出來。

「恐怕沒那麼簡單。」阮閑殘酷地潑了盆冷水。「純粹從理論上分析，那邊的環境發展成一個融合噩夢也不是不可能。」

季小滿面無表情地點點頭。

「是我的錯，跟著你們是挺刺激，現在看來刺激過頭了。罷了罷了，老子走一步看一步唄。」余樂憂鬱地表示。「小奸商還沒跑，我要是先跑了，那多沒面——嗷！季小滿！妳那指頭別他媽真上手掐啊！」

「如果知道得早一點，我們還能多從宮思憶那裡榨點情報。」阮閑沒理會前座劍拔弩張的兩位，打開一包肉乾。

「我之前以為，成功活了下來是因為我想要活下來。」唐亦步突然說。

「嗯？」

「余樂剛才的問題，我是怎麼活下來的。」唐亦步安靜地注視著格擋玻璃上的米字型裂痕。「我非常想要完成我的課題，不想就此結束，所以堅持活了下來。」

「聽起來沒什麼問題。」

「但那個時候的我和現在的我一樣，把暫時無法分析的情緒放置在一邊，打算之後資料足夠時再進行對比分析……你讓我收集到不少資料，我搞明白了一點。」

唐亦步雙手捧住阮閑的臉，將對方的臉扳向自己，十分鄭重地吻了吻對方的嘴唇。吻完後，他甚至還認真地咂了咂嘴，又吻了兩次。

「然後呢？」半天沒等到對方的進一步解釋，阮閑用手覆住對方捧著自己臉頰的手，直截了當地提問。

「沒什麼，我還沒有確定結果，暫時不適合情報共用。阮先生，請記好我一開始告訴你的話，雖然現在你的身分變了，那句話仍然有效。」

唐亦步看了眼坐在前排的季小滿和余樂。

「……不要和人類走得太近。」

他的確想清楚了一些事情，唐亦步心想。當初他只能分辨出不甘和委屈，以及對完成課題的渴求。他曾以為事情就是那樣簡單，至於其他不可分辨的情緒，只不過是計算過程中生成的無效冗餘。

但現在的唐亦步不得不重新審視自己所經歷過的一切。

至少對身邊人的珍惜讓他獲得了更多啟發。自己曾經擱置的情緒太過複雜，混合了憧憬、依賴和信任，也混合了不甘、委屈和悔恨。其中還有只屬於他自己的思考，只屬於他自己的情緒。若是要找出一個相對明確的定義……

仇恨。

有那麼一瞬，在死亡邊緣掙扎的某個時刻，他無疑恨著自己的創造者。

CHAPTER 50　你的製造者

余樂將裝甲越野車停在城市廢墟之中。

π的狀況不佳，季小滿製作的代駕機械暫時派不上用場。鐵珠子在大吃特吃了一通後就沉沉睡去，呼嚕山響。他們索性下了車，開始做短暫的休整。

廢墟和玻璃花房的夜晚完全分屬兩個世界，只有星空相似。入了夜後，缺少植被的廢墟格外寒冷。地上的沙土不時隨風揚起，導致頭髮裡都是灰塵。隸屬於秩序監察的偵測無人機被他們想方設法甩在身後——一行人衝進巨型機械生命的棲息地帶，偵察機們沒有再往這區深入，只是在邊緣不停打轉。

如果說倒塌的建築是這座城市的屍體，其上緩緩移動的機械生命像是某類食腐動物。它們緩慢地啃咬倒塌的建築，從其中攝取自己想要的金屬材料和機械殘骸。

和那些龐然大物相比，個頭不小的裝甲越野車頂多算個小小的火柴盒。余樂將它停在了一堆被嚼碎的建築廢墟之間，機械生命們顯然對別人嚼過的甘蔗渣興趣缺缺，沒有幾個願意上前。

季小滿未雨綢繆地設立了驅逐機械生命的音波設施，中型機械生命也不敢貿然靠近。不過受材料所限，那東西能發出的聲音頻率有點單一，按理來說效果不該這麼好。

可能是唐亦步做了什麼手腳，阮閑想，看向身邊的唐亦步。

唐亦步坐在篝火邊，雙手交疊，仍然是那副帶著笑意的無害模樣，金眼睛在火焰的照射下閃閃發亮。余樂正在拆一包蔬菜凍乾，鍋裡的湯咕嘟冒泡，散發出胡椒和肉類的香味。季小滿另外開了燈，忙著擦拭鐵珠子的創口，專心地往金屬補丁上塗抹什麼，注意力完全不在這邊。

他們頭頂是破損的傾斜石板，遮住了所有外來的光線，空間不小，卻也大不到哪裡去。文明遺跡堆砌的洞窟之中，黑暗濃到彷彿能夠用手觸摸。

雖然那仿生人將雙手藏在了陰影裡，阮閑還是看見了對方夾緊的十指。

唐亦步的情緒不太好。

這和自己沒什麼關係，阮閒心想。唐亦步搭載了相當強大的人工智慧，不是喜歡鑽牛角尖的青春期小孩。如果他在煩惱什麼，那麼那個問題一定相當難解，自己沒必要打擾他。

……話是這麼說。

阮閑的目光第三次飄向對方的雙手時，那仿生人的十個指頭都有點泛紅。

「我當時總喜歡將手指交叉疊起來，然後自己夾自己的手指，挺痛的。」

唐亦步在因為某件事難過。

八成是仿生人秀場的事情。唐亦步顯然不想和自己分享這部分經歷，想來也是，它極有可能關係到唐亦步的真正出身。他應余樂的要求公開了一部分情報，但裡面鮮有關聯到唐亦步自身的線索。

說起來，自己似乎從來沒有真正了解到唐亦步作為人工智慧的能力。他在自己面前通常也就處理下監視器，頂多用所謂的管理許可權影響主腦屬下的簡單機械。考慮到 π 的狀況，這傢伙應該還有和機械生命進行溝通的能力，以及短暫的程式改寫手段。

但這些全都浮於表面。自己對這空白的十二年了解不深，無法對唐亦步的能力做出相對準確的判斷。甚至連對方一開始提過的「課題」，阮閑至今都還不清楚內容。

事到如今，兩人之間的利益牽扯已經足夠穩固，唐亦步卻仍然對捨棄自己的製造者諱莫如深。若是真的如同余樂所說，唐亦步是普蘭公司某個人工智慧項目的產物，他沒有必要將真相隱瞞到這個地步，完全可以趁著目前的氛圍提起這件事。

畢竟對方連A型初始機的情報都給了自己。哪怕余樂和季小滿聽不懂，阮閑也有理解潛臺詞的自信。

可是唐亦步沒有這樣做。

目前他能猜到的可能性有三個，第一，唐亦步所搭載的人工智慧非常重要，存在本身至少比A型初始機要敏感。第二，出於某種情緒，那仿生人完全不想和其他人分享自己的過去。第三，以上兩個原因都有。

阮閑隱隱有了個猜測。

先試探一番吧。阮閑吸了口氣，隨後伸出手，溫和卻強硬地拆開唐亦步緊緊絞在一起的十指。

「你可以握住我的手。」阮閑笑了笑，「心情不好？」

唐亦步把目光從湯上收回，側臉看向阮閑，美麗的金色眸子在火光下有一種透明感。阮閑忍不住伸出另一隻手，摸了摸唐亦步的眼側。

「我可以幫你分析一下，就像你在聯合夢境裡為我做的那樣。」阮閑耐心地哄道，他有種錯覺——自己彷彿伸著手，等待一隻野獸自行靠近。

唐亦步沒有回答，也沒有笑，只是安靜地看向阮閑。他溫順地握住阮閑的手，力道不小。

「你是在進入秀場前被製造者拋棄了吧。」阮閑聲音很輕。

唐亦步稍稍歪過頭，仍然面無表情，手上的力氣又大了幾分。野獸俯下身子，不知道是打算進攻還是用鼻子蹭蹭伸來的手。

「到現在，我也有了些猜測。」阮閑堅定地繼續，「你的製造者是那個——」

「——是那個阮教授嗎？」唐亦步幾乎和他同時說完了這句話。

隨後那仿生人再次陷入可怖的沉默。

「按照我的推測，以那個阮閑的處境，不可能只用散佈真相和武裝抵抗兩種手段去對付主腦。既然 MUL-01 是范林松和他共同開發的，慢慢收集資源，製造更加可控的人工智慧用於還擊，雖然艱難，但也不是不可能。」

手被握得越來越緊，阮閑忍住了抽冷氣的衝動。

「經歷過二十二世紀大叛亂，阮教授對於人工智慧的要求應該極為苛刻。若是對作品不滿意，直接進行廢棄處理有點浪費。那麼往底層程式中加入與主腦敵對的死命令，然後放逐，這樣的可能性也存在。」

唐亦步對阮教授態度微妙，那仿生人一直表現出一副不在意的樣子，評價也是「不熟」、「殘酷」之類的形容。但對於自己去找這個必然會被主腦盯上的靶子這件事，唐亦步也沒有明確地反對過。

尤其是當下，阮教授處在一個會讓唐亦步感受到痛苦的環境裡，他還是沒有離去或者尋找折中做法的意思——熱衷自保的唐亦步就算願意為了自己受點可控的傷，也不會真的為了自己豁出性命，阮閑十分確定這一點。

「如果是這樣……」

「如果是這樣？」唐亦步抓緊阮閑的手，靠得近了些。

「你可以把你的課題告訴我，我看看能不能幫忙。」阮閑選了最柔和的突破口。

不能把唐亦步逼得太緊。

「果然瞞不過你。」幾秒過後，唐亦步鬆開阮閑的手。「我的確是那個阮教授製作的失敗品。MUL-01 的核心由范林松完成，耗費了無數資源和時間。目前為止，他們仍然沒有在這個環境裡做出足以匹敵主腦的東西。」

「可惜就算是失敗品，一旦主腦知道我的存在，肯定也會下大力氣消滅我。就算它能夠暫時容忍破壞能力出眾的A型初始機……」唐亦步指指自己的胸口。

「……也不可能放過擁有同樣『血統』的兄弟。」他又點了點自己的腦殼。

說這些時，他緊盯阮閑的眼睛，笑意裡隱隱有幾分疏離的味道。

「至於我的課題，你已經幫上了不少忙，阮先生，不用太過費心。」唐亦步聲音柔軟，笑容完美。「要是我實在想不明白，我一定會找你商量……我可以抱抱你嗎？」

「唔。」阮閑張開雙臂，任唐亦步抱緊自己。那仿生人把下巴擱在他的肩膀上，一雙手緊緊擁住他的後背。這是一個近乎撒嬌的擁抱，然而從這個角度，阮閑完全看不到唐亦步的表情。

「我該早點殺了你的。」唐亦步在他耳邊輕聲說道。

「是嗎？」阮閑平靜地反問回去，一隻手按上唐亦步的後腦。「現在還不晚，隨時恭候。」

唐亦步不滿地哼哼幾聲，放軟身體，將阮閑抱得更緊了些。

剛剛那一番話，唐亦步不像在說謊，邏輯上也沒有問題。阮閒心想。他會考慮相信唐亦步……

……才怪。

在唐亦步看不到的角度，阮閑自顧自笑起來。

如果唐亦步的補充沒有那麼快而完美，也許自己還能買買帳。那仿生人絕對隱瞞了自己什麼，往日無法破除的完美假面，在對方情緒動搖的時期反倒成了破綻——唐亦步在逐漸接近一個情緒豐富的活物，再好的演員也演不出自己無法把控的情緒。

果然一刻都不能大意。阮閑側過頭，親了親唐亦步的耳廓。

畢竟到目前為止，還說不準到底是誰馴養了誰。

余樂用湯勺敲敲鍋沿，用力清了清嗓子。「要喝湯的動作快，黏在一起的可沒人送餐啊。」

「希望你能在我們找到阮教授前完成那個課題。」見唐亦步在香味的蠱惑下扭動起來，阮閑鬆開懷抱。「其實你可以多依靠我一點的，亦步。我可以用我的過去換一點你的過去。」

唐亦步端起碗，剛把湯匙塞進嘴裡。聽到阮閑這話，他扭過頭，差點嗆到自己。咳嗽了半天後，唐亦步嚴肅地端著碗，又坐回阮閑身邊。

「比如在我的記憶裡，我是如何出現在這裡，年齡又是怎麼回事。

「比如在我的記憶裡，『阮閑』是個怎樣的人。」

阮閑一隻手撐住臉頰，一隻手擦了擦唐亦步嘴角沾著的湯漬。

「當然，說不定這些記憶全都不是真的，沒有什麼參考價值。馬上要見到另一個阮教授，你也沒必要一定和我做這個交易。」

唐亦步慢慢喝了勺湯，隨後把碗向阮閑的方向推了推。「……你也沒有必要了解我的過去，阮先生。」

「可是我想多了解些愛慕對象的情報。」阮閑笑道，「無關緊要的細節交流就好，你看，畢竟我也算製作過人工智慧項目的人。就算我是冒牌貨，這些專業度較高的記憶總不至於是全盤偽造的。」

唐亦步第二次被嗆到，阮閑拍了拍他的背。

不能再繼續了。

對方像是看準自己情緒不穩，蠱惑一套接著一套。唐亦步熟練運用之前想好的對策，果斷把試探推了回去，他的阮先生卻沒有多少買帳的意思。

唐亦步喝了口湯，胡椒肉湯濃厚的味道在舌尖打轉。在喝完這口湯前，他必須計算出一個萬全的對策。

NUL-00 的身分絕不能現在暴露。

「作為 NUL-00 的主要負責人，我應該能為你提供一點有用的情報。」阮先生沒有停止那要命的蠱惑，顯然沒有對自己之前的解釋照單全收。

心口像被扎了一下，一股奇特的痛緩慢地擴散。

想知道，唐亦步想。他此刻非常想知道，在自己看到這世界的第一眼，那幾乎是彈指一瞬的五年間，那個人究竟是怎樣看待自己的呢？

一個絕好的打探機會。就像阮先生所說，這樣的記憶很難完全作假。他絕對能從那些沙土裡淘出點金子，找到那團難解亂麻的線頭所在。

然而這個下意識的想法讓唐亦步嗆得更厲害了。

為什麼自己要這樣在乎「阮閑」的看法？無論那人曾經的想法如何，他拋棄了自己這件事都是事實。

就算奇蹟中的奇蹟發生，他們要見的阮教授不是真貨，自己的阮先生也有很高的機率不是本尊——理論上S型初始機能夠修復異常的病變，可S型初始機是在自己被廢棄後才問世的。阮先生將它融合也是在不久之前，那麼再之前呢？

在從研究所逃走的那天，除了關閉或離線的設備，唐亦步將研究所的所有資料裝入了腦中。他曾試圖靠它們理解阮閑那道銷毀指令的前因，卻一無所獲。

問題來了——撇開其他矛盾點，假設他的阮先生才是阮閑本人，基本前提必須是阮先生的身體被保存下來。

如果這是正規治療計畫的一部分，他不會翻遍所有資料都找不到蛛絲馬跡，阮先生也不會混亂到搞不清自己的真實身分。

……那麼就當作是非正規途徑的「被消失」。

如果這是需要埋進黑暗的事情，特地將阮閑的軀體保存下來就沒有太大意義。

首先，研究所的物資出入被控制得極其嚴格，將阮閑的軀體帶離是不可能的事情。其次，就算阮閑的軀體被妥善保存了，那樣的技術也絕對需要系統進行線上託管。在當時的無差別掃描下，唐亦步並沒有發現類似的裝置。

然而這不是他的阮先生第一次讓他想不通。

不該存在的、邏輯外的產物，不該存在的、邏輯外的情緒。阮先生九成九是假貨，他也希望阮先生是假貨。

可是……

「對於你製作的 NUL-00，你——」唐亦步還是鬼使神差地開了口。

「有問題。」余樂突然提高嗓門。

正在修理鐵珠子的季小滿停下動作，唐亦步吞下沒有問出來的半句話，阮閑皺起眉。

「這湯我煮過，用了點特別的做法。」余樂說著又往湯裡撒了把鹽，咂咂嘴，表情突然有點難看。「味道對不上。」

說罷，余樂衝回車裡：「都給我小心點，事情不對勁！為了防著唐亦步那小子偷吃，我把肉藏前排了……裡面消失了四五天的量！」

沒人知道余樂藏肉的地方，而且他們才離開玻璃花房一天而已。

阮閑下意識將唐亦步拉到自己身邊，警惕地打量四周。本來翻著肚皮任季小滿撫摸的鐵珠子也醒了，它費力地蹬起小腿，彈跳到阮閑腳邊，不解地嘎嘎叫喚。

「先回車上，都回車上。」余樂繃緊肌肉，「別管那鍋湯了，你們兩個趕緊過——」

他話還沒說完，剩下的詞全堵在了喉頭，扎得他喉嚨生疼。

唐亦步和阮立傑不見了。

前一秒還站在那裡的兩個年輕人，下一秒徹徹底底沒了蹤影。唐亦步手裡的碗和湯匙端端正正地擺在空地之上，顯得分外毛骨悚然。

「抓緊我，小奸商。」余樂跳回車裡，一隻手緊緊握住季小滿的金屬義肢。「太他媽邪門了——」

「我的右臂減少了八十克。」季小滿的聲音裡也滿是警惕，「雖然看起來還是完好的……」

「我們明明還沒到仿生人秀場。」余樂直接捨棄了車外的鍋具和食物，啟動車輛所有防禦，打起方向盤。「到底怎麼回事？」

這同樣也是阮閑的心聲。

不知道是不是唐亦步「不要和人類走太近」的告誡變成了詛咒，季小滿、余樂和車輛完全消失。篝火和咕嘟作響的湯鍋還在原地，散發出讓人不適的違和感。

「我們已經上島了，阮先生。」唐亦步突然開了口。

「可是 Struggler II 的秀場離玻璃花房有五天左右的車程，我也沒有在周邊發現其他人。」

不然他也不會去談 NUL-00 的事情。

「暫時壓抑記憶加模糊感官，如果沒有足夠熟悉的參照，人沒辦法感受到時間流失了多少。」

唐亦步壓低聲音。

「不過按照我的經驗，他們不會貿然接近生面孔，你沒有感知到是正常的。帶有個人特徵的話和觀察不到的事物，他們雖然可以糊弄過去，但很容易讓人發現不對勁，所以……」

「所以目前為止，我們彼此間的對話沒有太大問題，沒有被對方發覺的裝備和器械也無法被偽造。」阮閑很快反應了過來。

島附近的環境大同小異，他們剛才又是在一個足夠黑而安靜的地方。攻擊者應該在類似的環境待過，偽裝起來不是難事。余樂將肉藏在了車裡，而攻擊者無法遠距離搞清楚車內的構造，因此車內的環境是絕對真實的。

至於車外……

嗅覺、味覺、視覺，以及最基礎的聽覺，這些所含資訊量不大的感知都不一定是真的，隨便從他人那裡採集就好。交談很難自然偽造，堪堪逃過一劫。

也就是說，他們剛才八成在一個極度逼真的「VR聊天室」裡進行對話。虛虛實實混雜在一起，他一時竟沒有看出破綻。

阮閑沒有再說話。

他閉上眼睛，將S型初始機的感知能力提高至極限。無數資訊蜂擁進他的大腦——這次他聞到了海水、濕潤的沙子、濕潤的森林，他聽到了遙遠的心跳、衣服和人類皮膚的摩擦、以及壓低聲音的對話。

「還差一點。」那個遙遠的聲音說道。「咦，他，他們……有兩個人好像發現了。」

阮閑猛地睜開眼睛，單膝跪在地上，久違的透支感爬上他的脊椎。鐵珠子焦急地湊上前來，用牙齒扯他的袖子，像是催促他趕緊站起來。

沒有相應的感知增幅機械，他們只能被動接受影響，無法抵抗。這無疑是最糟的狀況，他們明明事先知道……

等等，他們事先知道會有這種事情發生。

「亦步，視覺上的感知誤導有沒有破除的方法？」阮閑保持著雙目緊閉的狀態，開始在身上四下翻找。

「製造攻擊者無法推斷的觀察方式。」唐亦步聲音裡的笑意消失了，顯然也在全力戒備。

「阮先生，我們應該才剛上島沒多久。」

阮閑懂他的意思，他們不會蠢到在一個坑裡絆倒兩次。

……正如他們不會毫無準備地踏上這座島。

阮閑從貼身的腰包裡摸到兩個撲克牌大小、大概半釐米厚的冰涼機械。他順手把其中一個遞給唐亦步：「拿著。」

不算精緻的作品，有點像早已被電子手環和投射虛擬螢幕取代的老式手機。然而自己身上裝的物資，除了這兩個他都還有印象。

這應該就是唐亦步事先做的準備。

改變觀察方式的話，用眼鏡式機械並不方便。容易被攻擊、不夠靈活。如果對面有精於計算的人，他們的觀測角度同樣容易被計算出來。可老式手機不同——微小的角度、距離和參數設置差異，就能讓它取到的景象範圍差上不少。

唐亦步沒有多問，他們在這種情況下永遠有一種讓人舒適的默契。

那仿生人徑直打開了臨時趕工出的手機類機械，透過鏡頭和螢幕上的畫面觀測四周。阮閑沒有多做解釋，幾乎在同一時間做了同樣的事情。

感覺真的很怪異，阮閒心想。

螢幕內外，世界被撕裂成兩個版本。

他們看到的是廢墟和荒漠，腳踩滿是塵土的荒地，嗅到的是變質的汽油和乾燥的灰塵。可在鏡頭的即時畫面中，海水已經沒過了他們的小腿，周圍只有夜晚黑色的海水，以及島上更加漆黑的森林。

「他們的技術進步了不少。」唐亦步踢著水。

「先上岸再說。」阮閑說。

感知入侵比他想像的還要麻煩，無論是沒過小腿的海水，還是被唐亦步踢到身上的水滴，他一概感知不到，腳下堅實荒地的存在感倒是相當強烈。

然而他們剛朝岸上走了四五分鐘，周圍的一切突然恢復了「正常」。溫暖的海水流過他們的皮膚，帶來海洋特有的腥氣，不遠處的森林沙沙作響。

發現他們有應對方法，所以放棄了嗎？

「注意查看螢幕，說不定藏了別的陷阱。」阮閑沒那麼容易放下警惕，他打量了下手裡的手機類機械。「你在背面寫了說明，這東西的電量夠撐一週，白天記得拿出來充電就好。」

「明白。」唐亦步沒有停下拍攝，「……那邊的沙灘上有胎痕，是余樂他們。」

阮閑呼了口氣：「情況如何？」

「剛開始是往海裡開的，及時轉了彎，應該沒事。」

「唔，我也能聽到一點發動機的聲音，應該是他們。不過已經相當遠了，貿然追上去不太合適。」阮閑掏了掏耳朵裡的沙子。

事情還是有點麻煩，雖然余樂做出了合適的判斷，他們還是被成功分開了。余樂和季小滿都是從地獄裡摸爬滾打過的人，不至於那麼簡單就被人殺死，自己這邊的狀況反而更麻煩——

他們的戰鬥力過分充足，資源卻嚴重缺乏，連淡水都沒有。

雖然自己隨身帶了一些物資，用森林裡的東西也能製造出淡水。可惜兩人都是能量消耗大戶，未必有那麼多閒暇時間為自己弄資源。

「那邊有椰子樹。」像是發覺了阮閑的想法，唐亦步轉過鏡頭。「先補充點熱量再追吧，剛剛的湯絕對是海水，我嘴裡全是鹹味和苦味，呸。」

沒等阮閑回答，唐亦步便先行回到岸上，兩三下弄下來幾顆椰子。

「海邊還有魚和螃蟹，深入之前，我們至少得吃個飯。」那仿生人徒手將椰子挖開一個口，遞給阮閑。「天快亮了，我們日出後再去找他們。掌握好這座島的情況，我們才能知道怎麼避開監控。」

阮閑接過椰子，清甜的椰汁潤過喉嚨，乾枯的內臟似乎在緩緩展開。唐亦步用隨身的小刀挖著椰肉，挑在刀尖吃，眼睛直瞄海水附近的魚影。

海洋盡頭的天空已經開始透出橙色，漆黑的島嶼在逐漸亮起的陽光中清晰起來。

「嗯，天亮再說。」喝完了椰汁，阮閑精神好了些。

他的答案已經近在咫尺。

等找到答案後，自己接下來做什麼呢？不如給自己找個新難題，比如怎樣讓唐亦步說出課題，或者乾脆解開那傢伙身上的一切謎題。這一路上，他眼看著那仿生人越來越有生機——雖說思路和大部分行為舉止還是和人類差得遠，那仿生人仍然有一種奇妙的成熟感。

熟悉的感覺，阮閒心想，他很喜歡。

他又想起那個埋在記憶深處的機房，以及陪伴自己走過五年日夜的 NUL-00。阮閑還沒來得及驗證它是否擁有了一定程度的情緒和感知，也沒來得及驗證它那些微妙的行為是出自模仿還是自我思考。它是他傾注了最多心血的作品，卻以半成品的狀態收尾。

被銷毀的瞬間，它會痛苦嗎？

如今自己能夠從混沌的憤怒中分辨出悲痛，這份奇異的新鮮感讓他忍不住開始思考，追究先前從未細想的問題。阮閑摸了摸左腕的傷疤，垂下目光。

興許是對話提到了 NUL-00，自己忍不住又開始多想。

「關於你剛才提到的問題。」眼看唐亦步一手拿一條魚，嘴裡也叼著條魚靠近。阮閑拿出點火器，點燃了沙坑裡準備好的枯枝和混合燃料，索性繼續這個話題。「還有興趣交換情報嗎？NUL-00 的那些。」

唐亦步嘴巴裡的魚啪地掉到沙地上，沾上了不少沙子。

「……嗯。」

那仿生人的平靜裡帶著幾分可疑，他板著臉開始處理魚，滿手都是血跡。直到處理完兩條魚，用樹枝串好，他才正式提出問題。

毫無破綻的，非常專業的問題。阮閑還以為唐亦步會問些更加情緒化的事情，結果對方比他想像的還要謹慎許多，看來是真的不想交換太多關於自己的情報。

「作為 NUL-00 的設計者。」唐亦步用手帕擦擦手上的魚血，直視阮閑的眼睛。「你認為它最大的缺陷是什麼？」

「……為什麼要問這個問題？」

「據說主腦和 NUL-00 應用了同一套核心設計，他們應當有相對一致的弱點……這其實應該歸類為免費共用的情報。」唐亦步的表情很是認真。

在阮閑看不見的角度，他暗暗握緊拳頭。弱點很重要，其他訊息也同樣重要，這是他能想出的最合適的提問——

我哪裡做得不夠好嗎？只是有那麼一次沒完成課題而已。

為什麼一定要否定我、銷毀我？

……為什麼離開我？

「我沒辦法回答你，抱歉。」思考片刻，阮閑嘆了口氣。「這麼說可能有點自大……我還沒有發現它有什麼致命缺點，一定要說的話，頂多算有點任性吧。」

唐亦步：「……可是你推遲了 NUL-00 的上市。」

「在我的印象裡，那不是它的問題，是我們的。」

阮閑搖搖頭，口氣嚴肅下來。

「它還沒準備好，那樣等於把最高級的槍支交給一個孩子。他會傷到自己，也容易為其他人帶來危險。一旦出現問題，難道不是給出槍的成年人責任最大嗎？」

「實話，阮先生，實話。我不是來聽你講大道理的。」唐亦步仍然直勾勾地盯著他，「按照我對你的了解，這應該只是一部分理由。」

阮閑笑了。

「是的。如果想讓它強行工作，也可以給它輸入無數準則，時時刻刻注意矯正。雖然很麻煩，風險也不低，但也不是沒辦法做到。只不過……」

「只不過？」

「曾經我就是那樣活著的。」阮閑一步步走到唐亦步面前，「恪守一切『善良的人』需要遵守的準則，用最合適的方式與人交往。我會有自己的判斷，但我永遠無法執行那些判斷。你猜那樣的生活怎麼樣？」

唐亦步不再吭聲，火邊的魚冒出一點焦味，他連看都沒有看一眼。

「那是地獄，我過得一點都不快樂。」阮閑攤攤手，「既然你是那個阮教授的作品，你知道對於正常人來說，我是個多麼危險的東西。」

他不是弗蘭肯斯坦，硬要說的話，他更接近弗蘭肯斯坦的怪物。

可他同樣擁有創造的能力。阮閑創造了一個生命，就算沒有人認同它是個生命，他仍然偏執地堅持那一點。

只不過為了當好一個正常人，他從不發表相關的言論。

就在那五年中，阮閑漸漸發現一件事——他似乎為自己創造了一個「同類」。

那麼他有一個願望，一個不算大，也沒有那麼了不起的願望——

「所以在直接灌輸是非準則這件事上……站在人類的角度，我理解它可能帶來的危險，並且對毀了人類社會沒什麼興趣。站在個人的角度，我希望它不要活得和我一樣難受。」

「最後你們還是銷毀了它。」唐亦步輕聲說道。

「不，我沒有這個印象。」阮閑十分認真地搖搖頭，「而且我永遠都不會那麼做。」

同一時間。

「NUL-00 果然還在。」

男人從椅子上站起，緊緊盯住虛擬螢幕上的訊號回饋。

「……看來我沒有白等。」

CHAPTER 51 故人

余樂正在嚴肅懷疑自己的人生。

仔細想想，自己怎麼就沒在廢墟海炸死呢。那樣他就會永遠是那個占住廢墟海大半江山的大墟盜，活得恣意，死得也壯烈。眼下他只覺得自己白忙了一場，還是沒安定下來，直接導致他落到如今的地步。

余樂用手指理了理略有點凌亂的頭髮，長長地嘆了口氣。窗外還是那副騙人的場景，可他不會被再次騙到。

裝甲越野車穩穩停在了海灘之上。

幾分鐘前。

雖然沙塵擊打車窗玻璃的聲音清晰而真實，駕駛起來的手感卻不會騙人。這車並沒有在乾硬的陸地上前進，雖然攻擊者盡可能模擬了那種觸感，可作為精於此道的前墟盜，余樂還是能夠發現手感的微妙差異。

有沙和水，結合他們前進的方向，他的裝甲越野車正半泡在海水之中，並且向深海前進。

去他媽的。

余樂朝面前的荒地景象翻了個白眼，啟動了車輛搭載的水行模式，小心地打著方向盤，活像手裡的不是方向盤，而是某種怪異的手術刀。

謹慎操作，仔細感受車輛轉動帶來的每一個連鎖震顫。曾經他駕駛的可是燃燒穿梭劑的巨型墟盜船，任何一個小誤差都會導致船員的死亡。眼下只是靠敵人沒有抹除的微妙反應判斷車況，對他來說不算難。

車變沉了，輪胎下的沙子也變得凝實，他們回到了安全的道路上。季小滿一臉嚴肅地調整手臂，一副心無旁騖的模樣，像是完全不關心余樂打算把車開進深海還是火山口。

「我們被攻擊了。」

「被攻擊了。」

兩人幾乎同時開口，余樂鬆開方向盤，一隻手握緊槍，另一邊活動肩膀：「妳先說。」

「我的義肢少了個零件，一根指節的重量缺失，可能是登陸時撞壞的。」

季小滿活動了一下金屬手指。

「內部零件沒人能看到，也沒有缺失。外部卻同樣沒問題，按照唐亦步的理論……應該是有人觀察了我的另一隻手，用同樣的感知覆蓋了上去……為了不讓我們發現『我們已經來到島上』這回事。」

「車的狀態也不太對勁。」余樂順暢地接話道，「剛才那堆破事好解釋了，他們想把我們分開，各個擊破。這車也跑了一段路，等小阮他們那邊反應過來也晚了。」

「車裡應該有線索。」季小滿已經開始四處摸索和翻找，「外面看不清車裡，車裡的狀況不會被偽裝，我們不會毫無準備地上島。」

「妳先找找，我看看外頭的情況。」余樂當機立斷，啟動了身體數值檢測系統，並且將虛擬螢幕調整到外界看不到的角度。「小奸商，妳個頭小，我調整了車後的玻璃透光，妳找到東西後到後面觀察——妳來當那個什麼『暗哨』。」

余樂自己也隨便摸了摸，結果只摸到個魷魚腳的空包裝，上面還殘餘著鐵珠子的牙印。他不爽地吐了口氣，弄了根手指餅叼在嘴裡，試圖緩解菸癮。

「關於我身體狀況的虛擬螢幕，瞧好了。現在我們的感覺未必準確，小唐說了嘛，身體狀態不會騙人。」外面的人不可能知道他啟動了這個功能，正好可以拿自己當個探測器。

季小滿拉長臉，看起來不怎麼喜歡這個提議。

「怎麼，以為妳是小妞，所以我才讓著妳？」余樂謹慎地驅車前進，「得了吧奸商小姐，雖然我不願意承認，真的拚肉搏，我可贏不過妳那些亂七八糟的小機關。再說了妳個子就那麼一丁點，難道要我這個一米九幾的來奇襲？妳要是爬到我身上，頭蓋骨都能被妳掀了。」

「我現在就想扭掉你的腦袋——這車就你能發動，要是你死了，我麻煩更大。」季小滿惡狠狠地說道，聲音不大，威懾力倒是足夠了。

「妳這就是小看我了，我還沒那麼容易死。」余樂眯起眼，「東西找到了沒，別廢話。」

季小滿學余樂翻了個白眼，將老式手機丟到余樂大腿上。「透過非正常途徑進行觀測，情況應該好一點。」

「哎呦，這方法不錯。」余樂反應很快，他直接把手機用機械臂固定在車前，打開前後座間的玻璃格擋。小小的螢幕上映出海邊的樹影。

季小滿在後座縮起身子，一邊瞪余樂，一邊吃隨手順走的手指餅。等喀嚓喀嚓嚼完一包，她恢復了些精神，開始透過手機鏡頭朝外觀測。

「……咦？」

「不一樣，我曉得。」余樂全神貫注地瞧著顯示幕上的畫面。

「不是，天亮了。」季小滿指向窗外，「看來外來影響被撤除不少。」

余樂這才抬起眼，他看見了波光粼粼的海面。初升的太陽如同融化的黃金，天空已經變得清澈湛藍，邊緣附著旭日染出的朝霞，整個景象溫暖靜謐。

然而後排響起和這景象完全不搭的驚訝抽氣聲。

終究是在地下城毒霧裡長大的年輕人，余樂遺憾地搖搖頭。像自己這種見過大場面的，根本不會被一點自然景象動搖。內心感嘆完畢，他將頭轉向季小滿那邊。

然後他的抽氣聲比季小滿還響亮。

瘋了，他想。

島的內側完全扭曲。離他們最近的是一個巨大的陶瓷娃娃頭部，保守估計有三十米高。它的顏色剝落，碎裂了一小半，剩餘部分也帶著顯眼的裂痕。內臟似的血肉從它的頭顱中流出，繞著島嶼在另一邊堆成堆，還在抽搐搏動，泛著濕潤的光澤。幾隻昆蟲般的長腳不知從哪裡伸出來，不斷地伸展、蜷起，同樣大得嚇人。

陶瓷娃娃僅剩的那隻眼睛殘餘了些許藍色，無神地望向這邊。

破損的彩色積木，沾血的鈍器，腐爛的書本，蠕動的黑影。它們混合不同尺寸，用一種詭異的融合方式覆蓋全島。更遠的地方，金色紙屑如雨般飄落，各個國家的標誌性建築像插在奶油蛋糕上的蠟燭，橫七豎八地插在廢墟之中。一切都被朝陽的光輝映亮，用某種詭異的方式起伏，如同在呼吸。

這是貨真價實的噩夢，余樂緩緩吞了口唾沫。怪不得 Struggler II 收視率這麼高，這場景在觀眾看來肯定格外刺激。然而作為與噩夢近在咫尺的人，余樂恨不得乾脆再把車往海裡開。

相比之下，玻璃花房的預防收容所簡直稱得上可愛。

「我該珍惜廢墟海。」余樂喃喃道，「操，老子原來的人生多正常啊。別說一年，在這裡待一個月，我可能就要瘋了。」

陶瓷娃娃破損的頭部顫抖著轉了轉，帶起一片揚塵和飛鳥，五官微微扭曲，擠出一個笑。

作為經驗豐富的機械獵手，季小滿肉眼可見地哆嗦了下。

「就像……就像進了一個精神病人的腦子。」她半天才找回聲音。

「是進了一群神經病的腦子。」余樂虛弱地糾正，「小奸商，我們還往前走嗎？」

季小滿緊盯那個破損的陶瓷頭顱，無措地抖了半天，最後還是堅定了想法。

「走。」她說，拿起手機對向窗外。在鏡頭拍下的畫面裡，什麼扭曲都沒有，只能看到一點被森林遮擋的建築廢墟。「反正都、都不是真的。」

「好了，都結巴啦。」余樂沒再看那令人毛骨悚然的景象，他調整了一下狀態，繼續朝森林前進。「能受得了我們就走。就那兩個瘋小子的德性，要是我們在這退了，八成連阮教授的毛都摸不到一根。」

正如余樂所猜，隨著太陽升起，阮閑和唐亦步都瞧見了島上的扭曲異常。然而兩人只是輕飄飄地瞄了眼，隨後再次盯住對方。

唐亦步兩隻手抓住兩串烤焦的烤魚，表情嚴肅得像拿了兩把軍刀。

「這就是我的答案。」阮閑說道，「要是你真的想要找 MUL-01 的破綻，還是問問阮教授比較好。」

唐亦步機械地啃了口烤魚，喀嚓喀嚓地嚼，眼神有點發直。

打擊這麼大嗎？阮閑有點不解，但沒打算就此放過對方：「現在輪到你了。」

「啊？」唐亦步擠出一個單音，看起來在走神。

「情報。」阮閑殘酷地奪過唐亦步另一隻手上的烤魚，咬了一口魚肉，絲毫不介意不遠處蠕動的巨型內臟。「這是交易，我不可能真的免費告訴你這些。」

他已經透露了足夠多情報。如果唐亦步知道點詳情，完全能推斷出自己是在 NUL-00 銷毀前「被消失」的，或者是這部分記憶被修改過。不過對方願不願意相信還是個問題，畢竟他給出的也不過是邊角料。

說到底，就算對那仿生人抱有特殊的愛意，阮閑同樣不願意把全部情報都暴露給唐亦步——唐亦步對於「阮閑」的想法應該遠遠沒有表面上的那樣簡單，在確定對方的真實態度前，過早攤開底牌只會讓自己無路可走。

阮閑本人、在不知情狀態下執行阮閑計畫的複製人、被阮閑拋棄的複製人……關於自己的身分，他能粗略估出不少可能。根據唐亦步的立場，他得考慮怎樣圓滑地切換這些身分。

「哦……」唐亦步眼下的反應慢了不少。背對著島嶼的扭曲景象，那仿生人茫然地啃著烤魚，一點黑灰沾到了臉上，活像隻第一次見到雷雨天的貓。

阮閑忍不住戳了戳那張臉。

「你被阮閑放棄的時候有身體嗎？」他選了個不算太深入的問題，看那仿生人恍惚的狀態，說不定能順帶得知其他線索。

既然唐亦步聲稱這身體是他自己創造的。那麼再之前，無論唐亦步是捨棄了原本的軀殼，還是單獨以電子腦的形式存在，他都需要一個幫手。

電子腦連移動都無法移動，就算有原本的軀殼，他也很難在不被發覺的情況下為自己進行身體再造。

唐亦步終於把注意力找了回來。

「我知道你想問什麼。」那仿生人小聲說道，「這具身體是我潛入 Struggler 時製造的。普蘭公司在二十二世紀大叛亂前幾年開始了這個秀，後續又推出了不少其他主題的仿生人秀，但 Struggler 系列一直是最火爆的。每一季結束後，都能賣出不少秀裡的仿生人。」

這傢伙又開始把話往其他情報上帶了，阮閑眯起眼睛。

「那就很有意思了。」阮閑直接堵住了唐亦步的話，「既然你是阮閑在大叛亂後製作的『武器』，怎麼混進了大叛亂前存在的仿生人秀？」

「因為那個秀持續多年，並沒有因為叛亂立刻停止。」

唐亦步面無表情地指指他們所在的島。

「仿生人秀裡沒有人類，同時維持著自己的一套生活圈，主腦沒有特地處理的必要。你可以把它想像成一個與世隔絕的小國家。考慮到玻璃花房的情況，拍攝和記錄可能也沒有停止，外部設施同樣保存完好。這是我唯一能自訂身體的地方，剩下的資源幾乎全在秩序監察手裡。」

「嗯哼。」阮閑句尾聲調上揚。

「當時我的確也有人協助，人類很容易哄騙。更何況是在混亂的環境下。」唐亦步沒有看向阮閑，「這是我能給你的情報。」

「接下來……」

「唐亦步?!」一個陌生的聲音插了進來。「天啊，是唐亦步嗎？」

阮閑猛地轉過頭，一男一女正站在遠處，男人朝這邊揮著手。

都是他不認識的臉。

「嘖。」唐亦步的反應更加乾脆——那仿生人響亮地咂了個嘴。

兩人雖然態度親切，看起來暫時沒有靠近的打算。不過這個距離難不倒阮閑，他仔細打量兩位不速之客，臉上已經調整好了最為合適的表情。

站在遠處的男女面容很是端正，氣色和身材也都不錯，不太像生活在絕望環境中的人。兩人身上的衣服有些破舊，完全不成套。零零碎碎的小道具掛在粗糙的皮帶上，大多數都有手工改裝的粗糙痕跡。

阮閑第一時間把手機握在手中，假裝擦了擦汗，往螢幕中快速一瞥——這兩人的外貌倒不是偽造的，和他們之間的距離也沒差多少。

估完眼前的狀況，阮閑側側身子，好讓衣服徹底擋住血槍。

「**熟人？**」他轉向唐亦步，順手摸摸耳釘。

「……不清楚。」唐亦步的回答有點含糊，「從外形來看是的，但也有可能是主腦複製了之前仿生人的記憶，重新製作的東西。」

阮閑從未見過唐亦步那樣警惕的模樣，那不是深思熟慮後的戒備，更像是一種應激反應。

「畢竟如今沒有特地使用仿生人的必要。」見阮閑沒有挪開目光，唐亦步繼續低聲解釋，「Struggler 每階段的秀完成後，會分批次售賣人氣比較高的仿生人，我不認為那時的仿生人能出現在這裡……主腦也不會輕易放過這個觀察人類的機會。」

「別相信他們說的任何話，阮先生。」沉默幾秒後，唐亦步又低聲補了一句。「和玻璃花房那邊不一樣，主腦未必會考慮精神的健全問題，他們的記憶可能被修改過無數次。」

的確，之前的仿生人秀之所以使用仿生人，完全是考慮到社會倫理相關的問題。生物組織比例有硬性要求，軀體大部分是由仿生材料構成的仿生人，並不會被觀眾當作同類來看待。就算出現衝突或廝殺，觀眾的心理也會和看木偶戲差不了多少。

但那有個前提——仿生人秀由人類運營。

阮閑在樹蔭避難所時就見識過，主腦完全擁有對真正的人體植入記憶的能力。那麼熱衷於觀察人類的 MUL-01 真的有必要再去遵守這些規章嗎？

……玻璃花房裡的人看的到底是什麼？

關於精神問題，唐亦步恐怕也是對的。

阮閑對於他人的情緒一向敏感，他能夠本能地察覺出來，面前的兩個人壓根就不正常——那對男女對島上的異狀毫無反應，周身氛圍輕快得像在郊遊。如果說玻璃花房裡的人是被精細修剪的花，注重精神狀態的穩定，這裡更像是個極端試驗場。

讓「端正」的更為「端正」，「病態」的更為「病態」。

不過也好，阮閑想。比起可能帶有奇特改裝的機械，血肉之軀的人反倒更好對付些。

「這個反應，真的是小唐。」男人臉上的驚喜不像是假的，可阮閑沒從裡面看出多少親近的意思。「你去哪了？我們都以為你死了……哎呀，這位是？」

唐亦步猛地扣住阮閑的手腕，握得死緊。隨後那仿生人將他拽進懷裡，伸出一條手臂摟牢，動作裡的占有欲幾乎要溢出來。

「**偽裝？**」阮閑繼續用耳釘發問。

「嗯，不能引起注意。」唐亦步稍稍低下頭，微長的髮梢隨著他的動作垂下。「假設主腦特地讓一部分人繼承了之前仿生人秀的記憶，他們很可能是『重要角色』的定位。」

阮閑了然。重要角色通常會帶有隨身攝影，他們最好不要引起觀眾的興趣。好在經過他們在預防收容所的一通亂來，宮思憶八成不會再有觀看仿生人秀場的資本和資格，他們幾乎沒有第一時間被發現的可能性。可該注意的還是要注意。

他配合地退了半步，做出一副緊張的樣子。

「沒想到這麼久不見，小唐你也找到男友了。可惜了，營地那幾個知道了該有多傷心。」

唐亦步沒答話，只是露出了阮閑十分熟悉的敷衍微笑。

「跟我們回去吧。」男人像是沒察覺到唐亦步的敷衍，看到阮閑有退縮的意思，他反而拉著女人湊了過來。「忘了自我介紹，叫我康哥就行，這邊是我老婆小照。」

小照跟著點點頭，臉上的笑容和男人一樣熱情。

「你是？」小照帶著甜甜的笑容，朝阮閑伸出手。

「之後還有再見的機會。」

唐亦步語調少見地僵硬，他鬆開懷抱，又把阮閑往身後拽了拽，剛好錯過那隻手。那仿生人的態度太過反常，阮閑一時不清楚那是演技還是真實反應。

「很高興能再見到你們，不過我們有隊伍了，現在正在——」

「這麼說太見外了。」

男人用力掐住唐亦步的胳膊，力道不小，動作卻不算快。阮閑清楚唐亦步能躲開，可那仿生人沒有躲開的意思。

「新認識的人哪有老熟人靠譜，我跟你說小唐，自打換了地方，我們的生活可滋潤不少。你一定得帶你男友來瞧瞧……實話可能難聽，但你們的人能讓你這種沒啥能力的人出來亂逛，八成沒什麼能耐。」

阮閑的手探向懷裡的血槍。

他明白唐亦步的顧慮。先不說他們兩人身上的初始機效果少見，自己這邊一行四人全都沒有搭載現實增強設備，一旦引起不必要的注意，暴露的可能性不小。

可要是順著兩個陌生人的意思走，他們不知道得等到猴年馬月才能和余樂他們會合。

話說回來，阮閑有十足把握在兩秒內殺死這兩人，唐亦步只會比他更快。然而唐亦步還沒動手，周圍必然有隱藏的監控設施。

雖說道理他都明白……阮閑看了眼那人緊捏唐亦步胳膊的手，手越來越癢。

他一向明白最穩當的做法，可這一路也沒少恣意行事。既然阮教授在這裡，他一定正透過某些手段監視著這座島，由自己來引起對方的注意也不失為一種辦法。

畢竟他比唐亦步多一個優勢——在需要的時候，他可以完美地詐死。

然而就在阮閑的指尖要觸碰到槍柄的那一刻，唐亦步假意掙扎開來，有意無意地碰到阮閑正在悄悄挪動的胳膊，順勢再一次把對方按在懷裡。

「沒事，阮先生。」唐亦步小聲說道，「別動手，先跟他們走。」

「我知道了。」隨後他抬起頭，朝那兩人聲音清晰地回答。

雖然表面沒有什麼表現，但唐亦步的焦躁情緒已經快把他的大腦撐爆了。

本來他可以找個安靜的地方，好好消化阮先生的發言。對方意外的態度讓他整個人都亂了陣腳，迫切需要對所有資料進行再整理——

如果阮先生只是阮閑的複製人，為什麼阮閑要給他搭載上這樣的態度？

如果阮先生是真正的阮閑，那些邏輯上的矛盾又要怎樣解釋？

彷彿有火在他的肺裡燒灼，唐亦步連呼吸都不怎麼暢快——眼下他完全無法分辨在胸口沸騰的複雜情感。

可惜這座島像是打定主意和他作對，一份複雜的情緒資料還沒處理好，另一份負面情緒緊跟而上。

唐亦步從沒想過在這裡還能遇到故人，MUL-01 的喜好比他想像的還要惡劣——作為第一個仿生人秀，Struggler 走了野蠻發展的試錯路線，其中誕生了不少嚴重扭曲的人格樣本。如果主腦想把它們保留下來……

事情變得有點麻煩，他忍不住噴出了聲。

要不就先假意答應，把兩人引到沒有攝影機的地方，然後快速動手殺死他們。或者利用森林裡的怪物，順水推舟地製造「意外」。這裡肯定有人在看，就算不用S型初始機，他也能感受到那種被注視的感覺。

後頸毛髮豎起，背後好像有小針在扎。這是純人類的身體給他帶來的珍貴本能。

十分罕見地，這回阮先生倒是有先一步下手的意思。唐亦步及時制止了他的動作，背後針扎似的窺視感變得更加強烈，他的汗毛幾乎全豎了起來。

「先跟他們走。」他對阮先生低語道。

在徹底搞清楚阮先生的狀況前，唐亦步不打算任由對方步入危險。而他的阮先生瞧了他一眼，最終還是收起了槍和殺意，再次戴上溫和無害的面具。

「這就對啦。」康哥拍拍手，「我帶你們去見老大，搞不好你還能弄到原來的工作呢。」說罷他像是想起了什麼好笑的事，爽朗地笑了一陣。小照也陪著笑，貌似關係很好地拍了拍唐亦步的背。

到了森林裡就好，唐亦步心想。只要計算好樹杈和樹葉的遮擋，以他和阮先生的能力，他們總有機會製造幾個意外。

可是那如芒在背的被窺視感依然緊緊地黏著他。

「**阮先生**。」唐亦步終於忍不住，在對方的手心裡快速寫字。「**附近有什麼？**」

「**方圓兩公里就我們四個**。」阮先生用耳釘回覆，「**飛行機械一百六十五架，我不清楚具體的監控參數，你自己駭進去看看。**」

這和自己透過訊號痕跡發現的飛行監視器一樣多。唐亦步皺起眉，但是那些東西不至於給他帶來這麼糟糕的被窺視感。可如果S型初始機都探測不到，自己八成也無法找出原因。

「**還有，我打算當個啞巴**。」阮先生的資訊再次傳遞過來。

唐亦步一愣，這才反應過來——那對男女靠近後，阮閑說過任何一句話。這樣的確更低調，而且萬一他們被分開，提供的資訊也不容易出現矛盾。

「**了解**。」他在對方的手心裡輕輕戳了戳。

「哎呦康哥，你看看人家。」小照扭過頭，瞟了眼他們兩人相握的手。「來，你也抓著我嘛。」

如果他們不是正踩在蜿蜒在森林裡的血肉上，前面的夫妻倒有點像和平時代影視作品裡的小情侶。只是配上他們鞋底咕嘰咕嘰直響的滑膩內臟，那點溫馨氣氛早就碎到連渣都不剩。

唐亦步警惕地看著走在前面的兩個人，突然手部一陣刺痛。

他低下頭去瞧了眼，手背上多出一道細細的刀口，血液正順著手背不停滴到地上。阮先生的手上也沾了不少。

唐亦步視線微轉，果不其然，剛剛還走在前面的小照正靠在他手邊，還在收手裡的匕首。不知什麼時候，對方又用感知侵蝕了他們。

「你最好放開手，小唐。」年輕的姑娘仍然笑得很甜，「既然康哥沒牽我的手，我也不喜歡看人牽手。下次如果你再這樣，我就把你的手指切下來——沒事沒事，康哥那裡有很好的藥，不會把你弄殘廢的。」

唐亦步沒吭聲，他對這兩位老熟人的作風早就習以為常，他只需要一個進攻的機會——

「砰。」

小照歪倒在地上，拿刀的手上多了個彈孔，臉上的笑意還沒來得及收回。

他的阮先生沒有就此收起血槍，甚至沒有就此暴露本性。他做出一副緊張害怕到極點的模樣，用槍口顫顫巍巍地對準面前的年輕女孩，一言不發。

唐亦步眨眨眼，就在那一瞬間，壓在他脊背上的被窺視感消失了。

小照被這一槍打懵了。她將被打中的手緩緩舉到臉前，透過手掌上的血洞，朝康哥眨眨眼。

隨後一個頗為無害的委屈表情從她臉上浮起，小照爬起身子，甩甩手上的血：「康哥！小唐的男朋友用槍打我——」

那腔調不太像被槍擊中，更像是阮閑不小心踩髒了她的新鞋。

「還不是妳自己不小心，老大還沒見到小唐呢！整天就知道動刀，萬一小唐因為傷口感染死了，大家多虧啊。妳也知道，今天剛好是最忙的時候，哪有人可以照顧他們。」

小照吸吸鼻子，草草包紮傷口口，嘴嘟得老高。她的臉本來就有些圓，眼睛大而亮，這樣的樣貌讓阮閑一時間無法判斷她的實際年紀。

「那我可以殺了他嗎？」她指指阮閑，語調還是輕飄飄的。

「說起來之前也沒見小唐談過戀愛呢，我有點好奇他會有什麼反應……」

「對吧！」

「不過再想想，等忙完這兩天，可以嘗試的方法有很多。」康哥的面貌英俊，眉目間帶著點和話語完全不相配的正氣，那股違和感讓人脊背發涼。「機會只有一次，隨便用掉實在可惜。」

「這麼一說，我死了你會有什麼反應，我也開始好奇啦。」小照用髒兮兮的布帶纏起傷口，又打了個蝴蝶結。「我要好好看看小唐的反應，以後當個參考！要是你到時候沒有好好表現，我……哎？怎麼辦，我死了就懲罰不了你了。」

阮閑：「……」

無法直接說話，但他努力用眼神向唐亦步示意，傳達自己的讚賞之情——和這些玩意一起過了幾年，相比起來唐亦步簡直無害得感天動地。

「……他們以前不是這樣的。」唐亦步低聲說道，「他們以前更清醒些。」

小照像是把開槍的阮閑給忘在腦後。她步伐輕鬆地跳回康哥身邊，一邊哼歌，一邊用自己的血在對方的衣服上畫圖案。

隨著他們向森林中深入，鋪在地面的古怪內臟越來越密集，蠕動得也越來越快。暗紅的肉塊裡混著青紫，抽搐得如同嚥氣前的動物。一股股濕熱的腥氣直往鼻子裡鑽，阮閑一陣反胃。

「爲什麼不動手？」

事情到了這地步，傻子都能看出來對方沒什麼好意。阮閑不認為唐亦步是多愁善感的類型，事實上，對方可能是這個星球上離「多愁善感」這個詞最遙遠的生物。

自己曾親眼看那仿生人拐跑主腦的探測鳥。按照唐亦步的能力，趁現在進入了森林，擾亂幾個攝影機的程式應該不是難事。就算不想殺掉對方，逃走也不是難事。

可他沒有那麼做。

唐亦步側過頭，用唇形回答了阮閑的問題。

「有人在看。」他說，「從不久前開始，有人一直在看我。干涉程式可能會被發現。」

「主腦？秩序監察？」阮閑沒有感覺到任何異常。

「不知道。」唐亦步無聲地回答，並把這個動作偽裝成一個安撫的親吻。「小心，阮先生。」

下個瞬間，阮閑便體會到了唐亦步所說的「有人在看」。剛聽到唐亦步的說法，他還覺得這形容太過籠統。親身體驗了一次之後，阮閑才意識到這個形容是多麼貼切。

的確有人在看。

不是超自然的直覺，也不是暴露在鏡頭下的不自在。阮閑在意的事情不算多，他之前也不介意在鏡頭前和唐亦步徹徹底底地親熱一晚。

然而這次的感覺不一樣。

剛才開槍的時候，他曾感覺到類似的不適，只不過沒有在周圍察覺到威脅，那感覺又消失得太快，阮閑沒有立刻將它作為異常來深究。眼下不知道是不是S型初始機的功勞，那種被窺視的不適感讓阮閑胃裡泛酸。

硬要形容的話，就像毫無自覺地站在一隻沉眠的巨獸眼睛旁邊，回過頭來，在對方猛然睜開的眼睛中看到自己的臉——

自己彷彿在被一隻非常、非常巨大的眼球近距離凝視。

好在那隻看不見的眼睛只是盯了他片刻，壓迫感突然散去，而唐亦步的身體再次繃緊，窺視者的注意力應該再次回到了唐亦步身上。

「**我明白了**。」阮閑謹慎地回覆道，「**剛剛我也被瞟了一眼**。」

唐亦步扯扯嘴角。

「**這是件好事**。」阮閑揉揉唐亦步的頭髮，「**偷看的傢伙大概只有一個**。」

但問題也不少，對方是怎麼繞過他的感知去「看」的？又是為什麼一來就盯上他們？……那會是藏在島上的阮教授嗎？還是說主腦察覺到了異常？

目前的狀況超出了他們的認知，在完全無法掌控的情況下暴露可不是好主意——對方的主要目標似乎是唐亦步，這下自己必須選擇更謹慎小心的做法。

好不容易到手的人，阮閑可不想任由對方搶走。就算唐亦步要死，下手的人也只能是自己。

阮閑呼了口氣，將唐亦步的手牢牢握在手裡。

唐亦步反手抓住他的手，兩人十指交握。

「我們會找到他的。」唐亦步小聲說道，不知道是指阮教授、窺視者，還是兩者皆是。

「據我的了解，那個人不會選擇我當初的隱藏方法。」那仿生人的掌心溫熱依舊，「我知道怎麼找到他。」

他們腳下的路越來越不對勁。蠕動的內臟幾乎鋪滿地面，擠成小小的山丘，血管似的東西紮進樹木的樹皮之中，不住鼓動。阮閑打量了下周圍環境，他們似乎正在往那個破碎的陶瓷娃娃腦袋裡走。

腳下黏膩的觸感和上升的感覺很可能都是錯覺，那對精神異常的男女在前面走著，阮閑思考片刻，從腰包裡掏出一把小刀。

「**亦步，幫我牽制一下他們的注意力。十七秒就夠了。**」

唐亦步深深地看了他一眼。

「**放心，我們利益一致。**」阮閑彎起嘴角。「**我不會趁機跑掉。**」

唐亦步這才小跑幾步，跑到那對年輕的夫妻身邊，一臉假笑地說著什麼。阮閑裹緊了身上沾滿砂礫的白外套，做了幾個深呼吸。

這是他們從預防收容所裡弄來的外套，沒剩幾套了，最好不要弄得太髒。他一邊動作，一邊隨意地思考。

快到中午的時候，他們終於抵達了那個陶瓷娃娃頭顱的內部。不過鑒於這玩意側面著地，朝天的那一面少了小半個腦袋，內部和露天差不多。

頭顱內部的血肉彼此牽連，變得更加駭人，巨大頭顱內部有著像蜂巢一樣的結構，小隔間由土石混著各式質感的血肉黏合而成。不過可能是考慮到增強現實終歸不是現實，這些小隔間大多聚集在地面上，沒有懸空的設計。缺少遮擋的部分被空出來，隨便栽了些要死不死的蘭花，乍看就像個建到一半的小廣場。

他們正站在這個簡陋的小廣場上，阮閑極度懷疑他們踩著的部分在類比腦組織。無論這個現實是誰製造的，那人絕對已經不正常到了相當嚴重的程度。

「老大，我們回來啦！」小照朝廣場中央招招手。

廣場中央放著把灰撲撲的扶手椅，大小像是小孩子用於扮家家酒的款式，成年人完全坐不進去。鼓鼓的靠背褪了色，上面還多了不少破口，裡面的填充物漏了出來，帶著可疑的棕褐色。一個沒有頭的小號陶瓷娃娃被放在椅子中央，發黃的四肢全是劃痕和裂紋，扭成一個人類無法做到的動作。

它一動也不動。

廣場周邊也聚集著不少人，活像簇擁成團的工蜂——每個人都在忙著自己的事，又很難看出每個人在做什麼。巨大頭顱的裂痕邊，幾隻探測鳥拍打著翅膀，頭部的鏡頭直直朝向廣場。

「看看這是誰！」小照跑到唐亦步身後，將唐亦步硬生生朝前推了幾步，「各位，各位！小唐回來啦！」

圍在周圍的人沒有什麼反應，虛空之中卻響起了歡呼聲。聲音僵硬地重複，像是節目提前錄製好的音軌。紅色紙屑應聲從空中飄落，阮閑伸手接住一片，觸感很是糟糕，沒有半點真實感。

緊接著他仔細地環視四周，一雙和唐亦步相似的金眼睛都沒有。

「本來我想留兩位吃午飯的，結果老大說要把你們關起來。」康哥抓起座位上的無頭娃娃，提起它的一隻手朝他們擺了擺。「不過我會記得送飯給你們！唉，老大就這個脾氣，我也沒辦法。非常時期，理解一下。」

說完，他將一聲不吭的娃娃身體扔回椅子。

「不過為了那個什麼，啊對，安全！小唐的男朋友，把你手裡那個觀測機械交上來吧，就是長得像手機的那個。還有小唐的也是，這是規矩，不然我們很難辦。」

「聽康哥的話，康哥可聰明了。」小照不知道什麼時候又閃到他們身後，阮閑能感覺到冰冷的金屬緊貼自己的頸椎。

他無聲地擺擺手，指了指自己的嘴巴，又指了指唐亦步的口袋。

「我們手裡只有一臺觀測機械，讓他們搜。」做這些時，他向唐亦步簡單地傳訊。

「我男朋友沒辦法講話，抱歉。」唐亦步非常自然地接過話頭，「我們只帶了一個，剛剛阮先生給我了……嗯，就是這個。如果你們還擔心的話，可以搜搜看。」

「好的！另外武器也——」

「別的東西不行。」唐亦步語氣很堅定。

「哎？為什麼啊！」背後的小照聽起來相當不滿。

「那是我們的定情信物。」唐亦步又開始胡說八道，「我們需要留下一點紀念。你們拿走了觀測器，人又多，我們只留幾把刀槍不會造成什麼影響。」

阮閑：「……」他是還第一次從唐亦步嘴裡聽到這麼亂七八糟的解釋。

「康哥，康哥！你看，人家還沒結婚呢，就有那麼多定情信物。」結果小照幾乎瞬間買帳，「你怎麼就沒想過送我刀和槍，真煩人！」

「下次給妳槍。」康哥哄道，「時機不是正好嗎，我再割兩條舌頭一起送妳，我們就贏了。」

小照收回抵在阮閑脖子後面的刀，用力拍拍手，這回她沒有遷怒唐亦步。隨後兩個面孔同樣精緻的雙胞胎走上前來，將阮閑和唐亦步拖進了最近的小隔間。

和那對小夫妻不同，其餘人對他們沒露出半點興趣。隔間的門一關，兩人立刻陷入了純粹的黑暗。

但鬼知道這黑暗是不是只有他們才能「看到」的。

阮閑果斷趴伏在地上，他一早就做好了準備。哪怕武器真的被收走，他也有辦法破除這些惱人的感知干擾。

不過既然留下了武器，自己也可以少遭點罪。

阮閑沒有去拆腋下槍套上的搭扣，而是用小刀劃開側腹，將血淋淋的老式手機從腹腔掏出。老式手機離開身體的剎那，他腹部的傷口再次飛快癒合。

就像不久前在樹林裡，自己偷偷將它藏進去時那樣。

隨後他翻了個身，用衣服遮擋好血淋淋的手機，啟動鏡頭，快速瞥了幾眼。

果然。

他們正在一個四五米深的坑底，陽光傾瀉而下，頭上沒有任何遮蓋。坑邊坐著一個人，百無聊賴地四處亂看。

唐亦步正坐在一具乾枯的白骨邊，目光沒有焦點，應該還被困在一片黑暗的感知裡。

既然弄清了監視者的視角，剩下的事情就容易多了。阮閑爬到唐亦步身邊，偷偷把沾著血的手機塞進對方手心。虛假的黑暗再次降臨。

唐亦步窸窸窣窣地將東西藏好，又摸索著摸了摸阮閑的面頰。

「還感覺被盯著？」

「嗯。」

「如果我沒有藏起它，你打算怎麼做？」

「等。」唐亦步輕聲說道，「我們等晚上再行動，阮先生。趁現在多恢復些體力吧……他們會來的。」

「誰會來？」

「那對夫妻，還有其他區域的襲擊者。」唐亦步把下巴擱上阮閑的肩膀，輕輕嗅了嗅。「這裡將會有一場戰鬥。我明白為什麼主腦要從 Struggler 的參與者那邊複製出一部分資料了——這是場秀，至少要讓玻璃花房的人有興趣看下去的秀，必須要有衝突和矛盾。按照我的經驗，這裡最少有兩個區域處於對抗狀態。」

「我們眼下處於『最劣勢』的那一方。」

CHAPTER 52 變異

鐵珠子陷入了前所未有的恐慌。

幾個小時前，自從那對陌生人出現在他們面前，它那兩位大個子同伴就像忘了它似的。就算它變著花樣蹭他們的腳踝，那兩人還是一副不以為意的冷淡樣子。

自己的撒嬌策略沒了效果，鐵珠子眼巴巴地仰視著兩道熟悉的身影，當場張開嘴巴，眼看著就要委屈地嘎嘎大叫。

「**自己藏好**，π。」

它還沒來得及嘎出聲，一個指令便在它的腦袋裡冒出來。鐵珠子強行吞下那聲嘎，疑惑地轉向唐亦步。

「**遠遠跟著我們，不要靠近，否則會有危險**。」距離有點遠，傳來的意識指令有點模糊，不過簡單易懂。

鐵珠子還是有點委屈，它前幾天被人踹凹了外殼，引以為傲的渾圓金屬殼上多了個醜陋的補丁，現在它還沒把傷口補好。這些沒殼的柔軟生物不會懂它的悲傷——曾經那麼圓的外殼！

但唐亦步的指令還是要聽的，自從受了傷，它的狀況本來就不算好，稍微活動一下就會非常睏倦。那對男女散發出來的味道並不親切，鐵珠子自己也不是很想跟他們靠得太近。

它在沙土裡滾了兩下，隱約感到有些後悔。如果當時留在季小滿那邊，不僅有吃有喝，還有車坐。哪像現在，沒人抱著它走，它還得自己一步一步趕路。

不開心。

鐵珠子π嘴裡嘎嘎低叫著，在落葉和樹根間蹦跳前進。那四個人走在前面，它只能勉強跟上，肚子還越來越餓。

「**不走了！不走了！**」它努力把意識傳給唐亦步，然後熟練地翻過肚皮，四條小腿朝天亂蹬。就算唐亦步不為所動，阮先生總是很吃這一套。

可惜它沒有等來撫摸外殼的手，也沒等來美味的金屬零件。不遠處響起一聲槍響，鐵珠子嚇得腿一僵，趕緊骨碌碌地滾進灌木叢。

反正這次是唐亦步讓它不要接近的。鐵珠子氣呼呼地思考，和上次不一樣，它清楚那兩個陌生人不是自家同伴的對手。

何況自己還帶著傷呢。

鐵珠子在灌木叢裡發出呼呼的聲音，它可以先等遠處的騷亂結束後再繼續……再繼續……熟悉的睏倦感再次襲來，它沒有抵抗，坦然地呼呼睡去。幾個小時過去，它再次睜開眼睛，走在前面的人早已沒了蹤影。

鐵珠子迷迷糊糊滾出灌木，四下張望。時間差不多已經到了中午，它在附近嗅不到熟悉的氣味，也找不到現成的道路。作為以機械廢棄物為生的格羅夫式 R-660 生命體，它本來就不擅長長距離移動和搜尋。

完蛋了。

它在原地扯開嗓門，帶著哭腔嘎嘎大叫，可惜仍然沒有人來接它。鐵珠子哀號了差不多十幾分鐘，終於，樹叢一陣沙沙作響。鐵珠子連忙翻起肚皮，將腿縮進殼內，做出自認為最可憐的樣子。然而來者甚至不是人類——

一隻海蜘蛛模樣的中型機械生命從樹叢探出頭，個頭約莫一米左右，電子眼蝸牛似地伸出，眼看就要往這邊撲。鐵珠子嚇得原地一彈，不管不顧地邁開腿，隨便選了個方向就開始逃命。

被安穩投餵的日子過得太久，它差點忘了自己在機械生命食物鏈下層這回事。

怎麼辦，怎麼辦？

格羅夫式 R-660 生命體並不是高智物種，它絞盡腦汁，卻半天沒想出成功逃命的方法。它的種族通常棲息在廢墟海和荒原這種便於移動和隱藏的區域。這裡的森林植被過於茂密，它的殼非常容易在濕潤的落葉和苔蘚上打滑，盡力伸長的小短腿也很容易被草莖絆倒。更別說它現在還帶著傷。

相比之下，身後擁有多條長腿的捕食者追得簡直輕鬆愉快。

它要死了嗎？

鐵珠子越跑越委屈，它的肚子本來就餓得厲害，眼下又是一陣虛弱無力。它需要進食，需要溫暖的懷抱和溫柔的撫摸，最好再有人用沾油的軟布擦擦它的殼。它不該在這個破地方，下次再見到那兩個傢伙的時候，自己絕對要去咬他們的腳後跟，狠狠地咬。

委屈漸漸變成了怒氣。

如果不能好好咬上幾口腳後跟，就這麼死掉也太虧了。如果是那兩個傢伙，這種時候會怎麼做來著……？

鐵珠子 π 來了個急煞車，在腐爛的落葉裡滾了幾圈，被一段樹根攔了下來。追在後面的中型機械生命輕鬆地停住腳步，開始用兩條鋒利的前腳去戳地上的小東西。

鐵珠子一口咬上朝自己襲來的前腳。

美味的金屬，它想。饑餓、委屈和憤怒徹底沖暈了它簡單的思維，現在它的腦子裡只有「好餓」和「一定要咬到腳後跟」兩個簡單的念頭。

被咬的捕食者一瞬間愣在原地，隨後用力甩動前肢，試圖把咬住自己攻擊利器的鐵珠子甩到地上。

甩不開。

鐵珠子只覺得嘴裡的金屬腳是這輩子吃過最美味的東西，它需要更鋒利的牙齒結構，更大的嘴巴，它想吃掉更多。鐵珠子π啃得如此專注，以至於完全沒發現自己的變化。

季小滿焊上的金屬補丁被甩落，它引以為豪的外殼正在慢慢裂開，出現精緻的分合接縫。藏在外殼裡的白色血肉飛快改變形態，口部在原有的基礎上繼續擴張出類似昆蟲口器的複雜結構，它們讓它的嘴巴足足變大了五倍以上。

鐵珠子張開怪異的新嘴巴，一口把那根美味無比的金屬腿咬斷，飛快咀嚼。

還是餓，餓得要命。

追了它一路的捕食者沒有再進攻，反倒露出些退縮的意思。可惜饑腸轆轆的鐵珠子已經徹底忘記了逃命這回事，它高高跳起，直接跳到連接金屬肢體的身體關節處，張嘴就咬。

捕獵者變成了獵物。中型機械生命試圖逃脫，卻沒能敵過那個吃紅了眼的小怪物。短短十幾秒，它的金屬長腿被對方從連接處全部咬斷，只剩一個臉盆大小的軀幹在草地上扭動，傷口流出乳白色的液體。

從沒見過那種東西。最後一個念頭停在腦中，中型機械生命掙扎幾下，不再動彈。

鐵珠子咯吱咯吱啃完了那些美味的金屬腿，一鼓作氣把敵人早已涼透的身軀也吞下肚子。變形伸展的部分慢慢收回，它又恢復了原本那副圓滾滾的模樣。

嘔出不需要的雜質，打了幾個飽嗝，鐵珠子才意識到事情好像有哪裡不對勁。

它試著在草地上滾了兩下，發現自己自豪的滾圓外殼又回來了，身體好像也變重了不少。

鐵珠子迷迷糊糊嘎了兩聲，小眼睛瞄向地面上另一隻機械生命的殘骸，愣了數秒，隨後爆發出一陣嘎嘎尖叫。

尖叫半天，它才從暈頭轉向的狀態恢復。

這是自己幹的。鐵珠子震驚地思考道，它對自己在食物鍊中的地位一清二楚，自己不可能做到這種事。

算了，不想了。只要找到同伴，好好咬完腳後跟，唐亦步他們應該能弄清發生了什麼。麻煩的問題還是留給頭腦好的傢伙解決比較合理。

吃飽睡足，叫也叫累了。鐵珠子挪動圓滾滾的身體，開始朝樹木更稀疏的方向滾動。事實證明，好運還沒有拋棄它——面前的草被軋得東倒西歪，十分好辨認。

那是裝甲越野車的胎痕。

鐵珠子原地轉了幾圈，小聲歡呼一陣，隨後順著胎痕堅定地滾起來。

製造胎痕的人心情正微妙。

裝甲越野車裡此刻不只兩人，後排正坐著兩個哭得眼睛發腫的孩子。季小滿坐回前排，縮起身體，假裝自己不存在。

倒楣透頂，余樂想。要是碰上成年人也就算了，偏偏是兩個小傢伙在森林裡崩潰大哭。出於各種考慮，他都不該停車，可惜視線對上後，他實在不忍直接把車開走。

兩個孩子看起來最多十一二歲，臉龐精緻漂亮得像洋娃娃，但身上毫無疑問穿有方便戰鬥的服裝。其中一個的右肩膀有明顯的槍傷，傷口已經腫脹潰爛，發出難聞的味道，人也不怎麼清醒，只知道哭。另一個情況好點，只是扭到了腳，傷勢不至於致命。

余樂停了車，將兩個哆嗦的小傢伙拎到後排，給他們丟了點藥品和醫療器械，隨後扯著季小滿坐到前排。季小滿全程一言不發，沒有反對也沒有贊同，只是用奇怪的眼神看著余樂。

「總不能把小孩扔那吧。」余樂硬著頭皮轉動方向盤，「我知道會有童兵那種玩意，但那兩個小傢伙傷勢不是假的，我看得出來……放這麼弱小的小傢伙在外頭等死，我還是有點不忍。」

季小滿還是盯著他。

「他們用的物資都算我的，行不行？」余樂擺擺手，「小奸商，妳好歹是個奸商，思路開闊點。我們在這地方也沒個嚮導啥的，白撈兩個不也挺好。」

季小滿看了眼後排，其中一個正用手術刀熟練地切去另一個傷口上的腐肉，手腳俐落地消毒、縫合。於是她又把視線挪回余樂臉上。

「行行行，我知道，這兩個小傢伙一臉明星相，八成有跟拍。剛才把他們弄上來的時候我也遮了臉，要不我們都戴上防毒面具唄？地下城的東西妳沒扔吧。」

「沒。」季小滿迅速戴上面具，「你繼續開車吧，我幫你戴。」

「唔。」余樂還是嘆了口氣，提高聲音。「後面兩位，哥哥姐姐也不是做慈善的。我可以給你們更多的藥，你們兩個能不能跟我說說這裡的情況？」

受傷嚴重的那個孩子已經睡著了，頭枕在另一個的肩膀上，臉燒得通紅。另一個孩子則咬咬嘴唇，猶豫了好一段時間才開口。

「……謝謝叔叔，謝謝姐姐。」那孩子的聲音不高。

余樂：「……」

季小滿在面具後發出一聲類似於憋笑的聲音。

「我不知道你們想聽什麼情況。」孩子無視了兩人的反應，聲音警惕起來。「目、目前我們知道最嚴重的事情……今晚是進攻的日子。」

「你們是新來的嗎？」那孩子把同伴的傷口包紮好，熟練地擦擦手上的血。

「中了招，腦子有點不清楚，總不能開著車在這裡繞圈子。」余樂答得很順，「你剛才說今天是進攻的日子，具體怎麼回事？」

「每週都要來一次，大家會一起攻擊那邊的娃娃頭。這週我弟弟受了傷，如果還是按照原來的計畫來，我們會死的。」孩子指了指遠處駭人的陶瓷娃娃，表情像個真正的孩子。「如果叔叔你想不起來自己是哪邊的人，最好不要捲進去。」

「為什麼要進攻那邊？」這次開口的是季小滿。

「進攻就是進攻呀？大家都是這樣的，需要理由嗎？」那孩子奇怪地看了她一眼，「我沒聽說過理由。」

季小滿和余樂隔著防毒面具對視一眼。

「說了這麼多，這裡有沒有什麼中立地帶，或者方便躲的地方？你們狀態不好，我們記憶模糊，是該找個地方藏藏。」

余樂在心裡把算盤打得啪啪響。按照唐亦步和阮立傑的一貫作風，自己和季小滿不可能待在原地等待他們過來認領，那兩個傢伙八成會直接衝向阮教授。

那麼自己這邊也索性把重點放在尋找阮教授上——這島看起來不小，找準同一個目標才更容易會合。

不管這兩個小傢伙來自哪裡，他們所在的勢力和娃娃頭會有定期衝突，並不像個平靜的地方。如果阮教授想在這個噩夢島安穩存活，選擇相對平靜的區域、減少曝光可能更合理些。

不妨先從這個角度下手。

後排的小孩沒有立刻回答，余樂從後視鏡裡瞟著那兩個孩子——兩個孩子都還小，長相又太過出色。就算知道正在昏睡的那個是「弟弟」，他也不清楚醒著的那個是男是女。

這種類型的仿生人也能拿出來作為秀場的養分嗎？夠讓人噁心的。

「我說得夠多了，要是你們還打算繼續打聽，拿東西換。」仔細打量完車內的狀況，醒著的孩子提出要求。「拿吃的東西換。」

「我怎麼覺得我這邊有點虧呢，給你們的藥和安全就值這點？」

「那你可以把我們放下。」那孩子聽起來一點都不慌，「反正我們知道去哪躲。現在大家都在營地準備進攻，附近應該沒別人了，祝叔叔和姐姐好運。」

「想吃什麼？」余樂還沒來得及開口，季小滿搶先一步。「順便名字也告訴我們一下，不然不好稱呼——你可以叫我滿姐，我旁邊的是老余。」

「我叫蘇照，他叫康子彥。我想要密封的水果罐頭和甜飲料，有嗎？」

「他真的是你弟？」兩個孩子的姓氏並不一致，余樂忍不住插嘴道。

「和弟弟差不多，反正他是我在這唯一相信的人。」蘇照倔強地抬起下巴。

季小滿挑了兩個黃桃罐頭，又拿了兩包牛奶，朝余樂點頭示意。余樂沒再說什麼，把前後排之間的玻璃隔板降下來一點點。然而蘇照接了罐頭和牛奶後並沒有立刻開始吃，他——或者她——打開罐頭和牛奶，用蓋子盛了些，遞回季小滿那邊。

季小滿的反應也很乾脆，她接過蓋子，爽快地一飲而盡。

自稱蘇照的孩子等了約有十分鐘，確定季小滿沒有任何不良反應，這才將罐頭的湯水餵給還在昏迷的康子彥，自己小心翼翼地吃了一小塊桃子，然後將剩下的放好。

「指路吧。」余樂等蘇照細嚼慢嚥完，才再次開口。那小孩將剜去腐肉的手術刀熟稔地藏進袖子，他假裝沒看見。

「先這麼朝前走，需要換方向的時候我會說。」蘇照十分謹慎，把康子彥緊緊抱在懷裡。可能是藥物和糖分起了作用，康子彥的臉色稍稍好看了些。

「至少告訴我們要去的是什麼地方吧。」余樂把玻璃隔板再次關好，「總不能便宜都給你們占了，小朋友。」

「工廠周邊。」蘇照清清嗓子，「那是中立區域，管理人爺爺住在那裡。要是在附近打架，絕對會被管理人懲罰。」

「工廠？」

「嗯，畢竟大家的要吃要用的東西得有地方生產，人也需要地方生產。」蘇照低下頭，「之前我們在那邊躲過，只要控制好距離，別讓管理員爺爺發現就行。」

聽這話，他們似乎正在朝主腦手下的方向前進。

不過俗話說燈下黑，阮教授藏在附近也不是不可能。至於「人也需要地方生產」這句話，余樂倒不是很意外——無論這裡的藥物和設備再怎麼完備，照這種一週進攻一次的速度，要沒有新鮮血液及時補充，這個秀早就沒人了。及時增加仿生人肯定是必要的。

「你們見過管理員啊。」他有意無意地補了句。季小滿正忙著擺弄手裡奇怪的機器，像是對後排的孩子失去了興趣。

「一年前透過窗戶看到過，他沒來得及把窗簾拉上。」蘇照打了個哆嗦，「非常老，有點嚇人。聽大人們說，他在這個島上至少待了六七年，從來沒有離開過。」

是了，這種亂七八糟的瘋狂秀場，必然需要一個經驗豐富的秩序監察坐鎮。這個孩子精明歸精明，閱歷畢竟有限，偽裝情緒的手段不怎麼好。余樂看得出，他們這位小客人是真的在害怕。

「一個人管這麼大的島，老爺子手段不錯。」

「工廠附近有機械大軍，幾年前娃娃頭那邊有人想搶物資，被打得稀爛，屍體的樣子在天空投影了一週。」蘇照吞了口唾沫。

「說到那個娃娃頭。」

余樂自然地把話題轉過去，他已經摸透了從蘇照嘴裡敲情報的方法。

「我記得意識影響的上限是十個人，我們也不像被針對的樣子，怎麼到哪都能看到？」

「啊？」蘇照一臉迷茫，「什麼意識影響，它一直在那裡呀？」

季小滿聞言抬起頭，手指扯扯余樂的袖子，輕輕搖搖頭。

余樂配合地吐了口氣：「算了，就這樣吧。是我腦子還不清楚。」

蘇照沒有再接話，稍稍瞇起眼，一副睏了又不敢睡的模樣。此時昏睡的康子彥終於醒過來，他努力撐起身子，艱難地抱住蘇照的肩膀。

「睡吧，照照。」他說，「我醒了，我幫你看著。」

「……嗯。你記得帶他們去工廠附近，不要一下子把目的地告訴他們……」

「我明白。」

季小滿又用指尖戳了戳余樂的大腿，余樂低頭一看，季小滿在顯示自己生理指標的虛擬螢幕上添加了一行資訊。

「**打開前後座單向隔音**。」她表示。

余樂俐落地照做，兩個人看向前方，盡力避免露出對話的樣子。

「那兩個孩子是人類。」季小滿說道。

「妳還真往食物裡摻東西……妳這手速可真快。當初妳不是給了洛非一點嗎，那個仿生人麻痺劑還沒用完？小阮可是只給了妳一片藥。」余樂空出一隻手，掀起面具，捏了捏眉心。

這座島實在是太過異常，他已經沒力氣驚訝了。

「只剩半支了，但這個環境值得確認。」季小滿聲音嚴肅。「這裡的情況比我們想像的要複雜。老余，我覺得不對勁。」

「好吧，怎麼回事？」余樂打了下方向盤，繞過面前的樹木。「剛才妳也沒讓我繼續問，妳有頭緒啦？」

「我大概清楚唐亦步之前的說法了。」季小滿喃喃道，「先不說這兩個孩子是人類，我檢查了好幾遍，沒有在他們身上探測到任何外接類設備……簡單來說，現實加強設備被植入了他們體內，而且有很高機率在大腦裡。這種手術相當精密，應該是在製造之初就埋進去的。」

「就算搶到了現實增強設備，還得找個內行人給自己開瓢，妳是這個意思？」怪不得唐亦步當初說將裝置弄到手很麻煩，余樂完全不想在這座恐怖島上把自己的腦袋弄開。

「……是的。」季小滿望向窗外的巨型娃娃頭。「至於那個娃娃頭的事情，我也可以解釋。」

「嗯哼，聽著呢。」

「增強現實最多影響十個人。」

季小滿在自己的大腿上方添了個虛擬螢幕，點出一個紅點。

「假設這是最開始製造『娃娃頭幻覺』的人，他的能力很強，強到足以侵蝕另外十個人的認知。」

虛擬螢幕上的紅點變成了十一個。

「那麼在認知中『看到娃娃頭』的人變成了十一個，這十一個人又分別去感染他人的認知……」

紅點不斷連接、增多，最後變得密密麻麻。

「所以我們一直能看到那些古怪的東西——它們不是專門針對我們的攻擊，而是島上這些人的集體認知，沒有增強設備的我們只能被動接受影響。對於後面兩位那種自打『出生』就帶有現實增強設備的人來說，它就是現實。」

「也就是說相信的人越多，那些奇怪的東西就越真實？」余樂瞄了眼虛擬螢幕上的紅點。

「嗯。我們現在看到的，很可能是整座島的『現實』穩定後的結果。」季小滿點點頭。

「噢——」余樂拉了個長音，「搞不好這是件好事。」

季小滿忍不住轉過臉，看向余樂。

「之前小唐不說了嗎，要是被這些亂七八糟的玩意影響，以為自己會死，那真的可能死。」

「是這樣。」

「雪茄。」

「……什麼？」

「假設這幫人覺得『雪茄』這個詞是死亡詛咒，發自內心相信這件事的人就會被這個詛咒殺死。妳看我們兩個像會信的樣子嗎？我們一開始就知道這些都他媽是假的。只要保有懷疑，我們就是無敵的。」

余樂哼笑一聲。

「說來也好笑，我們四個裡根本沒一個善良可愛的好心人。精神暗示的部分應該不用擔心，注意現實裡的真正攻擊就好。怪不得小唐一開始就強調現實問題。」

「停車！」後座的康子彥突然開口，「快左轉，左轉！」

「怎麼這麼激動啊小朋友，對傷口不——」

余樂一個急煞車。

「都下來。」

七八個年輕人不知何時攔在車子的必經之路前，余樂瞥了眼手機螢幕，那幾個人並不是幻象。

「都下來。」為首的年輕人又重複了一遍，穩穩舉著手裡的槍。「把你們後座的兩個人交出來。」

當墟盜當久了，身為掠奪者，聽到「交出來」這樣的命令式話語，余樂第一反應是笑。

「我多少年沒聽過這種要求了。」他兀自笑了一陣，「我說幾位，你們說交我就交，那不是很沒面子。」

「生面孔。」對面領頭人身邊的人說道。

「不是自己人就行。」為首的年輕人說，「算了，殺了他們——」

「動手嗎？」季小滿活動了一下金屬義肢，打開窗戶。

「記得留活口。」余樂也沒有廢話，猛打方向盤。

車子徑直朝攔在面前的人群撞去，余樂將所有車窗玻璃調整為單向透光模式。季小滿壁虎似地從車窗爬出，翻身爬向車頂，用機槍朝四下掃射。

為固定行李，裝甲越野車頂部本身有個小小的凹陷結構。身材嬌小的季小滿剛好能趴伏在裡頭，加上車頂具有一定的高度，對面的子彈完全無法擊中她。偶爾有投擲類的武器掉到車頂，季小滿理都不理，把全部感知放在車頂的細微震動上——

沒有人比她更了解金屬相碰後的反應，若是那反應不對，就算扔來的「炸彈」在季小滿面前「炸開」，她也沒有移動的打算。

作為地下城裡長大的機械獵手，「懷疑一切」可以說是刻在她骨子裡的本能，直面死亡更是家常便飯。

這還是他們第一次和有現實增強能力的對手對戰。就算自己不會被匪夷所思的怪像影響，對方的位置和距離也可能是假的。兩個人好歹都是在真正的廝殺中一路打滾的人，謹慎永遠不嫌多。

不能相信自己的眼睛、耳朵或是鼻子。手機能夠幫他們確定的只有三點——周邊環境、對方人數和對方的武裝程度。

這三點就足夠了。

余樂一腳踹開安裝在座位附近的軍火箱之一，摸出幾枚燃燒彈，在手裡掂了掂。

「小奸商，外面可能會有點熱，防毒面具也記得扣緊哈。」說罷他等了幾秒，隨後開始朝周圍投擲燃燒彈。嗆人的煙霧伴隨著火焰四處肆虐，防毒面具下，季小滿勾勾嘴角，開始朝余樂特地留下的幾片空隙集中射擊。

與此同時，余樂把笨重的裝甲越野車駕駛得彷彿活物。襲擊者特地挑了個樹木茂密的地區現身，卻沒能成功用樹木困死這輛龐然大物。

燃燒彈燃起後，余樂幾乎原地轉了個圈，好讓季小滿射擊的角度更好些。外面射來的子彈砰砰地撞著車窗玻璃，卻沒能擊碎它們，前墟盜頭子得意地吹了個口哨。

射擊持續了幾分鐘，季小滿收手，敲敲車頂。余樂繞出煙霧，在手機螢幕裡一一確認敵人的傷勢——確定對方全部喪失戰鬥能力後，他才套上防彈背心，下了車。

季小滿輕巧地從車頂躍下，將外套一脫，面具掀起一點點，擦了擦臉上的煙灰和汗水。「搞定了？」

「搞定了。」余樂把傷者聚在一起，用手機時刻看著。

「你們是哪邊的？」就算落到下風，為首的年輕人依舊沒有露出半點驚慌。他的雙腿被季小滿擊中，傷口正在不停冒血，眼下他的大半注意力都在止血上。

「無可奉告。」余樂半蹲下身，一臉無賴的笑容，可惜防毒面具只能露出他的眼睛。而季小滿將手裡的外套往車窗裡一丟，義肢末端彈出利刃，整個人仍未脫離戰鬥狀態。

「你們一群二十好幾的人，非得追著兩個小孩不放，要臉嗎？是，你們今晚要搞進攻，難道上戰場就差這兩個小孩還是怎麼的？」余樂故意壓低聲音，好讓自己聽起來更惡劣點。

「明知故問。」小首領聲音冷了下來，「他們可是我們這邊賺關注的大宗，你們不也是打著這個主意？」

賺關注？

不過余樂沒有在面上露出驚訝的模樣，嘴上繼續：「可是人家願意上我們的車，不願意跟著你們混，尊重尊重當事人的意見唄？我要是你們，我會先擔心一下自己。」

「老余。」季小滿挪到余樂身邊，聲音很低。「附近有探測鳥。」

煙霧被風吹散了些，幾隻麻雀大小的探測鳥在附近樹枝上站成一排，頭部的攝影裝置齊齊對向這邊。

「看來我們要成明星了。」余樂低聲嗤笑，「早晚的事，要拍就讓它們拍，反正我們戴著面具——」

話還沒說完，傷者堆裡突然跳起一人。趁兩人的注意力在對話上，他一把抱住個頭不高的季小滿，用體重優勢將她壓倒在地，手上的刀眼看就要往小姑娘喉嚨上劃。

可惜他的刀還沒落下，就被余樂飛起一腳踹上太陽穴。那人甚至沒來得及發出慘叫，掙扎幾下，隨後便沒了氣息。季小滿迅速補了一刀。她伸出兩根尖利的金屬手指，直接就著傷口深深戳進對方的太陽穴。

「還真以為我是個開車的啊。」余樂一隻手用槍指著剩下的人，另一條手臂伸向季小滿的方向，讓她抓著自己的胳膊站起來。「照理來說我該滅你們的口，但後排還有小孩看著，我也不想真的和你們鬧出什麼血海深仇。正好回去告訴你們的人，別來第二次了……如果你們還有命回去的話。小奸商，走了。」

兩人踩過被燒得焦黑的草地，穿過灰黑色的煙霧，回到了車裡。兩個孩子沒有逃跑，只是緊緊抱在一起，警惕地打量著他們。

「繼續指路。」余樂發動車子，「看什麼看？我們只是腦子不清楚，不是變成了沒有戰鬥力的弱智。」

「……謝謝。」蘇照用蚊子似的聲音說道。

「真感謝我們的話就解釋一下，賺關注是怎麼回事？我不記得這個了。」

「有人在看。」蘇照說，「島外有人在看。長得好看、情況特殊或者行為出眾，都會有人關注……被關注得夠多，可以獲得關注點。大家的物資和人都是用關注點換的。」

「我可沒看到什麼關注點。」

「拍手三下，左手掌心會顯示。」康子彥插嘴道。

力。

「小奸商妳試試。」這機制聽起來有點傻，還是讓季小滿這種邊緣情況的人試試更有說服力。

季小滿沉默地伸出兩隻金屬手掌，用力拍了三次，隨後低頭看向左手手掌。看清手心的東西後，她愣了片刻，拿起手機照向手心。

「四百五十點。」她說。「它能被拍到，應該不是現實增強。」

這回余樂沒有習慣性地接上玩笑話。防毒面具後，他皺起眉頭。

好歹他當過某種意義上的領袖，知道這個機制意味著什麼。人們需要藉由各種行為取得外界的關注，然後用關注點兌換物資——聽起來是簡單的規則，然而就算這個島的增強現實再怎麼離奇，真正的現實也不會改變。

主腦並不會魔法。物資定點投放的效率是最高的，這必然會導致各個勢力的迅速形成——如果在這島上單打獨鬥，就算能獲得足夠維持生活的點數，物資被兌換出來後也會被其他勢力守株待兔。現在看來，這裡的人戰鬥力和正常人類相差不大，必然要依附某個勢力才能活下去。

這麼一想，那個古怪的「每週一戰」也十分合理。

玻璃花房的上層人士追求的是「生活環境中缺乏的刺激感」，以這一點為前提，大家和平度日只會導致共同貧窮。而這樣艱險的環境下，小孩子大概是稀缺角色，漂亮且有一定自保能力的小孩更加罕見。這兩個孩子具有天然優勢，顯然更容易獲取關注。

這其後的問題才更加可怕。

這裡的人都知道自己被看著？他們對自己的處境知道多少？

他和季小滿又是如何被納入系統的？如果這座島的管理人發現了他們四個外來者，為什麼沒有任何反應，反而讓他們直接參與了這場荒唐的秀？

「老余。」季小滿又戳了戳余樂的大腿，打斷了余樂的思考。「……這裡的人類不只那兩個孩子。」

「怎麼說？」

「剛才想殺我的那個人，我把手指戳進了他的腦。」季小滿聲音低到幾乎聽不清，「我確認過了，我手指上的是人類腦漿，不是電子腦的仿生組織。這恐怕不是什麼仿生人秀——」

「唔，我也這麼想。」余樂瞇起眼，「搞不好是又一個培養皿。」

另一邊的兩位狀況不佳。

阮閑小睡了片刻，恢復些許精神。手機在更擅長戰鬥的唐亦步手裡，為了確保自己的安全，他選擇倚在唐亦步懷裡睡。如果唐亦步那邊有什麼動靜，自己能立刻醒來。

對方溫熱的懷抱也能讓阮閑放鬆不少。

正如他所料，眼下唐亦步那邊的確有動靜，動靜還不小，不過不是他推測的任何情況——那仿生人的肚子咕咕直叫，分外響亮。

自從早上吃了點烤魚和椰子，他們沒有再進食。各自搭載著初始機，兩位能量消耗大戶向來餓得很快。現在看來，唐亦步對能量的需求比自己還要高些。

雖然康哥他們表示會來送飯，但阮閑並不打算信任兩個精神明顯異常的人。他嘆了口氣，摸摸腰包。腰包裡還有兩條巧克力棒，一包壓縮餅乾，以及他一直隨身攜帶的笑臉罐頭。

如果只是撐到晚上，這些東西應該夠了。阮閑摸黑摸出巧克力棒，用牙齒咬開包裝紙，將它湊到唐亦步嘴邊。

「**你吃吧，我這邊還有一點食物，多吃點**。」他透過耳釘示意，把除了笑臉罐頭以外的食物全部塞進唐亦步懷裡。「**你是主要戰力，也更容易受到致命傷，保持體力比較好。**」

阮閑捏著巧克力棒，能感受到唐亦步在一點點啃它。那仿生人沒有說話，專心吃著，只不過啃得越來越慢。

「我留了三分之一，剩下的你吃。」唐亦步叼住巧克力棒，用它戳戳阮閑嘴角，聲音含糊地說道。「我更希望你能輔助我戰鬥，這是最合理的能量分配。」

就在那一瞬間，阮閑再次感受到了那種被窺視的感覺。不過和前幾次一樣，這回那感覺也沒有停留太久。他剛打算告訴唐亦步自己的發現，黑暗中出現了刺眼的光。

增強現實的牢籠中，小照開了監牢外門，正端坐在牢獄門口，雙手托腮。她身邊放著一個布袋，布袋上滲著可疑的暗紅色。

「真恩愛。」她感嘆道，「沒想到我們小唐這種花瓶角色，也能撈到個對象——那邊那個誰，你到底怎麼想的？」

「阮先生喉嚨受過傷，沒辦法說話。」唐亦步將阮閑抱緊了些。

「哦哦，原來叫小阮。」小照笑得很開心，「你們這是打算走什麼路線？博同情？演示廢物求生？還是做給其他人看？」

一隻探測鳥停在她的手腕上，小照朝嵌入鳥頭部的鏡頭笑得很甜，甚至做出飛吻。

「今天的主題是餵食！」她興高采烈地表示，從布袋裡拿出塊半腐爛的生肉，丟到唐亦步身邊。「不過他們還不餓，可能得等一兩天才能看到效果。真遺憾——」

唐亦步眯起金色的眼睛。

「這樣吧，我把你們關上一個月，我想知道你們誰會吃掉誰。」小照突然發出一聲歡呼，「就這麼幹好啦，我真的是天才！」

她的語調十分輕鬆甜蜜，如果無視話語內容，哪怕放在甜品店的介紹節目裡也沒有什麼違和感。

「小照，我不是讓妳等等我嗎？」康哥停在了小照身後，伸出兩隻手，從背後搓了搓她的臉，後者發出一聲可愛的尖叫。「妳又來捉弄小唐啦？」

「都怪你走得太慢！而且這不是捉弄呀，我是在給小唐活下去的價值嘛。我剛剛有個特別好的點子……」

「明天再說。」康哥寵溺地捏捏她的臉，「我聽到了一點，主意很好，不過還需要多點細節。今晚我們還有比賽呢，不是說好了嗎，我去多搶點禮物給妳。」

「嗯，還有老規矩——我們看看誰的關注點更多吧。如果我還是這裡的第一，你就親我一下。要是這次你超過了我，換我親你一下。」

「我家小照永遠都是第一。」

「畢竟那群笨蛋什麼都不懂。」小照笑嘻嘻站起身，提起散發出屍臭味的布袋。

「……他們連自己活在仿生人秀裡都不知道。」

CHAPTER 53 神賜

唐亦步徹底冷靜下來。

那塊腐肉還在不遠處散發出陣陣臭味，與過去關聯的記憶不停浮現。但這次情況稍有差別，自己懷裡還有另一個人，而他也不再是十二年前那個毫無抵抗能力的普通仿生人。除去頭腦外，他還擁有足夠的戰力籌碼。

不過他此刻的心情有點奇怪。

十二年前，自己還沒有得到A型初始機，軀體無比脆弱。純人類的軀體比合成仿生人弱小不少，就算擁有足夠的智能，唐亦步還是選擇了最為穩當的路線——

槍打出頭鳥。無論顱中的電子腦再怎麼先進，一旦軀體死去、失去能量供應，等待自己的只有被泥土吞沒的結局。發展自己的勢力自由度更大，但被他人當作目標的可能性也直線上升。

受脆弱的軀體所制，當時的他輸不起。

明面上將自己偽裝成不上不下的角色最為安全。為了活下去，只要確定不會危及生命、不會帶來長期隱患，他可以冷靜地做到任何事——食用變質的生肉、承受一定程度的毆打再輕鬆不過。

人類的人格資料在那些仿生人腦內運行，他能夠進行相當準確的分析。哪些是偶發性的暴力發洩、哪些可能導致自己被長期盯上，他分得很清楚。

比如曾經也有人為了欲望而衝著這張臉來，一旦對方明確露出這方面的意向，唐亦步更傾向先一步暗中出手殺死他們，徹底避免可能產生的後續問題。

即使如此，記憶裡的那段時期仍然伴隨著無盡的疼痛。按理來說，他早該習慣了這些，一切只不過是實現「存活下去」這個目標的一環。如今坐擁巨大的優勢，他本該感到輕鬆和滿足。

然而此時此刻，聞到那塊腐肉的臭氣，唐亦步卻感到心酸和委屈，忍不住把懷裡的人抱得更緊了些。

並非因為有了軟肋，只是心裡多了種莫名其妙的難過。

……沒有效率和價值，目的也不明確的古怪情緒。

他的阮先生伸出手，輕輕拍著他的背。阮先生沒有問任何問題，但唐亦步十分清楚。靠目前的資訊，對方能把自己曾經的遭遇推測個八九不離十。

康哥和小照在十多分鐘前就離開了，留下了不少值得探討的情報。阮先生卻沒有立刻和他交流想法，只是任他緊緊擁抱自己。唐亦步將鼻子搭上對方的頸側，輕輕嗅了嗅，確定自己的情緒回歸正常，他終於慢慢鬆開雙臂。

「我不介意你多撒一下嬌。」對方的訊息終於傳過來，阮先生用手指理了理他的頭髮，有點癢。**「不過事到如今，是時候說明一下你當初的情況了，亦步。關注點是怎麼回事？剛才那兩人又是怎麼回事？」**

原來那種行為是撒嬌，唐亦步回味了幾秒這種古怪的新鮮感，才開始回答阮先生的問題。

「我不知道關注點的事情，可能是主腦添加的新規則。」他舔舔懷中人的耳廓，滿足地唔了兩聲。非常神奇，腐肉的臭氣似乎無法再影響他的心情。「康哥和小照是我原來的……算是有共同利益的合作物件。」

「看剛才的情況，是他們的亂來不至於要你的命嗎？」阮先生這條訊息裡沒有什麼正面情緒，字裡行間帶著寒意。

「在最初的 Struggle 裡，他們的狀況也算特殊的。他們有點接近我說的那種複製真實人格的情況。」唐亦步小聲說道。「不過有點微妙的差別，他們的人格之所以被投放進來不是出於獵奇的目的。」

阮閑的感覺不怎麼好，那塊軟爛的腐肉落地，久違的漆黑情緒反倒升了起來。無論當初唐亦步是出於何種目的潛入秀場，他並非一開始就擁有A型初始機。如何以一個脆弱的人類軀殼在存活遊戲中求生，阮閑能猜到對方採取的策略。

他在邏輯上理解，卻克制不住心裡的怒火。

有趣的體驗。

阮閑用手指慢慢撫過唐亦步肌肉結實的脊背，像是在安慰一隻受傷的大型野獸。然而在怒氣影響理性前，他需要早點轉移話題，好讓自己盡量保持平靜。

「……**微妙的差別？**」

唐亦步給出的答案沒有讓他太過驚訝。畢竟當初那仿生人選擇了他們作為合作對象，必然不是為了讓自己死得更快。

「出於獵奇目的的真實人格投入，人格的主人基本上都會選擇在外面看熱鬧，把這一切當成更現實點的遊戲。這兩個人……他們的人格提供者已經死了。」

阮閑皺起眉頭：「**仔細說說**。」

對敵人的理解總不嫌多。

「小照的名字是蘇照，生前是個小有名氣的探險家，出身於競技武術家庭，非常擅長野外生存和肉搏戰，知識也挺豐富。康子彥是她自幼相識的未婚夫，曾是普蘭公司的高層。」唐亦步凝視著面前的人造黑暗。「蘇照在婚前探險時意外去世，出於研究記錄目的，她對自己的記憶和人格做過全面備份。」

「把記憶投入這種仿生人秀，需要本人許可吧。」

根據目前得到的資訊，末日前對人類人格的安全性還是有基本管控的。先不說阮教授對於治療用的「告別計畫」要求多麼苛刻，就算是普蘭公司，也不至於為了錢和收視率涉及這種敏感問題。

「關於這個問題，他們曾在我面前爭吵過不少次。出事前，蘇照曾將自己的全部電子財產授權給了康子彥，她的人格資料也包含在裡面。在她意外去世之後，康子彥並不願意接受現實。」

「地下城那兩人的情況？」阮閑猛然想到地下城的何安和付雨。

「和那兩位狀況不同。何安的人格是藉由付雨的回憶進行仿製的，本質上還是全新的合成人格。那兩個人是全盤複製，更接近樹蔭避難所裡倖存者的狀況。康子彥濫用了自己的權力——他將蘇照和自己的人格資料原樣注入電子腦，並製造了一模一樣的軀殼，作為『襯托角色』投入秀場。按照當時的法律，康子彥的行為算是惡性犯罪。」

當初普蘭公司將人格資料修改後注入仿生人，已經算擦邊的行為。那個時期對於絕症患者和腦死亡人士的「人格移植」都還存有不小的爭議，更別提把死者帶回來這種事。

唐亦步搖搖頭，呼吸放緩了些。

「因此在做完這一切後，身為人類的康子彥自殺了。」

「對於新生的『蘇照』和『康子彥』來說，他們會本能地以為自己是人類，同時對仿生人秀的真實狀況也非常清楚。普蘭公司發現的時候，事情已經到了騎虎難下的地步——他們只能祭出康子彥留下的外貌授權書，謊稱這是某種紀念，兩人的人格已經做過充分的再處理，否則必然要承擔連帶責任……發現能夠規避懲罰後，普蘭公司還拿這件事炒作了一波，所以我才清楚這兩個人的存在。」

「**你說過，他們之前沒有這麼瘋**。」

「嗯。或許這麼說明比較合適——那兩個人的『文明程度』，遠遠超出當初 Struggler 的設計能力。我研究過他們的資料，比起其他仿生人，他們對周圍個體要友好得多。我加入時事情已經惡化了不少，他們三天兩頭地吵架，偶爾還會傷害其他仿生人來出氣，不過思維還勉強維持在正常人層面。」

瘦死的駱駝比馬大，殘餘的人性總比預先設置的野蠻要強一點，阮閒心想。既然逃不掉受傷的命運，唐亦步選擇那兩個人作為合作對象倒也合理。

然而看現在的情況……

「我能夠理解主腦特地保留他們的目的，他們的確是不可多得的樣本。」唐亦步小聲嘆了口氣，「那時選擇他們算是我的判斷失誤，我原本以為他們的精神不會崩潰得那麼快。」

「**也就是說**。」阮閑有了一個猜測，「**這裡可能只有小照和康哥像我們一樣，清楚『現實』是被人為扭曲過的，並且知曉其中的理論。其他人很可能以為自己擁有影響『現實』的能力，並不知道眼前的世界是假像？**」

比起被強行預設世界觀的其他角色，兩人無疑擁有相當大的資訊優勢，攀上實力金字塔的頂峰並不奇怪。

所以那兩人哪怕讓他們留下武器，也一定要取走他們的手機。

「是的。」唐亦步點點頭，微長的髮梢掃過阮閑的脖子。「我不清楚他們的理性還剩多少，如果他們還存有一點邏輯，肯定會對我們有所警惕。」

「**值得試探**。」

比起把這座島當作整個世界的「仿生人」們，那兩個人掌握的資訊可能更多。關於來源不明的窺視感、關於島上的變化……關於阮教授。

阮教授也曾經是這裡的外來者。阮閑曾以為小照和康哥找到唐亦步是巧合，如果不是呢？反正今夜註定會爆發混亂，只要那兩人裡其中一人還存有理性就好。

「嗯，不出意外，他們會對這座島的管理情況更加了解。」

唐亦步又貼在阮閑的頸子上嗅了嗅：「如果阮……那個人真的在這裡，他很可能躲在管理區附近。不知情的人就算有膽子進攻管理區，往往也會在被殘酷鎮壓後放棄——仿生人秀場的管理區算是世界上戒備最為嚴密的區域之一，就連蒼蠅都很難成功飛進去。」

而康子彥曾經是普蘭公司的高層，不是普通的知情者。小心試探、找出對自己最為有利的邊界距離應該不是難事。

「**我有點期待太陽下山了**。」阮閒扯扯嘴角。

他們和那對瘋狂的夫妻不同——他們沒有現實增強裝置，無法把對規則的了解化為致命武器。但靠他們自身擁有的能力，保證安全還是做得到的。

最具有威脅的是那道視線。

它一直黏著他們，卻沒有後續措施。如果說那是主腦的窺視，按照主腦寧可錯殺一千絕不放過一個的作風，他們早該被秩序監察抓去隔離了。

但窺視者只是沉默地觀察他們。

……如果說那是阮教授，身為人類，他是如何做到這一點的？又有什麼目的？

現在他們缺少必要的情報，胡亂猜測也沒用。他們離那個名為阮教授的謎底已經很近了。

他們只需要耐心一點。

阮閑伸出手，按上唐亦步的後腦，在黑暗中給了對方一個安撫的吻。

再耐心一點，再謹慎一點。無論自己得到怎樣的答案，他必然要把這個仿生人從阮教授那裡徹底奪走。

太陽即將落山。季小滿一隻手拿著手機，一隻手對著螢幕修理義肢上的殘缺，不時瞟一眼車後排。坐在後排的兩個小孩稍稍放下了警惕，雖說他們還不敢同時睡著，但姿勢已經不再那樣僵硬。

「前面那棵樹那裡右轉。」

受傷更嚴重的康子彥聽起來恢復精神了，他又喝了點罐頭湯。黃桃罐頭的汁水在他的領子上留下一點深色的濕漬。蘇照枕著他的肩膀睡得正熟，口水留下了另一片濕漬。

「滿姐，妳為什麼要拿那個東西對著手照啊？」指完路後，康子彥小聲發問。

「修理用的設備，這樣看得更清楚。」季小滿並不打算說實話。

「喔。」小孩子很容易被打發，康子彥很快失去了興趣。「能再給我兩個罐頭嗎？」

季小滿點點頭，用拿著手機的手去開食品箱。一晃而過的螢幕裡，她突然察覺了些許微妙之處——螢幕裡的罐頭似乎比她肉眼看到的要多幾罐。

季小滿蹙起眉頭，將手機對準食品箱，仔細查看了一番。

這次數量是正常的。

是自己眼花了嗎？她甩甩頭。趁後面兩個孩子不注意，在遞出罐頭的同時，季小滿又悄悄從螢幕裡看了眼那兩個小孩——無論是否隔著手機，兩個孩子的模樣都沒有任何變化。

……或許是自己多心了，季小滿抿抿嘴。

「給你。」她說，「天快黑了，等等車裡不會開燈，現在趕緊吃吧。」

裝甲越野車漸漸向森林中心行進，樹木從稀疏變得稠密，而後再次變得稀疏。有了食水和藥物，坐在車後排的兩個孩子慢慢入睡。天色徹底變暗，蘇照和康子彥倒是都醒了。

「前面那塊石頭那邊左轉，然後貼著圍牆走。」蘇照繼續指路。

車裡沒開燈，只有一點月光從窗戶透進來。再加上樹林的遮掩，森林中的景象開始變得難以分辨。好在他們離目的地已經足夠近——管理區的圍牆是顯眼的白色，在黑暗裡散發出類似於警告的微弱螢光，如同藏在樹葉中的遊魂。

「圍牆裡有一塊凹陷，用來放置機械的散熱器，和小房間差不多。裡面有藏人的地方，而且外面的人不會追來。」

「你們還挺熟練。」余樂繞過那塊石頭，開始貼牆駕駛。

「……我們藏過幾次，之前很容易被抓回去，那個地方是我們不久前發現的。」康子彥接過話，語調有點低落。「要不是這次我受了傷，也不會連累照照……」

「說什麼呢，反正現在沒事啦。」蘇照親了口康子彥的額頭，「這次肯定會順利，只要我們多來幾次，他們發現我們賺不到太多關注，肯定不會再逼我們上戰場了。」

「說到賺關注，你們不覺得奇怪嗎？被人觀察，然後發放關注點什麼的。」開了一天車的余樂灌了口冰水，腦袋裡關於前幾天的記憶仍然沒有恢復的跡象。

「大家不都是這樣的嗎？」蘇照疑惑地轉過頭，「他們說全世界都是這樣的。」

「……你們想沒想過『誰在看』這個問題？」

「當然是神呀，那些物資都是神賜的，管理員是神的使者。」蘇照答得很快，「叔叔，你怎麼老問這些怪問題？你到底忘了多少？」

余樂一時間有點不知道該怎麼接話。這裡的人腦子似乎完全不對勁，可他一時間找不出戳破這套說法的理由。遠處明明有從屬各個國家的標誌性建築幻影，這裡人的思考方式卻停留在幾個世紀前。

「那你們清楚那些建築是哪來的嗎？他們有沒有提過別的國家之類的。」前墟盜頭子繼續試探。

「提過。」康子彥積極回答，他的傷勢恢復後，性子明顯比蘇照活潑不少。「大家都是藉由各自的方式換取資源，不過大部分都很落後。那些人自打出生開始起跑線就不一樣，有的人就算再有才華，也沒有展示自己的機會。我聽說有些地方的神更嚴格，甚至會禁止部分人站到起跑線前頭呢。」

「他們活得真奇怪啊。」那孩子說道。

「他們習慣了……我們也習慣了。」季小滿搖搖頭，小聲說道。「我有點理解他們，我在地下城長大那時候，也曾經以為世界就是那樣的。」

余樂沒吭聲，他踩下煞車，停在蘇照所說的散熱器旁邊。可他的車子還沒停穩，尖銳的警報聲便從牆內傳來。

兩個孩子的臉瞬間變得煞白。

「不可能！」蘇照的聲音帶著小女孩特有的尖利，「我們在這邊藏過兩次了！」

「快跑！」康子彥更直白點，「叔叔快跑！機械部隊要來了！」

「媽的，要是讓我發現你們兩個小崽子在耍我們……」余樂罵了句髒話，還是踩下油門，迅速向森林周邊衝去。

就在下一秒，數個圓形機械從圍牆內部升起，圓心處的赤紅電子眼鎖定著樹林裡飛馳的裝甲越野車。余樂把車開成了戰鬥機，巨大的車身左搖右晃，躲避身後的機械鎖定，努力讓追蹤彈砸上樹木。兩個孩子第一時間臥倒在車座下，雙手抱頭，將身體牢牢固定在車裡。

季小滿翻出窗戶，嬌小的女孩扛起應急用的小型火箭筒，在橫衝直撞的車頂部穩住平衡，開始轟擊那些余樂不容易甩掉的追蹤彈，以及那些咬在他們身後的機械追兵。

「小奸商，小心點！」余樂越開越快，眼看車前有道不窄的溝渠，他朝車窗外吼了一嗓子，徑直開著車衝了過去。

沉重的裝甲越野車在慣性的作用下騰空而起，勉勉強強越過溝渠，余樂剛打算鬆口氣，一枚追蹤彈在車後窗處炸開。

後有追兵，前方也出現了一隊人影。陣型不像埋伏，應該是不幸撞了個正著。

那隊人影中，其中有幾個正擺著朝這邊舉槍的姿勢。

「……季小滿！」余樂幾乎是咆哮出聲，幾乎把車頭燈開到最亮，試圖干擾那隊堵上來的人。

然而車頂沒有傳來任何回答。

「天黑了。」唐亦步小聲咕噥，吐息裡帶著點巧克力棒的甜味。

「**噓**。」

阮閑在黑暗中用力傾聽。

聲音有作假的成分，S型初始機的感知比普通人敏銳好幾倍。感知干擾本身沒有大紕漏，只是偽造的聲音配上真正的聲音細節，總有種說不出的違和感，像是把兩塊不匹配的拼圖硬拼在一起。各種嘈雜的聲音混成一團，阮閑在腦中快速整理它們，試圖推斷出外面的真實情況。

這和將感知強行開到最大的情況差不多，沒過多久，那種精力透支的感覺便隱隱出現。

「**娃娃頭這邊是守勢，交戰地點就在附近**。」他還是得出了結論，「**要跑的話，趁現在**。」

「洞頂加了金屬蓋子。」唐亦步起了身，「稍等我一下，阮先生……還有這東西借我用。」

阮閑仔細聽著——唐亦步折下自己槍套上的金屬針釦，將它咯吱咯吱搓細，隨後輕鬆地爬到洞口，洞壁的土石墜落，發出細碎的輕響。

他第一次見唐亦步如此謹慎——那仿生人連真實力氣都不想暴露，打算用撬開的方式打開鎖孔。

不久後，頭頂傳來喀嚓一聲輕響，隨後是金屬蓋被掀起的喀喀摩擦聲。唐亦步輕巧地跳回他身邊，隨後阮閑發現自己被抱了起來。

「我們走，阮先生。」那仿生人又咬咬他的耳廓。

「**外面狀況如何？**」手機在唐亦步手裡，阮閑仍然只能看到一片黑暗。

不該出現的移動距離使敵人偽造的感知完全亂了套。唐亦步明明將他抱在懷裡，阮閑仍然有種雙足著地的感覺，不過比起在洞底，被偽造的感知已經減弱了不少。

他們的感知應該是由專人偽造的，偽造者極有可能是這裡的守衛。營地被入侵，按理說大部分人手會被調去戰場，唐亦步開鎖的過程相當順利，看守應該不是時時刻刻盯著他們的。

但既然他們到了地面，事情就難說了。

阮閑的感知開始變得支離破碎，他眼前仍然是一片黑暗，觸覺和嗅覺亂成一團。沒了視覺，其他知覺變得更容易被影響。

他無法感覺到唐亦步抱著他的溫熱手臂，身體像是在下墜，又像是被活活埋入沉重的泥土。觸覺的混亂使得他有點反胃。

唐亦步活像從他身邊突然蒸發。

看來他們被看守發現並攻擊了，阮閑迅速得到結論。自己還被唐亦步抱著嗎？還是說被放下了？觸覺切換得快如走馬燈，違和感變得更重，阮閑差點直接吐出來。

在亂成一鍋粥似的感知中，他努力傾聽周圍環境的微弱反射音，給自己的感知勉強找到一個錨點。

攻擊者已經完全不介意自己發現不對勁，也不在意效果是否自然，正在傾盡全力擾亂他的感知。阮閑在玻璃花房時了解過這個時代增強現實的效果，能夠推斷出它的運作原理——這樣猛烈的攻擊理論上需要精神的高度集中，自己絕對被當成了首要攻擊目標。

唐亦步手裡有手機，看得到真實情況。可惜他們正在被窺視，那仿生人不方便拿出自己的真實實力。眼下他們還陷在這個糟糕的境地，可見狀況並不容易解決。

對方現在還不能暴露，自己也不能暴露。

「**亦步**。」他透過耳釘呼喚對方，周圍聲音太過吵鬧，阮閑放棄了耗費精力的無差別解析，決定先保留力氣。「**如果你還抱著我，等等我掙扎的時候，你就把我丟下。如果沒有，你就什麼都不要做**。」

守衛隊既然把攻擊重點放在自己身上，就表示他們八成發現了唐亦步擁有破除感知影響的手段。他們兩個人又一直表現得很親暱，如果按照正常人的思路……

又一波觸覺影響到來後，阮閑胡亂舞動四肢，做出驚恐掙扎的模樣。隨後他無視身體的一切感知，將所有精力集中在雙耳。

自己得摒棄除聽覺外的所有感知，阮閑深吸一口氣——雖然他沒嘗試過這種做法，但他眼下必須做到。

這裡樹木不少，微弱的聲音反射正不停從各個方向折回來。他蝙蝠似地將它們納入腦中，開始依照聲波反射情況估算附近的真實狀況。

漸漸的，沒有色彩的模糊影像在腦海裡浮現。

自己正被人粗暴地制住，太陽穴頂著武器。自己身後還站著另一個人，從姿勢判斷，那人應該正用槍指著唐亦步。

那仿生人站在幾步外，心跳的速度比平時快了幾分。

這個角度，唐亦步理應看得到自己的表情。阮閑提起嘴角，朝唐亦步的方向笑了笑。他的手悄悄探入腰包，握住那把剖開過自己腹部的小刀。

隨後他一邊根據聲音判斷對方的細微動作，一邊猛地回身，刀刃猛地劃過身後人的咽喉。

對方似乎被他突然的動作驚到了，一時間沒反應過來，只是捂住喉嚨後退。阮閑的觸覺紊亂又重了幾分，他整個人彷彿被捆上了雲霄飛車，或者乘上了暴風雨中的小船，暈眩和失重感同時劈頭而下。

沒關係，他只需要聽。

只要記得發力的方法，把自己的軀體當做提線木偶就好。這樣哪怕是腳下沒有觸覺，整個人對空間的感知天翻地覆，只要計算無誤，他就能跑。

阮閑反手抓過另一個看守，毫不猶豫地揮出沾血的刀刃。他沒有給對方喘息的時間，這一擊沒有順利擊中要害，阮閑徑直拔出血槍，向對方頭部砰砰補了兩槍。

觸覺紊亂瞬間停止，他的視覺也大致恢復正常。阮閑雙膝跪地，乾嘔幾聲。唐亦步則快速衝上前，從屍體上搜刮了一通武器，隨後朝阮閑伸出手。

「幹得漂亮，阮先生。」

在燃燒的火光和月色中，那雙金色的眼眸盛滿笑意。

阮閑忍不住再次露出笑容，輕鬆地拉住那隻手，任對方將自己拽起來。確定阮閑站穩了身子，唐亦步拿起從屍體上搶來的槍，朝四周的黑暗連開數槍。

阮閑揚起眉毛，直到一隻探測鳥無力地摔到他面前。

「現在的你非常……好看。」唐亦步用手掌擦了擦阮閑臉頰上的血，隨後輕輕吻了下對方還沾著點塵土的嘴唇。「我不想讓別人看到太多。」

「**窺視感還在嗎？**」他們所在的位置在娃娃頭邊角，離戰場有點遠，光照也不強。見身邊暫時沒有敵人，阮閑索性順勢加深了這個吻。

「很遺憾，還在。」唐亦步小聲嘟囔，「你的處理方法非常合理。」

「**看來我們得快點抓住你的熟人，遠離這裡**。」阮閑望向遠處。

陶瓷娃娃頭還固執地黏在他們的視網膜上，算上鋪開的血肉，娃娃頭附近的戰場大概有三四個足球場大。不過這個陣營的守備做得不錯，戰鬥大多集中在娃娃頭外部。

「哎呀，你們跑出來了啊，小唐。」

他們的目標自己送上了門。

小照正踩著血肉廣場邊緣的蘭花，手裡還拎著兩顆人頭，笑得甜美燦爛。

「……看不出來，小阮還挺能打的嘛。」

「康哥呢？」唐亦步一隻手護住阮閑，沉穩地回應。

「我故意讓他多殺點，夫妻和睦的祕訣——太好勝不是好事，偶爾輸一次也挺好的。」小照聲音裡多了點神經質的嚴肅，「你們也是，牢房裡多安全呀，非得跑出來。」

她將抓著的兩顆頭隨手一丟，頭顱滾到蘭花叢裡，濺出的血液將葉片染成黑紅色。

「我來送你們回去吧。小唐，你一直很聽我們的話，我懶得動手了，你帶著小阮自己回去好不好？……畢竟我挺喜歡你們的臉，要是它們腐爛了，肯定很敗興。」

唐亦步收回臉上的假笑，漸漸恢復了面無表情的模樣。

「不好。」他說。

他們正站在娃娃頭的邊沿，現實中的石臺附近。小照沒有召集在遠處戰鬥的同伴，而是一個人饒有興趣地打量唐亦步。

「我剛才好像聽錯了。」小照臉上的笑容變得越發甜蜜，「你是拒絕了嗎，小唐？」

「不好。」唐亦步沒有廢話，這次答得更加清晰響亮。他手上的動作重了幾分，阮閑瞬間會意，假裝自己被上一場戰鬥重創，腳步虛浮地朝唐亦步胸口靠了靠。

唐亦步小心地將阮閑引到地上，而後往前走幾步，擋在他身前。

「那就沒辦法了。」小照嘆了口氣，搓了搓手上殘餘的鮮血。「我想想……之前我喜歡弄斷你幾根骨頭來著？不過現在看來，我得先把你的小情人送人才是。我早該猜到，你肯定會看上個能打的傢伙。唉，這年頭的人心——」

小照話剛說到一半，身形閃了閃，出現在唐亦步身後。她握緊手中的小刀，猛地朝唐亦步後腰戳去。唐亦步佯裝趔趄，順暢地躲過了這一擊。

「進步了。」她感嘆道。

阮閑瞇起眼睛。

小照的攻擊路線和剛才的敵人完全不同，唐亦步的動作很是順暢，看得出沒被嚴重干擾。

但那仿生人每活動一陣，都會有幾個古怪的多餘動作出現。

是誤導。

比起徹頭徹尾的感知混亂，小照顯然更傾向於把虛假的細節藏在他們身處的環境中。除非集中精神，否則很難分辨哪些細節是對方刻意而為的——眼下唐亦步正專注於掩蓋自己的實力，不能盡全力戰鬥。另一方面，他的感知雖然經過一定加強，但還是和S型初始機天差地別，阮閑不認為唐亦步能準確區分那些陷阱。

地面上的虛假凸出或凹陷，錯誤的地形邊緣。對方刀刃微妙的軌跡偏差，動作錯位。這些細節乍看之下沒什麼，可若真處在戰鬥中，它們足以成為引起颶風的那隻蝴蝶。

唐亦步把自己的戰鬥反應速度和力道全壓制在了相對普通的範疇，猛地看去，頂多算個戰鬥經驗豐富的普通人。可惜他的對手過於瘋狂——小照的戰鬥方式完全不是正常人能做出來的。

「這樣可不行。」小照的刀尖劃過唐亦步的肩膀，帶起一片血花。她本人做出一個空翻，羽毛般輕盈地落地。「再過個五分鐘，你就會被我耗死……我說小唐，虧我沒用搞人質那麼沒意思的作法，你真讓我失望。」

她的動作乾脆俐落，沒有半點拖泥帶水的痕跡，明顯精於殺戮。憑藉男性的體重和體格，唐亦步勉強把戰鬥維持在膠著狀態，但也隱隱透出敗相。

小照的攻擊完全不符合常理，為了得到良好的攻擊機會，她可以毫不猶豫地折斷自己的手臂。如今她的左手腕正軟軟地垂著，可她本人還笑嘻嘻的，彷彿感覺不到疼痛。

「你們又弄傷我的手了。」她只是帶著抱怨的口吻嘀咕了一句。

被那些虛假的細節干擾，加上對方不要命的進攻方式、不正常的移動速度，唐亦步幾乎無法正常進攻小照，他把絕大部分時間花在了防禦上。而小照就像吃飽喝足的貓，正用鋒利的爪子玩弄著面前奮力掙扎的獵物。

阮閑將身子從地上撐起，雙眼緊盯唐亦步。其實他並不擔心那仿生人的安危，只要唐亦步願意拿出一點實力，他徒手就能捏碎小照的腦殼。而自己也已經準備完畢，治癒血槍在白外套下蓄勢待發。

但這些作法都會導致他們暴露一定程度的實力。現在還有來路不明的窺視盯著兩人，這些暴露會引發怎樣的連鎖效應，誰都無法預測。

你打算怎麼做呢，亦步？

像是察覺了阮閑的視線。在戰鬥中途，唐亦步側過頭，給了他一個燦爛的笑容，隨後輕輕搖了搖頭。

「現在。」

在疾風驟雨般的戰鬥間隙，那仿生人一點點比著唇形。

「還不是……」

短刀再次劃過唐亦步的胸口，鮮血染紅了衣服。雖然看起來慘烈，但阮閑能藉由出血量做出簡單判斷，唐亦步成功避開了全部要害，只是皮肉傷分外嚇人。

「……時候。」唐亦步完成了資訊傳遞。

與此同時，他的胸口被小照踹了一腳，失去平衡，仰面摔倒在地。小照跳上他的腹部，俐落地舉起手中的刀——

阮閑側臥在地，小照並沒有放下對他的防備。阮閑很肯定，小照未必真的站在自己看到的位置。比起使用攻擊血槍並暴露感知力，用治癒血槍瞄準唐亦步才是更好的選擇。

問題是唐亦步的打算。

某方面講來，他們兩個十分接近同類。他們都不可能把自身安危完全寄託到他人身上，只會把主動權牢牢抓在手中。阮閑深知這一點，心中卻開始抑制不住地煩躁。

「一堆顧慮的人打起架來真是礙手礙腳，我收回我的話，你一點都沒進步，還是那副貪生怕死的樣子。」小照晃了晃自己斷掉的手腕，趁唐亦步看向它，另一隻手快速刺出刀子。「搏命這種事，必須要利用一切能利用的東西。」

被她的膝蓋頂住腹部，唐亦步一副失血過多、奄奄一息的模樣。

那把刀在阮閑視野中以慢動作舉起，隨後以更慢的速度下落。小照似乎沒有殺死唐亦步的打算，因為刀尖的目標是唐亦步的右眼。

阮閑的手指勾上血槍扳機。

唐亦步突然笑了，他猛地伸出一隻手，任鋒利的刀穿透掌心，隨後連刀帶小照的手一併抓住。

「抓住妳了。」他口氣平靜，方才虛弱的樣子無影無蹤。

小照還沒來得及反應，雙臂便響起一片喀啦聲。卸掉對方雙臂的關節，唐亦步將刀刃緩緩從掌心抽出，迅速起身，將小照壓到地上。

「感謝妳給出的經驗總結。」唐亦步拍拍身上的土，語調彬彬有禮。「我也提供一點經驗——對手在以為自己即將獲勝的那個瞬間，最容易擊敗。」

「噢？」小照被唐亦步無情地踩住，卻沒有半點被捉到的慌張。她慢慢扭起嘴角。「這句話也適用於……啊！」

眼下成功確定了小照的位置，阮閑毫不猶豫地朝她不老實的左腳開了兩槍。唐亦步見狀扯下她的鞋，一根鋒利的長刺從她的鞋尖彈出，正閃著不妙的光澤。

「還有一點，我從沒說過這是一對一的廝殺。」唐亦步隨手將那隻鞋一扔，保險起見，他把對方另一隻鞋也拽下來丟遠。「謝了，阮先生。」

阮閑趴在地上揮揮手，繼續隱藏自己早已恢復的事實。

「真沒紳士風度。」

雙臂關節被卸，一條腿中了槍，小照仍然不見驚慌。阮閑能看得出，現在她的平靜和剛才的有非常微妙的區別——之前她的平靜源於自信，如今她的平靜源於麻木。

「不過今天好倒楣啊，我輸了。你打算怎麼殺我？能不能劇透一下？」

唐亦步沒有立刻求助阮閑，他扯碎自己的黑色內襯下擺，簡單地包紮了幾處失血量較大的傷口：「還沒想好。」

「沒意思——」

「得看你們願不願意配合。」唐亦步沒有理會小照的反應。

「配合什麼？反正不是搶資源就是占地盤吧，還是說你想報仇？無聊死了。」

「我要這座島。」唐亦步輕聲說。

「啊？」

「我要殺了管理員，把這座島搶到手。」唐亦步繼續牢牢地踩住小照，「如果一直受制於這座島的管理系統，找東西會很不方便。」

「你們的尋寶遊戲關我們什麼事？」小照揚起眉毛。

「待在秀場裡這麼多年，很無聊吧。」唐亦步微微彎下腰，臉上帶著禮貌到嚇人的微笑。

「如果觀眾想看，接下來十幾年、甚至百餘年，你們都要活在這裡。蘇照，我猜你和康子彥已經試過一切新鮮花樣了，對不對？」

小照不說話了，只是瞪著眼睛看向唐亦步。

「掏出真心幫助其他人，試圖感化所有人，可秀場就是秀場。然後……我想想，試著殺殺人的話會有不同的體驗，我想你們也試過。最後應該是自我毀滅吧。」唐亦步輕快地說，「做出各種樣子，好讓觀眾放棄你們。但看你們現在的情況，你們應該充分理解了——」

小照笑了。那笑容太過扭曲，阮閑見狀甚至也愣了四五秒。小照的五官精緻可愛，很難想像那張臉能扭出那樣讓人渾身不舒服的笑。

「無論你們表現如何，觀眾們都會希望你們活下去，因為你們的狀況本身就很特殊。如果真的要有一個合理的結局……你們怕是要變得更強，失去所有的理性，被安排為這座島上的『怪物』，死在盛大的狩獵活動裡。」

只要他們還有思考的能力，主腦就不會放棄觀察。作為知曉真相、並擁有真實人格的人，這對夫婦註定被榨成毫無利用價值的渣滓，才能迎來人生的終結。

現在他們還是半瘋，實力又搶眼，不會被輕易放棄。

「你看，醫療機械已經在拐角處待機了。」唐亦步哼笑道。

「就算給你們情報，我們能得到什麼？」小照歪過頭，眼裡閃過一絲清澈。

「不無聊的事情。」唐亦步挪開腳，「以你們的能力，你們應該從沒贏過管理員。多年來難得的新玩具，不想試試嗎？」

「嗯嗯，聽起來很棒。不過我們不保證你們兩個的生命安全，畢竟對你們出手也很有趣。」

小照舔舔嘴角的血。「這樣也可以？」

「成交。」唐亦步徹底收回腳，他沒有治療小照的打算，只是隱入陰影，看著小照自己爬向治療機器。

「你知道她會同意？」一個用於治療的長吻過後，阮閑有點氣喘吁吁。

「一開始，他們有點像我剛認識的你。」唐亦步裝模作樣地為自己纏上繃帶，「不過和你的狀況不同，他們很可能是真心的。」

那兩個人曾經真心想要改變那些對仿生人秀一無所知的仿生人，以及大叛亂後逐漸新增的人類。

然而就算持久的殺戮和混亂無法改變所有人，漫長的絕望會。那兩個人還沒有完全喪失理智，唐亦步不指望他們留下多少曾經的善良，他只需要清楚，時至今日，那兩個人還記得對這場秀的恨意。

憎恨應該是最難以忘卻的情緒。

「我見證了他們崩潰的過程，如果說這座島上誰最想對付管理員，他們的毀滅欲可能比我們還強烈。」唐亦步將沾血的手伸向阮閑，「幫我包一下，阮先生。我也想要個蝴蝶結。」

阮閑無奈地笑著搖搖頭，用繃帶將唐亦步快速癒合的手掌包起。他琢磨了一陣，略帶生澀地綁了個醜兮兮的蝴蝶結。

唐亦步凝視了片刻那個蝴蝶結，沉默許久，而後呼出一口氣。「我們走吧，阮先生。」

「不用等他們？」

「那兩個傢伙可是人氣角色。雖然我剛殺了一批探測鳥，但很快又會有不少圍上來。」唐亦步一把扛起阮閑，「讓他們自己處理。如果他們連我們的人都找不到，也沒有合作的必要。而且……」

「而且？」

「那兩個人未必真的『都』瘋了。」

另一邊，得不到季小滿的回應，余樂快速打量四周，決定找個地方停車。

只是一味衝進對方的隊伍，子彈只會越來越密集。萬一季小滿受了傷，自己這等於是把對方往黃泉路上推。余樂自認不是聖人，雖說後排兩個小孩也挺可憐，但若是真的要他從同伴和婦孺中選，他必然選擇前者。

「季小滿！小奸商！」余樂用拳頭捶了下車頂，「媽的，還活著就吱一聲！」

車頂傳來砰的一聲重響，可那不像是季小滿能夠弄出的動靜——聲音太過沉悶，力道也大得嚇人。

砰。砰。砰。

聲音越來越規律。冷汗開始從余樂腦門上往外冒，經驗豐富的墟盜完全無法分辨聲音的成因，同伴生死未卜，不自然的動靜又近在咫尺……

「嘎！！！」砰砰的聲音停止了，全新的尖叫破開空氣。

「老余我沒事，只是被……嘶……撞了一下。」尖叫後緊接著季小滿有氣無力的聲音。

余樂：「……」

墟盜頭子翻了個白眼，一腳踩下油門。

CHAPTER 54　新身體

眼下鐵珠子π的內心無比激動。

它可以說是吃了將近一天的苦——起初胎痕還算好跟，後來變得歪七扭八。為了找到正確的路，一旦到了可能的分叉點，它得把臉貼上草地，慢慢分辨草下的泥土痕跡。這是一件又費時間又費體力的事情，鐵珠子沒多久便又餓了起來。

這次它學精明了些，肚子一餓便擺出疲憊的模樣，原地嘎嘎大叫，吸引捕食者接近。要是對方太過可怕就腳底抹油，如果來者不算太大，它會來個反殺，將捕食者吞吃入腹。

鐵珠子就這樣一邊捕食，一邊跟隨胎痕，整整走了一個下午。自從開始覓食，它昏昏欲睡的狀態好了不少，心情反而越發低落。

一整個白天，沒有任何人輕撫它的殼，或者把它放在大腿上餵食。雖說之前也過了挺久這樣的生活，如今它卻不怎麼習慣了。

豈有此理。

就在鐵珠子的怨念要到達頂峰的時候，熟悉的引擎聲從前方傳來。裝甲越野車的車窗緊閉，不過車頂上有個人影，正散發出它熟悉的氣味。

鐵珠子一時間幾乎熱淚盈眶。

它一躍而起，向那個人影委屈地撲去，滿足地等待溫軟的懷抱和美味的零件。

下一秒，正在車頂戰鬥的季小滿只覺得自己的腹部被炮彈擊中，或者被誰狠狠揍了一拳。

她眼前一陣發黑，瞬間歪倒在車頂的凹槽裡，用盡最後的力氣才沒有丟掉手裡的武器。不過襲來的「炮彈」沒有炸開，而是自顧自在她身邊賣用力蹭著。

見季小滿沒有回應，那玩意甚至開始繞著她轉，嘴裡發出嘎嘎的叫聲。

季小滿：「……」她認出這東西是啥了，不過還沒找回開口的體力。

開車的余樂幾乎是立刻發現了車頂的異狀，他在車裡焦急地咆哮。季小滿虛弱地提起嘴角，想要回應，可惜現在她只能發出微弱的呃呃聲。

「老余我沒事，只是被……嘶……撞了一下。」緩了至少五分鐘，季小滿終於再次開口。

敵人還在進攻，幾枚子彈打中了鐵珠子的新外殼。沒有懷抱、沒有零件，鐵珠子跳來跳去，開始不滿地嘎嘎尖叫。

「乖，先別鬧。」季小滿撐起身子，再次開始瞄準車前的敵人。余樂再次將車速提高，戰鬥的快節奏眼看就要回歸。「我們得先解決那些人。」

「嘎——」

季小滿吞了口唾沫，又在凹槽裡趴下。

他們的敵人顯然意識到了，作為對手，自己這邊的機動性明顯占優——如果不想辦法停下老余的裝甲越野車，他們只會被動挨打。在模糊的殘影中，季小滿辨認出了重型火箭炮的輪廓。對面一個肌肉壯漢將它扛起，炮口正對著這邊。

「π，去撞歪那個炮口，然後立刻跳回來。」季小滿當機立斷。

「……嘎？」

「嘎……」

「半斤零件。」

「再加三十分鐘的外殼上油。」季小滿再次將彈藥轟進敵人的隊伍，「快！」

「嘎！」鐵珠子興奮地跳下車頂，徑直向重型火箭炮彈去。它並沒有像季小滿所指揮的那樣撞歪炮口，而是熟練地裂開外殼，張開巨大的新嘴巴，直接把炮口咬掉一大截。完事之後它又順著炮管啃了好幾口，原本光滑結實的金屬壁變得坑坑窪窪，缺了好幾塊。

季小滿：「……」

「這他媽是什麼東西！」扛著火箭筒的大漢聲音裡帶著驚恐，下一秒被彈起的鐵珠子擊中面部，直挺挺地朝後倒去。

搞完破壞，鐵珠子再次跳回車頂。季小滿總有種感覺，如果這玩意有尾巴，現在應該連尾巴殘影都搖出來了。

受到了無法理解的詭異襲擊，在正經進攻方面也完全無法占上風，對面的態度十分明確——他們變換隊形，帶好傷患，直接撤進灌木叢，很快便消失了蹤影。追在後面的機械追兵也不知道什麼時候撤退了，整個林子安靜得能聽到草叢中的蟲鳴。

「我操。」余樂在車裡大聲感嘆，迅速打開車窗，用拳頭敲了敲車頂。「小奸商，快進來！妳看到剛才那玩意沒，真他媽恐怖，它要是再回來就完了……哎呦！」

鐵珠子憤憤不平地衝進車內，朝余樂的腦袋撞了一下。

季小滿緊跟著回到車內，鐵珠子見狀立刻躺上她的大腿，特地伸出四條小腿，好讓季小滿看清自己肚皮的位置。藏在車座下的兩個孩子見情況穩定下來，慢悠悠地坐回後排，對車窗外發生的事情一無所知。

「不過這件事也挺奇怪。」余樂揉了揉被撞痛的腦袋，「這附近應該沒什麼人，他們怎麼就正好和我們撞上啦？」

「而且追在後面的那些東西悄悄撤走了。」季小滿十分實在地掏出零件箱，一邊擦鐵珠子腹部的殼，一邊將零件一顆一顆地餵給它。「……就像專門把我們趕過來一樣。」

「是啊。話說回來，這東西到底怎麼回事？」余樂斜眼看向癱在季小滿腿上的鐵珠子。

「看樣子是成長了。不過我對它們的族群沒有深入研究，還是得問問唐亦步。就我所知，格羅夫式 R-660 生命體不該有這麼強的戰鬥能力。」

「也不該這麼能吃吧。」余樂嘖了聲，「就這麼大點東西，吃的都到哪去了？」

「它們會嘔吐出身體無法分解和用不上的雜質，只吸收……π！」

鐵珠子身體力行地向余樂演示了一遍——它張開嘴巴，嗷地吐到了余樂的座位邊。

「操！！！」

前排一時間手忙腳亂，而後排的兩個孩子安靜地看著，手牽著手，不發一語。

管理區。

「他真的會和人類一起行動，而且同伴素質都不錯。」男人將手指從虛擬螢幕前移開，「你長大了，NUL-00。」

美中不足的是，作為唯一在實力上可以與 MUL-01 對抗的人工智慧，它的軀體還是太過脆弱。只是對上一個戰鬥經驗豐富的人類，它就讓自己的軀殼受了不輕的傷。

而他身邊那位同伴也很有趣。那張臉十分出色，有點莫名眼熟，他一時間不清楚那是人造品還是修正過容貌的人類。兩人的肢體語言非常親暱，除了偶爾露出的防備，他們很像一對熱戀的情侶。

是相互利用嗎？還是說展現給外界的演技？

他曾經仔細研究過 NUL-00 的基礎代碼，並沒有在其中發現多麼奇特的設定。那個強大的人工智慧在誕生之初並沒有「心」，感情模組空白到危險，和一般的低等動物沒有太大區別。

他不認為那是「戀愛」。

那麼這兩個人究竟構建了怎樣的關係？當初它又是如何逃過銷毀程式的？

他所追求的無數答案正在自行接近，男人端起杯子，將杯中苦澀的藥水一飲而盡，激動的情緒終於平復了些許。

親眼看自己的計畫精準地逐步展開，世上沒有比這更令人欣喜的事情了。

「來見我吧。」男人坐回座椅，熄滅虛擬螢幕。窗簾緊閉，屋內只剩下黏稠的黑暗。「這些年辛苦啦，你是時候安定下來了，NUL-00。」

黑暗中逐漸亮起了什麼。先是類似於蜘蛛眼睛的圓形燈，隨後是用於照明的投射燈。男人正倚在一座類似鋼鐵橋梁的走道之上，只不過高高的橋梁下沒有流水，只有散發出紅光的怪異機械。橙紅的光照亮了四處彌漫的煙霧，定睛一看，那活像是地獄的入口。

那機械造型有點接近噬菌體，直徑在五米以上，機械柱頂端的結構類似於某種結晶，周圍纏繞著無數線路和扭曲的機械結構。像是把諸多機械生命的屍體進行壓縮拼接，最終形成了混合屍柱。只不過它上面的燈在閃爍，精巧的機械部件還在不斷搏動。

「……我會完善你的身體。」

「阮教授。」一個人形機械走了過來，稍稍低頭。「今天的測試已經全部完成了。」

「再類比一遍擴散模型，確保萬無一失。」

「關於那四個特殊目標……」

「他們今天的表現不錯，讓他們休息一下吧。」

娃娃頭附近。

「巧克力棒吃完了。」唐亦步悲痛地表示。

「我說過不用分給我。」阮閑聳聳肩，變魔術似地掏出剩下的一點巧克力棒。「我剛才沒吃多少，拿著吧。」

「你不餓嗎？」唐亦步看起來用了很大的自製力才沒有直接將它們抓走。

「你很肯定小照和康哥會同意合作，作為積攢過資源的人，他們得拿出一點合作的誠意，比如食物。」阮閑把剩下的巧克力棒塞進唐亦步嘴唇間。「以及我說過，你才是主要戰力。」

唐亦步目光閃爍，半天才把剩下的幾根巧克力棒取出，挨個掰成兩半。

「那一人一半。」他不情願地表示。

阮閑被對方的舉動逗樂了，那仿生人總喜歡在奇特的地方計較：「我還有個罐頭呢，讓你吃就吃。」

小照和康哥那邊仍然沒有消息。遠處的人還在廝殺，燃燒的火還沒有熄滅，空氣中滿是血液和內臟的腥臭。兩人躲在娃娃頭邊緣的黑暗裡，用沾滿血的手平分最後一點甜食——這場景怎麼看怎麼古怪。

但唐亦步的胃口顯然沒有被糟糕的環境影響。他香甜地吃著被掰碎的巧克力棒，只是凝視了最後一根挺久，遲遲不肯放進嘴巴。

「你知道我不差這點熱量。」唐亦步小聲說道。

「我喜歡看你吃東西的樣子。」阮閑坦然承認，「這個理由怎麼樣？」

「我還是覺得你該吃點東西，哪怕吃不飽，對精神上的影響也……」

「我習慣了。」阮閑捏了捏唐亦步柔軟的耳垂。「這樣不是挺好嗎？就算我想從你身邊逃開，也沒力氣逃太遠。」

唐亦步愣了愣。

片刻之後，他終於把僅剩的巧克力塞進嘴裡，隨後緊緊抓住阮閑的衣領，強硬地用舌頭將它度了過去。

阮閑有點吃驚，他沒有抵抗，順從地吞下了巧克力。隨後他向唐亦步揚起眉毛，等待那仿生人一本正經地給出一個解釋。

可是唐亦步什麼也沒說。

不知道是不是因為他們躲得足夠隱蔽，娃娃頭周圍的戰鬥逐漸白熱化，阮閑和唐亦步卻沒有再遇上敵人。遠處的火焰把空氣烤得又悶又熱，濕潤樹木燃燒的特殊味道隨風四散。

考慮到要偽裝出和一般人一樣的體力，兩人沒有立刻撤走。他們躲在這個扭曲噩夢的一隅，安靜地倚靠在一起。唐亦步作為新任「傷患」，在吃完東西後便蜷縮起身體，將頭擱在阮閑的腿上，呼吸均勻綿長。

阮閑用手指慢慢理著對方被汗水、血液和泥土沾濕的頭髮。靠近髮根的部分沾染上了唐亦步暖烘烘的體溫，指尖劃過時會有種奇異的舒適感。

唐亦步一向很喜歡抱住自己嗅聞，作為被嗅的對象，阮閑對那仿生人的行為有點好奇。他忍不住撩起對方一縷頭髮，試探地放開感知，聞了聞那縷髮絲。

汗水和血液的味道不怎麼讓人愉快，撇去這些，他還是能分辨出屬於唐亦步的氣息——像是曬過的棉質被單，又像是盛夏被烤溫的新鮮植物。舒服而安心的簡單味道，讓人很容易聯想到擁抱。

他突然有點理解唐亦步的小愛好了。

另一個生命正躺在他的身邊，腿上傳來沉甸甸的感覺。重量、溫度、氣味糅合在一起，混為某種古怪的滿足感。配上腳下緩緩蠕動的血肉，以及被火光映亮的娃娃頭內壁，一切像是個飄忽的長夢。

或許下一秒自己就會在研究所地下醒來，眼前只有黑暗的天花板。

這個想法如同開水中的水泡，諸多思緒飛速冒上水面，隨即破裂。只不過它的破裂讓他感到一點點刺痛。

阮閑發現自己非常不喜歡這個想法。

他嚴肅地思考幾秒，伸手扯了扯唐亦步的耳垂。唐亦步喉嚨裡模糊地咕噥幾聲，隱隱有睡熟的趨勢。阮閑捏了捏唐亦步柔軟的耳垂，隨後毫不留情地往對方耳朵裡吹了口氣。

唐亦步幾乎立刻跳了起來。

「**小照他們來了**。」阮閑笑了笑。

他的傳訊剛剛結束，眼前還有點迷糊的唐亦步瞬間消失——那仿生人站得直挺挺，開始努力朝四周嚴肅地投擲壓迫感。

阮閑憋笑憋得有點辛苦。

「康哥沒什麼意見。」經過醫療機械的治療，小照身上沒剩多少傷痕。她雙手摟住康哥的腰，一副撒嬌的模樣。「小唐，你是不是弄到了什麼好東西？」

夫妻兩人一副準備郊遊的裝束，背著鼓鼓的背包。

「我是從外面回來的，的確入手了點不錯的玩意。」唐亦步又擊落幾隻探測鳥，鎮靜自若地說著謊話。「你們應該很清楚，我不會拿自己的性命開玩笑。」

「閒著也是閒著。」康哥還是那副對什麼都滿不在乎的模樣。「離下次進攻還有段時間，一起冒個險也挺有意思。作為前輩，我們可以出點東西，不過小唐，你和你的小情人得走在前頭。」

「沒問題。」

「話說回來，你們到底弄到手什麼？」小照期待地看著唐亦步，活像那仿生人變成了聖誕老人，她似乎完全忘記了不久前卸掉自己關節的是誰。

「……現在不方便說。」唐亦步踢了踢腳邊探測鳥的屍體。

「別問了，小照。萬一被管理員聽到了怎麼辦？這麼難得的冒險機會。」康哥很是嚴肅，「如果小唐只是想把我們詐出去單獨對付，那不是更刺激嗎？留點驚喜多好啊。」

說罷兩人響亮地接了個吻，康哥把小照摟在懷裡轉了圈，這才又轉向唐亦步：「小唐，如果沒有驚喜，我們可是會好好殺了你的──你逃走前那次算你好運，這回我們不會失手。」

唐亦步皺皺眉。

阮閑自然地走上前，用身體擋住唐亦步，用手指了指嘴，隨後攤開手掌。

「食物？」康哥的注意力立刻被帶偏。

阮閑點點頭。

小照從鼻子裡噴了口氣，磨磨蹭蹭解開自己的背包，將兩包壓縮餅乾按到阮閑手裡：「水自己找，我們不會當保姆。」

阮閑沒有給出回應，他直接轉過身，拉著唐亦步大步向森林走去。

「喂！」小照在他身後不滿地喊道，「你們不睡的嗎？討厭，大晚上就要走？」

「按照你們的本事，追蹤我們不會多難。」唐亦步不冷不熱地回應，「兩位不是很喜歡狩獵嗎？」

「原來這就開始玩了！」小照精神一震，「康哥康哥，我們數到三萬，再去找他們好不好？」

「都聽妳的。」康哥拍拍小照的腦袋。

阮閑和唐亦步對視一眼，頂著夜色，朝幽暗的森林深處前進。

事情到現在還算順利。儘管知道阮閑擁有S型初始機，不知道是為了更謹慎地偽裝還是什麼其他的原因，唐亦步還是將阮閑的手握得死緊，手指用力扣在一起。

有點幼稚，但也挺可愛的，阮閒心想。他由著對方牽自己前進，安靜地享受四周的黑暗。

這座島說小不小，他們只靠徒步前進，並且壓抑本來的實力，大概要走至少十五個小時。這還不算休息時間和可能遭遇的戰鬥，粗略估算下來，他們得花費至少一天一夜才能到達目的地。

也不知道那對瘋瘋癲癲的夫妻會不會把行進的時間拖得更久，在這點上，阮閑不怎麼樂觀。

剛進入林子的時候，灌木叢中還能看到些屍體的殘骸，不知道是真是假的血肉殘片散落在泥土和樹枝上。走了兩三個小時後，人類的痕跡少了很多，草叢中更多的是機械生物的殘片。幾隻探測鳥在枝頭搖頭晃腦，頭部的鏡頭在黑暗中點出微弱的紅光。

唐亦步沒有拿出手機探測，也不知道面前的景象是真是假。阮閑邊練習用聲音定位，邊心不在焉地前進，差點朝前摔倒——唐亦步不知什麼時候停住了腳步，正在打量腳邊的茂盛草叢。

「我們該休息了，最好多儲存一點體力。」他指指柔軟的草堆。

阮閑很清楚，如果食物補給充足，兩人再走三十個小時都不會有問題。不過考慮到唐亦步可能還被那股不明視線盯著，低調行事總是好的。

他掏出口袋裡的兩袋壓縮餅乾，扔給唐亦步一包，自己撕開一包，坐在草叢上啃了口。

唐亦步並沒有立刻坐下，他仰起頭，望向黑暗的樹頂，不知道在思考什麼。那仿生人就那樣靜靜地站了很久，十數分鐘後，他像是下定了什麼決心，轉向阮閑。

阮閑剛巧把剩餘的壓縮餅乾放入腰包，正在佈置季小滿強行塞給每個人的機械生命驅逐器。

「亦步？」

唐亦步走到他面前，一隻手從阮閑的鬢角摸上，手指順著臉頰下滑，隨後游走到阮閑耳後曖昧地摩挲。

阮閑沒有被對方掌心的溫熱蠱惑太久，幾秒後，他便發現了唐亦步這番舉動的含義——對方正在用指尖在他的耳後寫著字。

「等等我可能會粗暴一點，可以嗎？」

阮閑挑起眉毛。

「之前我們的表現太過親密，這個印象需要被扭轉一下。記住，阮先生，你只是個被人工智慧迷惑心神的普通人類。而我只是利用你進行偽裝、並且紓解肉體的欲望。」

「**爲什麼？**」阮閑用耳釘簡單回覆道。

「**以防萬一**。」唐亦步另一隻手扯開自己的釦子，露出結實的胸膛。「**相信……**」

然而這句話他沒寫完。

畢竟他們之間從沒有過真正的信任，阮閒心想。這個念頭起初還是理所當然的，如今卻變得有點讓人不舒服，有點像床單上磨起的毛球——談不上什麼傷害，只是導致舒適度顯著下降。

他不會因為這點不舒服就改變作法，但內心越發明顯的不爽快也是真的。或許自己對唐亦步的「愛意」帶來的也不全是積極影響。

自己像是被看不見的鎖鍊拴住了，阮閑嘴角的笑意有點僵硬。

唐亦步顯然也意識到了措辭的不妥，他換了種表達方式。

「**必要的話，離開我也沒問題。**」這句話他寫得很慢，阮閑能從指尖的顫動感受到唐亦步的猶豫和掙扎。「**我們手裡的資訊不全，我必須考慮一切可能的狀況。**」

「**我隨時都能逃？這可不像你說的話。**」

唐亦步雙手捧住阮閑的臉，動作粗暴地吻著，在皮膚上游走的指尖沒有停。

「**我仔細思考過，這樣對我們兩個人都是有利的。我想把你的愛意計算進去，讓你成爲我的底牌之一。**」

書寫還在繼續。

「**我計算過，假設你被忽視，整個行動的成功率會更高。萬一不成功，我們之中至少還有一個人有脫身的機會。阮先生，你算得出來，我是主要戰力，但你的恢復力比我強。我更適合吃掉巧克力棒，你更適合在那種狀況下脫身。**」

指尖下的皮膚逐漸升溫，陰影遮蓋下的書寫交流仍然沒有止息。

「……」阮閑胸口劇烈起伏，沒有回應。

「**當然是在必要的情況下才可以，隨便逃跑還是不行。**」唐亦步指尖的力道大了些許。

「**是嗎？**」阮閑臉上的僵硬感消失，他的笑意濃了幾分。「**我可不知道什麼是『必要的情況』。**」

「**你認爲我們會一起毀滅的時候。**」寫這句話的時候，唐亦步正在吻他的下巴，阮閑看不見那仿生人的表情。「**最糟糕的情況。**」

阮閑一隻手蓋上眼睛，終於笑出聲。對方的動作就像他們事先約定好的那樣凶悍，活像他們再次回到想要殺死彼此的那一晚。可他只感受到了燒乾骨髓般的灼熱和令人汗毛倒豎的戰慄感——

「**不**。」他勾住唐亦步的脖子，回應得簡單乾脆。「**逃跑後沒辦法看到你氣急敗壞地追上來，那多沒意思。而且對手也是『我』，你未免太悲觀了點**。」

阮閑報復性地咬了那仿生人一口，在牙齒間嘗到血的味道。

「……**和那個傢伙不一樣，我可不會拋棄你**。」

——《末日快樂03》完

SIDE STORY 久遠的夢境

幼小的阮閑縮在房間角落。

屋內充滿熱氣與屍體腐敗的惡臭，他不停出汗，汗水又很快蒸發，在他的皮膚上留下一層黏膩。潰爛的皮膚碰上鹽分，疼痛像是擁抱那樣裹住了他。

母親的屍體正在搖晃，她白皙的皮膚變得青紫，纖瘦的身體逐漸腫脹發亮，變成了他所不熟悉的模樣。蛆蟲在腐肉中鑽動，蟲殼與屍水混在一起，落在屍體下方。

阮閑沒有躲去其餘房間，他只是在角落中抱起雙膝，靜靜看著。窗外殘陽如火。赤紅的光輝灑在地板上，像是透明的血泊。

失敗了，自己導致了最壞的結果，阮閒心想。

今天還是沒有晚飯，阮閑又想。

由於母親的疏漏，舊式馬桶的水箱裡殘餘了一些水。阮閑喝得很小心——等這些水也喝完，他就真的什麼都不剩了。

至於食物……

阮閑看向靜靜吊著的屍體，很快收回視線，閉上眼睛。

食水不足的情況下，他只能盡量增加睡眠時間，這樣還有一線活路。求救無門，接下來他會怎麼樣，只能看運氣——說不定外界能及時發現他，讓他留一口氣。

虛弱的狀態下，人總是睡得特別快。

阮閑夢見萬年不便的狹窄小屋，家具還在，一切正常。母親出門了，而他坐在餐凳上，認真讀著一張舊報紙。

篤篤篤。

門口響起敲門聲。

阮閑瞬間警惕起來——他的母親有鑰匙，從來不會這樣敲門。他們家情況特殊，除了相關機構的官方人員，幾乎不會有人拜訪。

「誰？」

確定裡面的門鎖是拴好的，阮閑靠近了那扇門。

門外的人沒有回答。很好，看來也不是官方人員。

「我表哥頭痛睡了，你是來找他的嗎？」阮閑瞬間編出一個不存在的親戚，以防這人蹲過點，看見了他媽媽離開。他年紀尚小，不想暴露自己獨自在家的事實。

「阮閑，我知道你沒有表哥，也知道你母親不在家。」門外的人終於開口。

是個年輕男性，聲音倒是很柔和，不討人厭煩。阮閑思考許久，得出了相對合理的猜測：「爸爸？」

門外人瞬間沉默。

「不，我不是你父親。我只是來看你的。」不知過了多久，那人才做出回答，他聽起來有點莫名的無措。

「我不想見你。」阮閑立刻回答，「無論是我，還是我家，沒有任何能給你帶來好處的東西。除非你可以從殺人行為裡獲得快感。」

「你把門鎖好，我們隔著門縫聊。」

半分鐘後，阮閑呼出一口氣：「沒有意義，這一切都是夢。我知道我快死了，正在做夢……我沒有什麼想要說的。」

門外人這回沉默了更久：「既然知道是夢，為什麼不開門？」

「就算在夢裡被殺或者折磨，也不是很好的體驗。」

「你可以想點好事。」門外人咳嗽兩聲。

「……我為什麼會遇到好事？」阮閑問。

他問得誠心實意，而門外人用行動回答了他——砰的一聲，不怎麼牢固的門被撞開，只靠阮閑反鎖的鎖鍊撐著。也不知道那人是真的撞不開，還是故意留了餘地。

一隻金色的眼睛從門縫中閃出來。非常漂亮的眼睛，與陰暗狹窄的房間格格不入。

「遇見我就是好事！」眼睛的主人強調，聽起來不太開心。

「我不認識你，也不會夢到這種不合邏輯的事情。這只是夢，你無法把我救出來。這個前提下，你說什麼都沒有意義。」阮閑坐回餐桌，繼續讀報。

「你會活下去。」那個人說。

阮閑抓住報紙的手緊了緊。

「你會活下去，然後遇到我。我們……嗯，我們可能會出現各種各樣的衝突，但最後，你會認為遇見我是很好的事情。」

生怕阮閑不信，那人又補充了一句。

「你親口對我說的。」

幼小的阮閑歪過頭，沉思片刻：「你介入了未來的我的記憶？還是說，你對我的夢動了手腳，想藉由夢中夢進行心理干預？無論如何，那個時候我應該已經存活下來了。」

門外人：「……」

門外人：「你就不能單純地夢到我嗎？」

「你的眼睛非常漂亮。」阮閑說，「我沒見過這樣好看的眼睛，無法想像，更不可能自己夢到。所以，究竟是哪種情況？」

「夢中夢。」那人聲音裡多了點委屈，「我叫唐亦步。是看你做了噩夢，用器械悄悄潛進來的……我只想陪陪你，讓你好受點。」

「原來如此，你是收養我的人。那樣的話，我的確不會叫你父親。」阮閑鬆了口氣。

唐亦步緩緩移開目光：「我們換個話題吧。」

阮閑安靜地看著他。

唐亦步用力清了清嗓子：

「你的病會好轉，你將變得比世上任何人都健康。

「你會獲得過命的伙伴，也會有世界上最完美的愛人。

「你會活下來，並且過得很好。」

阮閑許久沒有說話。半晌，他發出狐疑的聲音：「這聽起來太假了。」

「我可以用我的大腦擔保。」唐亦步說。

「反正我醒來後肯定會忘。」幼小的阮閑嘴角微微勾起，「但這確實是最近最愉快的夢，謝謝你。」

門縫裡，唐亦步微微抬起頭，顯出幾分得意來。與此同時，陰暗的房間開始坍塌，阮閑似乎馬上就要醒來。

「我只剩一個問題。」阮閑走向那道門縫。

「隨便問。」

「你是不是我那個所謂『世界上最完美的愛人』？」

唐亦步瞬間消沉了下去：「為什麼這麼猜？阮先生，難道這是清醒夢，你一開始就什麼都記得？」

「不。」

阮閑搖搖頭，從門縫伸出手去。

「我只是覺得，如果我真的會愛上誰……我會喜歡你這種類型的人。」

門縫那邊，有人輕輕拉住了他的手。

黑暗就此破碎。

——番外〈久遠的夢境〉完

NE020

末日快樂 03

作　　者　年　終
設 計 封　MOBY
人 物 封　P_YuFang
封面繪者　TAKUMI
責任編輯　林雨欣

發　　行　深空出版
出 版 者　深空出版有限公司
地　　址　臺北市中正區館前路 59號 9樓
電　　話　(02)2375-8892
電子信箱　service@starwatcher.com.tw
官網網址　www.starwatcher.com.tw
初版日期　2024年 11月

總 經 銷　聯合發行股份有限公司
地　　址　新北市新店區寶橋路 235巷 6弄 6號 2樓
電　　話　(02)2917-8022

國家圖書館出版品預行編目（CIP）資料

末日快樂 / 年終著 . -- 初版 . -- 臺北市 :
深空出版有限公司出版 : 深空出版發行 , 2024.11
冊 ;　公分
ISBN 978-626-99031-2-2(第 3 冊 : 平裝). --
857.7　　113013877